初恋岁月

张石岭◎著

中国言实出版社

图书在版编目（CIP）数据

初恋岁月 / 张石岭著. – – 北京：中国言实出版社，
2019. 12

ISBN 978 – 7 – 5171 – 3272 – 1

Ⅰ．①初… Ⅱ．①张… Ⅲ．①长篇小说 – 中国 – 当代
Ⅳ．①I247. 5

中国版本图书馆 CIP 数据核字（2019）第 271117 号

出 版 人　王昕朋
总 监 制　朱艳华
责任编辑　代青霞
责任校对　崔文婷
责任印制　佟贵兆
封面设计　墨知缘

出版发行　中国言实出版社
　　　　　地　　址：北京市朝阳区北苑路 180 号加利大厦 5 号楼 105 室
　　　　　邮　　编：100101
　　　　　电　　话：64924853（总编室）　　64924716（发行部）
　　　　　网　　址：www. zgyscbs. cn
　　　　　E – mail：zgyscbs@263. net
经　　销　新华书店
印　　刷　济南精致印务有限公司
版　　次　2020 年 3 月第 1 版　2020 年 3 月第 1 次印刷
规　　格　710 毫米 ×1000 毫米　1/16　印张 23
字　　数　398 千字
定　　价　68.00 元　ISBN 978 – 7 – 5171 – 3272 – 1

目录 /

美丽富饶的江南大地上，有一个古老的传说：三千多年前，华夏西都的泰伯顺从父意，为了让王位给弟弟，带一批先民迁徙数千里，来到这里开垦土地。神农感其仁德，派了一位稻神，帮助他们播种稻谷。

稻神有三个美丽的女儿，她们勤劳、善良、纯真、活泼，每天不辞辛劳地协助父亲工作在田地上。她们来无影去无踪，但农耕的人们能感觉到她们的存在，并称她们为"稻仙子"。

从此，这里风调雨顺、五谷丰登。

相传，只有在稻花飘香或稻熟时节，深爱这片土地的、勤劳勇敢有学问的年轻人才有机会见到她们。

——摘自姐姐床头的神话故事集《稻仙子》

第一章　离　别

第一节

那天早晨，我不能像往常一样在宅后码头上看书了，也不能在园子里的篱笆墙边习拳了，因为一个突如其来的变故搅乱了我的起居节奏，我的思绪也成了一团乱麻。唉，隔夜乱梦颠倒，没睡好，早晨起来又忙这忙那的，弄得头昏脑涨。

母亲呢，许多天来为我的事一直在忧心忡忡，而让她最担心的这一天终于来到了。

时间催人哪！墙上那只从旧货摊上买来的亨得利挂钟提醒我已过十点半了，离赶到大禹巷里二管区集合的时间不足半个钟头了。

母亲早早给我做了可口的饭菜：不掺和麦片的米饭，炖鸡蛋，红烧豆腐，土豆，还有美味的虾米韭菜汤，这些都是过节时才能享用的。可是我一点胃口也没有，勉强地往嘴里扒了几口，便吃不下去了。

"你要的军用打包带找出来了，被子也捆好了，蚊帐就捆在被子里，胶鞋插在背包上……毛巾、牙刷、面盆放在网兜里，还有点心……"母亲心事沉沉地为我整理着行李，尽管这行李从昨天夜里到现在整理了好几遍，她还是在一件件检点着。

看看差不多备齐了，她将行李提过来放在桌边凳上，立在一边爱怜地说："再吃点，路上要饿的……"

我放下了碗筷，一只手在桌上支着头，不敢转过身来看她，因为我觉得她的喉咙里有些哽塞，语气很伤感，眼睛里兴许还含着泪水。若让她看出我的眼睛也是湿润的，她一定会难过得哭出声来。

郁闷占据了我的心灵，我用拳头敲了敲脑壳，恨不得找个东西来发泄一下，但想到一旁的母亲，马上平静了下来。这些年来，由于我的鲁莽无知闯出了多少祸来，让这位在纺织厂里上三班倒的生母平添了多少白发，难道还要她再为我担忧不成？

该出发了，我直起身，振了振胳膊，装出若无其事的样子，摆出一副行将出征的男儿气概，宽慰母亲说："妈，别担心，去的人多着呢！又不是我一个……我，这就走了！"

说完，背起了母亲为我捆好的背包，将挎包往背包上一搭，提着一个面盆托底、里面装满了物事的网兜，大步向园子里走去——这是出家门的必经之路——听得母亲在面后喊："要是见到阿蔚，就与干部们说说情要求要求分配在一起，也好有个照应……夜里饿了，挎包里有鸡蛋和马蹄酥……"

"噢……"

"到了乡下，写封信回来，你父亲走的时候特地关照的。"

"噢……"

我没有回头，深深地吸了口气，走过菜园子，出了园门，径直向大约一里地远的大禹巷走去。

母亲说的阿蔚，叫田蔚，是城里七姨婆的孙女，算起来是我的表妹。以往我跟着外婆去走这门亲戚的时候，总想到她家二楼的阳台上去看街景，但又怕自己的鞋子弄脏了她家的地板。有一次她听说我来了，从楼梯口上伸出半个脑袋来，招招手，唤我上去——原来她要我帮她做一篇命题是《初夏的傍晚》的作文。在她的小天地里，墙上、桌上有许多素描写生画，其中引我注目的是一张自画像：小梳辫，天真笑脸，右腮下有一个甜甜的酒窝。

哎，屈指算来，她该初中毕业了，女大十八变，不知道现在还是不是那般模样。

第二节

这日的天气还真好，风和日丽，秋高气爽。管区那边的大禹巷里已经红旗招展、锣鼓铿锵，一群带着行李的男女学生和家长们把狭窄的小巷挤得水泄不通。

我走进了人群里，左顾右盼，没见到表妹的身影。管区女主任笑着来到了我面前，说着鼓励的话，给我戴上了一朵纸做的大红花，将我编入一支陌生的年龄相仿的学生队伍里。随后，这支队伍就跟着她，走街串巷，一路敲锣打鼓，来到了县政府前的广场上。

哇，那里停了好多辆大客车呀！车厢两边贴着红色的标语：广阔天地，大有作为！广场上处处呈现出节日的热闹景象：夹道欢送的人群，红旗飘拂，锣鼓喧天，红标语、红条幅到处可见，高音喇叭放着耳熟能详的歌曲："到农村去，到边疆去，到祖国最需要的地方去……"

歌声、锣鼓声、口号声震耳欲聋。一位身材高大、额头宽阔的男生在高音喇叭旁作着慷慨激昂的发言："……我们也有两只手，不在城里吃闲饭……"周边的人们激情地呼喊着口号，而走过来的一支支胸佩红花的学生队伍是那么安详。

我也顺跟着走在其中的一支队伍里。

小队员们从一排铺红布的长桌前经过，从笑容可掬的干部手里接过一套《毛泽东选集》，然后登上了客车——只有戴大红花的人才能登上的专用客车。而当我接过那套《毛泽东选集》的时候，心想：这是第二套了，它的封面还不如网兜里的那套红塑封漂亮呢！那是姐姐昨晚送给我的礼物，她说："弟弟，原谅我明天我不能来送你了，因为我一早就要赶到父亲的学校去代课——这是一个非常难得的机会，我必须要去的。在外面你要好好保重身体哦……"

此刻，我终于义无反顾地踏上征程了，可昨天这时候还满以为不必下乡去的呀！一年前我受了重伤，至今未愈……发作的时候，连三十斤米袋都背不到家……仗着这个原因，母亲说会得到管区领导照顾的，我也一直这样痴痴地期待着。

但是，这个一厢情愿的期待就在昨晚彻底地破灭了！

管区的屋子里灯火通明，母亲进去找还在紧张工作的徐主任了，我在门外小巷路边焦虑地走动着。小巷的路灯下，白壁上贴着几张大红纸，写的是《支持我的孩子佟大成上山下乡决心书》……我忍不住从门缝中向里面张望，看到的是室内宣传栏上贴着更多的《决心书》……

一会儿，里面有动静了，是母亲的声音……她恳求着，渐渐地由恳求变成哀求，由哀求又变成泣求了……

然而，无论母亲怎样诉求均遭到了断然的拒绝，里面一个陌生女人说道："不行，不行，这次是一定要去的！"稍停，那女人缓和了一下语气道："现在不比以前了，你知不知道，从县里到省里好几十万人呢，不要说高中毕业生了，就是初中毕业的一个也不留城，全要下去的——正因为这次有很多初中生，年龄小，所以安排到只有五十多里远的凤凰山西乡下……躲过了这次，也躲不过下次，下一批路更远，要插到吴江、昆山呢，你好好掂量掂量吧！再说，上次支边去云南、新疆，你女儿就没去，已经照顾过一次了，为了这件事，我被人家顶也顶死了，说我与你女儿的寄娘是一同参加工作的干部，很要好，有意庇护你们呢……"

"可是徐主任，你是知道的，我儿子身体受过伤啊……你我都是农村出来的，农田无轻活，叫他怎么做得动呢？"母亲哀求道。

"哎呀，快不要提你儿子受伤的事了，说出去也不好听的，难道那是一件光彩的事情？"徐主任一句反问，把母亲问住了。

呀，千万别让她说下去了！这是我的心头之痛……

我推门冲了进去，对母亲说："妈，别说了……我去，我决定去……"随后从口袋里掏出一张只写了几句话的下乡插队决心书，塞在那女主任手里，转身就往外走，听得身后的女主任笑着说："梁师母，你看你看，还是青年人思想好啊……"

我一秒钟也待不下去了，立马夺门而出，在那条窄长而幽暗的巷陌里漫无目的地奔跑起来，眼泪湿润了面颊……

第三节

下乡的汽车开动了，穿过热闹的人群，驶过繁华的大街，锣鼓声、口号声渐渐地远去，送行的人也渐渐看不见了，热情和喧哗在不知不觉中消退了。很快，车子来到了郊外。

啊，久违了，好一片满目秋色的原野呵！

风吹稻田如大海波涛，白云朵朵飘在蓝天。灿烂的阳光下，绿树绕着村舍，河塘映着晴空，一片片菜畦绿油油的……这一切，皆是秋日郊游中赏心悦目的好景色、写作文的好素材啊！

汽车驶过一座大桥，爬上了斜坡，转过一个大弯，一座大山出现了。山上树木葱绿，绵延向西望不到头。不过若真要称其大山，还有点言过其实。在这江南吴地，山不少，但高峰不多，比起当年"大串联"时我经过的沂蒙山、泰山来，那简直是小巫见大巫了。

车子转上了一条乡间沙路，车尾扬起了浓浓的尘土，如一条滚滚的黄龙在车后飞舞……我拉上了玻璃窗，而几乎在同时，所有的车窗也全都关上了。

我的目光转到车内来了，这四十多位特殊的旅客全是不相识的中学生，男男女女的，十八九岁年纪，最大的也不过二十岁吧——中间没有表妹田蔚，我早就观察过了。他们坐在堆满行李的车位上，歪歪斜斜、相依相靠着，先时显得弥足珍贵的纸红花，有的已经被弄皱，有的已经被压扁，有的散落到了座位底下……

太阳偏西了，阳光从车的正面射来，司机扳下了遮光板，沉闷的旅行已持续了个把小时，突然，乘客中一个娃娃脸模样的男生吸了吸鼻子，说："好像有股膏药味！"

"娃娃脸"搜寻着他的目标，一些女生开始窃窃私语，车厢里原先凝结的气氛开始活跃了。

"娃娃脸"又嗅了嗅，目光向坐在后排窗口的我射来，一时间，我感觉到好多眼光扫了过来，顿时感到一阵尴尬。我讨厌地瞥了那娃娃脸一眼，随即拉开了半扇车窗，一股田野清风吹了进来，那淡淡的膏药味随之消散了。

车子继续行驶了二十多分钟，来到了一个镇子上，转个弯在一所学校前的大操场上停下了——那里已经先来了一批学生。孩子们（请允许我这样称呼他们）收拾好行李，依次下了车，随即汇入操场上喧闹的人群里了。

接着，后面又来了几辆车，场上的学生增加到了几百人，几批学生会合在一起，三五成群，叽叽喳喳，好不热闹！那状态就像烧开了的粥锅一般，哭笑的、骂人的、呼喊的、追逐的，乱哄哄的一片……

我提着行李在纷乱的场景中穿行，心里只有一个念头：找到表妹，与她做伴，我的伤躯需要她照顾，她的柔弱需要我关怀，遇事也好商量，从此兄妹互相照应着过日子。

在操场的四周，有许多拿着扁担、绳索的围观的农民，他们微笑着、谈论着。看得出来，他们是奉命前来接收这些学生的，此刻一切准备就绪，只等着上头有人一声令下，就可以把这些孩子们分头带回自己的村里去。

一会儿，两三个干部模样的人拿着文件急匆匆地走过，很多人跟在后面喊"俞干事、俞干事"，一齐拥向了校门口，但是跟着的人在校门口被拦住了。

"也许她没有下乡来吧？"我在人群里兜了一大圈，始终没有发现表妹的影子。

这时的我仿佛成了一个孤单的局外之人，因为我相信余下的事终究会有人来安排的，我只要等待就行了。而且我还有一个不能告人的原因：必须应对依附于体内的一个冤家——伤痛，这个讨厌的冤家总会在我烦闷、疲惫、失望的时候出来作祟。现在我已身心俱疲，管他今宵何去何从呢！我提着行李闪到一边，蹲了下来。

"哈哈，队长，你看那两个吵得面红耳赤的毛丫头……"我旁边有两位穿土布的农民，手抱着扁担，扁担头上绕着络索。其中一个三十来岁，头发却已花白，一个四十来岁，脸上布满了皱纹。

"嗯，和我那个大丫头差不多大……"笑着接话的是四十来岁的队长。

"不知这些小孩的爹娘怎么会舍得的。"那个三十来岁的"白头翁"又道。

"响应号召呗……"那四十来岁的皱面队长笑着道。

稍停，队长抬头看了看天空，道："嗯，东南风起，怕是天要变了！"

第二章 "点 配"

说来也奇怪，那"皱面"队长的话音刚落，一阵大风凭空而起，吹得地上的落叶打转，场上的人迷眼。

待风势稍弱，我眯眼仰望，天空里不知何时移来了一大片鱼鳞云，树梢间有几片黄叶正随风飘落，还有一张薄纸也在空中飞舞。

学校门口的人群里有人嬉闹起来，引起了小小的波动，因为那飘下来的纸落在了一个女生的头上，女生扯去了它，它又歇到一个男生的包上，转而从这人的包上粘到那人的身上……人们都讨厌它、避开它、甩开它。最后它落到了地上，又有一个穿蓝色衬衫的青年去踩它，但它被风吹跑了。

突然我发现了一个熟悉的身影，一个扎着辫子、稚气未脱的女生，就在那嬉闹的人群中。"阿蔚表妹！"我喊了一声，立起来提了行李跑过去，那女生一转身，呀，不是，好尴尬啊！四周的学生群里发出了一阵嘲笑声。

我羞赧地来到了学校的围墙旁。围墙不高，上面有瓦花窗，踮起脚往里看，园内的绿树遮挡了视线，但可以隐隐看到晃动的人影。

忽然我想，操场上没见表妹踪影，兴许她就在里面，我何不进去看看？

我回过头来，走到校门口，鼓足勇气向那板着脸的门卫恳求说："我只是为找我的妹子，进去看一看，寻一寻，马上就出来的……她才初中毕业，来时我母亲特为关照，一定要找到她……"

这个五十来岁的守门人有点犹豫了，或许他想起自己也有亲人，动了恻隐之心。他同情地瞥了我一眼，沉思了一下，指着一个墙角说："你把行李放在这里，进去找了快点出来……"

"噢！"我感到一阵兴奋，立即卸下行李，放在门内墙角边，快步往里走去。

冬青树栏西边的两间屋子里人声嘈杂，我东张西望地寻觅着。又到人群聚集的教室走廊里，四处探寻，遗憾的是没有阿蔚的影子。正要气馁地返回，却见一个穿蓝色衬衣的男生手里拿了一张纸，急匆匆地从校门口跑了进来。

走廊里一个保安模样的人拦住了他，斜着眼问："你找谁?"他说："找……俞干事……"一面将手里的纸递了过去。我凑近去，瞥见那纸笺上方印着一横红字：临江县凤凰山中学，下面是标着"男生""女生"的两列名单。呀，那蓝衣男生有些面熟，哦，想起来了，便是操场上追踩飞纸的那位……那保安模样的人接过纸一看，不发一言，独自进了屋子，从人群堆里唤出一个干部模样的中年人来，在门口与他耳语了几句。那干部模样的中年人接过纸急忙转身进了另一间屋子，对一位正在伏案做事的人道："哈呀，吴老师，你怎么这么粗心大意啊，丢了一张名单，这如何了得?"

那正在伏案填表的年长男人站了起来，涨红了脸道："刚才进来时，校园内突然刮起一阵旋风，吹散了我手里的文件，大家帮我抢拾了一阵，总以为全捡起来了……"

"快快，将这张名单与前面一样的方式勾连好了……"

这干部模样的人会不会是俞干事呢? 这屋子里的人只有三个，除了吴老师，还有一个小青年坐在吴老师桌子对面，一直没有说话。

那干部模样的中年人回过头来，一把拉住了我身边的蓝衣青年，激动地说："快进来坐，太感谢你了——"随后，他俩在室内一张办公桌旁面对面坐定了，像朋友一样开怀地说笑着。接着，隐隐地听那干部模样的说："哎，我姓俞，是公社里的干事……正要听听知青的意见……"蓝衣青年红了脸，那神情像做了一件大好事一样兴奋，恭谨地听他说着："这分派知青的事本来是秦副社长管的……有些知青名单很晚才送来……头痛死了……"

听到"知青名单"几个字，我情不自禁地跨进了门。

"……半夜里想到了一个好办法，将名单分成男女两档……你看啊，左边为男生，右边为女生，这样竖向排列好，中间留个空档，画一个圈，专填接受插青的队名，然后画线将男女知青名字与这个圈子勾连起来……"

俞干事转头看了我一眼，或许他以为进来的人是蓝衣青年的同伴，一无顾虑地继续说着："大的生产队勾连六到八个，小的生产队勾连两个，不大不小的生产队勾连四个——这样一来，近三百号人的安置问题一下子搞定了……"他将一张连好线的知青名单，放在了蓝衣青年的面前。

名单? 正是我也想看的，我和田蔚的名字一定也写在上面；见旁边有一只方凳，便顺手拉过来欠身坐下旁听着，不想走了。

蓝衣青年摸了摸头，没有回答俞干事，大概他不知道如何来评判这个奇特的分派方式。过了一会儿，他笑道："俞干事，我想起了一个故事。"

"什么故事？"

他不吱声，只是忸怩地偷笑。

"是不是'乱点鸳鸯谱'？呵呵，刚才他们都这样说了。"俞干事站了起来，一边踱步一边说："哼哼，'乔太守乱点鸳鸯谱'是一个虚构的异闻奇谈，那乔太守算什么？他只点了三对鸳鸯，留下一段佳话，就古今流芳了。我呢，一个公社里的芝麻绿豆官，今天至少要点一百三十对鸳鸯，将来若有人记载在史上，恐怕比那故事精彩百倍呢！"

他背了手走过来，看看我，又看看蓝衣青年，解嘲似的说："这叫'巧点知青谱'，你们学校里物理课上讲的是'同性相斥，异性相吸'，我这里农村课堂上讲的是'男女搭配，干活不累'，嘿嘿……"

这时伏案工作的吴老师走过来，插话说："俞干事，要不要向秦副社长请示一下，弄不好他会责怪的。"

俞干事斥道："到哪里去请示？他母亲病危这会儿不在了。你看看现在几点钟了？天气预报今晚有雨，说不定马上会落下来，如果这些孩子们淋湿在场上，一个个像落汤鸡，出了事你我能担待起吗？"

此时，我心里也有话憋着：尊敬的俞干事，名册里有没有田蔚的名字，如有的话，她分配到了哪里，能不能照顾一下，让我与田蔚分配在一起……

刚要开口，忽然门外一大群人蜂拥而入，一下子把俞干事围住了，说长论短，吵闹不休……纷乱之中，身后来了正焦急着的门卫，拉了拉我说："喂，人太杂了，快去看好门口的行李……"

我无奈地起了身，悒悒地退了出来，在门口取了行李，来到了操场上。

……

不久，有人从学校里搬出一张课桌来，置于操场中央。又见俞干事手里拿了几张纸，爬了上去，开始讲话了。"大家静一静、静一静，现在我宣读分派名单……"他已经不是念，而是大声地喊了。

他一喊，场上显然静了许多，因为谁都知道，今晚场上这些学生的归宿以及将来的命运就在他此刻的口中了！

"……队……"

"……队……"

……

"……郭庄十一队，梁亦立……"

在长长的名单宣读声中，我竖着耳朵听到了自己的名字，并牢牢记住了要去的队名。

……

大半个小时之后，三百多个人名宣布完了，场上立即掀起了轩然大波，人们躁动起来了，呼喊声、吵闹声连成一片：有的在激动地抗议，有的在携手话别，有的在跺脚，有的在抱头哭泣，有的在寻找奔跑……

这时最平静的可能只有我一人了，因为我正尽力排除一切纷扰，口中念念有词，以专心记住要去的队名，唯恐忘了一字。可是，郭庄十一队在哪里呢？接我的农民伯伯在哪里呢？俞干事把我与谁安排在一起了呢？遗憾的是我没用心去听另外一个人的名字！唉，还好，认识了俞干事，今后还怕打听不到表妹的下落？

想到这里，我心情安然，蹲在一边耐心地等待着。

第三章 奇　遇

第一节

一批批男生、女生被农民伯伯们"成双成对"地接走了，场上的人群在渐渐散去。

夕阳中，一个女生向我走来，她身穿淡蓝色长袖衫，体型匀称，一头短发，满脸夕辉……她是在向我走来吗？我一阵疑虑，但分明见她越走越近了。

呀！打从娘胎里生出来，活到十九岁，我从未遇到过这样的情景：有这么一位好看的女生主动向我靠拢！我情不自禁地站了起来，心里闪过一个念头：要是能与她在一个队里，那该多好啊！

"你是分配到郭庄十一队的吗？"她已经站在我的面前，一双明亮的眼睛盯住了我，以探询的口气问。

"是的……"我说。

"哎呀，场上找你好几圈了，你却定了心蹲在这里。"

"可是……"

没等我说完，她把头一甩，大声地向东边的几个人喊："找到啦，他在这里！"

她这一喊，似乎将我从梦游中震醒了一般。

我顺着她喊的方向看去，在操场的东端歇着几副行李担子，旁边伫立着一行人：一个体形略微丰满、两辫垂胸、观之可亲的女生，一位年龄显得略小的男生——正是在车上嗅觉灵敏的"娃娃脸"；旁边有三个农民——其中两个恰是曾在我身旁说话的"白头翁"和"皱面队长"，另一个是穿土布衣模样英俊的农家后生，他们正扶起了行李担子，一齐张望着我这里呢！我既羞愧又慌张，连忙提了行李随那唤我的女生一起奔过去。

我愧疚地来到了他们身边，见那位丰满的、原先看似可亲的女生瞪了我一眼，那娃娃脸男生则对我笑了笑，我知道他们要说的见面话全在这一瞪一笑的表情里了。

于是，我的行李加到了那英俊农家后生的担子上，一齐匆匆出发了。

挑担人在前面快步走，四个插队青年在后面紧步跟。沿着学校东边的小路，向北穿过来时的黄沙公路，来到了田间的小路上。

小路两边的稻子已近成熟，沉甸甸的穗头在微风中晃动，像是欢迎我们的到来。不远处有一个村落，几处农舍顶上飘出了炊烟，水塘里倒映着彩霞，赤脚的孩童牵着水牛往村子里走……呀，这情景似乎在书里看见过，啊，就是那本《稻仙子》里描述的一段情景，只是神话故事里的描述更有些诗意，因为那"牧童手里有一支短笛，坐在牛背上咿咿呀呀地吹着……"

呀，这里的景色好美哦！晚霞照着天空中南去的雁群，照着苍茫的田野和池塘，照着小路上行色匆匆的身影。

不知为何，我感到十分快慰，脚步也变得异常轻快，原先那种郁闷的心情和孤独感此时已烟消云散。我瞥了一眼走在稍前的两位女生，她们似乎也带着喜悦的神色，尤其是那个刚才来唤我的短发姑娘，脸上闪着红光，啊，那是晚霞与青春本色的交融。

一会儿，我们已经置身于齐腰的稻海中央了，霞光是金色的，快要成熟了的稻子也在演变成金黄色的。"喜看稻菽千重浪，遍地'知青'下夕烟"，我不禁脱口而出，一种难以形容的豪迈之情油然而生。

我感到一种隐约的希望在招手，一种朦胧的幸福在等待着我。

第二节

最得意的可能是那个挑担赶路的皱面队长吧，虽然他一直默默无语，但那份遂心快意已绽露在了嘴角上了。如果我没有猜错，他一定怀着这样喜滋滋的心情：呵呵，别急别急，虽然晚归了一点，但你们看到我带回的是什么样的人儿就明白了！啊哈，与邻村相比，我带回的两位女生是最美丽可爱的、两个男生是最英俊标致的……显然这是他队长的面子和荣耀，那神情不亚于从都市里接来了自己的女婿和儿媳妇。

这一行七人，在四下里金光闪耀着的景色中走得很轻松。

"喂，惜阴，"队长说话了，"刚才在操场上念的名字，你可还记得？"这话倒像是说给四个知青听的。

"哪……哪里还记得？那干事的声音像只细蚊子，我只……只听出一个姓陈，一个姓李，也……也对不上号。""白头翁"顺势将担子换了个肩，"嗯，你们中间哪……哪个姓李，哪个姓陈？"

"我姓承，叫承敏颖。"那个略显丰满的姑娘红着脸说。

"我叫李欣。"娃娃脸说。

"你呢？"那个年轻又英俊的挑担后生看了看短发姑娘，没有放慢他的脚步。

"我叫肖琼。"短发姑娘绯红了脸道。

肖琼？真是人如其名，多么好听的名字啊！我又看了看她的身影，没料到她正好也回过头来看我，我不免有些心慌，连忙转过脸去，竟忘了向挑夫们自我介绍。直到娃娃脸用手在我的腰间点了点，我才醒悟过来，发烫着脸说："我叫梁亦立。"

前面就要经过一个村子了，众人停住了说话。穿过村子的时候，那村里有十来个儿童和妇女端着大碗，站在场头，惊奇地看着我们走过去。

村子很快就甩到身后去了，夕阳没有了踪影，行人们也缄口无言、一心一意地赶路了。渐渐地，我发觉几个下乡客的情绪有些异样了，那个扎着两把粗辫子的女生承敏颖的脸上最先浮起了疑云。"不是说离公路不远吗？"她问。

她的提醒，让我也感觉到离来时的公路越来越远了。

"嗯，不远了，就到了！""白头翁"惜阴回答说，这场合谁都听得出来他说的"不远"不是指公路。

"肚子饿了吧？快了，马上就到了！"挑我行李的英俊后生顺势换了个肩，嘻嘻地笑着说。看他的年纪，与我相仿，皮肤很白，瓜子脸蛋，样子很和善，只是眉心微蹙。我注意到他一路上不时地打量两个女生，尤其是对那个短发姑娘。

天色灰暗下来了，前方又出现了一个村庄，笼罩在一片雾霭之中，我想那里应该是我们的目的地了。然而，进了村庄，三个挑夫并没有停下来的意思，我们只得紧跟着疾步穿了过去。

啊，在我们的前面出现了一片旷野，要说村子，那还远着呢！因为那远村里偶见的灯火还不如天上的几点星星明亮呢！姑娘们叹了口气，男孩子哑了哑嘴，我也皱起了眉头。不过，我自信与他们不同，我有步行三千里到北京串联的经历。此时，我的心理承受力显出了优势，可是叫两位娇弱的姑娘走这么长的夜路，她们吃得消吗？她们会不会因此而怨悔？我有些担心了。

天越来越黑，脚下的路反而变得白亮了，也越来越窄了。

下乡客们的心情平复了，因为谁都清楚，眼下已无退路，唯一只有前行了！就这样平静、急速地走了十多分钟，路慢慢地向低处延伸了，啊，前方的一排宅影显示：我们来到了一个村口。

"当心啊，过桥了！"队长在前面发出了警告。

这是一条石桥，两块长长的大石条平卧在小河上，桥与水面很近，坐在上面可以濯足。缓缓地移步过去，再走过一条田埂，来到了村前的打谷场上。

场北一户人家的门打开了，村子里唯一的亮光从那屋里射了出来，仿佛是漆黑的夜空被捅出了一个窟窿。听得有个女孩子在喊："来了！来了！"一群女人奔了出来，一边问长说短，一边抢过挑夫们卸下的行李，把我们领进屋去。

哟，实在太累了，我与小男生李欣赶紧在一张方桌前找个位置坐了下来，便见队长家的女人将饭菜端了上来，门外出现了几个看热闹的嬉笑的村童，而同来的肖琼和承敏颖却不见了，她们一定被刚才见到的那些女人们接走了。

第四章 异乡夜

第一节

迟到的晚餐在拘谨中进行着。

也许真的饿了，我吃的速度很快，没有饥不择食的念头，也不敢狼吞虎咽地放肆，只是尽快地将那碗中的食物拨进嘴里填入辘辘饥肠而已，我甚至不记得桌上有哪些菜肴，以及菜肴的滋味是什么。

不善言语的队长家里有一大堆人：他大脸盘的胖妻子，颤巍巍的瘦婆婆，以及两个乖巧的女儿和两个憨厚的儿子。他儿女们的外貌上看来很有趣，大女儿和小儿子继承了母亲的基因，脸盘又圆又大；大儿子像父亲一样魁梧，小女儿像婆婆一样瘦小。他们很和善、很热情，守立在桌子的周围看我们吃饭，在他们的目光之下，我就像一只误入笼子的小鸟，惶惑不知所措。

饭后，队长拿着一盏美孚灯领我们去卧室。他笑着说："来，早点歇息吧……乡下不比城里，一户只装一盏电灯，这里屋里只能用油灯了……"

"我帮你们拿行李……"说话的是队长的大女儿，约莫十六岁，虽然尚未成年，但身子如她的母亲一样壮实，提起行李来一点也不费劲，而队长的两个儿子似乎比我们还要羞涩，不说话也不动手，站在一边笑嘻嘻地看着。

我和李欣跟着这父女俩穿过一个小天井，走进了里屋。

"床就在那儿，那边墙角里有尿桶……"队长的话不多，他把灯放在一张木桌上，"天井里有水井，吊桶就在井边，可以打水洗洗脚……"说完便与他的女儿从原先进来的门出去了。

桌上的灯光十分微弱，只能照见一两米远的地方，之外便是一片朦胧。朦胧中有几只蚊子嗡嗡飞着，但不见其影。幽暗的墙角里模糊勾勒出一些锄头钉耙、挑箕木桶和杂物的轮廓。南面的窗子又小又高，窗下搁置着一张一米多宽的竹榻——它就是我和新伙伴的合睡之床了。

我与李欣开始铺设睡床了。被子各有一条，正好用来一垫一盖；蚊帐只需一顶，就用我的吧，那是一顶仿军用蚊帐，架起来方便得很，当然没有人知道它曾经伴随我步行三千里走到北京。

背着灯光，趁李欣不注意的时候，我悄悄揭下了背上的药膏，将它塞入了网兜中的挎包里。网兜里还装着好吃的东西呢：煮鸡蛋和马蹄酥，这是母亲为我准备的，若不是母亲提醒我，还真不记得今天是我的生日。不过父亲说过"穷人无生日"的，只有母亲在这特别心酸的时候才会想起这个特别的日子。母爱给了我几分安慰，但面对现在这处境，我一点也没有享用点心的兴致。

我取出面盆毛巾，去门外的水井边打了半盆水。天还不算冷，干脆赤膊擦起身来了。唉，说起来也叫我可怜，年纪轻轻，躯体上的"秘密"还真不少呢，胸部有一块婴儿巴掌大小的褐斑，背部有未褪尽的青紫伤痕，脚底有厚厚的硬茧……

洗完了，可以上床休息了，李欣已在宽衣，今晚我俩将在那张咿呀作响的竹榻上同枕共梦了。

"喀……喀……"屋子里响起了一阵咳嗽声，微弱的灯光之中出现了一个木纹刻成的长脸——一个丑陋的老人突然站到了我们前面，如果他不用破嗓子咳嗽，那么谁也不会相信那是一个活物。

呀！我们仿佛进入了一个童话故事里，遇见了一个会使魔法的老翁——我们没想到这黑暗的屋子里还会有人，而此刻我们正需要一点属于自己支配的时空啊！

我忽然意识到他应该是队长家里最年长最受尊敬的人物了，"好公……""好公……"我和李欣按照城里的习惯称呼了他。

老人没有吭声，深凹的眼睛盯住了桌上的油灯，也许不习惯我们对他的称呼，他毫无表情地站着不动。

我们由疑虑变为惊恐不安了。

老人嘟囔了一句，又指指桌上的灯。我好像明白了，悄悄地对李欣说："他一定嫌我们把灯捻得太亮了，乡下的夜晚是不点灯的。"

为了不让这个讨厌的老主人嫌弃，我从网兜里拿出了马蹄酥和熟鸡蛋，一一放在桌上，示意送给他，李欣此时也拿出了许多点心放到了桌上。我们是那样虔诚，那样敬畏。老人脸上的皱皮微微地跳动了一下，他来回两次，缓缓地将赠物捧到东厢里，最后连那盏油灯也被他带了进去。

没了灯，整个屋子变得更幽暗了。一会儿，那移入东厢的弱光在咳嗽声中熄灭了，整个屋子便一团漆黑，寂静异常。

第二节

夜幕并不妨碍思绪在脑海里驰骋。

躺在竹榻上，我想到了在纺织厂做工的母亲，临时兼职代课的姐姐，以及还在小学里读书的弟弟，"他们在干什么呢？也许他们也正惦念着我呢……"

我想到了父亲，一个清癯的乡村教师，一个被乡里人称为"赤脚先生"的人，他大半生奔波在农村，或许此时正在江边小学校舍里批改作文呢！唉，他压根儿就没把我下乡插队当回事……

好宁静啊！这里应该是一个远离城镇的村庄了。屋子里弥漫着一种乡间特有的泥土味，这泥土味是那样的陌生又那样的亲切。它之所以让我感到亲切，因为我母亲也来自农村啊！

由于竹床太窄的缘故，我的一只手只能曲于胸前，很自然地触摸到了胸口的那个小斑疤，记忆的闸门打开了。

小时候，我常到外婆家去玩，最喜欢与村里的小伙伴们一起去游泳。外婆家附近有一条大运河，那里的轮船可多了，小伙伴们教会了我一种吊船的游戏：先躲在岸边，等那十几只首尾相连的拖轮进港；待到第六只拖船驶近时，偷偷游过去，跃起身子向上一蹿，一只手搭住了船尾悬空着的铁锚，半个身子露出水面，随着船一起破浪而进。说真的，那种吊船游戏带来的兴趣是无可比拟的！身体浸泡在清凉的水里，浪花在胸前跳跃，水波按摩着肌肤，像海豚一样快速轻松地前进……

然而祸患总是潜伏在得意忘形之中。

有一次玩水时，我看见一只大帆船在逆水中缓缓东行，便偷偷游过去攀上了它的尾锚，从船板的缝隙中我看到上面有两个彪汉使劲地摇着橹。我将身子躲到船夫不易发觉的地方，回头望着长长的橹桨在身后的水里划动，享受着这凉快而免费的旅行。

船行过一个村落，一群孩童正在河边嬉水。当船行至他们中间时，顽童们耍闹着向船边围过来。有的攀住船帮，有的拉住船边的扣环，有的爬上了船头。

一个船夫口中骂骂咧咧，拿起篙子来撵。立在船头的孩子并不害怕，见他来赶，顽皮地向他做个鬼脸，转身向后一跃，扑通跳入水中；来不及逃远的，便挨了一记梢竿；逃到岸上的，拾起石子朝船上扔。

此时，一个船夫发现了船尾的铁锚上还有人攀缘，口中骂了一句："狗崽子！看我来烫煞他！"

俗话说，种田田头，开店店头，撑船船头。船家行船在外，就在船上煮饭吃饭，称作"脚板头上带行灶"。那船夫三步并作两步跨到船尾，掇开炉子上的饭锅，拿起铁勺，去掏那火炉子里的煤渣。我感到情况不妙，正要避开，哪里还来得及？只见一颗颗烧红了的葡萄大小的炭粒，从船板洞中撒落下来，正对着自己的胸膛，我"哎呀"惊叫一声，向后一仰，沉入水中……

第五章　愁滋味

第一节

第一晚，我不知道何时才摆脱了杂乱的思绪，也不知道何时入梦的，醒来的时候天已经大亮了。

李欣呢，人小却颇有能耐，一夜睡到天明，居然一动未动，也没有发出一点声响。当然我也是这样睡的，但我自信与他不同，因为我受过学校里寄宿生们的“专门训练”。在县中读书时，我与好朋友汝佳同睡过一床，他总是缩在床的最里边，留出大半个铺位给我，而且一动不动，他这样的好涵养影响了我。至于李欣怎么会做到的，只有他自己知道了。

我与这个新伙伴一同起了床，到门口看天井上空的一方苍穹，天阴蒙蒙的，还飘起了细雨。

潮湿的空气似乎使乡间的稻禾味、泥土味更浓烈了些，四下里除了淅淅沥沥的雨声，再也听不到一点别的声响。我想到了昨晚一同下乡来的两个女生——秀气俊俏的肖琼、腼腆会噘嘴生气的承敏颖，不知她们住在哪里，此刻在做些什么。说真的，要是能出来见上一面那多好啊！

唉，这倒霉的鬼天气！

“咿呀”一声，天井那边的门打开了，队长的女儿（还是那个大女儿）在天井那边露出笑脸来，朝这边喊：“嘿，吃早饭了！”我们越过天井，来到前厅，开始吃他们称之为早饭的粥。盛粥的碗很大，手指够不着碗底，只能像队长的儿子一样用掌托着。粥是细米煮成的，很稀薄，但里面的米粒很硬。粥里放了一些削皮山芋，甜甜的，好吃也耐饥。

很快，我就知道了队长大女儿的名字，她叫郭凤娣，才十六岁，扎两个小辫儿，大扁脸，说她不算难看已是表扬她了，不过我真的很感激她，因为她的纯真和无忌让我免去了许多拘束和尴尬。

吃完粥，自个儿把碗洗了，看门外细雨未止，跳着跑过天井回到后屋去。

太寂寞了，又没有书看，后悔没将那本没看完的《稻仙子》神话故事书带来。唉，爬上竹床，与李欣并头躺下，继续想心事、做好梦吧！

转眼已是第三天了，这鬼天气叫人无聊又无奈。

天井上空的雨细而急，由风吹刮着，打得那株梧桐唰唰作响。我们被困在屋里，看不见田陌、小河、石桥，看不见屋外的一切景色。厅屋的墙角里堆满了农家的杂物，要想舒展一下身子，伸伸胳膊踢踢腿的，也没有一点余地。

八九点钟光景，前屋里传来了笑语，天井那边的门开了，闪露出三个人来，穿着同一样式的黑白相间的条形土布衣服，嘻嘻地朝我们笑着。一个四十开外的大叔手里拿着一个纸方盒，对身旁的两个后生说："问问看呢，可喜欢下棋？"其中一个黑发浓浓的英俊小伙朝这边问道："嘿，会下棋吗？"

这个小伙子，我已经见过了，他就是头天下乡来时为我挑行李的、年轻白净的那一位，不过我不知道他的名字。

说到下棋，那倒是我在校读书时的爱好，但身处这样的境地，哪儿来这心思呢？于是我说："我不会下棋。"他们不等我多说，就一齐冒雨越过天井来了，嘴里说道："我们也不会，只好白相相（方言，玩玩）。来吧，乡下人落雨天就是休息日。"说罢，在桌上摆起阵来。

在他们摆棋的时候，我细细看那个英俊后生身上的土布衣，黑白相间，都是长条形的，虽然色彩单调，但很别致。他笑道："没见过吧？这种土布是这里的特产，外界是没有的，这里家家女人都会用木机织布，我也会织呢！"另一个年龄比他小些的后生道："喜欢吗，喜欢的话叫屋里的女人给你也做一身……"他们的淳朴与热情，令我心头一振，好，就下它几盘吧！

乡下人的棋风与他们的性格一样，温良敦厚，毫无险恶用心，我毫不费劲就可以稳操胜券。当然我也不去赶尽杀绝，只下些应付之着儿，或是占住要地，或是封住去路，眼见其将败，又故意闲走一着儿，让他绝路逢生。这样走了几盘，盘盘皆和，没有胜负。

那英俊小伙见不能胜，又招架不住，面色都红了，连说："不是对手，不是对手，央正你来！"被唤作央正的年轻人慌忙推辞："我更不来事，恒叔，还是你来！"那四十多岁的恒叔笑眯眯地说："嗯，是厉害的，央正都赢不了……"说完移座过来对弈。央正则与李欣掰起手腕来了，顿时屋子里有了笑声。

我与恒叔又下了一局和棋，恒叔诧异地笑道："你是故意饶子的。"也许是棋无对手的缘故，我和恒叔两个罢了棋局，凑过来看央正、李欣掰腕子了。

过了一会儿，看看已近午饭时分，他们便收起了棋盘，说笑着离去了。

当他们越过天井、推开前屋门的时候，见队长正与一位中年女人说着话，又听央正对那女的说："妇女队长，你交代的任务完成了……"那女的道："男的好说，只是那两个丫头家……"下文没等听完，那门就关闭了。

啊，原来陪我们下棋是有心安排的一出戏！那两个女知青呢？她们会用什么样的方式来打发这无聊的雨天呢？

第二节

好不容易挨到雨止的那一天，天终于放晴了。八点多钟，记工员瑞青来叫我们上工了。

走出斗室，来到打谷场上，阳光下的田园风光令人心旷神怡。放眼向南望去，小河那边的稻田里黄绿夹杂，稻穗在阳光下随风摇曳，宛如波涛。广袤的稻田直抵远方的村落，恰如一幅彩色的画卷。更远处，散落着的几座黛青色的矮山，碧蓝的天空便是这幅画卷的背景了。

这是一个清澈的世界，空气是那样的澄净，四周是那样的安宁，没有读书声、课铃声、喧闹声，也没有机器声、汽笛声、叫卖声，毋庸置疑，我们已经离原来那个熟悉的城市很遥远了。

工作是做蚕龙，将稻草刷去腐叶，剩下草芯，再把草芯作齐，铡成一尺来长，然后一把把地编在一根一丈多长的草绳上，便成了一条蚕龙。再将蚕龙盘在大扁里，把将老之蚕一条一条捉上去，让它们在上面吐丝做茧，叫作蚕宝宝"上山"。我和李欣边学边做着，颇觉有趣，但心里总觉得少了些什么，不时地举头四处张望，因为我没有看见一同下乡来的那两个女生。

忽听瑞青在问："猢狲，两个'丫头家'呢？"

那个被叫作"猢狲"的，是一个十三四岁的男孩，他走近来说："你问的是肖琼和承敏颖？"

"是啊！"瑞青是记工员，谁出工谁不出工是他最关心的事。

"她们一早就回城里去了！"男孩道。

"哦。"瑞青在一个小本子上做了记号。

"惠荪，你说她们回城里去了？"旁边有个女人插嘴问。

"是啊，你不相信？"男孩道。

从他们的言语中，我听出了"猢狲"便是惠荪，他们所议论的，也正是我想知道的。听说她们"回城里去了"，心里不免有些遗憾，怕她们打退堂鼓了，更担心她们从此一去不回了，那将是多么令人失望的事情啊！

"猢狲"忽然转到了我的身边，用一双喜溜溜的眼睛盯着我，这让我大惑不解。只听"猢狲"问道："亦立，这两天夜里你哭了没有？"

"哭什么？"我扑哧笑了。

"猢狲"说："头天夜里两个丫头家哭了一夜。"

"哭了一夜？"

"真的不骗你，我家豌萍姐姐和她们睡在一个房里，先是肖琼蒙在被子里哭，豌萍姐姐去劝她，结果一头没劝过来，另一头承敏颖也哭了起来，最后我家豌萍姐姐也跟着哭起来了。"

"哦……"

"我娘说，也难怪她们的，本来都是爹娘身边的宝贝疙瘩，一下子落户到乡里来了，自然是接受不了的……"

听了此话，我不免有些泄气，暗想：看来，她们就这样走了……

唉，这也是无奈的事情，分派到这么偏远的队里来谁愿意呢？人海茫茫，他乡异土，萍水相逢，有她们这么一次纯情的眷顾，也算有缘分了。

一会儿，蚕龙做好了十来条，众社员将蚕龙搀进蚕室去。蚕室就在打谷场边的队长家隔壁，里面已经放满了多层的扁架，每个扁里有千百条蚕宝宝在桑叶上蠕动，不停地昂头、低头，由上而下，起劲地啃着桑叶，沙沙地一片响，好似细雨打在芭蕉上。众人在扁里盘好蚕龙，轻轻地捉蚕上去，让蚕宝宝"上山"结茧……说说笑笑之间，这活儿便完成了。

瑞青拿了一支钢笔走过来，笑着对我和李欣说："给你们记工分啦，阿贵队长说了，对知青要同工同酬，不过你们刚来，生活还不熟，队委们研究了一下，打个八折，有没有意见？"这玩游戏一般的活儿还记什么工分？我连忙摇手说："不要记、不要记！"瑞青道："哎，怎么能不记，做了生活就要记，不记工分吃什么？"

　　记完工分，瑞青半开玩笑地说："亦立、李欣，再等一两天，等土墙头＊干一干，就给你们盖'新屋'啦！等那两个'丫头家'一来，你们就一对一对地搬进去……到时候要请吃'团圆'的啊！"他说到"一对一对"的时候，特别加重了语气。旁边的瑞青妻也凑过来笑道："哎，要不要我来做媒？""白头翁"惜阴听见了，结结巴巴道："哪……哪个要你做媒，他……他们是上头计……计划分配好的！"众人听了一阵大笑。

　　我的脸"腾"地一下子发烫了，接着低头抿嘴偷乐起来：计划分配的，这感觉真好……不过，天知道那两个"丫头家"还来不来呢？

　　＊　一种比砖坯厚的硬土坯。

第六章　露　艳

第一节

两天后，在队长家里吃早粥的时候，我从凤娣那里听到了一个消息：肖琼和承敏颖回到村里来了。

这消息也很快传遍了全村，一时沉寂的气氛变得活跃起来了。村里老的少的、男的女的，大多是老实巴交的庄稼人，有的连县城都没去过，今儿个听说来了两个天仙般的城里姑娘，没有一个不想亲眼见见的。

姑娘们私下里打听着，小伙子们也有意无意地来探询，可是没有人知道详细一点的信息，因为肖琼和承敏颖一直躲在妇女队长家里不出门。

早餐的时候，我旁敲侧击地向凤娣探询两个女知青的信息，得知妇女队长有一对宝贝儿女，大女儿十八岁，叫郭豌萍，小儿子十四岁，叫郭惠荪（绰号叫"猢狲"的），现在豌萍和"猢狲"吃香了，因为她们一家独揽了两个城里姑娘的信息源。

这天，贫协主任郭德海的小女儿阿翠，憨厚庄稼人章景方的妹妹月娥，队长郭阿贵的大女儿凤娣在场上见到了豌萍，拉住了她问这问那，说要到她家里去串门。豌萍则借故谢绝，说："我妈说了，她们初来乍到，又不是一般人家的孩子，怕见生的，村上人口无遮拦，本来是好意，话说过了头，让她们见了气就不好了……"

这些似是而非的信息如秋日和风，一阵阵地吹进了我的耳朵里，我不免心生喜欢，心里悬着的一块石头落下了。

"亦立，想不想见见肖琼、承敏颖？"惠荪在场上遇见了我，故意来挑逗了。

"有什么好见的？来了就好呗！"我嘴里这样说着，心里却是甜滋滋的。不知为何，我心里急切地想见到她们，特别是那个肖琼，那个剪着短发在公社学校操场上主动招呼我的女生，我还没看清她的容貌呢，哪怕就看一眼也好啊！

又到了一个阳光明媚、秋高气爽的日子，队长拖着嗓子喊："出工了——"

这天的活儿是给知青修缮新屋——改造打麦场北边的那个破旧的草舍，这个信息是凤娣在吃早餐的时候透露给我的。

趁上工的社员们还没到，我独自来到那草屋前，先人一步地审视这个草房子了，想象它将怎样变成我们未来的寓所。

这是一排三间式的草舍，靠着队长家二埄屋的西墙，里面居住着一个"主人"：鼻子上歇满了嗡嗡蝇群的老水牛。

哎，这是人住的地方吗？

你看这草舍，又矮又破，墙土剥落，柱歪门斜，屋顶透光；室内乱草成堆，满地牛粪牛尿；北壁上有两个小窗，用几块竖砖砌成的，倒像碉堡里的枪眼。唉，朔风起时，针眼大的洞，盘篮大的缝，这草棚子怎么能御寒过冬呢？

不一会儿，队长、队委们来了，你一言我一语地议论着修缮方案，偶尔也会来征求我的意见。所谓"征求"，其实只是一种单向交流，因为我既不懂修草屋的技巧，也不晓得今后怎样独立"过日子"，而且我也实在不喜欢住在这又脏又臭的牛棚里。不过，我自知没有一点可以违拗的权利，因此一概以"好的好的"来回复他们。交谈中，我明白了他们的意图，要将草房隔成单独的三间，最东边的一间养水牛，西边的两间一分为二，一间住女知青，一间住男知青。

议好了修缮方案，无须队长分工，他们就自觉地干起来了：一些人爬上去翻屋顶，将屋顶上的烂稻草全部换成新稻草；一些人填地皮，将那老牛踩踏了多少年的土挖出去，把干燥的土墙头挑进来，砸碎、夯实；还有一些人负责用土墙头砌隔墙——老牛与知青之间的隔墙、男女知青卧室之间的隔墙。

惜阴和他的二哥惜根，还有留须的顺伯自觉担任了"土建筑师"，剩下的男女社员便是衬匠了。

只听队长轻声说了一句："去叫那俩丫头家也出来干活吧！"话一发出，就有一个穿土布衣的少年"噢"了一声，立马向村西头奔去。

第二节

少顷，村西小河旁柳树掩映的屋角处转出几个有色彩的人影来了，呀，应该说是佳丽们来了，郭豌萍领着肖琼和承敏颖走过来了。场上众人的眼光一齐投射了过去，盯着那新来的"娉婷二美女、羞怯两娇凤"，那活泼可爱的豌萍此时成了肖琼、承敏颖的陪衬。

肖琼和承敏颖一前一后渐渐走近了，这时我可以借着这样的阵势大胆看一看她们的容貌了，哟，真的好一对身形窈窕的淑女，那样亮丽照人！

在感觉上，这次重见与一周前的初见大不相同。初见时，她们是两个豆蔻年华的女生，而现在见到的是一对花容月貌的女知青了！

说真的，我一直遗憾没有作家一般的文笔，不能将乡里女生美的观感尽情地描述出来，也许我对女孩子的认识相当肤浅，如同一张白纸。说白了，我长到十九岁从未仔细地观察过女生，今日能如此凝视她俩，真可谓胆大妄为的了！

是呀，两个女生正值十七八岁的花季妙龄，肌肤润泽，浑身洋溢出青春的气息，一举一动、一笑一颦都是纯情流露，她们是典型的城里姑娘，现在突兀地出现在小河边、村舍旁，如杨柳一般婀娜多姿，怎不引人眼目？更奇的，我隐约耳闻，这俩丫头与别的女知青不同，颇有些来历呢！凭那气质看，想必生于知书达理人家，不然何以有如此超凡脱俗之态、绝妙风韵之姿呢？

犹如一对白雪公主从天而降，给这个僻远宁静、稻香麦馨的村庄带来了怎样的色彩和元素呢？

且看那肖琼，长腰细颈，穿黛青色的上装、深褐色的裤子，走路不紧不慢，时而低首，时而仰面。低首时，欲掩饰一个少女的羞涩；仰面时，展露了她特有的清丽、娴静和端庄。但见她留一头乌黑发亮的短发，面如皓月，略带红晕，五官端正，恰到好处，眼睛里透露出一股聪慧灵秀之气，但眉间似有一丝不易察觉的抑郁之情。她的打扮素净淡雅，举止却有些凝重，使人略略感觉到这个女孩子过于深沉了些，过早成熟了些……但这毕竟不是她的内在本质，看得出来，那些故意模仿成熟女人的痕迹只是她内心思想的偶然闪露，很快便自行消除了——像她这个妙龄段里的女孩子，纯情与活力充溢了全身每一个细胞，时时都会散发出来。我猜想，倘若旁边没人，她定会一蹦一跳地走路，或者两只手一甩一甩地摆出某个优美的舞姿，或是轻吟自己心里喜欢的歌曲，或是瞄准了前面树上的枝叶，跳上去摸高。

　　走在肖琼侧后的承敏颖，长得要比肖琼略微丰满些，这是无可挑剔的健美体形。她穿着红黑彩格相间的上衣和玄青色裤子，初次见面时的两条墨玉一般的长辫，现在盘到了头上，露出了白皙的颈。她的脸蛋如水喷桃花，白里透红，红里透白，眼睛是那样的明洁，从那里似乎可以直视到毫无城府的心胸。她的一举一动显露着活泼、快乐的神情，只是此刻在众人的注目下，略显不安。她一边走一边将眼光转向小河的对岸，嘴里有点喃喃自语，显然她在转移自己的注意力。说实话，在这个悠闲得叫人郁闷的村子里，谁不喜欢这样一个秀美、欢快的女孩子呢？更何况她是一个看上去有主见的姑娘呢？呵，命运之神将她与肖琼连到一起了，可命运在灿烂的青春面前算老几呢？这一对年龄相仿的小姐妹，恰如蓓蕾初开，人见人爱，愿充满爱心的人们化成吉神来护佑她们，直到永远……

　　自然，两个天使姑娘一来到场上，便被女人们拉着手问长问短，顷刻便打成了一片，融入女人们说私房话的小天地里去了。

第七章　换　姓

草屋修缮工作开始了。

惜阴与二兄惜根爬上了屋顶，负责换稻草；顺伯与他的侄子郭央正负责换土，其余刷稻草的刷稻草，捣灰泥的捣灰泥，挑土墙头的挑土墙头。

四个知青没见过世面，没盖过草房子，只能分散在男男女女的人群里做一些简单的活儿，同时也成了村民们调笑的对象。

惜根在屋顶上大声说道："喂，亦立、李欣，你们两个今后就是兄弟了，我看干脆这样吧，房间就砌成两间，你们兄弟俩合住一间，肖琼和承敏颖合住一间，将来肖琼和承敏颖出嫁了，你们兄弟俩就一人一间，省了好多麻烦……"

弟弟惜阴在屋上笑着说："不如这……样好，灶……灶头嘛，砌两只，亦立与……肖琼合一只，李欣与……承敏颖合一只，现在就把家分……分了，岂不更……更好？"众人都笑了起来。

已过不惑之年的郭恒渡（村里年轻人所称的恒叔）挑了一担土墙头过来了，他不紧不慢地说："昨天我到八队的新沟村上去，看见那里的几间仓库上头竖起了一溜的烟囱。点了一点，乖乖，七只！心里有点奇怪，一问才知道里面住进了八个知青，一人一灶，只是其中有两个亲姐弟合用了一只……"

他的老兄郭顺和（我称之为顺伯）是一个一半秃了顶却又留了胡须的老人，此时正在场上刷草，自然不会错过诙谐调侃的机会，只听他慢条斯理地说："哎，我看干脆这样好了，今后梁亦立就叫'肖亦立'，李欣就叫'猫李欣'……肖琼、敏颖，可好？"

众人正要发笑，只听一边有人大声问："啥？'猫李欣'？"

"咦，你们没听说承敏颖的小名叫'阿敏'吗？阿敏、阿敏——'阿咪''阿咪'，不就是只猫吗？"顺和道。

众人听了笑得前俯后仰，看肖琼、承敏颖两个早已绯红了脸。我又窘又羞，只恨地上少个洞。一面又想乡下人是开惯玩笑的，不必太在意了，只是会不会把两个女生逗哭气跑了。暗中偷看肖琼和承敏颖，她两个在女人堆里说着悄悄话，好像没有听见，也就放心了一半。

真的要砌灶了，队长郭阿贵开始说话了："亦立，你最大，你看看砌几个灶头好？"

"哦，砌几个……"我第一次遇到这种问题，不知如何回答才好。

还是李欣，年纪虽然最小，反应却很快，插上来大声说："听听她们两个女的意见看！"阿贵队长是不轻易开口的人，当然也不会去问两个女生。只听肖琼接话道："房子这么小，我看砌一个灶头就够了。后面两个半间做两个房间，前面两个半间砌一个灶，设一个客厅，吃吃饭、看看书——敏颖，你看呢？"承敏颖道："是啊，我们不要学他们新沟村上，砌了那么多的灶头，屁股也转不过来，若要是叫我住在那里，岂不难过死了——就砌一个灶头，蛮好的、蛮好的。"

听了这些话，我心中甚喜，因为这正合了我的意，在家从来都是母亲做饭，在校则在食堂里蒸饭，从未独自烧过饭。况且我也很想与她们吃在一起，虽然嘴上说好有个照应，实际上谁不愿意与漂亮的女生同吃同住呢？只不过我是个男人，不能强人所难。想不到她俩主动提了出来，让我感到意外，进而由意外变成欣喜，由欣喜而生钦佩之心，小小女子竟如此有胸襟，难怪古人说"有志不在年高""巾帼不让须眉"哩！

队长回过来对我道："就依她们砌一个灶啦，啊？"我连连点头道："好的好的。"

李欣看上去很得意，嘴上却道："我的意思也是砌一个，只是考虑到她们两个女的可能要吃些亏。因为口粮是按计划分配的，同吃一只锅里的饭，男的吃得多，自然不会有意见的了。关键是她们，不怕吃亏就好了——既然她们这样说了，那么今后我们男的就多出点力气，多做点生活来弥补弥补吧！"

场上的人听了四个知青一番言语，窃窃私语，个个跷指称赞，原来肚皮里藏了一大堆俏皮话的，一时也派不上用场了。

灶头砌了一半，吃饭时间到了，于是各自散去。

在队长家里吃午饭的时候，我心情特别好，胃口大开，那碗中的米粒晶莹白亮，宛如珍珠，吃起来喷香可口，思忖着没有下饭菜也能吃上三大碗呢！菜也很新鲜，都是自留地上种的，炒菜的油也是用自家种的油菜籽轧成的。我吃了满满三碗饭，还不算很饱，但不敢再去盛饭了，因为谁都知道粮食是按计划分配的啊！

　　当然每隔一天我会把粮票、钱算给主人家，标准是每天一斤半粮票，一角三分一斤，算好了，交给队长家里魁梧的女人。女主人也不嫌多嫌少，默然收下无语。我看出来她蛮乐意的，因为我给的是全国通用粮票，乡下人很少见到的，这比起他们用米囤来保存粮食显然要方便得多。

　　下午砌男女卧室之间的隔墙了。草屋原是牛舍，中间的木梁只有一人多高，又很细，承受不了太大的压力。现在中间的隔墙只能砌到那木梁下了，上面露出一个大三角形空当儿。

　　瑞青似乎寻到了笑料，他对李欣低声道："李欣，横梁上面的隔墙就不砌了，给你留个方便，夜里要是睡不着觉、想女人，床上立起来就好看见肖琼阿敏了！！嘿嘿……"顺伯道："上面当然不能砌起来，谈恋爱也方便，晚上躺在被窝里就好谈了！"这笑话从一个五十多岁的过来人嘴里说出来显得多么自然，一点也不刺耳。呵呵，年轻小伙子只能在一旁咧嘴笑笑，他们是无权轻易插嘴的。

　　傍晚时分，屋顶新稻草铺好了，灶、隔墙砌好了，屋里的土也夯实了，墙里墙外粉刷得雪白，令人耳目一新。

第八章 草庐结义

第一节

干活的社员们走了，四个知青却舍不得离开这里，一边欣赏新舍，一边手脚不停地做着清扫整理工作。

此时再看草屋，它完全变了模样，你看它：粉白土墙犹似雪，顶铺新草厚绵绵。檐牙前后金茎露，屋脊东西灵鹊旋；一副灶头将点火，两间卧室并齐肩；客堂起坐皆完备，只盼新人吉日迁。

我心中暗喜道：人要衣装，佛要金装，想不到这牛棚草舍经过一番装修，居然变了个样，像个可住人的地方了，比起寄住在别人家里受拘束，岂不强似十倍？更何况有两个漂亮女生同住一处，天天可以碰头，日日可以相见，这等世间美事哪里去寻？回头见肖琼、承敏颖、李欣三个脸上都绽开了笑容，一副欢喜雀跃的样子，刚才在众人面前还少言寡语的，现在一个个七嘴八舌、评头论足起来了。

李欣说："记住了啊，我们男的睡在西边，你们女的睡在东边。"

承敏颖道："东隔壁是牛圈，夜里牛叫闹起来讨厌死了！"

肖琼道："夜里牛是不会叫的，只会反刍。"

承敏颖低声怨道："哎，怎么会让我们女生住东边呢？乡下不是有这样的风俗吗……嗯，叫'哥东弟西'……不对不对，'男东女西'？"

李欣听见了，道："这是没有办法的，是副队长定的，你没听说？做门框的时候还特地将西边的加高了一寸呢！"

肖琼道："阿敏，这有什么关系呢？东室靠在里边，也隐蔽些，岂不更好？你若怕夜里牛吵闹，将我的铺搁在最东边好了！"

李欣道："这年头也不时兴老一套了，西边为大了，男卧室里的西铺就让给亦立，我的铺也置在靠东吧！"

肖琼道："啊，草屋，想起来如做梦一般，多有诗意啊！"

李欣道："这叫作'金窝银窝不如自家的草窝'。"

我道："就权当学校组织出去远足了，胜过野营露宿……"

敏颖道："野营哪有这么好的条件？就当下乡支农吧！"

肖琼道："支农是十天半月的，现在是要扎根过日子了，做生活挣工分，自己做饭自己吃了……"

承敏颖来到灶前，忽然转了话题，兴奋地说："今后我来做饭。"

李欣道："我来烧火。"

肖琼说："忙头一到，谁先到家谁先做饭，乡下人都是这样的。"

李欣道："早上起来就淘好米，洗好菜，不然来不及的。"

肖琼说："只是没有电灯，晚上要准备一些蜡烛。"

承敏颖道："哎，我们搬进来的时候要不要庆祝一下？"

……

欣赏着新改建的草庐，听他们说着轻松的话语，我的心里好不喜欢！不知不觉间暮色降临了。

队长到草舍里来看我们了，他自然知道我们的心思，便对我们四个说："现在还不能搬进来，等房子干一干再搬。这样吧，明天你们先到仓库里称一百二十斤陈稻，挑到电灌站那里轧了米，等新稻上来了，再给你们分口粮……好了，吃晚饭的辰光到了，走吧！"

正说着，豌萍从村西头一蹦一跳地过来唤两个女生过去吃晚饭了。

当晚队长家吃的又是山芋细米粥（庄稼人只在午间吃米饭），耐饥又省粮，这是村里人的习惯，家家如此。做客在队长家里，我与李欣也只能入乡随俗、客随主便了。

第二天，四个知青去仓库里称了稻谷，分两担去电灌站轧成了米，寄放在队长家里。

草庐吸引着我们，每天早晨，四个知青都不约而同地到这里来会合。

啊，一天也等不下去了！与其说为了摆脱寄人篱下的束缚，倒不如说是对自由的向往和追求；与其说是秋忙时节的催逼，倒不如说是同命运的少男少女们之间一见倾心的爱慕、依恋和吸引。我伫立在草舍前，望着远方的田野，思绪万千……

金风呵，拂过广袤的稻田，

草庐呵，难道你与我今生有缘？

因为你，便有了一个理由，

因为你，遂了少年的心愿。

从今以后，

心中的伊就在身边，

爱慕的人将长相伴。

一日不见兮，心若有所失，

蓬荜生辉兮，伊人入庐时。

伊人伊人，

不可言之，唯我心知，

但愿汝也知，

庐中结兄妹，莫非乃天赐？

第二节

次日早，我与李欣起来，到豌萍家叫了肖琼、承敏颖两个，一同上街到供销社去，用上头发给的生活费和购物券去购物——我与承敏颖的生活费是每月每人六元，肖琼和李欣每月每人七元，购物券有铁锅券、竹榻券和专门发给女知青用的脚盆券、马桶券。

来到镇上，四人一同走进供销社里，挑选了四张竹榻和四副竹马，女生买了铁锅、脚盆、马桶。然后分开自由选购，我买了笔墨和一些红纸。回头见肖琼、承敏颖提了物事过来，却是碗筷、盐酱、火柴、蜡烛等物。暗想女孩子果然细心，像过日子的样子了。于是组成了两副担子，我与李欣各挑一担，兴致勃勃地顺着原路赶回。一路上，乡人目中尽露诧异，无不歆慕。

有道是：共往同来形影随，宛如两对好兄妹；乡邻见了皆称羡，我若有缘也插队。

下午，村里木匠郝林度主动送来一张桌子，说闲放着不用，先借给知青用起来。队长之妻送来了几棵苏州青，妇女队长送来几只嫩茄子。傍晚，开始做第一顿饭了，大家兴奋异常，承敏颖洗菜，李欣烧火，肖琼上灶，忙活了起来。

在他们忙于炊事的时候，我在客厅墙上恭敬地贴上了毛主席像，又裁好了几张红纸，铺在桌上，耳听着他们在灶边争长论短，说些怎样挽草把和锅里加多少水的事，自己则一边思索，一边提笔准备写对联。

"喂，你们想好了没有？我要动手写了。"我道。

"哎，别忙着写对联……"这时，肖琼拿着一只放了匙子的空碗，走到我身边道："你先去隔壁邻居章景方家借几匙子菜油来。"她面带笑容，话语恳切，充满期待，呀！好一个无可违拗的甜妹子呵……我顿时感受到一份从未有过的信任和亲切，自然乐而为之。临出门，肖琼又关照道："记住了，三匙子，以后要还他的。"借了油回来，把碗交给肖琼。她在灶前一边做菜一边道："梁亦立，你大概早已想好什么对子了，是吗？"我道："我是想好了一副，不过女生门上的还须你们自己想。"敏颖在肖琼旁边道："你想写什么，先说出来听听看！"我说："等会儿你就知道了。"敏颖笑了笑道："我倒想好了一副，但只好用在你们两个男生门上……"烧火的李欣探头出来问道："那是什么？"敏颖道："我先问你，你是属什么的？"李欣道："属龙。"敏颖道："梁亦立呢？"我说："属虎。"敏颖拍手笑道："这就对了！便写'虎踞龙盘，天翻地覆'。你们两个，一个属'虎'一个属'龙'，岂不是'虎踞龙盘'？今儿个屋顶也翻了，地皮也换了，岂不是'天翻地覆'？"大家笑了，说有意思。肖琼却道："不可不可，这样说出来只怕亵渎了好诗句，倘若来个多嘴的，少不了会引出麻烦来。我倒有一句平日里最喜爱的句子，也是毛主席的诗词：'俏也不争春，只把春来报。待到山花烂漫时，她在丛中笑。'我们就用这首词的开头两句'风雨送春归，飞雪迎春到'，其中有'归''到'两字，意境全在中间了！"敏颖又拍手道："好！好！"李欣笑道："也对，你们两只'兔子'便可以躲在草丛中笑了！"敏颖笑着道："肖琼比我大十个月，她是大兔子，我便是小兔子了！"听她们一说，我便当场提笔献丑，龙飞凤舞，将这副门联写了出来，但见：

风雨送春归

飞雪迎春到

横联：

丛中笑

接着又写一副，大家过来看，却见是：

田头自有千堂课

草舍何输十载书

横联：

接受再教育

李欣看了，皱起了眉头说道："'田头自有千堂课'还好说，岂有'十载书'不如两间'草舍'的？嗯……"

我笑道："呵呵，只是一时之兴罢了。想我下乡之前，名义上读了十二年书，扣去文革停课闹革命两年，实际上只读了十年书。虽说是十年寒窗，但见识并无多少长进，倒是这草舍成全了我们，让素不相识的四个知青成了风雨同舟之人。思前想后，就像以前的书全都白读了一样。"

肖琼端了饭菜上桌来，宛然主妇似的说道："好了好了，又不是作诗论对的专家，写对联只为图个吉利。这是我们第一顿饭，倒要庆祝庆祝的了。"

"对，今晚要庆祝庆祝！"四人异口同声，于是一齐围桌而坐。

第三节

晚餐太简单了，各人面前放一碗粒粒饱满的米饭（难免有点夹生），桌子中央放着一碗青菜、一碗茄子和一碗漂着几点油花的酱油汤……哈，可另有一样东西让人瞩目：一块孩儿巴掌大的月饼，被十字交叉切成了四块，用白纸垫着，放在菜碗的中间。

"咦，哪儿来的月饼？"我有点惊诧。

敏颖道："是肖琼在街上买的。当时我还在想，肖琼为何买了一只月饼？难道她要偷偷吃个私食不成？当时想想也情有可原，也就没有问她……"

肖琼抢过话头道："大家别忘了，今宵是中秋节哩，今日虽然离别了亲人，但又是我们四个知青聚头之日，只是我袋里的钱不多……"

李欣道："正好、正好，只需一只，四人分了吃，多了反倒无趣。"

肖琼道："我也有这个意思。"

我心底里想说"多谢肖姑娘有心"，嘴里则道："好！我们动手吃吧！"

于是各人取了一块，一口便吞了。待将举筷，却见敏颖在揉眼。敏颖见三个人看她，红了脸，索性将头伏在了桌上，不免让人讶异，一时间谁也不动筷不说话了。肖琼推了推敏颖道："阿敏，不舒服吗？"敏颖抬起了头，两眼微微发红，道："没什么，只是眼睛里痒痒……吃到月饼有点想家了。"又道："肖琼，你会怪我吗？"肖琼拉了她的手笑道："好妹妹，怪你什么？到了乡下，有你这样的妹妹做伴我高兴还来不及呢!"大家一齐笑了,但还是不动筷子,一齐将目光盯住了我。

我心中暗思,小小月饼,直可催泪,今日之餐,也是奇缘。想我岁数最大,她们一定期待我说点什么。仔细想来,若不是上山下乡的大浪潮,我们几个会到这里来吗?若不是公社里俞干部"乱点知青谱",我们四个会相遇吗?若不是村里没房子,我们会住进这牛棚草舍吗?若不是两个女生有胸襟,今晚我们四个会同桌共餐吗?想到这里,喉咙里有些哽噎,纵有千万言语也吐不出一个字来。又寻思道,古语云"鸣其嘤矣,求其友声",鸟雀尚求友声,何况人呢?青春做伴下乡来,这草舍似乎就是等我们几个来聚缘的!我打心底里一百个愿意与你们吃住在一起……今晚我们不妨来个"草庐结义"、结拜为义兄义妹吧!但愿吃了这顿饭,你们就是我的弟妹,我就是你们的兄长……

想到这里,脱口而出道:"从今往后同甘共苦……"

此话一出口,肖琼立刻接应道:"对,同吃同住了,就像一家子的兄弟姐妹一样……"

李欣豪气地说道:"有福同享,有难同当!"

承敏颖柔婉地说道:"今后一定要同来同往……"

我见他们如此说,心里很激动,眼里也湿润了,大家的话里都有一个"同"字,把心里话和盘托出了……今番这个"义"结定了……

我有些发窘了,环顾左右而言他,为了掩饰心思,低声向坐在对面的敏颖问道:"好点了吗?"敏颖点了点头。我长吁了一口长气,忍住了热泪。

俄而饭毕,夜色上来了,没有电灯,书也看不得,况且劳累了一天,倦意也上来了。于是点了蜡烛,男生归男生,女生归女生,随心地说着话,各自进房整理被头床铺去了。

第九章　薄墙两边

　　且说四个知青点了蜡烛，男女分开各入一厢，理好床铺，落了蚊帐，熄了烛火，上床休息。只因入眠时间尚早，大家又熟识了，免不了还要说说闲话。这草庐虽说是两间，实际上只有农户一间屋子那么大，中间木梁上方没有隔断，四野里又很寂静，如同一间清静的茶室，即使是躺着聊天，一点也不费力气。

　　"哎，你们闻到一股味了吗？"李欣一个翻身，竹榻便咯吱咯吱地响。

　　"稻草味。"墙那边的敏颖道。

　　"嗯，还夹杂一点牛粪味……"李欣道，"肖琼，你们丫头家长到这么大，一定是头一回住草房子吧？"

　　"草房子是小孩子的说法，"肖琼道，"以前书上读过，农夫叫草屋，诗人称草堂，隐者称草庐……嗯，好像还很有诗意似的，只是没想到……我们也会以草舍为家……"

　　"牛棚改造的草舍…"李欣补充道。

　　"下乡之前，管区主任动员时说就插在公路附近的队里，回城很方便的，乡下准备了最好的房子，女生或许还能住上红漆地板房呢……我还跟班里一个要好的同学约定了插在一个队里，管区主任也同意了。谁知道一下来全变了……"敏颖道。

　　"听说插到吴江去的那一批，乡里放了许多小船来接的，船头上系着彩带，就像姑娘嫁人小伙迎亲一般热闹……"肖琼道。

　　"哦，坐着小船下乡去，看湖光山色，一片诗情画意，那地方一定很美。"我心里想，但没开口。

　　"听说到江西、云南农场去的也别有风趣，农场是派了牛车来接，那牛车咿呀咿呀的，慢得要死。你坐上去只顾困觉好了，那牛也认得路的，到夜自然会进场的。"李欣道。

　　"正是正是，我姐姐就去了云南的一个农场，那里红土地，红土山，进了山林，尽你放大了喉咙喊，放开了胆子唱，也没有人理的，连山贼强盗的影子也没有一个。"敏颖道。

"难道不怕惊动了山里野兽？"肖琼道。

"呵呵，野兽倒没听说，只听说那里好多上海知青住的也是草屋，也有木屋、竹屋的……据说那里有很多蛇，夜里睡着睡着，突然'嘭'地掉下一个软绵绵、滑溜溜的东西来，压在被子上蠕动，用手一摸竟是一条蟒蛇……"李欣说。

"啊？"敏颖惊叫了一声。

"这边屋子里的女知青吓得尿床，那壁屋子里的男知青吓得掀了铺盖，一齐逃出去了……"李欣道。

"这草屋不会有蛇吧？"敏颖道。

"哪会？李欣故意在吓你。我们住的屋顶，刚换过新草，很结实，就是有蛇也钻不进来……"我说归说，眼睛不自觉地望了望砖窗，因为那里是蛇唯一能钻进来的地方。

"承敏颖——你放心，就是有蛇落下来，只会搁在中间的梁上，最多落在帐子上……"李欣道。

"阿敏，别听他瞎说，我们来了这么多天，何曾见过一条蛇？'上有天堂，下有苏杭'，不要忘了我们这里毕竟是鱼米之乡啊！"肖琼道。

"这话我信，比起那些刀耕火种的山林里，我们这里不知强多少倍呢！不然，上海知青也不会千方百计要求调回去了！"敏颖松了口气道。

"就是草屋，也是自己的好。住在人家妇女队长家里，虽然条件好，但总有不便之处……别的不说，单说洗澡，就受不了。"肖琼道。

"如何受不了？"李欣隔了墙问。

"头一天晚上洗澡，我和阿敏就惊呆了。妇女队长掇出来一个水缸来，上面盖一只盘篮，露出一条缝来，人就躲在里面洗澡……"肖琼道，"这还不算，还有一个规矩，男人洗了才可以女人洗……洗澡水也不换的，一盆水要洗一家门。洗了一回便找个借口，不洗了！"

"还有呢，诸多不便，不比你们男生，比如……不说给你们男生听了……"敏颖说了半句打住了，听者也不再多问。

李欣转话道："我们男生还不是一样？在队长家里吃饭，须看人眼色。比如端上来一碗菜干肉，尚未举筷，队长的大儿子立即就说：'这是看菜！'怕我们不懂，又说：'请匠人时才端出来，桌上摆摆的，平时只看不吃的……农忙时候，才能吃一块两块的……'"

"唉，端人碗受人管，人在屋檐下哪能不低头？从今后我们自己过日子了，自由自在，即使多吃了一碗饭，多夹了一筷菜，大家也不会计较的了！"我道。

"是的，原先我愁也愁死了，倘若真像别的队里一样，知青各住半间，各烧各吃，农忙起来，来也来不及，日子怎么过得下去呢？现在好了，大家一齐动手，互相照应，又热闹又省事。"敏颖道。

"也不会哭鼻子了……"李欣道。

"谁哭鼻子？"敏颖道。

"除了你们两个丫头家，还有谁？"

"你胡说。"

"哼，胡说？全村人都知道你们头一晚躲在被子里哭的事情了！"李欣笑道。

"那是'猢狲'瞎编的。"肖琼道。

"至少今后不会再哭了。"我帮着打圆场了。

"不哭？难说的，锄头钉耙不是绣花针……"李欣道。

"那天本来是不哭的，是我姐姐下乡找来了，陪着说了半天的话，也蛮开心的。不料到了姐姐临别要走的时候，鼻子一酸，眼泪控制不住流了出来，害的肖琼也哭了起来……"敏颖道。

"好了，现在要哭也有一个自己的地方了。今后生活吃不消了，要哭的时候先告诉男生一声，让我们好躲开点，不要让我们听壁脚。"李欣笑道。

"现在……敏颖的姐姐再来，也不会哭了。"肖琼道。

……

正说着，隔壁传来了"咕噜咕噜"的响声。"哎，什么声音？你们听见了吗？"肖琼不免有些惊愕，因为她的铺与牛棚只隔了一堵薄土墙。

第十章　草庐月色

四个停了说话，侧耳倾听。稍过了一会儿，牛棚那边又传来了"呱——呱——"的怪声。

李欣诙谐地说道："哎，阿敏，定是你刚才说'牛车接知青'的事情，把隔壁的牛引出声来了。"

"胡扯什么呀？"

"哎，牛是有灵性的。我在一本书上看到过，一个牛倌赶牛车拉猪粪到田里，在田头只顾与人说话，一时忘了回家，那牛等急了，竟自己低头用牛角将车套挑了起来，拉了空车就走……"

敏颖道："牛哪有这么聪明？还不是因为你说了草屋顶上掉'蛇'，把隔壁的牛也吓着了？"

肖琼笑道："这年头还兴迷信？想这牛一直独居三室，夜里从未听到过有人说话，现在听我们讲得有趣，也不甘寂寞了！"

最西铺的我也笑了，道："待我过去看看。"一骨碌从塌上爬起来，从铺下网兜里取了手电筒，披衣出门。

出了门来，见门前月光如银，照得场上白亮似雪。举头看，一轮明月已挂在中天，夜色中薄雾升腾，空中流光如霰。

我感叹道，如此皓月，竟然一丝亮光也透不进草舍来，想必是砖窗太小又有树枝遮掩的缘故。今夜若不出来，岂不是把大好夜景错过了？且慢赏月，先去隔壁牛棚里看个究竟再说。我来到牛舍门口，见门未锁，上面只用布绳在扣钣上打了个结，便解了结，推门进去。里面黑洞洞的，小心翼翼地用电筒照过去，见老牛安静地躺着，偶尔用脚在地上划动几下，发出些响声。又见旁边堆了干草，便取了几把干草放入牛食槽里。

转身出来扣好门，再看那月，正似飞镜当空，清光千里，而村庄静谧，稻香四溢，这情这景让人欢喜不尽。心里吟道，村夫不赏月，空负明月光。若早早上床睡了，真的辜负了这良辰美景……

忽然又记起那个神话故事里描述的情景，月朗、风和、稻熟、村静……这正是稻仙子出现的场景啊！但那毕竟是神话，是一种美好的理想寄托。我被迫而来，并没有扎根这片土地的理想，即使真有其事，稻仙子也不会眷顾我的。但这夜太美了，我的心境甚好，顿觉一身轻松，气血流畅，便走至一块开阔地，弄拳踢腿，在场上练起拳来了。

一会儿，草屋内有人出来了。一个女子道："我说怎么不见梁亦立人了呢，原来在这里打起拳来了！"另一个女子道："怪道呢，原来月色太诱人了！"这两个自然是肖琼和敏颖了。

又听肖琼道："端的是一轮好月！没有一片云彩遮掩，连月中桂树、玉兔也看得见了，难怪古人说'皓月千里'，一年也只能见上一回。"转而又若有所思地低语道："……不应有恨，何事长向别时圆……但愿人长久，千里共婵娟……"

我知道她在思念家人了，怕她们伤感，停了拳走近她俩身边，随口道："不到乡下，哪里见得到这样的好月？课文里读过《荷塘月色》，文章虽优美，但写的只是校内之景；古人登楼作赋，望月兴叹，却很少有乡村情调的——你们看啊，这里却是另一番景色，明月、稻田、草庐、村落……"

"还有四个半夜里起来看月的傻乎乎的知青！"李欣突然在我们身后附和道，他不知什么时候也出来观月了。

"不，四个乔迁草屋的新农民。"肖琼纠正他道。

"哎，看了月，回去蒙了被头好好想一想，明天每人交一篇作文，题目嘛，不妨就叫《草庐月色》，登在小评论的板报上，让贫下中农老师们看看，这些来接受再教育的学子合格不合格……"接着李欣又说了声，"真是好月。"便回屋里去了。

"刚才你练的是什么拳？看上去刚柔相济而又具爆发力似的。"肖琼问。

"陈式太极拳。"我道，"下乡来前三个月学的，还不甚熟练呢！"说话间，我已经闪至一边，摆开马步，站起桩来。

只听敏颖悄悄对肖琼道："小时候我听外婆说中秋月是琉璃智慧光，我爷爷说月亮是盘古的一只眼睛。肖琼姐姐许个愿吧！我姐姐说面对没有云彩的明月许愿最灵验了，因为嫦娥仙姑看得见的。"

肖琼笑嗔道："你这丫头蛮迷信的，若真有嫦娥，今宵你我就随她一起去了。"敏颖道："天宫太冷了，要去你去，我是不去的。"两个说笑着，闪至一边双手合十，低头不语，样子在默默祈祷。但听肖琼悄悄的一声自语："保佑他平安无事，此时也在赏月……"她的声音极低，就如耳语一般。

乡村之夜宁静极了，除了草丛里偶尔传出的几声虫鸣，连草把落在地上也能听见，我的耳朵这样灵敏！她的话飘入我的耳中，让我顿生疑虑：她说的"他"是谁？难道她早已有了心仪的男生？哎，这与我有何干呢？胡乱猜一个女孩子的心思是大忌，尤其是当兄长的，更应当宽厚包容。况且我的愿望已经实现，就是希望与她，还有她分配在一个队里，至于那个"他"没有我关心的必要。

稻田间、小河边徐徐吹来一阵微风，拂动了肖琼的睡衣和敏颖的长发，充满泥土味、杂草味的草舍前飘来了淡淡的少女气息。

两个姑娘在草舍前开始嬉笑了，敏颖对肖琼道："你许了什么愿，说来听听？"肖琼笑道："怎么不把你的说来听听？"敏颖嘿嘿笑了，沉思了一会儿道："我的愿与你的愿是一样的。"肖琼道："你又不是我肚里的虫子，怎么知道与我一样？"敏颖道："我猜得出来。"两个一边说一边调笑起来，转身往屋里去了。

我继续在屋外站着桩。

受她们的启发，不由得心中暗忖，明月当空，我要许愿吗？不，不必了，因为我不能明知不可而为之。

我的愿望是回到母亲身边去，在母亲身边养好伤，然后在城里找份不伤身的工作……这可能吗？那简直是痴人说梦！这世上除了母亲没有人会同情你过去的遭遇，况且刚刚落户到了这里，城市户口转成了农村户口，社员证都领了，上头还在一个劲儿地号召知青要扎根农村一辈子呢！

想到这里，我叹了一口气，现在只剩下一个愿望了，那就是与善良美丽的她俩在同一个村子里……这不是已经实现了吗？还与她们同住一个屋檐下，不但顺遂了我的初衷，而且还超越了我的期盼，还有什么不满足的呢？

那么祈祷吧，请明月和或许存在的稻仙子见证，我的心与空中的流光一般明澈，我要呵护好这个知青小家，让这里的每一个成员像现在一样欢心和自在。

第十一章　红石榴

　　每天，总会有村民或小孩子送些青菜、茄子、萝卜之类的蔬菜到草屋里来，帮助我们缓解吃菜的难题。

　　这一天，村里的英俊男郝阿鸾送青菜来的时候，带来了几只成熟了的石榴，说是自己屋后的石榴树上结的，摘来送给我们玩玩的。

　　那石榴个儿虽然不大，但红得鲜艳，谁见了都喜欢。在门口，我虽与送石榴之人拍面相迎，却没有伸手接纳，因为我想女生见了一定会更欢喜。果然肖琼闻声过来了，她面露惊喜，红了脸对郝阿鸾莞尔一笑，抢先接了，当下她用一个小网兜装了，挂在室内北窗旁边。

　　晚上，夜风从枪眼似的北窗里吹入，带来阵阵清香。说实话，也很难分清是石榴香还是田地里飘来的稻禾香。也许是出于对红石榴的偏爱吧，肖琼便给自己的卧室起了雅名叫"榴香房"，当然这个雅名一直没有传到外面去。

　　又一日，榴香房里的两个女生尚未起床，我便开始做早餐了。先将隔晚剩下来的有点夹生的米饭放入锅里，加上水，盖好锅盖，然后坐在灶门前点火——这时我笑了，因为从灶门口的乱草看，她们还不太会挽草把。这也难怪她们了，城里人家哪有这种灶头呢？恐怕只有我家除外。当年嫁到城里来的母亲不顾父亲的反对，硬是在东屋砌了一灶。之后，乡下的外公每年会给我们挑几担稻草上来，以补炉煤的不足，因此我从小就会挽草把。有趣的是，灶膛门前的小凳子底下会长出尖尖的竹笋来——那是从墙外竹园里钻过来的。这无疑增添了我童年的乐趣，丰富了我童年的想象力。我边烧火边想着这些往事，又挽了许多草把堆在角落里，说实话，在城里的时候我没有这么勤快的。

　　粥很快烧开了，不必再添火，焖一会儿就行了——队长家就是这样做的，只是我们没有山芋放在粥里。

　　吃早饭了，大家围着桌子喝粥，咸菜萝卜干也没有，照样喝得很开心。

　　吃着粥，不时地看看身边的女生，首先是肖琼，其次是敏颖，而她们也会看过来的。尤其是肖琼，我与她四目对视的一瞬间，她会嫣然一笑，露出了洁白的牙齿和红润的舌尖。此刻，我与她的秀容贴近了，不免略感羞赧，禁不住低下头去，暗中将她这份甜美的笑摄入脑子里，储存起来。

自此之后，日积月累，摄入一份就储存一份，多一份储存就多一份爱慕之心。

这天，队长没有喊出工。肖琼见闲着没事，便道："我们来打牌吧，我带来了一副扑克。"而李欣道："我带来了一副跳棋，我们还是来走跳棋。"一个说先打牌，一个说先下棋，最后拗不过小男生李欣，因为他在桌子上抢先摆起了棋盘。于是四人过来围桌子坐了，开始掷色子下跳棋。一时间，对面的伸出红酥手，旁边的抒出白玉腕，那一个展开了翻书指，这一边搓了搓抚拳掌，你抢色子我抢棋，好不热闹……

下了一两盘，觉得无趣了，便开始打牌。直打到中午，敏颖见手里抓的是一副烂牌，便将牌往桌子上一甩道："该做饭了。"

饭后，我偶尔往女生房子里看一眼，见肖琼独自坐在床边玩赏着鲜红的石榴。

第十二章　谜底还有谜

这一天过得特别快。天黑之后，我们又早早地钻入被窝，西厢里的男生和东厢里的女生开始了饶有兴趣的草庐夜谈。

这边西厢里的李欣道："我们来猜谜吧！每人出一个谜，大家猜，看谁出得好。"东厢里的女生赞同了。接着大家各出了一些谜，都太简单了，不费心思就将一个个谜猜破了。李欣道："不行不行，要出难一点的。"

那厢的敏颖想了一想道："好的，我来出一个：春雨绵绵妻独睡，打一字。"

嗬，这丫头居然出了一个"妻"和"睡"之谜，若在白天她一定会脸红到脖子根上，因为她还不足十八岁。

这厢的李欣道："这个也不难，不就是'一'吗？"

那厢的敏颖道："怎么是'一'？"

这厢的李欣道："'春'字头，雨绵绵，即去'日'；妻独睡，即去'夫'，剩下便是'一'了！谜语书上有的，不难不难。"

敏颖笑道："嗯，看来你这个小弟弟是蛮聪明的。"

李欣与敏颖的睡铺之间只隔一堵薄薄的土墙，若没有那堵薄墙，一只手伸过去就可以触摸到对方，当然这仅仅是一种距离上的假设。

东厢的肖琼说话了："我来出一谜，听好了：虎帐夜谈兵，吉主被撵走；但忌帐中空，垂帐留一口。打一字。"肖琼说完，大家寂然无声了。

我心里道："文文秀秀的肖姑娘居然'说虎谈兵'起来了！这个谜语果然难了，难就难在'虎帐夜谈兵'上，若不知出典如何猜得出下文？"

肖琼见大家无声，便提示道："大家还记得搬进来的第一天晚上吗？说得最多的有一个字，便是这个谜语的谜底。"

"哦？"大家都开始了回忆，可一时仍想不起来。

稍停，肖琼又补充道："再提示一下，那晚除了亦立只说一遍，其他阿敏、李欣和我都说了两遍。我算了算,这个字那天共说了七遍呢!"

"那天说了七遍?那是什么字呢?"我还是想不出来,"不管它,还是先猜谜吧!嗯,对了,'虎帐夜谈兵'说的是西汉名将周亚夫的故事,后人将此语引申为'周'。周字框中有个'吉'字,吉主被攫走了,最后'垂'了帐,留下'一口'……哈哈,此便是'同'字无疑了!"于是我随即道:"同!"

肖琼道:"对了,是'同'。"

李欣道:"我也正想说'同'字,因为那天说得最多的只有这个字。"

"同来同往,同吃同住,同甘共苦,有福同享,有难同当……果然说得最多的是'同'字,连起来就是'一同'……今后的一切就是从这个'同'开始……"敏颖欣喜地说。

说到"一同",自然联想到了"一同下乡插队来"的现实。人生难料难测,大半个月之前,怎么会想到这四个陌生的男女在同一个草庐里过日子?沉思了一会儿,我忽有所悟,于是随口道:"我也来凑上一谜,大家猜猜看:同一屋檐下,四人巧相逢;柱子出头时,檐下少一人。打一字。"

大家不发声了。

这个谜语完全是我临场发挥找不到出典的。静待了很长时间,我只好摊出谜底了:"是个'來'。"

敏颖乐了:"哈,正好应了我们四个'一同来'了!"

李欣也道:"嗯,今天这谜语会有意思了,巧就巧在三个谜底是'一、同、来',好像是事先特意设计好的一样。"

不料肖琼道:"不好。"

敏颖道:"怎么不好?"

肖琼道:"'一同'没什么不好,不好的便是这个'來'字。"

三个听者以为她本不愿插队下乡来,故说此言。然而,倒引发我思索起来了,这姑娘与我初见时,便有一见钟情之意;到了村里修草舍时,社员们故意调侃将我与她唤作了"肖亦立",她居然一点也没生气;迁入草舍后,我常常和眉善目地瞅她,她也频频含笑顾盼。看来,我俩或有大缘!但今晚我出的谜被她否定,不知是何道理。这"來"字有什么不妥?苦思了许久,实在想不出缘由。好在来日方长,以后再问她就是了。

正待迷糊糊地睡去,忽听外面有人砰砰地打门,一个男人在喊:"梁亦立,梁亦立……"

第十三章 恩怨偷肥人

第一节

听见有人打门，我连忙起身，边穿衣边往厅上走，嘴里不免叨咕："半夜三更的，何人砸门这么凶？"开门一看，只见郭央正敞开了衣襟，神色慌张道："亦立，快来帮忙，顺伯的大儿子蒙正突然肚子痛得厉害，要送公社卫生院，快快……"

我顾不得与里屋的李欣他们几个打招呼，急匆匆地跟随央正而去。

奔到顺伯家门口，其家人已将蒙正抱上了小推车，推了上路。乡路颠簸，没走几步，痛得蒙正直叫唤，于是我俯身背起蒙正便走。央正与兄弟一个推车一个跟着，路上轮流替换着背蒙正，一路小跑似的到了公社卫生院。巧的是县里下来了一个外科医生，当下诊断是急性阑尾炎，要动手术。众人忙前顾后，将病人推进手术室……等了个把小时，又听得传话出来说手术顺利，病人已无大碍，便留下后面赶来的蒙正媳妇看护，其余人等回村休息，此时天已微明。

回到草屋时，我已疲惫不堪，入室倒床便睡。肖琼、敏颖过来问情况，我简单答了几句。两姐妹甚为感叹，耳边听见李欣在埋怨："你们走得也太快了，我后脚赶来已不见了踪影，为何不等我一等？"肖琼笑道："救人要紧，你又不是医生，等你怎的？"当下除我休息外，三人各做其事不提。

又一日，到做午饭的时候了，两个女的做好了饭，也不烧菜。肖琼在里屋无所事事，敏颖竟然独自出门去了。我到灶间转了一转才知道今日连下饭菜也没有，寻思道，前些日子里总有邻里乡亲隔三岔五送些蔬菜来，今日看来是无望了。唉，老想人家送菜也不是办法。买菜吧，又没钱，也没有市场；总不能学邻村的顽鲁学子夜里去偷盗人家田里的瓜菜吧？

正在犯愁，只见敏颖喜滋滋地从外面进来，手里拿着三五棵苏州青道："告诉大家一个好消息，今后吃菜的问题解决了！”

肖琼从里屋跑了出来，接过阿敏手里的菜道："这才叫'地头鲜'呢，我来洗洗炒吧！"

敏颖转身往灶后，道："我来烧火。"

我走近灶门问道："你是说吃菜问题解决了？"

敏颖坐在了灶膛口的小凳子上，笑着道："小伙子，说来还是你的功劳呢！刚才我去豌萍家还针线，碰上央正堂嫂从地里起了菜回来，一定要送给我几棵。我说谢谢，她说谢什么，多亏那日亦立帮忙送蒙正去医院，不然出大事情了，今后我们吃的菜全包下了，吃菜只管到她家田里去挖就是。"

我笑道："原来如此。话虽这么说，怎好意思？再说，欠了这么多人情，啥时候能还清？"

说罢，我回寝室取出一本日记本来，翻开后面几页，在上面添记了一笔，然后走到灶前肖琼身后，道："你看，人情债全记在这里了。"

肖琼头一甩，短发丝触到我面上，痒痒的，可一点也不觉得恼人。她在腰布上擦擦白净的手，接过本子看了，嘴里读着：九月三十日，张家送来三棵青菜……十月五日，李家送来两只茄子……十月八日，黄家送来一棵白菜……

敏颖被灶火烘红了脸，从灶下站起来道："什么时候记的？我怎么一点也不知道？"她抢过本子看了起来，嘴里道："礼尚往来嘛！平日里我们也帮他们做做生活的，尤其是你们男生，常为他们挑水、出猪粪、推小车、筑土基的……"

我道："那是另一回事。"

敏颖迎面盯着我道："怎么另一回事？"侧头想了一想，狡黠道："噢，我知道了，表现积极点，将来贫下中农给你一个好评语，好早点争取上调，是不是？"

嗬，这鬼丫头想到哪里去了……

我的脸发烫了，这个想法一直隐隐在内心藏着，被她说了个兜底穿，羞愧极了，连忙岔开话头道："收人家菜时，颜面上过不去，记了一下心里舒坦些。"

敏颖直白地说道："我看你也只能做做样子罢了，人家也不在乎你将来还他几棵菜。"说罢，她将本子丢到了灶台上。

我急忙收起了本子说道："是的，明知是还不了的了，记了也只是心里有个数。不过，有时也会发狠似的想：'若有朝一日，我有了能力，定以十倍、百倍来还他们。'"

敏颖在灶下一边添柴一边道："哼，'空城计''马后炮'。"

肖琼接过话道："这些天我也在想这事，我看亦立，去找找妇女队长，问问她能不能分一点自留地给我们，我们自己种菜，怎么样？"

我"嗯"了一声，低头不语。心里想，肖琼说话，总叫我心服，因为她从来不像敏颖那样找碴儿挖苦我。

李欣在门口系挑箕索，接话道："自留地的事情？我打听过了，这事归副队长郭福海管，找福海才有用。"

"哎呀，那个老头子可难说话啦！"敏颖说着，从灶膛口走了出来。

"我有一个办法。"李欣道。

"什么办法？"肖琼问。

"平时最肯帮我们的是阿翠，她是福海的侄女，就请她出面去说，这事就要你阿敏出面了。"李欣道。

"我？"敏颖急得转身跺脚。

"反正你们女人之间好讲话些，要不就是肖琼出面。"李欣道。

"啊？"肖琼皱眉道。

我听了他们的言语，心里似乎有了主意，便道："不用急，总归有办法的。"

第二节

次日清晨，我起身了。

从碉堡眼似的窗子里看窗外，早雾弥漫，白茫茫一片。隐约听到了有人在晨雾中劳作的声音，遂披衣出门，转到屋后小解，发现郭福海与他的老来子郭才兴在门口忙活了起来——他们在往自留地上挑灰肥了。

机会来了，我赶紧从自家草舍里拿了扁担、挑箕朝他家走去。走近他家门口，道："福海伯伯，挑灰肥啊，我来帮忙！"说罢就动手干了起来。

"不用不用，亦立，真的不用……"福海道。

"哎，今日我反正空着，没事做。"说罢，我往挑箕里装灰肥，看到他儿子的身子骨那么单薄，心想这一老一小，这活儿也够他们累的。

"呵呵，呵呵……"福海见状，不好意思地笑了。

干了不到半个钟头，突然发觉我身后多了一个人，回头看时，见是惠荪。

只听惠荪笑道："亦立，早上找了你一圈，原来你在这里。"我一边掏猪灰一边道："惠荪，一早找我有事吗？"惠荪道："也没有什么大事，我娘说了，空下来就跟着亦立学学，说你有文化、懂清头（方言，懂事），我娘还要请你去我家里做客呢！"说罢，他在一旁也动手干起活儿来。

雾障渐渐散去，惠荪突然在我耳边轻声道："亦立，我发现了一个秘密……"

"什么秘密？"

他凑在我耳边道："队里包了猪屁股，他自家灰潭里哪来这么多的猪粪？你看你看，好多啊……"

"包猪屁股？"

"社员养猪，队里按养猪头数补贴工分，猪粪全归队里所有，所以叫包猪屁股……"

"哦？那么社员自留地里需要猪灰呢？"

"社员自留地里需要猪灰，须通过粪管员'过户'，年终在工分中扣除，这叫'过猪灰'，是队里的规定。"

"哦，原来如此……"我有点局促不安了，福海这样做，不等于偷了队里的猪粪？怪道在雾天里出灰呢，原来这里面有名堂啊！有道是帮人也得识时务，看来人家还真不要你来帮忙！怎么办？来个装聋作哑吧，把灰肥挑完了再说。

于是我低声对惠荪说："你就只当没看见，将来我还要在副队长手下过日子呢！"惠荪道："我听你的，不过趁福海还在自留地里撒灰，我得先走了，万一福海回来见我在场，大家就不好意思了！"我道："也好，只是你千万别声张出去……"惠荪点头悄声道："就当我没来一样。"

惠荪走了，我心里总有些发虚，好像我偷了猪粪似的。当福海回到屋前灰潭旁边时，我竟将要自留地的事忘了。

一个半小时后，灰肥挑完了，我松了一口气，口里自言自语道："养猪不赚钱，回头看看田。"话一出口，连忙掩口。

福海妻子拉住了我，让我一起吃早餐，我坚辞不肯，她便拿了一篮长豆、茄子出来，给我带回去。我道："这怎么好意思呢？也不是头一回吃你们的菜了，若有块地给我们知青种菜，那就好了……"

我本是随口说说的，未料说到了正经处。只听福海道："哎，真的，我倒忘了，前两天队委开了会，我和阿贵、秀芸讨论了你们知青的菜地……"

福海妻接上来低声道："原来只计划给你们两块自留地，哎，我对福海说，不够的，又给你们在岗上增加一块，有三块了！"

福海道："只是三块地不在一起，又不大好分割，所以耽搁下来了。"

"哎呀，福海伯伯，我们吃住在一起，谷子也放在一起的，为什么要分自留地呢？不要分的、不要分的。"我兴奋地说。

"那就好办了，等会儿吃过早饭，雾散了，我就领你去看自留地……呵呵！"

第三节

我快乐得像鸟儿一般，飞也似的跑回了屋里，把这个好消息告诉了伙伴们，当然福海偷猪灰的事，我咬紧牙关决不能说的。敏颖开心得跳了起来，说道："有自己的菜地啰！"

早餐后，福海领我们去看自留田，三块地分别在屋后、小河岗和村西头的大河岗上，我们一一看过了。回到村边，矮个子队副笑着问身边的敏颖："阿咪，开心不开心？"敏颖红着脸道："开心，要谢谢福海伯伯关照啦！"福海故意又问："要不要分到各人头上？"四人一齐拉长了声音道："不分——不分——"

正好福海妻也在一旁听见了，说道："这样最好，我替你们盘算过了。东边小河岗上的一块地势高，路稍远些，适合于种'懒菜'，不如就种地瓜……屋后的一块呢，种时令蔬菜，农忙的时候，抢的就是时间，挖菜方便……大河岗上桑树林旁边的那一块，是沙土，适宜种油菜或花生，将来收了油菜籽或花生可以到供销社换油吃的……"

听了这话，四个年轻人心悦诚服，眉开眼笑。

次日一大早，我们相互催促着起床了。

晨曦中，四知青结伴走在田埂小道上，呼吸着田野里清新的空气，随便说笑着，似同学如兄妹，如伴侣似亲人，何等的好心情！

不知不觉，来到了北面的一个集镇上了。这里北偎长江，东靠山冈，江鲜山珍很多，农产品价格也便宜。边看边问价，货比三家嘛！一个上了点年纪的卖薯苗的农妇说，薯苗要买山上的，长出来的红薯就像菱肉一般好吃。

不经意间，从她那里得到了一个信息：小镇往东有一条山路通往县城，比走公路近四五里呢……由于她说了这个信息，伙伴们选购了她的薯苗，随后又在别处买了些可移植的茄子、卷心菜、白菜等秧苗。

回来的路上，我们脚底生风。何也？若你也与美丽的姑娘们同行一次便知道了！不到一个小时就回到了村里。下午，四人拿了锄头、水桶，又兴致勃勃地一齐到自留地上种菜去了。

两个知青妹妹和一个知青弟弟比我勤快多了，我倒真像个老大哥的样子，打打坑，浇浇水，驻锄在一旁看着他们劳作。

心里有了"肖亦立"的雅号，我的眼光常常会落在肖琼身上。秀美窈窕的身段，洁白如月的面庞，和风细雨的话语，毫无做作的柔情……啊，那绝对是我梦中追求的女生！同样，这个近在咫尺的少女也时不时地将目光投向我，目光里透露了纯真、亲和、欢喜和满足。

敏颖呢，当然要比她活泼些，言语也多些，更显得孩子气些。她们在田间移动的情影、欢乐的神情，吸引着我，宽慰着我。

昔日的愁云呢？早就被驱赶得一干二净了！

有道是：下乡伊始泪涟涟，今夕因何展笑颜？非是陋庐值栈恋，只缘莺侣伴身边。

第十四章　乡道好静谧

第一节

一个晴朗的上午，阳光明媚，稻海杨波，乡道无人，好静谧啊！

这种空前的沉寂，预示着一场秋忙大战即将来临。"备战"的点滴时间比金子还宝贵，人人都在忙碌着自家的活儿。

晌午时分了，炊烟在农舍顶上袅袅飘起，小河边杨树下有人在霍霍磨镰，此外再没有其他闲杂之声了。

这时，小石桥南边走来了一位陌生的姑娘，她迈着轻盈的步子，走下了岸坡，踏上了石板桥，离桥面才一尺的水面上映出了那飘逸的倩影——一个穿着白花衬衫、草色军裤的女孩子的身影。

渐渐地，那姑娘走近村口了，河边磨镰人第一个发现了她，他停住了活儿，惊愕地注视着这个飘然而至的女子：她中等身材，秀发向后束成一把，披垂在背肩，双眼炯炯，鼻梁微耸，白静清秀，如洋妞一般俏丽！

啊，这是哪儿来的姑娘？

在这样一个偏僻的二三十户人家的小村庄里，任何一个陌生身影的到来都会引人注目，别说是一位完全不同于村姑乡嫂的美貌女子了。而此时，也的确有许多眼睛从各个方位向这边窥视，从屋后柴垛旁、门内织机上、田垄菜畦间、悠悠小河边……还有草屋前的我，咦，这时节谁家的姑娘还有闲工夫出来串村呢？

"老伯伯，请问这里可是郭庄十一队？"姑娘立在河边，问磨镰人惜阴。可怜这位"老伯伯"才三十岁，还没有结婚呢，但由于头上白发的缘故，让他赢得了这样的"尊称"。

"是……是的，你……"惜阴口吃地说。

"梁亦立住在哪里？"那姑娘问。

"亦立？就住在那草……草屋里，喏，门口那个手里拿着……画笔的……"惜阴用手指了指，又在旁边的草地上擦了擦手。

这时我正朝河边直愣愣地望着，那姑娘却已经认出我来了，"亦立阿哥——"她向我边挥手边跑了过来。我定睛一看，呀，竟是七姨婆家的表妹田蔚！

"啊，阿蔚妹，差一点认不出来了……"我高兴极了，想不到一直要寻找的她会在此时突然出现，连忙迎上前去。见她一路风尘仆仆的样子，我诧异地问道："怎么会找到这里的？吃饭了没有？跟我到屋里来。"

在门口，阿蔚驻步观赏起大门两侧的红字门联来了，那是我刚刚落下的笔迹，右边写的是"雄关漫道真如铁"，左边写的是"而今迈步从头越"，鲜红的隶体水迹未干，给简陋的草舍增添了活力和色彩。

现在她成了第一个来欣赏我作品的人，我心里很得意。

阿蔚笑了笑，看了我一眼，随后跟我走进屋里。她环视了一下整个客厅，灶上井井有条，地面干净整洁。农具呢，也放置有序。这要感谢好心人惜阴了，他为我们做好了秋忙前的一切准备，扁担、挑箕、络索、草绳都整齐地放在草舍的墙角里，就像战士的武器一样，随时可取了出发。惜阴还特地为男知青打好了两双草鞋，说穿了它雨天挑担路上不打滑。就说此刻吧，他还在小河边为我们磨镰刀呢！

田蔚走到两个卧室前，见门上贴着对联，从房门口可以直视里面整洁的床铺。她眼里闪出了欣羡的神色。

我关切地问道："阿蔚妹，你真的也插队下乡来了？"

"嗯，分配到了四队……"她的神色变得暗淡了，"可是我在那里待不下去了……"

"为什么？"

"这……"

这时李欣、肖琼、承敏颖三个闻声聚了过来，诧异地在一边看着我和阿蔚。阿蔚红了脸低头不语。我猜想她定有难言之隐，便拉她到了门外，来到隔壁牛舍门口。

阿蔚道："亦立哥哥，你这里的两位女生有点面熟，好像在哪里见过的。"

"你认识她们？"

"不……你们安排得真好，就像一个大家庭一样……"

我道："难道你们那里不是这样的？"

阿蔚道："我那个四队，也有四个知青，也是两男两女。可是没过多久，一个男生请长病假回城不来了，一个女的去投靠了近乡的亲戚，剩下一个男生和我各住了半间屋……有一阵子那男生去上海看表妹，晚上我一个人住在半间仓库里，害怕得彻夜难眠……后来我就去你母亲那里打听你的消息，你母亲说'我也正为这事着急呢，亦立下去了这么久一点音讯也没有……临走的时候我还特地关照他，去寻阿蔚，找到后两人就待在一起，也好有个照应……怎么，你们没有见面？你这就去找他，就说为娘说的。'于是我到公社里查到了你的去处，就找来了……"

"哦？"

"姨娘说腿痛，不然定要跟我一起来了。"阿蔚道。

"腿病又发了？"我问。

"说是静脉血管曲张，织布织出来的毛病，我娘也有这病，只是比起来要轻些。"阿蔚道。稍停，她抬头望着我，突然道："亦立阿哥，嗯……我想调到你这里来，好吗？"

"啊？这……"我一时语塞。

第二节

阿蔚见我不回答，急切而哀怨地说道："你不要我与你在一起？"此时，肖琼正好出来倒水。

我有点慌了："不，不是这个意思，因为……"

"你去跟你们队长说说，让我调到你这里来……"阿蔚道。

我搓着手，踌躇不语。

"去啊，那天下乡来的时候，俞干事说了，如果对安排不满意，也可以直接跟任何一个生产队商量的，只要落实了接收单位，可以调整的。再说，乡里调整的有好多呢，喏，许华和无锡表妹，佟大成与安徽来的表妹，柳泉与姐姐，雯云姐弟，鲁定中与他的四个兄弟姐妹……他们都是事后调到一起的……你不在听？啊……"阿蔚拉着我的衣角，用一连串的例子来说服我。

"噢……"

我怎么回答呢？刚下乡来的时候，娘知道我身体有伤，要我找到表妹后落户在一起，我也是这样期盼的。可是谁知道突然遇到了肖姑娘，一切计划都变了。

那日肖琼一出现，我的灵魂便似乎被她收去了一般，与其说是农民伯伯将我接了下来，倒不如说她手中好像有一根无形的线，牵着我走到这里来了。下乡时，我犹如一具木偶，一开始就被“人”牵着走，后来同样被一个人牵着走了，这个人便是肖琼。正是她的出现，才使我原先的“麻木不仁”变成了现在的“相当满意”。

表妹啊，你的这个恳求，为何不来得早一点呢？

还有，那草庐里勉强转得过身来，表妹来了住在哪里呢？再说，那个面上和善、心里刻板的郭队长，平日里身板挺直了像个军人，让我敬畏万分，他嘴里吐出来的每一句话都是铁令，我连话也不敢与他多说半句，现在向他求情岂不等于老鼠求猫施舍？怎么办呢？

阿蔚见我不吱声，脸上露出了难过的神色，她噘起了嘴，一只脚在地上来回地踢着土。唉，她所在的四队离公路很近，回城也方便，是许多知青争着去的地方，现在她肯舍近求远，到偏远的十一队来，一定是出于无奈……

见我迟迟不答复，她伤感落泪了。不久，她要孩儿脾气般地说道：“你要是不答应，我回去告诉姨娘（我的母亲），就说‘亦立不要我……’”

好催泪啊，听了这话，任何一个男子汉都会怜惜不已的！

我想起了幼时的亲情，在那饥饿的岁月里，她母亲省下了饭票，常叫我放学后去工厂食堂里吃些饭，那情那景怎能忘记？现在她孤弱无助，我不照顾她谁来照顾她呢？我应遵母之言，与她相处在一起。至于肖琼，贤淑漂亮，人见人爱，自有人伸手援扶的，且那日中秋月明之夜，肖琼无意道出一个“他”来，恐怕早已是名花有主，终非归我所属。

于是我安慰阿蔚说：“你先在屋里坐一坐，我去去就来……”

阿蔚见我答应了，破涕为笑，进屋等待去了。

第三节

我鼓足勇气来到队长家里，见队长阿贵正坐在天井里的石阶上装锄头，我立在一边等着，一言不发。队长见我来了，一边继续做手中的活儿，一边笑着问我何事，我结结巴巴地把表妹阿蔚的这个请求告诉了他。

他的脸顿时阴沉了下来。

我心里猜想，也许他不愿意多接受一个知青名额，这是许多队里常见的事情，这些娇弱的女孩手不能提篮，肩不能挑担的，上面公社里还要求对她们同工同酬，当然多一个不如少一个了。于是我改口说："只要能让我表妹留下，也可以换我到她的队里去……"此话一说出口，我马上意识到这是一个很蠢的主意，心里直骂"该打"，但一言既出，驷马难追了。

队长立起身来，提起锄柄，用力将刚装上的桦头撞击石阶，在乒乓作响中，他铁青了脸道："你的表妹我们不要，你爱去哪里就去哪里，去了就不要回来！"

我愚钝的脑子一时没转过弯来，接着说："那我还得去问问四队的队长……"

这时，这个一向寡言和善的队长突然大发雷霆："我一个都不要了，最好你们统统给我走！走——"他涨红了脸，那最后一个"走"字听起来如同"滚"字一般，声音近乎咆哮，我害怕极了，如惊恐之鸟一般逃了出来。

我回到了草庐里，带着失望的神情，面对充满期待的阿蔚摇了摇头。阿蔚低下了头，伤心极了，眼泪扑簌簌地掉了下来。

肖琼、敏颖和李欣围在一边，全都缄口不语。

沉默啊沉默，这是生活的戒尺，狠狠抽打在每一个人的心里。

我们就这样沉默了许久，阿蔚站起来说要走了，她抿了抿双唇，神情已不再沮丧，变得坦然了，似乎她有了一种坚定的选择……我说要送她，她拒绝了。我安慰她说："等收割完了稻子，我就过去看你……"

她没有答话，拭了拭眼睛，走了出去。

我们四个一齐送到草庐门外，目送她离村而去，直到她的身影消失在如大海一般广袤的稻田中。

第十五章　开镰便吃醋

第一节

东方的太阳高出稻田一尺的时候，队副福海在叫人整理打谷场了！

仓库旁边有一个石磙，平时搁在那里无人问津，只有在平整场地的时候才会派上用场。不过，现在第一步先得将它挪到场中间来。

福海还未开口，顺伯半笑不笑地对几个先来的年轻人道："谁去把它掇过来？"央正、郭良两个小伙子走了过去，一人一头，手指扣入凿槽用力上抬，那小半只陷在泥土里的石磙纹丝不动。"哎哟，不来事、不来事……"众人都笑了。

接着又出来两个魁梧的年轻人——堂兄弟张志康、张志平，兄弟俩一边走过去一边笑着说："只好说试试看，也不晓得弄不弄得动它！"两人一搋，石磙起动了，但离地不到一寸便脱手了，口里说："哎哟，腰吃不消、腰吃不消……"旁边的瑞青妻连忙说："志康志平兄弟，快不要硬拼，生活有得做呢，伤了腰不得了的……"

是啊，这样大的一个压场碌碡，岂是一两个人能搬得动的？看来只有系了框绳让牛拖过来了。

不料，场边有人呵呵地笑出声来，众人回看是章景方，正手托着大碗蹲在自家门口喝山芋粥。只见他上穿光身短夹袄，胸领敞开，双臂浑圆，咧嘴大笑，好似离寺胖罗汉。这景方是我们知青的邻居，三十一二岁，憨实厚道，不爱言语，但力大过人，只是平日里比较懒散，做生活从不抢在前头，到了今日要用力气之时偏偏将他忘了。

这时场上人也多起来，见他发笑，一齐喊道："景方景方，快来快来，看你的了！"连喊几遍，他似乎来了精神，慢腾腾地站了起来，回到屋里放了碗，转身出门来，拍了拍手，傻傻地笑了笑，对众人道："不知道我来不来事呵？"

"来事来事……"大家一齐鼓励着他。他慢慢地走到石磙边，朝掌心吐了一口水，十指扣入了石磙一头的凿槽，试了试，大吼一声"嘿——"，那石磙便竖立了起来，众人一齐喝彩。他却并不理会，径自回屋里去了。

众人不解何意，正在疑惑之际，见他转身出来，将一条黑白土布条系在腰里，短夹袄半敞开了胸，露出的肌肉，处处是力量的象征。他又走到石磙旁，抹了抹沾在石磙边上的泥土，双手用力将它向场内方向推倒，接着十指扣入凿槽，又大喝一声将它竖立起来，再将它向前推倒，如此将它"连翻了几个跟斗"，那石磙便移到了场中。场上的人一齐拍手，欢呼叫好，气氛顿时热烈了起来，笑语一片……

休息的时候，社员们到我们的草庐里来讨水喝。

草庐门前整齐地摆着四把闪亮的镰刀，郝阿鸾弯身从门口地上拿起了一把，用手指摸摸刀刃，道："这刀是惜阴磨的吧？磨得不错，只是刀柄有些毛糙，丫头家的手嫩了些，最好用砂皮砂一砂才光滑。"一旁的惜阴知道他在讨好两个女知青，自然听了不舒服，便话里有话道："阿鸾，听说你……手劲蛮大的，前几天掰手腕赢了两个男知青？要不要我们两个也来……掰掰？"说罢伸出那双长满老茧的手来。

惜阴这双手，果然与普通人不同，那是一双舞弄锄头钉耙，经万日磨炼出来的铁掌，连大力士景方也要让他三分哩！

我心中暗喜，正想借惜阴之手来"报复"一下，至于为什么要"报复"他，我也说不出个所以然来，只是脑子里突然冒出了几只鲜红的石榴。

郝阿鸾当然不敢握"白头翁"的铁掌了。有了"白头翁"在一旁壮胆，我站出来道："郝阿鸾，我们来掰一次如何？不过这次我们是站桩掰手……"郝阿鸾道："站桩掰手？"我道："握手方式是一样的，只是双脚站定了不动，就像站在木桩上一般，双方或推或掰，若谁的脚移动便算输了！"

这时，旁边看热闹的人围过来了。

敏颖对里屋喊道："肖琼快出来看哪，他们两个要较劲啦！"李欣不知从哪里拿来了粉笔，说："先要在脚下画好两个圈，就当木桩，脚步出了圈子，就算输了！"在众人面前，尤其当着肖琼和敏颖的面，两个小伙子——我与郝阿鸾更要表现出男人的样子，言出如山，反悔不得了。

我与郝阿鸾在场上各自站成宽马步，推起手来。说心里话，若在桌子上我定然掰不过他，但这站桩掰手近似太极推手，不全靠蛮力，更需一股巧力。我因学了太极拳，懂得了一些"摸劲"和"借力"，要赢他，只有靠太极推手来四两拨动千斤了。

这郝阿鸾果然上来就急于求胜，几番将我的手压到我身后，大有取胜之势，我却借他一股蛮力，顺势往侧后一引，他便失重跌出了"桩墩"。这样交手了几次，他输了几次。最后他涨红了脸，破坏了规矩，将我拉过去抱住了……游戏便在一阵哈哈大笑中结束了。

第二节

下午，队长拿着镰刀出了门，走到场中央，他仰头看了看天色，喊了一声"割稻了——"便径直向小石桥走去。

他不紧不慢地走过小石桥，迈步上了小河南面的田埂。

他不须喊第二遍的，也不必刻意高声，这个号令便一传二、二传三地发播出去了。村里人从各个角度关注着他的一举一动，他的身影和手里的镰刀就等于命令。

果然，人们一个个从屋里出来了，慢慢地全都走向同一条田埂，形成了一支长长的稀稀拉拉的队伍，这支队伍的"长官"与后面的第一名"士兵"至少相距两百米。

队长自顾自地走到一块田里割了起来。

有趣的是后来人会一个个自动接上去，绝不会擅自在另一块田里开镰的，因为庄稼人知道稻老要养、麦老要抢的道理，哪一块稻先割，哪一块稻晚割，关系到收成的好坏，全在队长和老农的盘算里，年轻人是不敢擅自做主的。

轮到知青下田了，我是知青中的老大，自然排在头里，肖琼跟在我后面，再后面便是李欣和承敏颖。

我喜欢肖琼跟在我后面，又怕别人说闲话，因此不敢与她挨得太近。再说，天天在一起的，何必在乎这一时半刻的呢，我必须将距离适当拉大些。这一点也不难做到，肖琼被甩开了。因为她的手一下子握不住十二棵稻，只能一棵一棵地割，而我是两棵两棵地割，当然比她快了一倍。一会儿，李欣超过了肖琼，跟在了我的后面。

敏颖落在了最后，连肖琼也追不上，她割得更慢了。

过了一会儿，我忽然发现肖琼嗖嗖直上，追上来了，先是超过了李欣，接着追到了我的脚跟边，我心中大惑不解。

回头一看，见肖琼身后有一个穿黑白土布的小伙子在暗中帮她，呀，那小伙子便是郝阿鸾——他已经一轮割到了头，回过来了！

我在慌乱中拼抢了一阵，发现了他们的秘密。

原来这割稻本是一人一行的，横里六棵，人人平等。这个郝阿鸾手脚长，别人割起来两棵一把，他来个三棵一把，比别人快了一半。他先是超过了敏颖、李欣，赶上了肖琼，此时却不往前赶超了，他的目的就是要与肖琼并肩同行。

他全力帮着肖琼，割过界了三棵，肖琼只需割剩下的三棵了。这还不算，如果肖琼连三棵还割不过来，他会割过界四棵，肖琼只要割两棵了——郝阿鸾用这种方法来调节两个人的速度，以便与肖琼并驾齐驱。

美丽，何尝不是一种动力？谁不想在心慕人面前展示自己的能力呢？

郝阿鸾这一招，急得我满头大汗，看看已经追到屁股上了，只得使尽全力，低着头猛割了。正愁没法应付之际，忽然发现前边稻子没了——不是割到了头，而是"白头翁"惜阴从我前面插了进来，拦腰割了过去。

哎，谢天谢地，总算有人帮我解围了！

回头看时，郝阿鸾与肖琼说笑着走向另一块稻田了。

第三节

我跟着郭汉庆下了另一块稻田，才割了几把，见郭阿翠从后面撵上来了。别看她才十七岁，与秀娟、月娥、凤娣等几个村姑一齐都是今年新冒出来的农事尖子哩！

她来了，我自然只好双手拱让，阿翠笑了笑，也不谦让。不料这一让便是连让三四个，后面的秀娟、月娥、凤娣几个跟上来了，凤娣还俏皮地说道："'肖亦立'，快去跟着肖琼，当心被人家抢走了！"

阿翠在前面又追赶上别人，看那样子她是故意要露一手了。她对身后的几个小姐妹道："哎，不要怕他们男人，今天我们就要跟他们比一比！"她割的速度很快，每当她追上一个男人的时候，会说："让开，割起来像老牛，后面去！"败落的男人只好直起身来让她，嘴里还要说句风凉话："哎呀，女人没腰，割起来不腰疼！"

阿翠的回答也很刺人："评工分的时候你也这样讲就好了！"让位的男人自然无话可说了。但见一把把稻子在她们面前倒下，又从她们头顶上甩过，齐刷刷地放在身体的右侧，此起彼伏，沙沙作响。

割了一会儿，我满头是汗，浑身酸痛，直身环顾四周，喘喘气，寻找一下肖琼、承敏颖的位置……很多次，我见她们也向我这里张望，真有点同病相怜啊！

实在太累了，直身观望的次数也越来越多了……

换垄的时候，我恰巧来到了承敏颖的旁边。

这回，她夹在了两个壮小伙中间，左边是央正，右边是志平。两位壮小伙都是回乡青年，长相也标致，为了不让敏颖"掉队"，有意尽力地帮着她。你看，左边的央正向右割过界两棵，右边的志平向左割过界两棵，敏颖只需割中间的两棵了……可怜这姑娘割两棵也累得面红耳赤，浑身是汗，招架不住了！

一会儿，老贫协主任郭德海带了茶桶、茶碗来到了田头，队长喊休息片刻，众人便取碗舀了茶，坐在田埂上边喝边休息。只见央正的小兄弟过来道："那边兴起来了，李欣与阿翠在比赛呢！"

众人举目望去，果然见不远处的一块田里，有两个人在起劲地割着稻。

秀娟一边喝着大碗茶一边道："阿翠要李欣让位，李欣不让。李欣说：'我老家就在城郊，天天与农民接触的，我也可以说是半个回乡青年呢！今朝倒要与你比一比了！'阿翠道：'你不要逞能，有种我们一人一垄，你若割到头不直腰我就服你！'李欣朝手心里吐了一口水道：'谁怕谁啊，割！'两个就比开了……"

那一垄稻有四十来米，就是换了郝阿鸾、惜阴、央正这等硬汉也要歇上一两歇，何况是一个丫头家和一个新来的男知青呢？比赛把众人吸引过来了，小伙子们喊"'猫李欣'加油"，姑娘们喊"阿翠加油"，田头闹猛起来了。才割了一小半，李欣就喊"腰吃不消"，直起身笑着认输了。

那边阿翠却继续埋头割着，她涨红了脸，一直割到顶头的田埂才罢。

田头歇息之余，我莫名地来了一时之兴，诌了几句，就当送给这个"黑里俏"郭阿翠吧：十七芳龄她独娇，弯身稻泽挥镰刀；田头巾帼谁迎战？一垄到头莫直腰。

又有一首送给那些村姑，送给那让我心疑的肖琼姑娘：你赶她追为哪般，何人闹得陌头欢？侬今汗湿梨花面，抛眼谁家俊少年？

第十六章　心曲和心问

第一节

终于收工了，肖琼、敏颖已累得蔫头耷脑，回到草舍里，手脚也未洗，就瘫倒在床了。我与李欣做好了晚饭，喊两个女知青起来吃饭，敏颖道："不想吃，只想睡。"肖琼硬撑着爬起来，吃了半碗饭，又睡觉去了。

当晚哪里还有半句闲话？一个个呼呼睡到天明。

这样一连割了五天稻子，人慢慢适应了，稻子也全部割完了。

这日上午，队长喊收稻了，知青们知道一时半会儿还出不齐工，连忙吃了两碗山芋粥，拿了硬扁担、担绳，一起出了门。

生活无须教，睁了眼睛看。到了田里，我模仿着庄稼人，腰里系一个草把，抽出几根稻草来，将地上的散稻子收拢成一把，随即用稻草扎起来绕一个结，将稻把竖向抛在田里……

前面有人捆稻，后面就有人来挑稻——那是壮劳力的活儿了，将稻把三个一抓叠起来，大担十五棵一捆，小担十二棵一捆，用担绳系好两捆，中间用一支硬扁担往两头一插，挑着就可以开步走。

我与李欣混在女人堆里捆了一会儿稻，熬不住了，也学着庄稼汉赤脚挑稻了。妇女队长秀芸主动走过来帮我捆稻担子，她凑在我耳边说："亦立，你比不得他们的，挑十二棵一头就行了！"我知道她体恤我，就像我的女长辈一样。

我挑起十二棵一头的稻担子，颈皮被硬扁担磨得发痛，但要装出一副强壮有力的样子，抬头挺胸，在田埂上一路疾走……

李欣呢，人比我矮小，做生活却一点也不肯输给别人，他每次总是要挑十五棵一捆的大担子，可怜他的脖子被扁担压弯了。

乡下的小伙子呢，肩挑着大担，挺直了腰，脸上还笑嘻嘻的，样子好像很轻松，尤其是央正兄弟一边挑稻一边还要哼哼小调："哎哟安嘞呵——尼格——嚯嚯哩来——嘿——"。

返回稻田时，央正扛着扁担诡谲地对我说："好听不好听？可听懂了吗？"我笑了笑不吱声，接着他又低声用土话唱了一遍："阿要安嘞你格豁豁里……"这回我听出来了，是一句田埂头上的粗鲁话，俗不可耐到了极点……央正边笑边掩饰道："这只能在男人堆里唱……"他说话时一点也不脸红："等会儿再唱个女人堆里的。"说着来到了田里，各置各的稻担子，先将女人们扎好的稻棵头一把把叠起来，叠至大半个人高，以担绳系住，用膝盖抵着，使劲将担绳收紧、扣牢，然后用硬扁担两头插入两捆的担绳里，弯腰挑了就走。

央正挑起担子，又边走边唱起来了："哎哟吼哎——豪呼——妹子——嘿耶（夜）来会哎——"

田里的承敏颖一边捆稻一边道："央正嘴里唱的什么呀？"瑞青妻道："他在唱'你好妹子，夜来会哩'！"豌萍道："阿敏，别听他的，我娘说了，都是些淫词滥调！"

我窃笑了，这些小调一定是他胡编的，里面藏了一些朦胧的潜台词，男人一听就懂。女人呢，少数也会略懂几分，不过就是听懂了也会装聋作哑。

一会儿妇女队长到别处去了，我见她不在，也开始试着挑十五棵一头的大稻担了，果然肩上沉重了许多。

风中飘来了几个小雨点，雨来脚步急，担重催人跑，我在田埂上小跑起来了。

不料，田埂上有一个缺口，我一脚踏空跌了下去，不由得暗暗叫苦……幸好担子搁在了两边的路面上，没有压在身上，也没有翻到沟里去，心里又怕被别人撞见，顾不得疼痛，连忙爬起来挑着就走。心中叹道：从来都说种田苦，谁人知我感肤深；旧伤未愈新伤添，田头失足心头梗。

小雨止住了，太阳露了脸。回到田里重装担子，不想肖琼就在旁边，她轻声道："摔痛了吗？"哎呀，真丢人现眼，偏偏被她看见了，我连忙道："没事没事。"嘴上这么说，心里却很懊恼。反过来一想，这是肖琼的关怀之言啊，心里又暖暖的了，苦与累之中，还有一份温馨和甜蜜。

为了她，我想唱一支心曲。

此刻担子已在肩上，心如鸟儿一般飞翔：

　　沉沉稻担两头翘哎，赤脚小哥一路跑哎；田间插妹心担忧哎，垄埂有缺担遮道哎。

　　稻担沉沉两头颠哎，小哥步子稳又健哎；遥见草庐起炊烟哎，阿妹等我在灶前哎……

　　当晚收了扁担绳索，回到了草舍，我坐在里屋铺前歇息。一会儿肖琼唤吃饭了，走出房门，见厅桌上摆好了饭菜，心里忽生一种异想：这屋里有两个弟妹，若另外加一个他们的"嫂子"，便是一个和美之家啊！若真能这样的话，哪怕一辈子在这里日出而作、日入而息也心甘情愿啊！

　　想到这里，心也醉了！

第二节

　　甜蜜的念头很短暂，只能藏在心里，因为现实太无情了。

　　捆稻、收稻、挑稻还得继续，脱粒、翻田、撒灰、种麦……一件件繁重的农活好像望不到头！连续的体力透支把我的劳动兴致消耗殆尽了，不要说哼歌吟曲了，连说话都没劲儿了。

　　这日夜晚，队里一半人轧稻，一半人挑灰，这是夜以继日的苦战啊！才做了一会儿，社员们一个个脚步沉重，懒懒散散，显得疲惫不堪了。队长见状，便喊休息半个钟头。

　　一听到休息令，妇女们忽然来了精神，急忙赶回家去料理活儿，我却在场上稻草堆里即倒即困了。耳边听见妇女队长说："豌萍豌萍，去叫两个女知青来唱个歌，鼓鼓劲儿！"又听豌萍说："还鼓劲儿嘞，两个丫头家在稻草堆里睡着了！"

　　才眯了几分钟，便被旁边的一场纷争吵醒了。

　　只听一个道："这一担子装得比你满，肯定比你的重！"另一个道："我的簸箕大，自然比你重！"旁边有人道："有啥争的？拿杆秤来一称不就见分晓了！"这时一个躺在柴堆里的中年男子发话了："秤也用不着的，一个也不要争的，我这双手就像一把秤，在我手里掂过的，不会误差一斤！"

　　说罢，他从柴堆里站了起来，众人见是东村的贾裕荣。这贾裕荣平时在公社农具厂做工，忙头里回到村做农活。此刻他说了大话，偏有人出来抓住了不放。

会计郭耀正道："裕荣，我倒要试试你的手呢！不信真会像秤一样准。"当场拎过来一挑箕猪灰，回头对身边的李欣道："李欣，去仓库里拿一杆大秤来。"此时大家也困乏了，正需要来个刺激提提神，一齐围过来看热闹。

贾裕荣一只手将挑箕腾空提了起来，侧头想了一想道："三十四斤！"郭耀正摇着头说："肯定不止，这么一挑箕猪灰哪里只三十四斤？"李欣拿了大秤过来了，随即提秤一称，三十四斤半！众人惊奇地笑了。耀正来了兴趣，又叫人重新装了一挑箕猪灰拎过来。贾裕荣再提起一估，道："四十二斤！"一称，居然是四十二斤，只是秤杆翘得高一点。众人暗暗称奇。赌称的人不甘心认输，说："换一样来试试！"这时，正好有人挑了一担稻上场来，众人道："不要卸、不要卸，拿来给贾师傅估估看！"挑稻人停了下来，卸下一头担子，贾裕荣双手穿进担绳往上一提，因为稻担子太大，免不了碰着身体，但他还是果断地报出了重量："五十一斤！"耀正将大钩秤钩住捆稻的担绳，挑担人将扁担的一头穿入秤拎环里，挺肩把这一头担子高高翘起，一称，幽暗的光线下读出声来了："五十斤六两！"众人佩服得呵呵大笑。这时，裕荣得意地扬起了头，大声道："啥叫功夫？你们见着了吧！牛皮不是吹的，若还有不相信的，只管拿来了称，随你！"此时队长来了，说了声："做生活了！"众人才说笑着散去。

夜里，灯光下两台轧稻机忙个不停。

我从田里挑了一担稻来到场头，在东边的轧稻机旁歇了担，瞥见轧机上的几个身影很熟悉，尽管他们裹了头巾，我还是一眼就看了出来，东边一台机上是阿翠和李欣，西边一台机上是郝阿鸾和肖琼。看他们说说笑笑干得甚欢的样子，我既羡慕，又有些不爽。羡慕的是阿翠和李欣真是一对干活好手，协调和谐，可谓珠联璧合；不爽的是肖琼与郝阿鸾如此亲近，谈笑自如，样子十分热络。

我心里不悦，卸散了稻担，抽了担绳，转身欲走。

隐约觉得有一个身影来到了我后面，回头一看是肖琼，她的神情里仿佛有些不安和愧疚。这种微妙的表情变化只有我能明察秋毫，明里看她是下机来搬稻，暗里却似有话说，如欲语未语一般。

我一来因为躯体疲惫，二来因为心里有气，便故意不睬她。

只听她在我身后低声道了一句："……你多……了……"

呀！她说我"多心"了？是我听错了吧？

　　因为只有面对一个倾心已久的恋人才会说出这样的话来！我与她固然相处良久，却从没有过一丝一毫的表白啊！

　　唉，旁边轧稻机的声音太嘈杂了，如果我凑近她问个明白，那么似乎有点过于亲昵，在这众人群聚的场头，多少眼睛盯着我俩，唯恐找不到调侃的把柄呢……不过从她的身态动作上，可以看出一些端倪，她是那样的拘谨和谦卑，分明是在倾吐一句发自内心的情感之言……

　　难道她也像我一样将那份"爱"藏在了心底，见我醋意略有外露，一时情急，不得不掏心剖明？

　　我没有答话，转身往稻田方向走。路上不免想：哎，我多心了吗？若说"没多心"，那是骗自己；若说"多心"了，这又是为哪般呢？

第十七章 草也长刺

第一节

当晚，睡在草庐里的竹榻上，我浅浅地生了半宿闷气。

第二天，偏偏又遇上了苦活儿——垄田。这"垄田"二字，一听叫人就怕了！用的是铁搭，磨的是手掌，凭的是力气。虽然也有些巧劲，但我毕竟还是门外汉，身子骨尚未练硬，不是干这活儿的料，更何况她们两个稚嫩的女子呢？

硬撑着垄了半日，手掌磨得又红又痛，心情更沉闷了。在屋里，在田头，一点也没有与肖琼搭理的心思。当然我不会故意板了脸给她看，只是在肚里做功夫罢了。肖琼呢，她似乎心里有数，常看我的脸色行事，偶尔说几句话也轻声细气的。即使如此，我也硬着心肠不与她说一句话。

中午收工的时候，肖琼、敏颖、李欣和我的手上都起了泡。到傍晚，两个女生掌上全是血泡了，大的如蚕豆，小的如绿豆，一碰就痛。回到屋里做晚饭时，敏颖在灶下道："痛煞我了，火钳也夹不住，怎么草把上也长刺了……"肖琼在灶上道："草把上没长刺，是你的手上长肉刺了……我也是，菜刀也握不住，这样子明天怎么垄得了田？"

晚饭做好了，肖琼蹙额把饭菜端上桌来，一放下碗，两只手就不停地甩，嘴里还呼呼地吹气。我见她的手指、手掌上血泡累累，还忍痛为我打饭，顿生怜悯之心，又见她面有不安和委屈之色，想到了她的善良，想到了她的艰辛——那份与她这个年龄不该承受的艰辛，反省自己的所作所为，真是枉为兄长！心中甚觉惭愧，脱口问道："痛吗？"

敏颖已经坐到桌子对面，伸出手来，抢嘴道："白肉生生地被磨破了，如刀割一般，怎么不痛？"

肖琼的位置在我的左边，摊着手，低声道："只怕晚上睡觉手痛得没地方放，看这样子一个星期也好不了的……"

我也伸出双手，看了看手上一两个不太大的水泡，想了一想道："不怕，有办法的。"

肖琼低声嗔道："这还会有什么办法？"

这时看肖琼、敏颖两个，一个皱眉哀叹，一个满面愁云，发丝散垂于面上，清秀之气不免有些逊色，像委屈的孩子一样招人爱怜，我忍不住扑哧一笑。敏颖嗔道："还笑呢！痛得我哭都哭不出来了……"我止住笑，安慰她俩道："有办法的，只是要向你们女的借一样东西。"

肖琼道："什么东西？偏只有我们女的才有？"

我笑道："正是。"

敏颖道："是啥物事？"

我故意卖关子："待吃过晚饭再说不迟。"

第二节

吃过晚饭，收拾停当，点了油灯，肖琼、敏颖过来与我围桌而坐。我对两个女生道："当年我步行去北京，脚上起过很多泡，有一天歇在泰兴招待所里过夜，遇到一个老兵，教了我一个办法：晚上用盐水泡脚，然后将头发丝穿在绣花针眼里，引针穿过血泡后，露出两头的头发打上一个结，晚上好好睡一觉，第二天早上血泡就瘪了，走路也就不甚痛了。两三日之后变成了老茧，便不再起泡了。"

肖琼道："此法有效吗？"

我道："极有效的，不信你们试试看。"

敏颖道："那好，就用我的头发吧，我的头发比她长得多呢！"

当即，阿敏扯了几根头发，肖琼取出绣花针来，我给她们在灯下做示范：将头发穿入针眼，又将针穿过自己手上的血泡。肖琼道："下面的事我也会了，我来替你打结。"一面打结一面问道："你步行去过北京？"我道："去过。"肖琼道："没坐过车？"我道："没有。"

接着，肖琼、敏颖两个穿针引"发"，互相穿泡打结。李欣的泡小，自觉无碍，只是在旁边看着，说说闲话，当晚歇息无事。

次日一早，肖琼、敏颖两个面带笑容走出卧室来，一个道"不很痛了"，一个道“果然好些”。听得队长喊“出早工翻田”，四人顾不得做早餐了，带着未消尽的睡意，各扛了一把铁钉耙出门。

李欣走在田埂上，看上去与农民没有两样。肖琼、敏颖两个，则是小丫头扛大钉耙，有点委屈她俩了。敏颖道：“血泡是瘪了，摸在柄上还像火烧的一样。”肖琼道：“阿翠说了，红泡先要变成紫泡，紫泡再变成黄茧，才不疼呢！”敏颖道：“一百八十多亩田呢，不知要坌到哪天才完？”我道：“将来队里有拖拉机就好了。”李欣听了道：“这就叫再教育，你看看人家乡下人，天天坌田也不起泡……”敏颖道：“要是有人发明了机器人坌田，功效起码快几倍，因为机器人不要睡觉的，夜里也可以坌田了！”李欣道：“机器人？等会儿你们看啊，我们队里还真有个‘机器人’，半夜里会起来坌田的呢！”敏颖不以为然道：“哪个会半夜里起来坌田？”李欣道：“你等一会儿就知道了。”

走过一条田埂，李欣向西边田头一努嘴，道：“喏，你们看——”

众人看去，一种奇景现在眼前：雾色苍茫的田埂上放着一个男人的衣鞋，几条乌幽幽的长田已经翻好，一个高卷裤管的赤脚人正在挥耙坌田……

妇女队长秀芸谑笑道：“这郭耀正又在发戇劲儿了！”

哇，看那人起劲儿坌田的样子，简直叫人瞠目结舌！时下秋末冬初，寒霜侵肤，田埂上的人都缩手缩脚，而坌田人却大汗淋漓，精神抖擞。

且看他：颧骨高，眼内凹，天生一头好鬈发；平日细声细气说话，现在噌噌嚓嚓挥耙；读书志高未遂愿，回乡屈就内当家；今番发狠向田地，只将那积郁泄发。谁说田垄间没英豪，叹只叹乡里无伯乐识马。

记工员瑞青傻眼了，若按“件”记工，已超标了；若按时记工，则刚开始，他摸了摸头，无法下笔了！

敏颖走近我身旁道：“亦立，你看看人家，这才叫真积极。你那一套是假积极，你若真的积极，也半夜里起来与他比一比？”

我摇头笑笑，无话可说。

这样一连几天，耀正天天如此，坌田的热情丝毫不减。这日田头休息的时候，我终于按捺不住了，有意靠近了耀正，悄悄地问他：“郭会计，你几点钟起来的？”他坐在田埂上，没有正视我，一面抹汗一面低声羞涩地说：“两点多钟。”我心里想，乖乖，总算见过什么叫拼命了，像你这样的积极法没人学得了。不过佩服归佩服，不免心存疑惑：“你怎么起得来的？”他语调低微地说：“夜里睡不着就起来了……”

晚间，被窝里聊天时，自然说到了耀正。

肖琼道："我听秀芸说，这耀正啊，原来是村里唯一的高中生，成绩也是数一数二的，本来志向要考清华大学的，偏偏高考停了，只好返乡种田。"

李欣道："这倒是屈才了，回来只做了个小队会计。"

我道："这些天来我一直在想，耀正为什么比我们插青还积极？现在我想通了，知青本来就有两种，一种是插队下来的，一种是回乡归队的。在学校读书的时候，黑板报上就转登过邢燕子、董加耕志愿回乡务农的报道，他们的事迹不但上了《人民日报》，还受到了毛主席的接见，毛主席还请邢燕子一起吃过饭呢！这耀正啊，定是在向他们看齐无疑了……"

"可是，再积极也没用的，这里是乡下，不要说报社里的人到不了，就是我们队里，也没有人出来表扬他一句啊！"敏颖道。

李欣道："你见过队长表扬过谁了？"

肖琼道："也是，我看，队长脸上有笑容就是最好的表扬了！"

之后，天天能看到这个奇人半夜起来垄田、断垡，直到把一百八十二亩麦子全部种完。

不过，在我心里总有一个待解的谜。

第十八章　蚂蚁粥

打谷场上，满场暖风笑语，人人喜气洋洋。

妇女队长秀芸在喊："李欣、阿敏来，分口粮稻了！"李欣问："我们可以分多少斤？"秀芸笑道："与社员一样，男的每人四百二十斤，女的每人三百六十斤……郝阿鸾，快，将那一袋掮过来。"

口粮稻称好了，四知青将谷子装了好几个袋子，抬到草舍里去。

随即，妇女队长带着长长的竹编米囤圈到草屋里来了，她咯咯地笑道："肖琼、阿敏，开心不？亦立、李欣，你们城里人没见过这么多的稻谷吧？这还只是秋粮，夏天光麦起来的时候，还有夏粮分呢……来，我来教我们做米囤……瑞青、瑞青，到仓库里拿盘篮过来……"

瑞青"噢"一声将几个盘篮拿来了，肖琼道："只需一个盘篮就够了。"瑞青笑道："哎呀，瞧我这脑子好没记性，你们早就是一家子了！"肖琼道："我们早就说好了，稻谷放在一起不分的。"秀芸笑道："全大队的知青当中就只有咱们村的四个知青最要好，阿敏来，先把谷囤圈这样散开来。"

我们边看边协助秀芸，用盘篮作底，倒入一袋谷子就圈上一圈，圈了七八圈，谷囤齐胸高了，谷子也全部入囤了。秀芸说："等到要吃的时候，畚一点出来，到电灌站去轧米，吃多少轧多少，这样好保存，轧出来的米也新鲜好吃——哎，说起来，那个电灌站轧米的换了个新人，是个知青，原来是在三队的，与住在一起的另一个男知青闹翻了，两个还打了一架，散伙了没住处，大队里就将他安排到了电灌站，独自让他吃住在那里，专门替人轧米。"

"姓什么，叫什么名字？"肖琼问。

"我也不知道，是豌萍与惠荪去轧米，回来说的。"秀芸道。

看着满囤金灿灿的稻谷，谁不喜欢？敏颖道："真像做梦一样，要是我娘见了，开心死了！"肖琼道："我也第一次见到这样囤谷，而且是自己的，想不到我们也可以靠自己的双手吃饭了！"李欣道："最主要的是再也不用向父母要粮票了！"

"我们现在就去轧些新米来吃，好不好？"我的这一提议，大家当然赞同，于是七手八脚装了起来，灌满了两个袋子（也不必称了），李欣抢先挑了，我与肖琼、敏颖三个随后，兴致勃勃地去电灌站排队轧米。

轧米的男知青见两个女知青来了，似乎格外殷勤。他道："我猜啊，你是肖琼，她是承敏颖，对不对？"敏颖道："咦，你怎么知道我们的名字？"那知青道："全乡哪个不晓得十一队里有两个'知青之花'？我叫贡卫华，肖琼，说起来我们还是一个学校的呢！"

说着，他熟练地先将稻子倒入箩筐，将箩筐揹起来，倾倒在轧米机的大漏斗上，一边轧一边打趣道："肖琼，吃了新米可不要忘了我呵！"肖琼道："轧好了给你留一点米就是了！"他呵呵笑了笑，又道："这谷子你们要轧七折的，还是七五折的？"李欣道："我们也不懂七折、七五折的，只要与一般村里人吃的米一样就好了。"他道："那么就轧七五折了，你们稍等一下，一会儿就好了。"

米轧好了，贡卫华帮我们装好了袋。肖琼、敏颖说要给他留些米，他摇摇手，又招招手，示意她俩过去，轻声道："你们来看，我这里还会缺米？全大队来轧米的每个给我一勺，我就堆起来了，哪里吃得了？我寻思着等拖拉机手来顺带送到城里去呢！况且我这里的都是七折米，比随便哪一家的米都好吃，你下次来吃吃我的饭就知道了……敏颖，我这里还偷偷养了几只鸡鸭，下次你来我煮鸡蛋鸭蛋给你吃。"

敏颖笑道："你这是靠山吃山，靠海吃海……"他道："对了，这里便是靠轧米吃轧米了。"

说着闲话，整理好了担子，也不需付钱的，这回由我挑着从原路回来。到了场前，轮到女生出力了——筛米。肖琼将半盆米倒入筛子，敏颖抢先端了筛起来，可是筛子里的米却不听话，筛了半天，米与残留的谷糠依旧混在一起，分不开来。肖琼也来试了试，也是如此。李欣道："看我的。"说罢抢过来筛，结果也令人失望。

"看来只有去请师傅了……"肖琼道。

"我去！"李欣说罢，一溜烟奔往北面的石榴小径。

肖琼、敏颖和我都笑了，三个人心里知道，自从他与阿翠割稻比赛之后，已将她认作了师傅。不一会儿，阿翠笑着跟李欣来了。这个贫协主任的二女儿，能说会道就别提了，厉害的是得理不让人。但她说话的时候又总带着笑容，模样也好看，叫人恨不起来。还有一点，人们碍于她父亲是大队干部，凡事让着她点儿。

说实话，我还真有点喜欢她。这种喜欢不完全是因为她经常帮助我们，也不是因为她黑又俏的体貌特征吸引了我，而是因为她有一种天生灵巧之美。这种美区别于肖琼的娴静之美、敏颖的活泼之美，那是在动态中展现的农姑巧俏之美。说真的，凡是妇女的活儿，一到她手里，她干得比谁都出色。

这回，阿翠师傅在徒弟面前拿出了看家本领，她端起筛子，拉开了架子，两只手一上一下地转动着。不一会儿，那谷糠自动地汇聚到了筛子的前面，她轻轻一簸，将谷糠扬了出去，落在地面的摊布上；然后她又重新筛动，细米又分了出来，再往旁边的小盘篮里轻轻一簸，细米又出去了。总之，筛子到她手里，就像变戏法似的，一扭一转，糠归糠、米归米，粗归粗、细归细，乖乖地听话，清清爽爽地分了出来。几番下来，留在筛子里的是白亮圆滚的米粒，粒粒饱满，如珍珠一般。

我远远地看在眼里，暗暗佩服在心里，偏又装出一副漫不经心的样子。因为在小伙子们的眼里，搅和在女人堆里会被瞧不起的。李欣倒满不在乎，与阿翠、肖琼、阿敏载笑载言，争来夺去地学筛米。

一会儿，阿翠说："细米可以煮粥，也可以轧成米粉，如果想吃最好的米，只要多筛几次就行了。不过除了过年，还有粮食吃不完的人家才会这样做，一般人家是不会全筛成上等米的……我看你们的谷子不要说吃到麦起来，就是吃到明年稻起来也够了，今天我就给你们筛一些最好、最上等的米出来，让你们吃吃看！"

"好的，好的。"李欣、肖琼、敏颖三个一齐高兴得拍手。

这天中午，我们就用最好的米粒煮饭了。啊，这是刚从田地里收上来的最完美的米粒啊！煮出来的饭粒亮晶晶、香喷喷的。正好，豌萍拿了半篮青菜过来，也是刚从地里挖起来的。好米、鲜菜，特别爽口，城里人哪有这种口福？今天不吃上三大碗不放碗了！

吃饭的时候，蒙正妻拎了一篮子山芋路过门口，硬要留下几只给我们，肖琼接了，一面称谢，一面请她进屋给座，她立在一边，瞧着这一家子异姓兄妹，亲亲热热，形影不离，乐得呵呵直笑……

呵呵，这样和睦的小家庭，谁人不赞叹？真个是：草屋为家牛做邻，知青兄妹久生情；满厅笑语时时有，三餐共灶敬如宾。

吃完饭，还有剩余，就放在锅里，肖琼说："晚上加水和山芋一煮，便又是一顿美餐了！"

傍晚从田间归来，肖琼一进门就发觉灶上有点异样，接着揭开锅盖，惊叫一声"哎呀"，三人上前看时，一群细小的饕餮之客来享用锅里的米饭了！

"哪来这么多的蚂蚁？"肖琼道，只见成百上千只蚂蚁在饭锅里爬动着，锅边沿上还排满了长长的蚁运队伍哩……

"我来！"我说着，用饭勺在锅沿上当当地敲了起来，蚁群顷刻乱了阵脚，慌不择路，锅沿边上蚂蚁立刻散去了一大半，但是在饭锅里的蚂蚁如同进了迷魂阵一般，不明方向，在饭粒上翻"山"越"岭"，穿"洞"走"壁"，哪里认得出来的路？

敏颖道："我来加把火，看它们逃也不逃？"

灶火上来了，蚂蚁纷纷从锅底爬上了饭团表面。火越烧越旺了，锅底里嘶嘶地响了，李欣舀了一勺水来，道："还是看我的，这样岂不更爽利些！"说完将一大勺水倒入锅里，滋滋地冒出了热气，蚂蚁不动了，浮出了水面。

"哎呀，怎么办呢？"肖琼边说边捞蚂蚁，捞了一会儿，泡饭煮开了，成了一锅蚂蚁粥。

米是宝贵的，浪费粮食会遭天打雷劈。"谁知盘中餐，粒粒皆辛苦"的观念在我们头脑里根深蒂固，何况这里面流淌着自己的汗水呢？没有一个人提议倒掉重煮。

晚餐时间到了，大家一边说笑一边围着桌子吃粥。

每个人的碗里都漂浮着许多蚂蚁，只能用筷子边挑边吃。

敏颖吃得很慢，挑了许久才会喝一口，每挑出一只蚂蚁便在碗边铛地敲一下。肖琼呢，光挑蚂蚁不喝粥，那样子定要将碗里的蚂蚁挑尽了再吃。唯有李欣满不在乎地大口吃着，口内道："吃些蚂蚁有什么关系？中医说蚂蚁还能治病呢！"大家忍不住苦笑了。

过了一会儿，李欣似乎想起了什么，他望着手里的碗，若有所思地说："不过，这蚂蚁是在牛棚里吃牛粪长大的，吃到嘴里好像有股牛粪味……"

肖琼刚好一口粥含在嘴里，听了这话，哪里还憋得住？噗，将一口粥喷了一地……

第十九章 竹篮与草鞋

第一节

黎明，我揉揉双眼，从居室的窗眼里向北望去，薄雾如带，飘浮在远处的田野里和近处的小路上。小路的东北面有一片翠绿的竹林，构成了一个环形的竹园，两间瓦房和一间草屋掩映在其中，颇像隐士居住之处。

也许从小在宅园竹林里玩耍惯了的缘故，也许是看了神话书里有稻仙子化作清风、抚弄修竹的描述，我一见竹林就心生喜欢。而草庐后面的这片竹林，多次唤起了我童年时的记忆。有时候，我会走出草舍，走近这片竹林，在旁边做几个深呼吸，或者随意站一会儿桩，片刻便能呼吸均匀，深缓细长，心旷神怡。若时间允许，就会旁若无人，行起拳来。

早饭后，我随肖琼、敏颖到屋后的菜地里浇水，摘菜。

稍后，我情不自禁地走近那片竹林，亲近它的翠色，观赏它的拔节，呼吸那清新的空气。不过，我只是站在它的外围，不会冒昧地走入林子去打扰里面的主人。

忽然，我听到里面传出了铿铿的伐竹声和刮剌剌的破竹声。这声音吸引了我，我移步过去，看见了竹林合抱之中的瓦屋、草舍和一方小场地。哟，年轻精干的郝阿鸾正在那里伐竹、去枝、劈竹、劈篾……忙活他的手艺活儿呢！

"嘿，在做什么呢？"我喊了一声，因为他也常常用"嘿"来招呼我的。

"亦立，你过来……"他见到了我，叫我过去。

"你会做篮子？"我跳过一段残墙，来到他身边。

"会，祖传的。"他道，见我有些疑虑，又道，"你看我家里的篾篮、篾箩、篾筛、篾筐、篾笼、篾簸箕……凡是农家要用的，哪一样不是自己做的？"

"竹凳、竹椅会做吗？"我问。

"这个简单了，你看我屋里的竹凳子、竹椅子。"

"竹橱呢？"

"能做。"

"竹房子呢？"

"嘿嘿，你真会想象，竹房子倒没做过，但倘若要做，也一定能做出来的。"他道，"说给你听怕不信，当年我奶奶说，我爷爷娶她的时候，花了半年时间亲手做了一个竹轿，请了乡里乡亲用竹轿将她从五里路外的娘家抬过来的，一下子惊动了整个乡里。我奶奶说，她肯嫁给我爷爷就是因为看上了他的好手艺。"

"那么，你爷爷也将做竹轿的手艺传给了你？"

"没有，我还没长大，爷爷就去世了。"

"工艺失传，有些可惜了！"

"哪样不是学出来的？我早就想过了，将来一定要做一个竹轿出来的，呵呵。"

"用来娶你的媳妇？"

"如果需要的话，我就真做它出来，你信不信？"

"嗯，我信。"

过了一会儿，郝阿鸾道："你喜欢纯篾青的呢，还是篾二青呢？"

"嗯？"我不解他的意思。

"我正在为你们编一只篮子呢！"郝阿鸾道。

"纯篾青的怎样，二青的又怎样？"我问。

"都是上品篾，只是各人的喜好不同，若以行家而言，还是二青的最好。"郝阿鸾道。

"那么你就做二青的好了。但若给我们用，我会付钱的。"我道。

"你若这么说，我就不送给你了，我送给肖琼、阿敏好了。"他笑道，稍停，他补充道，"她们用得时间多……二青的我已经做好一只了，怕她们不满意，还想做一只纯篾青的。"郝阿鸾道。

"你觉得肖琼会白白地接受你送的篮子吗？"我问。

"会。"他道。

"你这么有信心？"我道。

"难道你们不需要这样的篮子吗？"他笑了反问道。

"既然你想送给她们的，那最好还是你自己去问，这里有你的一片心意。"我故意这样说，因为我早就猜透他的心思，做篮子的目的不是为我，而是为肖琼，连带将阿敏说上，也只为掩人耳目而已。我又道："你做了这么多篮子，难道不是为了去卖钱吗？"

"不为卖钱，只为不荒废手艺，凡是亲戚朋友要的，便送一只两只给他们。"他"呵呵"地笑了笑，一面熟练地用篾刀削起篾来……

第二节

第二日早晨，阳光普照大地的时候，知青们离开草庐分头去做各自的事情了：李欣去帮阿翠家做土墙头；女生说要去摘菜或到井边洗衣服；我呢，一早就去了东村惜阴那里学打草鞋。

当我学打草鞋归来的时候，远远看见肖琼、敏颖在井边洗完了衣服，正说笑着回屋去。我美滋滋地快步走过去，打算让她们看看我今天的成绩——一双刚打好的新草鞋。

然而，我发现在她们身后不远处有一个后生跟随着，这个后生就是郝阿鸾，他手里拿着一只新编的竹篮，笑嘻嘻、慢悠悠地跟在她俩后面十几步远的地方。

这一切，都看在我眼里。

"他要来送篮子了，而且是奔着肖琼来的。"我揣度他要把自己精心编织的竹篮直送到肖琼手里。

说实话，看郝阿鸾与肖琼他们两人，一个相貌堂堂，一个亭亭玉立。如果抛开一切世俗偏见，那么他俩简直是天生的一对。哎，我今天的心情还算好，因为我学会了打草鞋。我提起草鞋看了看，又远望郝阿鸾手里的新篮子，相比之下，就带给肖琼的一份惊喜而言，恐怕要输给了这位送篮子的有心人了。

好吧，君子有成人之美，我就给这小子一个机会，让他将篮子亲自送到肖琼手里吧！我故意放慢了脚步。

此时恰逢郭惠荪到井边来挑水。

我迎上前去帮助他，一方面这可以掩饰我的尴尬，另一方面看惠荪挑水确实很吃力，因为他人小桶大，一担水勉强挑起时，将脖子也压弯了。我将草鞋放在井边，一边打水，一边与惠荪聊天。

惠荪拎起井边的草鞋道："这草鞋是哪儿来的？"我回答道："我打的，跟惜阴学的。"惠荪道:"真的?我也会打的,还不如你打得好呢。"他又笑眯眯地对我说:"亦立,挑完水,等一会儿就在我家吃饭啊,我家豌萍姐姐也在家里。"我说:"惠荪,说来惭愧,你母亲说你要跟我学,其实我也是平庸之人……"言下之意,我只是个睁眼闭眼的糊涂人,不值得你学,比如那天发现了福海家偷队里猪粪的事。

惠荪好像早就忘了这事,他笑道:"你看我家豌萍姐姐如何,白白胖胖的,村里村外人都叫她'乡里公主'呢!我妈说了,如果没有肖琼,就招你亦立到我家来了!我妈又说如果这样,肖琼要伤心的,呵呵……"我也笑了笑,就当是回答了。我之所以不需要回绝他,因为人家也是一片好心,而且村里人喜欢调侃,就像生活里的调味品一样。村里人常说:一天不说床头戏,太阳不甩西。

我一边打水,一边还要瞧瞧草舍那边正在发生的事情。

肖琼在地势略高的草庐门口挂晒衣服,郝阿鸾正从场上低处走过去,他红了脸与肖琼说着话,将篮子递给了她。他面带微笑,态度极其谦卑,语气一定也是柔和的,这也是他一贯的为人处世的态度,他的家庭决定了他这种自卑沉稳的性格——我从未见他有开怀大笑或雷霆大怒的时候。

肖琼浅浅一笑,在围布上抹了抹手,欢喜地接过了他的礼物。她将篮子拿在手里仔细欣赏着,这是可以想见的:均匀的网眼、篾青的竹条、称手的把柄,看上去又轻又牢,很合用。她,肖琼,开心地笑了,她知道这篮子选用了最好的竹材,凝结了制作人的精湛手艺和一片心意。

郝阿鸾抿嘴笑着,他等待的就是她的赞赏,还有她绽露的笑容。现在这些赞赏、笑容,他都得到了。

接下来便是短暂的沉默,气氛里略显出一些尴尬。估计郝阿鸾一时找不到别的话说了,便红了脸,谦恭地后退了几步,转身离开了。走到稍远处,他情不自禁地晃动了膀子,哼起了小调,在村舍的转角处消失了。

我远远地将这过程看在眼里,当然我不会盯住了看,因为惠荪在我身边。

水桶装满了,我挑起水担与惠荪说着闲话,向村西头走去。

送水归来,我停步在草屋门前,见那只新篮子就挂在檐下挂钩上。我取下那只篮子,拿在手里端详,哦,真是好篮子,网眼均匀,大小称手,精细美观,结实耐用,没有精巧的手艺是做不出来的。

啊,如果我是一个局外之人,那么我可以编一首爱情之歌为他们赞美和吟唱。但是我无法置身事外,因为我与她住在同一个草庐里,我在肖琼身边,肖琼也在我的身边。

我不得不承认,许多事让我自叹不如,尤其是带伤的我,与强壮的郝阿鸾比,显得相形见绌。但我确实对他少了些好感,特别是他在接近肖琼的时候。有时候我也会反过来想,这又何苦呢?肖琼与我本来就素昧平生,只是在同一天里、同一个地方,她忽然闯进我们两个男人的生活中来了,我为何要独占这份喜欢呢?若他们要好,又与我何干呢?再说,村里村外有谁不喜欢肖琼的呢?为什么他就应该例外呢?我心里犯嫉妒了啊!

我默默地将那只篮子挂回原处,然后又将我的草鞋也挂在旁边的一个挂钩上。

微风吹来,门前挂晒的衣衫轻轻飘动,新篮子、新草鞋也在挂钩上微微摆动……

忽然,我想起了表妹田蔚,不知她现在怎么样了。我曾经对她说过秋忙之后要去看她的,也许现在正是时候了。

第二十章　表妹的半间屋

我踏上了平直的渠堤。在这之前，我打听过了，沿着这条水渠向南走，就可以直达表妹所在的四队。

一路上，我想象着表妹的样子：大大的眼睛，靓丽的身材，长长的秀发，白皙的肤色。一场秋忙下来，不知她晒黑了没有，变瘦了没有。手掌上一定也生老茧了吧！还有，她分得了多少稻谷？会不会还在生我的气……

走了半个小时，远远看见了连成一片的河塘，河塘旁边有一个绿树合抱的村庄，那里有两间竖着四个烟囱的房子，它似乎在告诉我，这里便是四队的知青屋了。

我从北边而来，四个烟囱房子的后门对着我来的方向，有一扇门敞开着，隐约能见到里面有人走动。

跨过一条田埂，我来到屋子的后门口。一个二十多岁的男人出来倒水，我便开口问道："田蔚住在这里吗？"问话的时候，我特地省略了"请问"二字，因为在乡下说话不比城里，不需要那么文绉绉的。那男人疑惑地看了我一眼说："田蔚？不认识。"我又问："那么尹龙呢？"男人道："你是他什么人？"我说："我们是同学。"他说："哦，他一早就追女朋友去了。"

"追女朋友去了？"这是怎么回事呢？

那男人看我疑惑不解，又说："你是他邀请来参加聚会的？"我摇摇头说："我是来看表妹田蔚的。"那男人"噢"了一声，道："只听说隔壁住过一个女知青，不知道是谁……"转身忙他的事情去了。

我绕着屋子观察起来，这是两间砖瓦平房，门上隐隐可见褪了色的字迹：仓库重地。又转到西边的一个房间门口，见门上挂着一把铁锁，锁眼打开着，锁虚挂着。

从窗口往里面看，室内靠窗有一张竹铺，没有家具，铺边的墙壁上贴着几张报纸以及有文字的纸和彩画，靠里墙角置一副两眼灶，灶前灶后堆放着稻草——那稻草是今年从田里新收上来的。

这大概就是表妹田蔚的房间了，她一定未曾远去，不如在此等她一等。于是随处找了一把稻草（这东西到处都有）当垫子，在门前坐了下来。我观看着面前的景色，蓝天白云下，远处有几个农夫在田野里劳作，近处是池塘，池塘过去是田岸，田岸过去又是一个较大的池塘，旁边是一些菜畦……好一幅田园风光呵！

等了许久，不见表妹的影子，我有离开的打算了，不过应当留下一个条子，让表妹知道我来过了，并且告诉她下次还会再来看她的。

我向那男人借了纸笔，坐于门口在纸条上写了几行字，折好了，塞进门缝里去。

当我把纸条塞进门缝的时候，忽然发现门缝地上也有一张纸条，小心地用树枝将它拨过来，取过一看，上面写着这样一行字：哥，当你看到这张纸条的时候，我已经走了，保重！

啊，这一定是表妹留给我的……她知道我要来看她的呀！她去哪儿了呢？大概是回城去了。我好生疑虑，但有一点可以肯定，今日她不会再回来了。那么为何门又虚锁着呢？这也不用奇怪，乡里都是道不拾遗、夜不闭户的。干脆进去将我写的纸条放在她的桌子上吧，她回来后一定会看到的。我不再犹豫了，取下挂锁，推门进去。

进屋看到的与窗口所见的景况无甚差别，只是竹床边墙上的贴纸看得更清晰些，贴纸上有彩画和素描，这显然出自阿蔚的手笔。

正看着，身后出现了一个人影，我转过身，那人突然道："你是……亦立！"

"啊，尹龙？"他正是我以前的同班同学，我不禁高兴地叫出声来。

"亦立！"尹龙拉着我的手，开心地说道："老同学，来得正好，想煞我了！一直在打听你的消息，直到农忙前田蔚告诉我你在十一队，也没有工夫来看你，正好你来了……怎么，你从哪里得来的消息？"

"什么消息？"

"你不知道？我要结婚了。"

"你要结婚了？"

"是啊，来，我给你介绍介绍。阿静，过来过来，见见我的老同学！"随着他的呼唤，一位颀长白皙、羞答答的俊俏女子出现在了我面前，"这是我的未婚老婆阿静，上海知青，也算是我的阿妹……"他美滋滋地向我介绍说。

"啊，那就是我的嫂子了，恭喜恭喜！"我之所以这样说，因为尹龙比我大半岁。

尹龙对阿静道："这个就是我以前对你说的老同学梁亦立，他功课好，一手字也写得好哪……我们就坐在前后课桌凳上，考试的时候我还偷看过他的答案呢……哎，亦立，你还记得我们在学校的事情吗？"

"记得，当然记得。你体育好，是学校里的篮球运动员，走起路来总是蹦蹦跳跳的。有一次到了放学时间，我们从球场上回教室，我跟着你从三桥河上的中桥跳过去，扭伤了脚脖子，害你背我上学半个多月呢！"我回忆道。

尹龙说："哈哈，你还真记得。"

他转过来又对我说："哎，说起我这个阿妹啊，初中毕业后六个女生一起插队到了安徽农村，那里条件太差了，六个人住在一个仓库里，头顶头脚顶脚的，每天轮流做饭，吃多少记多少账。几个月下来一个个打起了离开的主意，想投亲靠友了。她的娘——我上海的邻居阿姨心疼了，打算替她找个近点的地方，听说我插在这里，思量着叫她转户到我这里来，也好有个照应。偏偏队里不肯，后来她父母一想，女儿早晚要嫁人的，现在也不小了，看着我这个小伙子也不错，就说：'干脆你们结婚算了！'"

正说着，旁边来了那个刚才借笔给我的男人，他插话道："这叫患难兄妹，亲上加亲……哈哈……"

尹龙继续说道："这位是我的表哥，平时喜欢弄弄拳脚，读书不行，拳头倒特别硬，你只要看看他手上的老茧就知道了！他插队在湖庄，比我们先下来几个月，今天带了几斤猪肉过来，说是队里分的。还邀了一批他的老朋友，都是插青，大多比我们高一届，不管怎么说都是我的学哥学姐吧，现在要改叫'插哥插姐'了，本意是来一起聚会的，现在变为祝贺会了……"

"啊，太好了，只是我来得匆忙，什么礼物也没带。"我不好意思地说道。

"哎，什么礼物不礼物的，你来了比什么礼物都好！"尹龙拉我到一边轻声说道，"说起来怪难为情的。我阿妹前天就来了，我们说了一夜的话，就在隔壁的房子里，两个躺在一张床上，谈着谈着，不知不觉就睡着了——不怕你笑话，手都没碰一下。第二天，我忽然想起男女有别，两个怎么在一张床上睡了一晚？传出去岂不难听死了？于是我就拧开了田蔚房间的门锁，安排阿静住了进来。"

"噢，跟田蔚睡在一起？"我说。

"不，田蔚早就走了，这房子一直空着的。"尹龙道。

"我阿妹走了？她去哪儿了？"我道。

"啊？你不知道？"尹龙道。

"不知道。"

"她去徐州了，农忙前就走了。那时正好徐州煤矿过来招工，她就去报了名，成了煤矿工人了！当时我也想去的，后来又没去。"

"原来是这样，"我说，"她农忙前到我村里来过一次，说好农忙过后我来看她的，想不到她就这么走了。"我又看了看手里的那张纸条，"那么，这张纸条……"

说到纸条，尹龙哈哈大笑起来。

第二十一章　篝火旁

第一节

"这纸条是阿静写的。"尹龙笑道，"阿静在这里住了两晚，今日一早留下了这张纸条，独自走了。早上我起来叫她吃早饭，在床上发现了这纸条，心里后悔莫及。正好我表兄来了，得知了此事，说：'你这个大傻瓜，送上门来的老婆不要，还不快去追！'我猛地醒悟过来，急忙追了出去……这不，刚刚才将她追回来——她还赌气不肯回来呢，说生产队里不会接受的，我说管他接不接受的，我就娶你做妻子，队长总没话说了吧？我硬是将她拉了回来。"

"啊，好……"

"我对她说，过两天我们就一起去公社里申请领结婚证。我们一个亲人也不请，两张竹榻拼拼就是一张大床，也不要什么家具，一张饭桌两张凳，烧几个菜，停电也不要紧，就点两支蜡烛，来个烛光晚餐吧！两个人在一起吃吃饭、讲讲贴心话，就算结婚了……她听了眼泪直淌，点头答应了。"

"好浪漫的爱情故事呵。"我被感动了。

"现在我的表兄来了，改变主意了，要举行一个庆贺晚会。"尹龙道。

"啊，好极了，可惜田蔚不在这儿。"我说。

"算了，田蔚虽然独自走了，但也是为了寻找自己的幸福而走的。你今晚就留下来，一起参加我们的晚会吧！"

"不了，我要回去的，他们要等我的。"

"等什么？日子长着呢，我还有东西要转交给你呢。"

"什么东西？"

"田蔚忘了带走的东西。"

正说着，听得隔壁有人喊道："好了好了，菜上齐了，开宴了，快来上座吧!"尹龙拉着我与众人一齐上座,六男五女,总共十一个人,我选了一个位置欠身坐了。尹龙道:"不知道大家会来,今天只好亏待点大家了,没有什么菜,青菜、白菜、茄子、扁豆,全是向村里人讨来的,酒也只有老白酒,还是向村上人借的,肉也是表哥带来的……来,我与阿静先敬大家一杯!"

有个男生站起来说道:"尹龙弟弟,我们还真要感谢你呢!你表哥杀了一头猪,早就说要请我们吃肉了,他说要吃就到我表弟那里去吃。没有今日的聚会,还没有这点口福呢!"

尹龙问道:"不是说队里分的吗?"

他表哥嗔道:"盛到碗里只管吃,管那么多作什么?"

众人道:"正是正是。"

众人一边说笑,一边狼吞虎咽,将那一大盘肉连同一桌菜吃了个一干二净。

尹龙表哥见大家吃得高兴,狡黠地说道:"嘿嘿,若你们要吃,我那里还有,都腌起来了,回去再送点给你们也无妨。"

饭毕,夜色上来了。有个"插姐"建议说:"天色已晚,看来我们回去不得了。今日是尹龙、阿静大喜之日,我们应当闹闹新房,来个彻夜联欢,也不辜负了今晚良宵,如何?"众人一致拍手赞同。

尹龙道:"不碍事不碍事,你们只管住下来,这里有的是新稻草,干干净净的,可以打地铺的。"

大家请尹龙、阿静双双在一张长凳上坐好,一边打拍子,一边唱情歌,正唱了一句"树上的鸟儿成双对哎",忽然电灯熄了。尹龙道:"扫兴、扫兴,又停电了!"

尹龙表哥说道:"停电也好,我看门外有许多干柴,我们干脆到场上去,来个篝火会,岂不更有趣些?"

先前提议的那个女生道:"我见后门外有一小块高田,稻秆茬也除尽了,地皮也很平硬,我们就在那里来个'田埂篝火晚会',那多有诗意?"

"你不说我倒忘了,那是一块队里留的塝头田,也是预留的明年双季稻的育秧田。"尹龙道,"篝火会设在那里再好不过,今晚无风,小雪节气里生个火,大家围着取取暖,也用得着了!"

于是,大家一起动手,抱柴的抱柴,引火的引火,在田埂边的高田里点燃了一堆篝火。

接着,每人携了几棵稻草把过来,垫在屁股底下,一齐围坐下来,熊熊火光照亮了年轻人的笑脸。

我也来了兴趣，心里痴想着，若阿蔚在这儿，岂不多了一个？再不然，换了肖琼、阿敏在这里也好，她们一定能歌善舞，在这些大哥大姐们面前表演一番……啊，原来田园生活也如此美好！

这时，一个男生笑着站立了起来，让出了自己的位置，拉了尹龙坐到阿静旁边来，并故意推他俩靠在一起。尹龙憨憨地笑着，阿静则有些忸怩，但笑容挂在脸上，心里一定是甜蜜蜜的。

那男生正经地说道："各位同学，我与尹龙的表哥是好朋友，插在同一个队里。今天听到了尹龙和阿静的爱情故事，羡慕得要命，激动得泪奔。今天我就自荐当个主持人了哈，我提议，让他们发表一下爱情誓言，亲个嘴，大家说怎么样？"众人乐了，一齐叫好。

在主持人的催促下，尹龙站了起来，难为情地摸了摸头。那阿静呢，则羞得要命，立起身来要往屋子里躲，早被一个女知青拦住了去路，硬将她推到尹龙面前。尹龙羞怯地说道："我们结婚证还没领，也谈不上爱情誓言……表示表示吧……"便转身走近阿静，拉着她的胳膊，在她的额头上轻轻地亲了一下，众人哪肯放过？一齐喊着："亲嘴！亲嘴！"阿静连忙挣脱了众人拦阻，逃到屋子里去了。

众人见状一齐异口同声地喊："阿静——阿静！尹龙——阿静！尹龙——阿静！阿静、阿静……"但就是不见阿静出来。

尹龙也顾不得羞愧了，因为刚才喝了点老白酒，此时脸泛红了，他对着屋子一字一顿地大声喊道："阿静，今夜有篝火做证、明月做证、朋友做证，我——尹龙，一个穷知青，发誓要娶你做老婆，与你在这里种一辈子田，如果你愿意，你就出来——"

众人喊着："阿静出来——阿静出来——阿静……"

许久，阿静终于羞赧地出现在后门口了，众人喝彩鼓掌。

早有两个女知青走过去将她拉到了尹龙面前，尹龙将她紧紧搂抱着，在她的脸颊上亲了起来……

第二节

篝火照亮了众人的笑脸，在一片喝彩起哄声中，那主持人立起来挥手止住了大家，正经地说道："好了好了，看到他们这么幸福，你们眼红了吧？我要说他们是真正的红尘知己，患难夫妻。我叫赵云，可不是《三国演义》里的那个单枪赵子龙，叫我云哥就行了，我真的很羡慕他们，感慨万千，即兴作了一首诗《她来了》，在这个篝火晚会上，献给这一对在艰苦环境中相恋相爱的新人……"说罢他干咳了两声，高声朗诵了起来：

篝火熊熊，燃亮了这江岸的沃土/飞镜耀空，辉洒在广阔的乡野/啊，你来了，她来了，哥来了，妹来了/我们来了！（众人鼓掌）

看哪，一群有志有为的知识青年/从四面八方、四面八方，走来了……（语调低沉了起来）

接过农耕的传承，播下爱情的种子/擦去幼稚的泪水，相聚在收获的季节。

简陋之庐舍，招来金色的凤凰/九天的神女，也飘然来到人间。

没有奢华的布设，不需要美丽的表白/点起两支烛光，照亮两颗相知相印的心。

静静地牵手凝视，感受脉搏在跳动/今晚只属于我们两人/你就是仙女，我就是董郎……

此刻，我俩向主宰命运的天神发誓/明天，当太阳升起的时候/我们要建立一个新的家园/未来将在我们手里开垦！

……

篝火周围的知青们一齐鼓掌，情绪激动地喊好。

这时，赵云话语一转道："怎么样？都眼红了吧？今天大家开心，同时为了表示祝贺，在座的每个人都要讲讲自己初恋的故事……"

一个女生笑嗔道："云哥，你才有初恋呢！"

赵云笑笑说："嘿嘿，高中毕业又插队一年了，哪个没初恋的？别骗自己了，今天每个人都得讲，一个也不许回避……条件是这样，第一必须讲自己本人的初恋，第二嘛……这个……要讲少男少女之间有肢体接触的故事——亲戚姐妹之间的不算啊！这第三嘛，哎，这第三就是，我跟尹龙的表哥讲定了，凡是按此规定讲出自己初恋故事的，奖励咸猪肉一块……先从我左边的第一个男生讲起……"

"什么？我先带头讲？不行不行，我一讲这个戏就没法演下去了——我的初恋故事最感人，说出来大家会掉泪，放在最后讲、最后讲……"

随即，赵云拉了拉旁边的男生，催他赶快站起来讲。

那男生摸摸头笑着站了起来，说："说初恋，这多难为情啊？还要说有肢体接触的事？"

赵云道："正是正是，光说递递纸条、眉来眼去、暗送秋波的不算，那都俗套老套了，没新意。"

那男生想了一想道："哎，你说懵懂少年、情窦初开、肢体接触这事啊，我还真遇到过一回……"大家来了兴致，一齐鼓掌鼓励他。

"话说有一年，我跟着许多学生去南京，到了常州火车站后，爬上了一列货运列车。我当时也算学校里的运动健将，'唉'地一下子就爬了上去，坐在装满木材的车厢顶上。往下一看，哈呀，好壮观哪，好几十节车厢，车顶上坐的全是豆蔻年华的男女学生！正在这时，忽听车下有人喊：'拉我一把！'我低头一看，是个女生，她穿着短袖衫，露出丰腴的胳膊，伸出了一双白嫩的手……我先一愣，因为从未握过这样肉嘟嘟的手啊！但见她脸儿通红，十分着急，于是就一把抓住她的手，用力将她拉了上车……这女生就红着脸坐在我旁边乘到了南京……"

旁边有人问："后来呢？"

"后来也就两散了，从此未见一面，虽如此，但每想起此事心里蛮兴奋、怪想念的。后来听说她也插队了，如今也不知她插队落户在什么地方……"

"如果你知道了她插队的地方会不会去找她？"

"唔，也许会的。"

众人赏给了他一阵掌声。

接着下一个轮到的是尹龙的表哥。

他站起来笑着说道："嘿嘿，我这手是打拳的，打的都是男人，从未碰过女人。说来奇怪，有一天，插队的村上人互骂打架，我从屋子里跑了出来。当时场上有一些看热闹的，我穿过一个村姑身边的时候，右肘不经意碰到了她软软的胸脯。当时心里想，啊呀不好了，这姑娘一定要追上来骂我'流氓'了……没料到那姑娘随后来到了我的身旁，非但没骂我，反而倚着我讲解起了村里人打架的原因。嘿，你说这女人的心真有点捉摸不透……后来还经常给我送菜呢！"有人笑道："她是看上你了，哈哈！"

　　下一个是女生，只听她道："说到'流氓'，我倒想起学校里一个周末的晚上，我因为要去教室里拿一本书，天又黑了，便叫了同宿舍的一个女生陪我一道去。走到二楼的楼梯口，发现黑暗中一男一女坐在地板上亲嘴……我的同伴吓得惊叫一声走了，我却好像被吓呆了，站在那里双脚挪不动。那两个见人来了，慌忙起来跑开，走过身边时我认出来是高年级的男生和女生。那男生走过两步又退了回来，不知为何在我发呆的额头上轻轻亲了一下，然后匆匆逃走了，我心里觉得不是滋味，嗔道：这不是流氓行为吗……"听众中有人笑道："有趣有趣！"

　　旁边另一个女生道："要说与男生接触嘛，就是学校组织了一次团支书舞会，老师还提倡呢。一个高年级的男生走出来邀我跳拉手舞。现在也不知他插队到哪个地方去了。"

　　下一个是男生，他侧头想了想道："嘿嘿，为了一块咸肉，我也将一件有趣的事说给大家听了吧！有一天晚上，女团支书突然约我去校园巡夜，啊哈，女支书是个班花，主动约我，我心里挺乐的。我们沿着学校的围墙边走边说话，一路上她给我讲了许多革命道理，可惜我大多没听入耳。走到外操场上，那里一片漆黑，跑道北面有一道篱笆墙，墙外的民房里拉亮了一盏灯，女支书突然拉起我的手说：'快走快走！'我心里很纳闷，不知道之后会发生什么事情，心里突突地跳，跟着女支书快步跑了起来。稍后，女支书对我说：'那里面有一个女人在洗澡。'"众人听了哈哈笑了起来，有人问道："那班花与你还有来往吗？""早就成断线的风筝了！"

　　故事一个一个地讲着，眼看就要轮到我了，我心里忐忑不安起来。果然在一阵掌声结束的时候，主持人就叫我起来讲了。我有点不知所措，嘴里结结巴巴地搪塞着。尹龙见状出来打圆场道："呃，这个梁亦立啊，是我特邀来的老同学，今天就放过他了，呵呵！与他插队住在同一个屋子里的有两个'知青之花'，他们之间的故事啊恐怕能写出一本书来呢。"

　　这时，赵云站了起来，干咳两声，动情地说道："听了大家的故事我真的很欣羡，可叹的是我的故事没有大家这么美好……尽管如此，我今天也一定要讲出来，为的是我的这颗无法安宁的心。很多天来，我一直在找一个机会作一次彻底的忏悔。我要告诉大家的是前几天我把我的妻子接到乡下来了……"

"妻子？"大家有点惊讶，"你啥时结婚了？"有人问。

"没有人知道……"

"哦？"

"那你为什么不带她一起来？怕羞？"

"她……她已经长眠于地下了，永远地静静地睡在岗上的自留地里了……"

"啊？"众人听了大惊。

第二十二章　笑释猪肉宴

第一节

　　赵云凄婉的话语着实让大家吃了一惊，接着他叹口气说了起来："先说说我个人啊……这个，也许取了个英雄人名的缘故，运气一向特别好。下乡第一年，就被推荐到公社农具厂里做工。当时很多知青都羡慕我啊！哎，接着好事成双啊，很快有人给我介绍了一个姑娘，上海知青，名字叫苏梓，她插队在遥远的内蒙古，她的父母做梦都想把这个宝贝女儿调到身边来。经人介绍后，我们就谈恋爱了。这姑娘很漂亮，又活泼又快乐，给我讲过草原上美丽的风光和许多有趣的马背上的故事。她说，插队先到了旗里，然后又下到一个村里，住在牧民们腾出的一个蒙古包里。有一次，旗里的领导下来向牧民征求对知青的意见，大家都很喜欢知青，提不出什么意见，只有一个妇女说：'意见啊，没啥，就是不知道她们为什么每天早上起来要"吐白沫"……'"

　　听的人都笑了。

　　"后来我们的感情越来越好，开始筹备结婚的事情了。这一天，姑娘'云哥云哥'地叫得特别亲昵，我听了心里像开了花。就在那天晚上，姑娘突然对我说了一件事……当时她说话的时候忸忸怩怩、吞吞吐吐的。我就问她：'怎么了，梓妹？'她似乎鼓足了全部的勇气说：'云哥，有一件事……要得到你的原谅。''噢，我们马上就成夫妻了，还有什么不能原谅的？'她像只小鸟依在我的怀里，讲出了一个让我彻夜无眠的故事……"

　　"哦……"

　　"她说，在内蒙古的时候，一个男性友人约她去办公室谈事情……'他与我谈了很久，傍晚的时候，他起身给我倒了一杯茶，递到我的面前，我有点受宠若惊，不知所措……他突然坐过来抱住了我，把我压倒在沙发上，茶杯打翻了，我整个人就像完全麻木了一般……'她的这个故事让我惊得目瞪口呆，如同掉进了一个冰窟里……接着她从我的怀里坐了起来，理理头发，哀怨而神往地说：'云哥，我不得不告诉你的，否则我的心会日夜不安，我最亲爱的人，今后我会加倍爱你……'"

"后来呢？"

"打那以后的几天里，我陷入了痛苦的沉思之中，好多天没有与她见面。有一个晚上，我实在憋不住了，把这个事情告诉了宿舍里的几个同事，同事们七嘴八舌、纷纷议论，一片的反对声。在一个没有月色的晚上，我对她说了一句这辈子最愚蠢的话：'我们的事……就算了吧……'"

"你……简直是疯了！"

"她没有回答我，只是决然地离我而去了，走到远处，我看见她加快了步子，跑了起来……当天夜里，我前思后想，猛然觉得自己做错了什么，明天一定要向她重新表白。但是第二天，有人在江边发现了她的尸体……"

"呀……怎么会这样？""你不该这样的，人家把心都交给你了……"篝火旁的人们议论起来。

"是的，我害死了她……每当夜深人静的时候，我才感觉到她是我最值得爱的人……今天我终于鼓起勇气说了出来，我向天地日月忏悔，向我的妻子忏悔……"赵云说到这里竟然号啕大哭起来，"梓，我的妻子，你的骨灰终于移到了我的身边，我此生将永远陪伴着你……"

篝火暗淡了下来，霎时旷野静穆了。

第二节

良久，篝火旁的一个角落里委婉地传出了一个女生深沉的歌声：

　　　一条小路曲曲弯弯细又长/一直通向迷雾的远方/我要顺着这条崎岖的小路/跟着我的爱人上战场……

她动情地唱着，我看见她眼里不知不觉地流出了泪水。众女生开始和唱了，接着更多的人和了起来。唱着和着，赵云在田埂上呜呜地哭泣了起来，接着更多的人跟着哭了起来。

月亮也无光了，火光堆里发出了噼里啪啦的爆裂声。

尹龙的表哥发话了："喂喂喂，今日遇到的是喜事，怎么哭起来了？不许哭，都不许哭，唱个高兴一点的，祝贺祝贺的……"

但是场上无人接应。

尹龙的表哥又道："我说你们哪，除了赵云，眼前的事值得哭吗？"众人一个个不吭声，"咱们不就是下来吃点苦、受受再教育吗？农民还不是一样过来的？你们看我，再苦再难，从来不哭。刚下来的时候，队里给了我两个月的粮，我一个月不到就吃光了，没有吃的，就带了被头铺盖到公社里去，不给就睡在那里算了，反正回去也没饭吃！后来公社干部商量了一下，从仓库里拨出五十斤粮食来，对我说：'省着点吃啊，不够吃就搞点瓜菜代，粮食是有计划的，下次可没有了！'……还有，你们知不知道今天的猪肉是哪里来的？"

有个女生怯生生地问："莫不是偷来的？"

尹龙表哥诡谲地笑道："呵呵，这可不能偷，偷猪是犯法的。"

有人在追问："那么，猪肉是怎么弄来的？"

"这个秘密只能在这里说——"尹龙表哥故作紧张地道，"有一阵日子，队里饲养员生病，队长叫我去代喂一两天猪。有一只猪不老实，在圈里蹿来蹿去，我心里很恼火，正好拳头有些发痒，就拿它练练拳吧——对准猪的肚子上咚咚地来了几拳。过了一天饲养员来了，一看那猪不吃也不动，躺在那里直哼哼，出气长进气短。队长来了，看见死猪身上青一块紫一块的，饲养员摇着头说这猪有病，不能吃了，队长说那就赶快埋了算了……我见他们抬它出去要埋掉，便上前拦住了他们说：'这猪给我吧……'"

众人听了，一个个捧腹弯腰，哈哈大笑，刚才还流泪的那几个女生也笑开怀了。

……

篝火熄灭了，众人兴尽之后回屋去休息。我寻思回村去，又恐夜深不便，想起表妹有遗忘之物，便向尹龙索要。尹龙从铺底下抽出来一个布包来说："这是在田蔚铺下找到的，我也没拆开看过。你俩是表兄妹，见面的机会多，你转交给她吧！"

半夜里，这一群困倦了的男女知青也不避嫌，横七竖八地倒睡在屋子里的稻草铺上，没有脱衣，也没有被子盖。也许是累了，也许是发泄完了，心里舒坦了，一齐安宁入眠了，屋子里响着此起彼伏的呼噜声。

　　可我哪能入眠？他们各种各样的睡姿，让我想起表妹田蔚，她只身走他乡，不知此时她身在何方。我有点恨自己了，为什么不如尹龙那么勇敢，也不如大哥大姐们那样坚强，想尽办法也要把表妹留下来啊？想打开布包看看表妹留下的东西，但没有一丝亮光，又怕吵醒了别人。忽又惦念起草庐里的肖琼、承敏颖、李欣三个伙伴，今晚夜话少了我一人，他们一定在等我归去。

　　迷迷糊糊地挨到了天色微明，我悄悄起了身，顾不得向主人辞行，蹑手蹑脚打开了后门，一脚高一脚低地走过田埂，踏上了水渠，径直往北，向那熟悉的村庄走去。

第二十三章　隔墙泣女梦

顶着一路早雾，径直朝北边的十一队走，回到村里时我的头发已经湿漉漉的了。

一跨进门，就听李欣说："啊呀，你总算回来啦，害得我们担心了一个晚上呢！"敏颖也道："我早就说不会有事的，一定是被他的表妹留住了。虽说一表三千里，但人家也是有情有义的，总要留表兄住一宿的。一个忙头过来，当表妹的怎会不思念呢？俗话说'一日不见，如隔三秋'，是不是？"

我笑道："你这嘴倒是会说。"

肖琼道："呵呵，你表妹我倒是见过的，好像也是一中的……"

"嗯，是一中的。"我道，一边夹紧了手里的布包进卧室。

"哎，我看看表妹给了你什么好吃的东西？"敏颖说着就要来夺我手里的布包。

"表妹都没见着，哪儿来什么好吃的东西？"我道。

"怎么？没见着表妹？"敏颖道。

"咦，怎么会没见着？却又在外面待了一夜？"肖琼也走近来问。

我便将篝火晚会、尹龙阿静的爱情故事、表妹如何出走当矿工，一五一十地说了一遍。

肖琼沉思了一会儿道："想来你表妹一定是负气出去的，若那天队长接受了她，她就不会背井离乡了！"

李欣道："哎呀，肖琼，你也傻了，当矿工有什么不好？若换了你，你去不去？"见肖琼不回答，他又道："我怎么不知道有这样的好事呢？大概因为我们这里太闭塞了，不然我也跟着报名去了，矿工工资高，又是工人阶级，多吃香……"

敏颖道："哼，你呀，也想去当矿工？"

李欣道："有什么不好，你没听说过'工人阶级领导一切'呢！"

敏颖道："那也得问问你师傅同不同意。"

李欣道："这关别人何事？自己前途自己做主。如果真有这样的机会摆在你阿敏面前，你动不动心？"

敏颖道："嗯……当矿工？我得好好想一想。如果我们这里光有一个草屋，没有肖琼这样的姐姐做伴，如果我也偏偏遇到一个不能收留我的表哥，那么我也要去的。肖琼，你说是不是？"

肖琼道："好了，矿工要下矿井的，也不是你这个丫头家做得了的。亦立还没吃早饭呢，锅里有早上煮的山芋粥，我来热一热，赶紧吃了，说不定队长要喊出工的呢。"

说罢，肖琼去灶下添柴热粥，敏颖转身去里屋，没好气地说道："刚热过，又要去热一回了，只怕灶膛里还有火星呢！"我打开锅盖道："不用热了，还冒热气呢。"便盛了一碗吃了起来。

日子一晃，好几天过去了。

每晚都是在夜谈中消遣的，四个人躺在各自的床上，拉家常、说童年、讲逸闻。兴浓处，笑声突起；开心时，烦忧全无。

不过一些时日下来，话资渐渐少了，免不了搜肠刮肚、加油添酱起来了——这也没人计较的，只不过让睡意来得早一点、进入梦乡的速度快一点罢了。

这晚我正要入梦，忽听隔壁女生房间里隐隐传出抽泣声，便低声对邻铺的李欣道："李欣李欣，你听听，好像那边有人在哭……"李欣醒了，用手敲敲墙壁道："阿敏，是你在哭吗？"隔墙的敏颖也醒了："肖琼、肖琼，你怎么啦？哪里不舒服？"

那厢的竹榻咯吱一响，肖琼以呢喃之声道："哎，不好意思，做了个梦……"

李欣道："我还以为肖琼你生病了呢！吓了我一跳，什么梦？值得哭吗？"

肖琼道："我哭了吗？没有啊……"

李欣道："还没有呢？我们都被你哭醒了……"

肖琼道："嗯……梦见了我的父亲……"

我道："哎呀，那也不用哭啊！"

梦，哭伤心，父亲……大家的睡意被驱走了。

是啊，草庐里的人哪个没有父亲呢？在我们的心目里，父亲是一个多么高大的形象啊！从小到大，父亲就像我们的灵魂，我们爱父亲的慈祥，爱父亲的包容，爱父亲的一切一切！

这样一个严肃的话题，自然会有短暂的沉思。

李欣似乎是永远不知忧愁的人，他慢条斯理、自言自语地说："说到父亲，怎么要哭呢？要是我，梦里头也会笑醒呢！要不是年纪小了一点，我早就接他的班，成了国营红星布厂的工人了，也用不着到这里来捎锄头钉耙了。两年前，学校里搞'文化大革命'，父亲怕我学坏了，就向厂里领导提出来，让我去顶替接班，厂里领导也答应了。后来一问，我只有十六岁，说年纪太小，不符合上头的政策，等到了十八岁再说吧！没想到等了一年多，插队政策下来了，我下来锻炼锻炼、吃吃苦，只希望我还有机会，接老子的班去呢！亦立，你说是不是？哎，你比我岁数大，怎么不去接你老子的班？"

李欣的话打断了我的思索："哦……我的父亲太平凡了，只是一个乡下的教书先生，总是被调来调去的，从这个乡调到那个乡的，很多地方都有他的足迹：路墩小学、留彩桥小学、吟诗桥小学、秦泾小学、要塞小学、梅园小学、黄沙湾小学……那些小学大多只有一个先生，因此他既是老师又是校长，小时候我常常跟着下乡去玩——从襁褓里到蹒跚学步……那教书的事情岂是人人可接班的？就是要接班，也要先轮到我那代课的姐姐啊！"

由父亲想起了姐姐，她一直没有找到工作，父亲很疼爱她，见她聪明伶俐、成绩又好，就带她到学校去，教她备课、代课教书……

唉，不想啰唆下去了，等待两个女生自述吧，相信肖琼、阿敏父亲的故事一定不会这样平淡无奇。

但是很遗憾，肖琼、敏颖她们不接过"父亲"的话题。

为了调和一时的尴尬气氛，于是我就顺着刚才的思绪讲下去："说到我姐姐代课，还有一个钟的故事呢……姐姐十六岁那年，是学校里初三的班长。冬季里的一天，父亲突然发烧得很厉害，他把姐姐叫到床前说：'亦菁啊，明天你就去给我代一天课吧！'姐姐向学校老师请了假，带着父亲的备课笔记到乡下吟诗桥小学去代课。她讲了一课语文、一课算术。临近中午的时候，窗边的一个男孩忽然举起了手，说：'小梁老师，大梁老师上课的时候，太阳照到桌上的这条线就下课，现在已经到这条线了。'孩子们都笑了起来。下午，姐姐给孩子们讲了一段《红岩》里小萝卜头的故事，孩子们高兴极了，齐嚷嚷要小梁老师明天再来。第二天，父亲叫姐姐带了钟去。家里唯一的钟是亨得利挂钟，长约三十公分，像一个木盒子，它是父亲从旧货摊上买来的心爱之物。父亲对姐姐说，办公室的墙上有两条我画好的竖线，你只要把钟挂在两条线中间就行了。姐姐用一块布包好了钟，夹着它上路了……"

敏颖终于开口了："哎哟，你姐姐当时十六岁，还没有我们这般大呢，已经成了辛勤的园丁、人类灵魂的工程师了。唉，你们都有一个好父亲，可惜我五岁时父亲就去世了。不过我总算也还有一个好姐姐，只是离我太远，去云南插队落户了。"

肖琼依旧不吭声，过了一会儿，只听她道："不早了，睡觉吧，明天我想回城里去呢，睡吧。"

"回去？什么时候决定的？"敏颖道。

"刚才的梦提醒了我，要回家一趟。"肖琼道。

"决定了？"

"决定了。"

"那我与你一同走，回去拿点东西。"敏颖转了话题。

"我也想回去一趟，亦立，你呢？"李欣道。

"我要晚一两天，"我解释说，"有几户社员要'过猪灰'呢……"因为就在昨天妇女队长推荐我当了队里的粪管员。

"哦，我知道了，'粪管员、粪管员，家家猪粪归你管……'"李欣诙谐地说道。

第二十四章　庐中吟

天色微明，三个伙伴低声互相招呼着起身，轻手轻脚地出门走了。

草舍里剩了我一人，依旧在竹床上懒洋洋地躺着，直到东边牛舍里老牛倌的铡草声响了才起床。打开草庐之门，小河对岸田地上空的朝辉照进屋子里来了。啊，好爽朗呵！

我伸了个懒腰，做几个深呼吸动作，然后独自在草庐里徘徊。

对于栖身草庐，我没有一点懊恼和自卑了。古往今来，忧国忧民的贤明寒士和现代知青模范都以寓居草庐为乐的。虽然我没有古贤"茅屋秋风赋"之才华，也没有现代知青模范"身居茅庐，胸怀世界"的豪情，但我有另一种幸运，那就是有知音做伴，与同命运的女子相处相怜。若古今豪杰有知，也一定会自叹不如的。

但我毕竟不是圣人，不免时常会产生疑虑：草庐啊草庐，你就是我一生的归宿吗？难道我注定要在这里过一辈子吗？

我在这泥土馨香的客厅上踱起步来了，仿佛以前从没细察过这厅间里的一切。

女生的房门现在敞开着，可以直视里面的床铺。尽管我很想更多地了解她们，但我首先是这里的兄长，其次才是男人，因此我不会擅自跨过她们卧室的门槛，不会对她们的私人领域入侵半步。

东边有一副两眼灶，灶上有两只铁锅，铁锅之间的位置放一个汤罐。灶上清清爽爽的，无一点污迹，一眼望去，让你体察到了女主人的勤快和爱心。厅中央置一张四仙桌，人虽离去，但身影犹在眼前……

东座属于敏颖，坐在我的对面，她亲和可人，有时候会调皮地嗔怪我一下。斯人虽娇俏，但我从未仔细观赏过她的容貌。嗯，即使是亲妹子面对面站着，兄长也不该盯住她看啊，何况她是一个"义妹"呢？

北座属于肖琼，在我的左侧，她端庄娴静，明眸皓齿，与我近在咫尺、气息相投。偶尔与她四目相对，我立刻会愧羞而低头，暗暗将一份爱慕之情收摄于心，纵有爱意万份，却没有仔细端详她玉容的勇气。

南座是李欣，在我的右侧，他幽默爽利，他的存在似乎就是为了调和有时凝固起来的气氛，也可以有力地旁证我与肖琼的清白。至于外人所道的"猫李欣"，真是我所乐意接受的，我心里常常将李欣与阿敏这两个弟妹看作一对。

西边就是我的专座了，坐于此位，心中自有戒律，要有兄长淳厚公允之风，无偏袒非分之想——至少我表面上要做到这样。

这张桌子，会让我想起他们每一个人的笑脸，想起每一个人在吃饭时的表情，猜测出他们会说出怎样的话来……

我正遐想着，门外有人来了。

"亦立在家吗？"是妇女队长秀芸的声音。

"在……"

这位颧骨高耸、笑容满面的女队长迈进门来了，她的突然造访，让我一时忘了怎样用恰当的称呼来招呼她，因为大家在背后只称她"豌萍娘"。

"她们三个回城去了？"豌萍娘笑着道。

"是的，一早走的。"

"嗯，队里没有什么生活做了，也应该回去看看父母了。亦立，草屋里还住得惯吗？"

"住得惯，大家都说冬暖夏凉的，蛮好的。"

"这是暂时的，公社里说了，明年要给你们知青盖新房的……"

"嗯……"

"哎，亦立，你不要嫌弃我们这个村穷啊，表面上看村里人没钱，其实是不舍得花，哪家没百儿上千的，一旦到了起房造屋、婚丧嫁娶的时候，手头拿出来就是……你看，德海、福海两家马上就要造房子了。"

"嗯，是的，这话我也听队长的老爹说过。"

"哎，亦立，我家男人在上海做事，工资蛮高的，也积聚了一笔钱，准备在后面屋基上造幢小楼房呢，豌萍他爹还请上海的建筑工程师画了图纸。哎，我家豌萍说要请你过来做做参谋呢！"

"噢，不过我什么也不懂的。"

"亦立，你也该回家了吧？我给你准备了点乡下土特菜，回去的时候带给你父母。"

"哦，谢谢您，不必麻烦了。你平时就像我的亲人，一直关照我，我已感激不尽了。只因为有几个社员要过猪灰，所以我迟一两天走……"

"亦立，你知道肖琼回去干什么吗?"

"知道，"我道，"忙头过了，回去看望双亲……"难道这还有疑虑吗?

"她要去探望她的父亲。"她说。

"是的，她想她的父亲了。"我想起了昨晚肖琼梦中涕泣的事。

"你听说过她父亲的事情?"

"没听说过。"

"你们在一起这么长时间没相互了解过?"

"嗯……"

"我跟你说啊，"她放低了声音道，"当了肖琼的面不好说的。她这次是回去探监，她的父亲是'历史反革命'，被判了无期徒刑，现在在东北的监狱里吃官司呢!"

"啊……"我大惊失色。

"反革命"、吃官司、东北监狱……这怎么可能呢? 这么污浊的罪名怎么会与肖琼联系在一起呢?

"唉，这丫头是蛮可怜的，好端端的一个姑娘偏偏……唉，也没有办法的事情，出身无法选择的，不然，你与她真是天生的一对。哎，不谈这些了，中午到我那里来吃饭啊，等一会儿我叫豌萍来喊你。"

"不用，不……"

秀芸走了，我搓着手在屋里不安地徘徊起来了:呀，这是怎么回事呢? 肖琼怎么可能是"反革命"的女儿呢?

我又想，秀芸经常去公社里开会，她今天向我吐露了这个骇人的信息，其真实性是毋庸置疑的。这话从她嘴里说出来很随意，很轻松，可对我来说如当头一盆凉水，从头淋到脚跟，把我心中的一点希望火星全浇灭了……

第二十五章 "乡里公主"

中午时分，秀芸的女儿、一个圆脸胖嘟嘟的又很白净的姑娘——豌萍来了。她一进我的草屋，也就把快乐带了进来。

"亦立哥，亦立哥……"她红着脸亲昵地喊着，"你不忌讳我这样称呼你吧，其实我心里一直是把你当哥哥看待的。"她径直走到我的身旁，用那柔软的手臂挽起我的胳膊，"走吧，走吧，我娘在等着你呢……"她用一股柔和之力拉着我，脸蛋越发红润了，那样子是恳切的、真诚的。

"不，不……豌萍，别这样……"我感到非常羞怯，因为我不习惯被多情的女孩子拉扯，尤其是她这样一位高雅的"乡里公主"——这与凤娣、秀娟等村姑们的拉扯推搡不同，后者完全是无心的……况且我刚才听了她母亲的一番言语，正沮丧万分，思绪沉浸在乱麻一团的困惑中。

豌萍则完全是另一种心情，她从小生活在优渥的环境里，生活里充满了阳光，父母又为这颗掌上明珠设计了美好的前程，她当然不会理解我此刻的心情，因此她依旧柔情地拉着我往外走："走嘛走嘛……"

我试图从她的手臂中挣脱出来，又不敢过分用劲推搡她，因为我怕碰触到她柔软的身躯和耸起的胸脯，更怕伤了她的自尊心——一个纯洁的姑娘的自尊心比金子还宝贵，至少我这样认为。

我又羞又惊，因为我一点也没有思想准备，从来没有感受过一个女孩的爱情冲动，从来没有被一个热情的女孩子这样拉扯过……我尽力地推脱着，随着豌萍姑娘一波波情绪的冲动，那女孩子特有的气息让我感到了某种程度的浓烈。

……

忽然，她松手了，突然地、自动地松手了！

这不免让我感到诧异。

接着，她把鼻子凑近我的身体闻了又闻，以一种疑惑的口气问："咦，你身上怎么有一股膏药味？你贴膏药了？"

呀，她的鼻子好灵敏呵，与李欣一样灵敏！

真不知道该怎样回答她才好，尽管我一直对自己的伤情讳莫如深，但这次恐怕保不住秘密了，况且对这样一个纯情的姑娘说谎于心不忍！

我低声尴尬地说："嗯，贴了……"

她沉思起来了，自言自语地说："咦？年纪轻轻的，怎么会有伤呢？"她一边喃喃自语，一边扭过身去，好像完全忘记了来这儿的目的……她低头思索着，就像突然发现了一个从未见过的秘密，她嘟囔着，百思不得其解，转身向门外走去。

她走了，草舍里沉寂了。

我一时若有所失，甚至有些懊恼。

我懊恼的不是从此失去了这个姑娘的亲昵，而是我让她失望了，伤了她的心。她发现了我身上的秘密，一定会改变我在她、她母亲心目中的形象。"啊，梁亦立，不该是那个样子的……"

不过我明白，如果她有爱我之心，与其让她晚些发现我身上的秘密，还不如早点让她发现了好，不然她会经受更大的心灵折磨。

我朦胧地意识到这是一种爱情的止步，这种止步虽然与我的想法一致，但采用了这种方式，实在出乎我的意料。

哎，说豌萍姑娘不叫我喜欢那也是假的，她纯真，快活，性感，可爱，又有如此优秀的爹妈，一般的青年她还看不上眼呢！可这有什么办法呢？谁叫我有一个难以启口的过去，如果我直言告诉她我的过去的不堪，一定会让她惊得目瞪口呆，犹恐避之不及，怎么还会喜欢我这个"插哥"呢？

晚上我躺在竹塌上，想起了一年多前因吊船冒险游戏而受伤的往事。

当时我在船尾水下，见那烧红的碳粒子从船板洞中撒落下来，情急之中向后一仰，火碳粒落到了左胸，入水时听得刺刺地响，如淬火一般。沉入水里后，心里还怕那恶船夫继续撒野，便扒着河底潜行，潜泳到岸边一蹿出水面，顿时感到胸口火辣辣的，像揭皮一样痛得揪心。

这时，岸边有个小男孩也在夺路而逃，船夫的长竹杆正向我们两个打来。我连忙伸臂遮挡，啪地长竹杆打在我的手臂上。接着又有几杆竹梢重重地打在我的背部和腰部，顿时手臂、背肌肿胀了起来……小男孩从我怀下逃脱了，我却从岸边重新滑落到了水中……

意外的祸端，重创了一个少年追求美好生活的信念。很长一段时间里，我闭门不出，边养伤，边忍受伤痛的折磨，对人生的前景感到心灰意冷……

诚然，只有我自己知道，我的伤躯之中还有一颗热烈的、跳动着的心，那颗扭曲了的、久久禁锢于胸腔之中的、依旧可以沸腾起来的热血之心。过去的一切，如同一匹烈马，偏离了方向，失蹄于悬崖沟壑；今后的一切所为，它将明辨方向，在原野上奔驰，或可长驱千里。

豌萍离去了，她的母亲——我的妇女队长也没有再来邀我，她们此时的感受，是可以猜想到的。

"我该怎么办呢?"我在草庐里徘徊起来，"应该让她们知道我心底更深层的东西吗?"不，什么都不需要解释，什么也不需要澄清，我需要的是时间，自己磨洗，把握未来……时间会证明一切的。

第二十六章　牛舍孤女

睡梦中，耳边隐隐传来一阵呜呜的哭声，是有人在哭泣啊！

再仔细听听，一个女子断断续续的哭声传了过来……呀，这半夜三更怎会有女子的哭声？当下心里疑惑万分，不由自主地起了身，探寻哭声的来源。这草庐，北面是窗孔，被枯藤遮掩，侧耳听之，不像；又转至门口，听之，也不是。啊，终于辨出来了，那声音是从隔壁牛舍里传过来的……

我决定去弄个明白，于是取了手电筒，披衣出门，转至牛舍前推开门，用电筒照去，见一个十七八岁的村姑坐在草堆上掩面而泣。她以手遮了面，看身影倒有些熟悉，像是月娥之妹月凤，便道："可是月凤？怎么会在这里？"那村姑不回答，只是呜呜地哭。我立在门口不敢进去，细看认定是月凤了，便道："月凤，你为何不回家去？"月凤仍不回答，将头伏在双膝上抽泣不止。

我想这孩子一定有事了，便道："月凤，不要怕，待我去叫了你父母来。"只听月凤道："我……我是被爹娘赶出来的……"我越发惊奇了，天底下哪有父母赶女儿出门的？想问个究竟，又寻思半夜三更黑咕隆咚的，一个女孩子独自在牛舍里，我一个男人能做什么？有道是男女有别，帮人也须识时务，黑夜无灯，孤男寡女的，被人撞见了，岂能说得清的？不如退回自己屋里，等天明了再说，免生是非。

我回到了草舍床上，脑子里还盘旋着年少时的莽撞无知，忏悔着一件件往事，耳闻着隔壁女子断断续续的哭泣声，心里颇为不宁：这个女孩子独自待在牛舍里，一旦有事，岂不是因我疏忽而起？一定要去告诉她的父母，纵有天大的事情，父母也会饶恕她的。

想到这里，又起了身，出门径直往月凤家走去。

月凤家在村子的最西头，要走过半个村子。路过豌萍家门口时，见她家门虚掩着，里面透出灯光来。心里道，我若去月凤家，其父母恐会生疑，妇女队长素知我人品，何不将此事告诉了她，由她来处理，岂不更妥当些？于是我轻轻敲了门，里面有女人应道："谁呀？"我道："妇女队长，是我亦立。"

秀芸开门见了我，疑惑地问道："亦立，怎么起得这么早？也去赶集？哦，是来找我家豌萍吧？这丫头和惠苏还在梦头里呢！"

我解释道："妇女队长，我不是来找豌萍的，有件蹊跷的事要向你报告：半夜里我听到隔壁牛舍里有哭声，过去一看竟是月凤，她披头散发蹲在那草堆里，不知出什么事情了，我一个男人无法帮她，只能来告诉你了，现在她还在那里哭呢……"

秀芸愣了一下，道："啊呀，我跟你去看看。"随即拉上了门，与我同往草庐来。路上秀芸道："月凤的事我还知道几分的，这丫头好没清头……暗头里与阿贵的儿子郭良相好，把肚子弄大了。昨日她父母知道了大怒，去阿贵家论理，与阿贵的老婆相骂了一场。月凤父母咽不下这口气，硬要将月凤推给阿贵家做媳妇，谁知阿贵的老婆不肯，月凤父母一怒之下将月凤赶出了家门……后来听说阿贵还是收留了她，怎么这会儿又待在牛舍里了？"

两个说着话，打了手电来到了牛舍里。月凤见了秀芸悲泪直落，秀芸道："月凤，阿贵不是收留你了，你怎么会跑到这牛舍里来了？"月凤泣而不答。秀芸又道："是不是郭良娘将你赶出来了？"月凤点了点头道："他娘晚饭也不给我吃，进门就一直指着我骂……"秀芸道："骂你什么？都是她儿子弄出来的事情……"月凤哭诉道："什么话都骂，'婊子''不要脸''想我家的财产'……什么难听的话都骂。我忍着不吭声，后来他们一个人也不理我，连郭良也不理我。到了半夜里，我去找郭良评理，他娘又骂我勾引他儿子，拿了笤帚来打我。我回了一句'是郭良答应要娶我的'，他娘就勃然大怒，一边骂一边将我赶了出来。他的娘力气大得像只牛，我哪里拗得过她？之后我在她家门口坐了半宿，总以为郭良会出来的，谁知他一点良心也没有。后来，我感到冷了，家里又回不得，躲又没处躲，就躲到牛棚里来了。天亮后我只想再去问一问郭良，若他不理我，我也不想活了。"秀芸道："真是无法无天了！世上哪有这样的道理？把人家女孩子肚子搞大了就推出门了事的！月凤你且先回家去，明日我来找阿贵评理，我就不信他这个队长不通事理。"说罢去扶月凤起来，月凤扑在秀芸怀里哭道："回去爹娘也要打我，说'你怀哪家的孩子就到哪家去，你若进门打断你的腿。'秀芸姑姐，你救救我，不然我就一死了之。"秀芸道："你既有了身孕，受不得这地上的寒气的，听话、不要犟，我送你回去……"月凤含悲道："爷娘说了，我死也要死在他的家里。秀芸姑姐，我已经想穿了，回去了也是要逼死我的，不如我就此等到天亮，找到郭良，看他怎的，若是他还有情，我就留在他家，受苦受累也认命了，若是他无情无义，我便一头撞死算了。"说罢，号啕大哭起来。

见这情景，秀芸一时也没了主意。

停了一会儿，秀芸叹惜道："清水茅坑越搅越臭，你这样说，传出去也坏了一个村子的名声……如若身体冻着了，留下病根，恐怕一世也难医呢。这等丑事只好私下里解决，岂可大张旗鼓闹得满村人都知道的？偏偏肖琼、阿敏又不在，不然与她们先挤挤睡几天，让我做好了两头的工作就好了……"

见此情势，我道："妇女队长，不如这样吧，肖琼、阿敏回城去了，今夜可让月凤先到她俩的房间里歇息。本来天一亮我打算回城里去的，这屋子里会空一阵子呢。让月凤在这草舍里多住几日也无妨……"

秀芸想了一想道："唉，看来也只有这个办法了，只是要'赶'你动身了……"

我连忙说道："这原是计划中的事情，隔夜我就准备好要动身了，一点也不碍事的。"

秀芸道："也好，余下的事情我来管了，'维护妇女的正当权益'不是光嘴上喊喊的。虽然月凤也有不对之处，但不能被人欺负了，拍拍屁股就算，我是妇女队长，我不管谁管！"说罢秀芸边哄边扶月凤走出牛舍来，进了我们知青屋。

东方已经微明，我对秀芸道："天就要亮了，我这就走了。"秀芸道："现在走不早不晚，到车站还能赶上头班车呢。上次我听肖琼说过，车票到城里正好四角一分，相当于队里一天的工分钱。"我笑道："怎地这么巧，下回不如步行走回去了，就等于干一天的活儿。"说罢进内室里拾掇了一下，告辞而去。

第二十七章 母语铭心

下午，我回到了城东那条熟悉的小街。

顺着一间间老字号店铺走过去，我可以闭着眼睛说出每一处、每一户的店名：轮船站，摇面店、药店、缝纫店、糖坊、铁匠店……当然，这些店铺有的已经销歇，有的时开时关，但它们的名字一直在街坊里相传着。

哦，到街巷转角了，"教授之家"的邻园就是我家了！

园门没有锁，只是虚掩着。推门进园，便是菜园，呈现在我面前的一切，都让我感到无比亲切。我踏上菜畦中的石径，舒心地呼吸着院子里的空气，不容我不触景生情，啊，哪一样园中之物不隐藏着一个难忘的小故事？

顺着园子中间的小石径往北走，园中央有棵棕榈树。记得父亲说过，日本鬼子打来的时候，爷爷带全家出去逃亡的前一天夜里，爷爷和他将一罐金银首饰埋藏在树下，后来竟不翼而飞了……

棕榈树过去便是石井栏，那上面若干条很深的绳印子，是多少代人留下的生活痕迹啊！

再过去往东边是一片竹林了，那里面有许多鲜嫩的小笋，母鸡在竹林子里自由地散步，篱笆墙边还可以捡到鸡蛋呢……竹林过去有条小河，小河里的水一涨一落向你报告着长江的潮来潮退……呵呵，六七岁那年，第一次下水就差点淹死在这条小河里，幸亏邻居一个叫阿全的小朋友在我背后推了一把，我才抓住了河边的草丛……

不说了，快进园子的内门吧！

进了内门，见到了母亲，她欣喜异常，拉住了我问这问那，吃饭是怎样吃的，觉是怎样睡的，衣裳是怎样洗的，生活重不重，要不要发伤……我把在村里组成了知青"集体户"的事告诉了母亲，母亲听了很高兴，她赞成我们的做法，但还是很担心我的身体，我告诉母亲，伤好多了，自从下乡之后，还没有发过，不过膏药还时常贴的。

母亲说："一定要穿暖点，做生活不要硬拼……哦，肖琼的母亲来过了。"

"她母亲来我家了？"

"是的。"

"她母亲说了些什么？"

"叫我告诉你说'我家肖琼就全靠你照顾了'。"

"嗯。"

母亲总是把心里最想说的话告诉我，她又说道："过集体生活，好处应当先让别人，难事要挡在前头。你像我，在车间里当小组长，每次分菜都是由我来分的，我分好之后，自己先走开，等大家拿完了自己最后去拿。人家都说：'虹彩阿姨分菜最公平，分东西只要是虹彩阿姨在就放心了'。"我听了直点头。

晚上我打开日记本，翻到了记录母亲"经典语录"的那一页，提笔想写些什么，当然又见到了上面写着的许多语句：

> 如果在铜钱银子上吃情，必定有失误——用情必有误。
>
> 小孩子头一次吃饼一定要扳掉一块，今后才不会吃独食。
>
> 冰雪天看见年纪大的过桥，要搀搀他，搀他就等于搀我。
>
> 人家请你吃饭，不去，人家一定不会恨你，只会说"这个孩子懂清头"。
>
> 做事体，若不凭良心早晚有报应。
>
> 如若有人经常向你借钱，借了还，还了借，次数多了，最后必定少你一笔。
>
> 想当年我们的祖先经商途中遭强盗抢劫，流落江南，上无片瓦下无尺寸之地，全凭忠信善良，勤俭创业，才有今日兴旺的后代。你现在长大了，虽然是下乡种田，但也算做事了，千万不可忘了祖训……
>
> 邪不压正的，如果你一身正气，那就什么都不怕！对那些凶恶的人也不要怕他，你越怕他越凶……
>
> ……

唉，有道是子以母贵，百孝不如一顺。此刻母亲对我说了："过集体生活，好处应当先让别人，难事要挡在前头。"我将这句话也添写在这本子里了。

母亲总是在无意之中说这些话的，并不在乎我是否用心听着，常常是我做我的事，她说她的话，说的、听的次数多了，自然也就刻录在心里了。

好了，听从母亲的意思，好好地休息几天吧，在家里吃好睡好，什么都不用干，让我重新回到童年，在母亲唠叨中再美美地享受一下生活吧！至于肖琼、阿敏她们，来日方长，过些日子再去找她们也不迟。

岂料第二天，李欣上门来了。

他一进门就神情紧张地说："郭庄出了大事情了，你知道不？"

第二十八章　青砖大院里

我对李欣道："昨天我还在村里的，没听说有什么大事啊！"嘴里这么说，心头浮上了一丝疑云：难道月凤的事传到城里来了？可这也算不得什么大事情啊！

李欣道："大概事情就发生在昨天夜里——肖琼叫人带信来，要我们立刻去她家呢！"

虽然将信将疑，但心里也惦念着肖琼，一日不见如隔三秋嘛！当即向母亲说了原委，随李欣一起去了肖琼家。

肖琼家在通往二管区的小巷里，小巷狭长而幽深，踏上此路，我会想起昔日下乡前失态狂奔的情景……

我们来到一个青砖大院门前，低头进去，穿过一条狭弄，走过两个天井，见第三埭房子的大厅上聚集了许多人，围着一张八仙桌，或坐或立，或倚或靠，一个个表情严肃，议论纷纷。认得全是郭庄大队的知青，肖琼、敏颖、尹龙也在其中。

桌边侧坐着一位相貌不凡的男知青，上穿鹅黄灯线绒开领衫，下穿草绿色长军裤，身材魁梧，面如紫砂，额头宽阔，一对豹子眼炯炯有神，说话露北方口音，语如铜钟，正侃侃而谈。

我徐步上前，向熟人点了点头，算是打招呼了，心里疑惑道：这么多人集合到肖琼家来了，究竟怎么回事？只见肖琼走近来招呼道："亦立，就等你了，这里有凳。"本是同一庐檐下的兄妹，自然不必谦让，我入位坐了。

承敏颖未过来，只是在那豹子眼男子耳边轻轻说了一句，那男子便站起来，伸手与我相握了，介绍道："梁亦立同志，认识我吗？我姓佟，叫佟大成。今天来的大多是七队八队的知青。"

"久仰久仰……"我寻思道，他便是从"七个烟囱八知青"的新沟村上来的了，按俞干事的分配法，男女知青各半的，为何今天来的却是男生居多？

又看看佟大成，哦，想起来了，他就是下乡那日在县政府广场上慷慨宣誓的热血青年，便道："听你在'扎根知青先进事迹报告会'上演讲过的……"嘴上这般说，心中却有些不悦，虽然你有名气，但今番借名头聚会肖家，还不是像郝阿莺一样为了接近讨好肖琼？只是肖琼向来谦卑温柔，不知就里罢了。佟大成微笑道："哎，论扎根，我要好好向你学习呢，只是未曾有机会。"我见他客套，连忙摆手："哪里哪里……"

两人重新坐定，佟大成接着道："郭庄大队昨天夜里出了一件大事情，你可知晓？"

"昨天我才回来，没有听说出什么大事。"

"事情就出在昨天夜里。你们前面的一个生产队——十队、唤作桑田里的那个村，有同胞姐弟两个'插青'，姐姐叫柳莺，弟弟叫柳泉。几天前，弟弟回城了，剩下姐姐一人在知青屋里。不料村上有一个男子，又瘦又高的，大家都叫他长脚刘虎，三十岁尚未娶妻，平时就看上了柳莺。昨天夜里，见柳莺一人在屋里，便起了歪心，偷偷溜进去动手动脚，企图强奸她，妄想生米煮成熟饭。柳莺当然拼命反抗，与他扭打了起来。恰巧同村一个姓姚的木匠半夜吃了上梁酒归来，见知青屋里亮着灯，开着门，颇觉奇怪，便在门口逗留了一会儿。听见里面有女人喊'救命'，连忙持了斧头冲进去，一把就将长脚揪住了。回头看时，女知青内裤已经被扯破了……"

"啊？"我听了大惊，想不到乡下竟有这种事情发生了！

佟大成继续道："今天一早，我们七队八队的知青听到了风声，就集合起来一同到十队去，将哭得两眼红肿的柳莺护送回城内家里去了！"

大个子男知青尹龙在一旁愤恨地插话道："我要是那木匠，一斧头劈了这狗日的再说，管他那么多呢！"

承敏颖接话道："十队里的插青只有姐弟两个，不像别的队里人多，平日里可以同来同去，互相照应着。"

肖琼也道："我们四个吃住在一起，看来做对了！"

佟大成道："是啊，今天来就是向你们取经的，你们自动组成了'知青集体户'，就像亲兄妹一样，大家都很羡慕。我听阿敏说，吃住在一起的意见是由肖琼提出来的，今天特地来到肖琼家中取经。肖琼说还是两个男的有办法，尤其是你梁亦立，所以一定要请你们来介绍经验。"

话说到此，全明白了，看来我是以小人之心度君子之腹了，内疚地随口道：

"哎呀,这算是啥门子经验呢?还不就是她们两个女的'器量大',大家'合得来'罢了!"

接着,满屋子的人与肖琼、敏颖、李欣散谈起来了。

这时,当得知整个大队唯此一个"知青集体户"的时候,我却另有所悟了,因为事情常常"说时容易做时难"啊!

对于初出茅庐的中学生来说,从校园走向田园,突然改变了人生轨迹,如临逆境一般。但比较而言,还有十倍于此逆境的人在他们中间,那就是肖琼与我。

我与她两个,一个身怀伤疾,一个慈父在狱,因插队落户不期而遇。比起寻常的知青,逆境之中,还有更重要的事情在思考着,现实逼得我与她想得更多些、更远些……若心在当下,必盯住眼前的一分一毫;若心在远处,眼前的一分一毫必不放在心上。

佟大成当然不会与我想到一处,继续讲述着他的思维方式:"我们七、八队的知青八个人呢,起初是四男四女,后来有两个女生去找熟悉的女同学做伴走了,俞干事又给调来了两个男生,于是成了六男两女了。我们也商量了一个办法,叫'忙时集中,闲时分散'——农忙来了,大家集中在一起做饭吃饭;到了闲时,各自分开过原来的小日子。"

敏颖附和道:"嗯,这样也蛮好的。大家新到一个地方,人生地不熟的,凡事须有个照应,平日里些许小事,有什么值得计较的?"

李欣道:"那当然不用说了,虽然我们四个落户的地方最远,住的又是草屋,但小日子过得也蛮安稳乐呵的呢……"

正说得起劲,厢屋里走出一位两鬓苍苍的妇人来,肖琼在一旁陪着走到我跟前,介绍说:"妈,这就是梁亦立。亦立,这是我妈。"

肖母以慈爱的口气说:"看得出来,是个很帅气、懂清头的小伙子,我家小琼总说你怎样怎样好。亦立啊,我家小琼年纪小,不懂事,今后全靠你多照应啊!"

我一时有点受宠若惊,连忙道:"阿姨,您放心,肖琼比我懂事得多,我母亲已经关照过我了……"

李欣也说:"阿姨,您只管放心好了,有我们两个男生在,没有人敢欺负两个女生的!"

"好,好,这就好。你们坐着谈,我做饭去。"肖母宽慰地走了。

　　看看已近午时，我便起身告辞，大家见状也要告别。肖琼和她母亲一定要留大家吃饭，佟大成他们都接受了，只有我坚决推辞不肯。

　　众人见我态度坚决，也就放弃了执见。肖琼几番挽留我不成，只好与我约定了下乡的日子，放我独去。

第二十九章　秀秀出嫁了

过了几日，我们四个相约回乡了。一路上说说笑笑、亲亲热热地各自拿出好东西来分享。从此，四兄妹更加互敬互爱了！

正要进屋去，忽然东村那头传来了噼里啪啦的鞭炮声。瑞方妻正好从场上路过，她边走边笑着说："贾裕荣嫁妹子了……"

鞭炮声从东村传来，西村的人听见了，好奇心吸引他们纷纷走了出来，伫立在草舍前打谷场上举目遥望。

闻声跑过来看热闹的阿翠道："哦，我倒忘了，今日秀秀要出嫁了！"

秀秀？我想起来了。有一次我去东村找惜阴，路过富荣家门口，见里面有一个鹅蛋脸的少女坐在脚踏织机上织布，她的脸庞黝红而俊俏，仪态朴素而清丽，两条粗辫子扎在一起垂到腰下，她手脚并用着，熟练地操作着布机，木梭听话似的在经纬线中穿行……

在惜阴家里，我问起了这个织布姑娘，惜阴告诉我说，她是贾裕荣的妹子秀秀，十八岁，与你那里的两个女知青一般大哩，她除了挣工分，平时足不出户，身不离机。

呀，也许是藏秀匿迹的缘故吧，这个农家闺秀有一种神秘的美感。奇怪的是，这么长的一个秋忙，怎么就没注意到她的存在呢？离开东村的时候，我又经过贾家门口特意往里瞅，她在织机上转头看了过来，脸色顿时绯红了！

"快来看哪，新娘新郎官走过来了……"有个小孩在喊，谷场上聚集的人变多了，热闹起来了。

一会儿，小河对面高岸上走过来了七八个男女，个个衣着整洁鲜艳，后面有人推着两辆装了箱子和红绿棉被的独轮车。这支小小的队伍从河边绿林丛里闪出来时，恰如一幅活动的画面，背景是蓝天，高地如舞台，他们便是亮相的演员了！

那边迎亲的队伍在过场，这边观望的人们在评头论足。

　　阿翠指点着一个个过往的"演员"，似乎在做逐一介绍：贾裕荣、新郎官、秀秀、新郎官妹妹……

　　"秀秀蛮可怜的，"阿翠委婉地说道，"从小没了爹娘，跟着哥嫂过日子，嫂子对她管束得很严，除了挣工分，空下来就带嫂子的孩子，织布，种自留田，一点空也没有的。她嫂子还经常拉长了脸说：'人天生吃了饭就是要做生活的，吃吃做做，怪你不得，总不能叫我一世白养着你。'你们看她从来没有时间出来玩的，刚满十八岁，嫂子就替她找好了婆家，一定要嫁她出去，秀秀哭着不肯，贾裕荣就在旁边大声呵斥她：'为啥不嫁？女人大了早晚要嫁人的，你看见哪个女人一世蹲在屋里的？哪个养得起你一辈子？'"

　　旁边的人默默地看着，没人回应阿翠的解说。

　　"听说男家是南首里的好人家。这个贾裕荣精明得不得了，心里早就打好了一个如意算盘：你看啊，先要秀秀做到农忙结束，工分、口粮好全留在哥嫂家里；忙头过了嫁过去，到那头又逢新年，新郎官村里又好分一年的口粮给她……"

　　我望着河岸上的匆匆过客，"演员们"的影子变得模糊起来了，只有两个身影还是清晰的，一个是走在头里的贾裕荣，他是一个双手能准确估重的男人，现在他头发梳得溜光，昂头挺胸，踌躇满志；另一个是身穿紫红色花棉袄、辫子粗又长的秀秀了，她边走边拭泪，畏缩地跟在哥哥和新郎官的后头，虽说她稚气依旧，但已经没有初见时的那种神采了。

　　啊，秀秀，还记得我这个新来的知青吗？

　　一边心里自问，一边看看身旁的肖琼，这个与秀秀一般岁数的女孩子，面上露着惊讶的神情，她是不是也在设身处地思考：恋爱，结婚，过一个乡下普通女人的生活，那日子离我还有多远呢？

第三十章　雪崖问天

冬闲来临，田间的活儿少了，队长偶尔才会派工。

肖琼、敏颖、李欣三个耐不住乡里的寂寞，提前回城过年去了，留我一人独自在草屋里。茅屋陋室，寒风入窗，不免让人有些孤寂，但我仍然精神抖擞，兴致不减。

这一日，田里放工回来，正要做饭，听门外有人叫我，见是西邻木匠郝林度。寒暄之后，黄木匠道："亦立，快过年了，你们都要回去过年了，趁你们不用桌子之际，我拿回去漆一漆，不然桌面上的印子就漆不掉了……"

"好好……"我一面连声致歉，一面帮黄木匠抬桌。黄木匠道："不用，只需将桌子侧过来用肩一扛，比两人抬还好走呢！"

送黄木匠出了门，回到灶前自个儿热了一碗冷饭，却没有下饭之菜。平日食用之菜，靠邻里乡亲送一点，自留田里挖一点，家里带一点。自留地种得晚，菜不多，难免有断菜之时。到了这日，恰恰是一点菜也没有了。没了菜，又没了桌子，怪寒碜的。便掩了门，拿一只碗，放了些盐，倒入一点酱油，冲了一碗热腾腾的酱油汤，以凳代桌，喝汤下饭。

喝着汤，吃着饭，心里寻思道：快过年了，队里明日也停工了，我该回去了。郝林度收回了桌子，这是可以理解的，已经给知青们用这么久了，菜汁、油腻印都出来了，谁不心疼呢？这样老实巴交的好人恐怕找不到第二个了，再说总不能让我们一直白白地用下去啊……不过，没有了吃饭的桌子，肖琼她们回村知道了，怕会冷了她们的心。这次回去，我要向母亲禀告实情，说服母亲腾出一张桌子，将它弄下乡来，先要把这件心头事了了。明日须起早些，步行回家，等于出一天工嘛，把车票钱也省出来了。

次日一早，我换了一身打扮，上穿了一件黑白条纹土布衣，下穿一条淡青色粗纺布裤子，脚着一双草绿色仿军鞋，样子蛮利索，却成了个"三不像"：不像农民，不像学生，更不像工人。心里盘算道，今日要走小道，可以近好几里；带一支扁担，轻装上路，为的是回家挑一张桌子下来。还有，听父亲说过，他有一次从黄沙湾小学回城，翻过马脊山时遇到了野狼，多亏有拿了扁担的农民兄弟做伴同行。想到此，便在草舍厅上拉开身架子试了试，嘿，一支扁担在手，恰似独行侠手中的武器，路上可以用来壮胆。于是抖擞精神出了门，将大门扣上（也不用锁的），顺着原先那个江边镇上卖菜妇人指点的小路向东而去。

走了半个时辰，天色仍未发亮，田野上莽莽苍苍，乡道里全无人迹。但见云暗天低，灰茫茫一片漫无边际。又走了一会儿，天空微微透出白色，飘下雨丝来了，那雨丝扑在面上冷飕飕的，抹一把细看知是雪霰。心里想，这里前不巴村后不巴店，只怕落雨，无处可躲，若是落雪倒不怕了，有道是雪里行军情更切，继续往前走吧。

对这乡间的土路，我总是有一种亲切感，因为我的母亲原是乡下人，外婆家就在乡下，父亲教书的小学也在乡下，我同桌同学汝佳的家也在乡下。

比起汝佳来，现在这点乡路简直不值得一提。每年开学的时候，汝佳为了省鞋，宁可赤脚走七十里路到学校里来。还有一点，他在自己的蚊帐里贴上这样的条幅："人为争口气，佛为争柱香。"他的这些举动曾经让我的心震撼不已。

我想起了慈祥的外婆及外婆村上的故事，外婆村上的一个老者。老者年纪六十开外，每天起得极早，为的是去城里的茶馆，与茶友们喝茶，谈天说地，图的是消遣晚年的寂寞。他天天往来于城乡之间，又乐意为村民捎带东西，做了不少好事，当然也常常把城里的新鲜事带到乡下。

我边走边胡乱想着。

这时，天空开始飘起雪花来了，那雪花如片片白梅在空中翩翩起舞，接着越下越大，顷刻之间，道路、田野、远山开始染白了。漫天飞雪在空中编织着一个巨大的白色帐网，渐渐将大地、村庄、树林覆盖起来了。

走过一个村庄，我敲开一户人家问了路，然后顺着那农夫指点的方向又走了三五里，来到了一座大山脚下。

从山下往上看，眼前只有一条白亮的山路，两三米宽，是人工开凿出来的。于是顶风冒雪，沿坡信步而上。行不到二里，见坡路边有一块倒覆在地的牌子，出于好奇，弯身用手翻过来一看，见上面歪歪斜斜地写着几个字："前方滑坡，行人绕道。"我颇为惊愕，不知牌上写的是真是假，看半山腰里又无一处岔道可走，退回去更不甘心，不由得将信将疑，缓步前行。

　　寒风夹雪吹来，我感到了饥渴，浑身冷飕飕的，背部也出现了一阵阵隐痛——那些旧伤夹杂了一些新的农事伤在趁机作怪了！此时才想起，为了早些起来赶路，早餐也没顾上吃呢！好在雪落不湿衣，听先前指路的人讲，过了前面一个山头，山下路边就到一个小镇了，到那里可以买些早点来吃也不为迟。

　　上行不到百步，眼前的景象让我大吃一惊，只见前方山路已经崩塌，就像来到了一片断崖绝壁之上。但见：玉龙飞舞迷山峦，危石堆银见底难；林海怒号人迹绝，泥坡斜陷兽踪潜；有心插翅飞深谷，无力腾云越断岩；举足惊临阎殿路，低头疑至鬼门关。

　　见到这情景，我内心叫苦不迭，辛辛苦苦起了个早，只想抄个近路快些到家，谁知走了半天，到头来却是一条死路。

　　这时，漫天大雪纷纷而降，扑面盖身，无处躲藏。头发已经湿漉漉的了，雪水顺着脖子往衣领里面灌，看四野里白茫茫一片，不要说人迹，狼脚印也不见半个，真是进也不得退也不得，不禁悲从中来，叹道：好苦啊，爹娘生我十九载，总望着我顺顺利利，有个好的出路和前途，不想人生道路竟如此艰难！好容易自己有了个梦想，看来也遥遥无期，虚无踪影。但就这一点点祈望，老天也不让你如愿，眼前分明摆着一条绝路，要你断了这个念，死了这个心……

　　满腔悲情之中，我摸了一把脸上淌着的水——也不知是雪水还是泪水了，举起扁担指着那千万条雪线乱舞的长空，大吼道："老天，你不让我死，又不让我好好生，你为何要这样对待我……"

　　苍天不应，山谷无声，雪龙乱舞，一派迷茫……

第三十一章　先祖的传说

我站在悬崖上，心中无半点畏惧。

进半步则赴死，退一步可还生，而我已将生死置之度外。环顾四野，右侧是高山，左侧是山谷，前方是断崖，后方是来路。

看来路弯弯，通往山麓。

在山麓北面更远处，遥见隐隐一条白练，啊，那是奔腾浩荡的长江，顿时我精神为之一振！

想起那年夏季里的一日，我洗了冷浴从小河边爬上岸来，盘算着怎样穿过大厅、溜进房间。未料父母正在大厅里忙碌着：一架梯子靠在家堂的楞木上，父亲在梯上往下传递着物件。

我畏缩地站在走廊似的天井里，进退两难，因为我的样子一定叫人讨厌：瘦棱棱的骨架，光着脚丫，全身只穿一个裤头，肌肤晒得黝黑，上面有一条条被杂草刮出来的白印子，面色苍白失血，头发乱似蓬蒿……

母亲已经看见了我，竟没有责怪，只是说："阿立，快换你父亲下来；你人小，爬上家堂去，把里面的物件一件件传下来。哎，当心！先来扶好梯，让你父亲下来。好，上去吧，喏，带好一把手电筒！"

我暗自庆幸，顺梯爬上去，上面散发着一股令人窒闷的热气，夹杂着尘埃、旃檀和熏烟味。东西搬得差不多了，我眯着眼，用发黄的电筒光照过去，西边的角落里还有一只木盒子，便猫了腰爬过去，打开那盒盖，里面有一本粉红色封面的书，上面印着《梁氏家谱》四个字。我好奇地翻开了它，在黄亮的手电筒光线下看了起来，那"修谱缘起"中的几行字句摄入了眼帘：

今江南临江县城东梁氏，祖先原籍福建泉州人，世代从商，家业兴旺，每年有商船往返于福建与江苏金陵之间。清乾隆四十二年夏，次子梁万茂代父押货船北来，至扬子江遇江盗，被洗劫一空，多人被伤，船焚毁，船工散佚。万茂跳江逃生，因船上有人夹带私盐，不敢报案，从此流落江南……

呀，难道这就是我的祖先？我一下子被书中的人物吸引住了，并且在我的脑海里浮现出了一幅幅生动而惊险的画面：

在浊浪翻滚的江水中，一艘大货船扬帆破浪从长江东尽头驶来，惊涛拍舟，浪花似雪。船头上，一位二十多岁的英俊青年迎风而立。忽然，江面上雾塞霾布，从北岸的芦苇滩里蹿出了许多铁皮尖头小船，直往大船撞来，强盗们手持火把、土枪、大刀利器，大喊着，杀上船来，那位英俊的青年（我的祖先）率领船工拼命抵抗，他们用篙竿、红缨枪、刀斧与强盗搏斗，但寡不敌众，船工们纷纷跳入江中逃命。梁万茂与强盗格斗到最后，跃入江中，奋力向黝黑的大江南岸游去……

啊，这就是我祖先的故事。

生活里，我们有过这样的体验，可以用很短的时间去想象几天甚至几年的事情，我此刻立在险坡上正是如此。

想当年，我的先祖跳江逃亡江南，一定也是浑身湿透，饥寒交迫。倘若翻过此山，一定比我现在还要狼狈不堪，而后来竟能落地生根，成就一番事业，让后代繁衍至今……

今日我遇到的挫折与他那时经历的劫难相比，怎可同日而语？而我选择了逃避和绝望，岂不愧对了先祖？

又想起下乡前一晚母亲流着泪说过的话："为娘也不指望你能守在身边，只是要记住了，你是母亲身上的血肉，无论走到哪里要保重了自己的身子，就当是孝敬了你母亲一般……"想到此，我心头一怔，是啊，爹娘生我堂堂一身、凛凛一躯，尚未有半点报答，今日倒想就此了结了，岂不伤了他们的心？

我哑然失笑了，人生的路长着呢！风雪、断坡算什么？伤痛、饥寒又奈我何？我像先祖一般蔑视你们，蔑视这眼前的一切、一切！我仿佛得到了解脱一般，便退回几十步，寻一处杂树荆棘之坡，奋力上攀，到了山顶。

然后辨别一下方向，也顾不得有路无路了，踏着雪，挺起胸，提着那条毛竹扁担，像古典小说里的侠士一样，一摇一摆地向山下走去。

第三十二章　弯根葵

　　且说我经历了那场风雪，受了饥寒，又走了许多弯路，步行回到家中，人困体乏，到了夜里咽喉肿痛起来，后半夜竟然浑身发烫，发烧起来了。

　　我一连在家里躺了三日，每日由母亲照料着，用鸡蛋、鸡汤、冬笋之类好吃的东西来补养身子。

　　到了第四日，觉得身体有力气了，便向母亲讲了自己的计划，打算将一张桌子挑下乡去。母亲想了想道："也对，没有一张吃饭的桌子，哪像个过日子的家啊。你祖父过世后房里还有一张四仙桌，一直空着未用，你就将它拿到乡下去吧！"于是，我开始准备担子，一头捆住两张长凳，一头将桌子侧竖起来，在横档上扣一个绳结，挑起来试了试，觉得此轻彼重，便找一些书来压头寸——遗憾的是，姐姐床头的那本《稻仙子》找不到了，便找了一些姐姐读过的高中课本，用旧书包装了，挂在凳子一头。

　　母亲免不了唠叨起来："我的儿啊，马上就过年了，你病还未好，怎么挑得动走几十里路的？再说，知青们都回来了，何不等身子好了，过了年，由长途汽车载了下去？"我说："妈，我早就问过长途汽车站了，说车子顶上不能载运，因为桌子脚会碰到路上电线的。况且我已经好了，在乡下可以挑一百五十多斤呢！去一两天就回来了。"母亲知道儿子要做的事情是拦不住的，便煎了两个面饼，用报纸包了，塞在我的旧书包里。

　　当日上午，我安步当车，挑着担子下乡去，累了放下凳子来坐坐，看看田园风光，饿了啃啃母亲做的面饼……这样走走停停，直至天黑才到了村子里。一路无人碰见，独自进了知青屋里，安置好桌凳，自我欣赏了一番，寻思道：若肖琼她们几个回村见了，定会惊喜不已。

　　当晚临睡，忽又想到上次找阿蔚不遇，尹龙给了我一个表妹遗忘的布包，也不知里面是些什么东西，何不趁现在有空打开了看看？想到这里，便进卧室从铺下取出那个布包来。

布包打开了，里面是一个画册，大多是素描画，第一页是一张人物素描，画的是一个女生，鸭蛋脸，秀气满面，口角露笑，宽额、宽眉心，一对纯情葡萄眼，微微耸起俏鼻梁。下有一横草字：自画像。

后面的画中有街景，有书包、农具，有庐舍、耕牛，有田野、河流等。一页页翻过去，目光停留在一幅向日葵画上，觉得有趣，不禁细细看了起来。

那是一幅漫画，画中的向日葵粗壮高大，顶部有一个下垂的大籽盘，似乎在俯瞰根部，根部压着一块大石头，但被根茎顶了起来。

又翻至下页，见是一篇文字，翻了过去，偏又被那标题上"寓言新编"几个字吸引了过来。于是翻回来看那文：

弯根的向日葵（寓言新编）

园子里有一株嫩绿的向日葵苗。

一天夜里，狂风大作，暴雨倾盆，残垣上滚下来一块石头，压住了葵苗的细腰。它那长着绒绒细毛、亭亭玉立的身杆折断了，身子被压进了泥水里，只露出一点点枝叶。雨水冲刷着它，那枝叶也在泥浆中卷折了。

风雨过去了，葵苗还有救的，只要有人移动一下那块压住它的石头，它兴许能站立起来，修补好伤口，走完生命的历程。

哦，园门那边有人来了，她们谈笑风生，脚步轻盈。"啊，请给我一点帮助吧，用您尊贵的手搬去我身上的这座大山，用您有力的脚蹬开这无情的顽石，您便是我的上帝，我的再生父母，只烦您举手之劳！"

然而人们听不懂，脚步远去了，笑声灭绝了，黑暗也降临了。

此后，每天有人从这里走过，每天被人熟视无睹。

它明白了：一切的一切，都归结于自己太渺小、太无力、太没价值了！

丢掉幻想吧，这世上没有救世主，要活着唯有靠自己！它从心底里喊："我要将一切引起我激奋的力，苦楚的、屈辱的、怨恨的、悔悟的、倔强的、追求的力汇聚起来，形成一个焦点，那就是自强！"

蚯蚓感动了，殷勤地过来为它松土；太阳感动了，一点点移向当空，把日光尽可能多地照在它的叶尖上。

几天过去了，露在石头边外的葵苗昂起了头。晨曦里，枝头上水珠闪亮，星星点点，晶莹剔透，折射出日光的七彩。

几个星期过去了，它默默站立起来并长高了，超过了压着它的石头。两个月过去了，它的身躯超过了曾经挡光的残墙。秋天到来的时候，葵苗成了葵树，托起了一个圆圆的籽盘，向着东方张开了笑脸，与同伴们比肩争高了！

不过，它的身段太难看了，皮又黑又厚，根又粗又弯。奇怪的是，它的籽盘大而饱满，色如金菊，清似蜡梅；藏在盘中的籽粒密密的、严严的、黑亮亮的。往昔，它傲起头，争的是平等份额的阳光；如今，它低着头，因为它的果实太饱满了，饱满得要绽裂开来。

石头依然伏在它的根部，但被强壮的葵杆顶了起来，形成了一个空洞。

这时，葵树俨然以一个长者的口吻对脚下的这个"冤家"说："现在我才知道你原来是这样的渺小！"

读完了此文，又翻到前面，看向日葵漫画，心想道，这短文貌似平常，寓意却深着呢！想来定出于遭难历险、志向超然者的手笔，一般人看不出其中的精妙所在。但究竟出于何人之笔，只能等今后问表妹了。

次日一早，带了画册、书包等物，步行至镇上汽车站，乘车回城不提。

第三十三章 学 舞

初春，大地复苏，麦田一片葱绿，万物一片生机。

在城里度过了一个安适祥和之年，我又思恋起乡下来了。说来也挺奇怪，乡下那草庐简陋至极，偏叫人念念不忘。何也？还不是由于有了两个女知青的缘故？天天与她们在一起，三餐一宿，同进同出，这是一个男生梦中追求的事情。而现在已师出有名、冠冕堂皇、光明正大的了，谁也不会说三道四——因为这是公社里安排的、女知青自愿的、村里安置的、家长赞同的、人人见证和心羡的事情，正可谓天时地利人和、因缘巧合所致。

熬过了正月半，便有李欣来约，说是肖琼、阿敏来问了，什么时候下乡去。呀，看他们比我还着急呢！

年轻人说走就走，君不闻杜甫有诗云，"白日放歌须纵酒，青春作伴好还乡"嘛！

四个一同步行到车站，各自买了车票，上了车，免不了拿出好吃的东西来分享，一路说说笑笑，只半日就到了乡下。

草庐里又热闹起来了。

听说肖琼、承敏颖来了，一群村姑欢笑着冲进了草庐，拉着肖琼、敏颖问长问短，叽叽喳喳像树林里的小鸟。郝阿鸾、央正、志平等小伙子们也笑嘻嘻地来串门了，不过他们比村姑们文雅多了，在看望两个男生之后，眼睛总要向女知青的房间里瞅几眼，一旦肖琼、敏颖走出卧室，就与她俩搭讪几句。

这也正是我值得骄傲的地方，十九岁（已长了一岁）的肖琼和敏颖不仅是这个知青家庭里的成员，而且她们喜欢、认可我这个兄长，这是无须怀疑的，可以从她们的言语和体态表情里感知到的。一同苦心经营的草庐，凝聚了她们的心血，拴住了她们的心，我一点儿也不担心有人会将她们中的某一个"抢夺"了去。

青春和美丽带给人世间的是怎样一种活力呢？

同样一个草舍，从前是那样的破旧不堪、弱不禁风，现在早已里里外外焕然一新了！从前是苍蝇、蚊虫的滋生地，现在成了村里年轻人的交际场……这一切的突变，就像有人摩擦了阿里巴巴神灯，唤出了巨力神，用神力一下子把草窝变成了凤巢，把牛舍变成了乐墅。

啊，生活改变了知青，知青也改变了这里的生活。

现在是农闲时节，年轻人闲了，就会有人出来生事。

不知哪个公社干部出了个馊主意，要组织知青搞文艺会演了，还说每个知青点至少要出一个节目。那一天，我去大队部参加了会议，听了这个消息有点犯愁，大队里给我们传达任务的女知青小章说："你们那里有肖琼呢，一点也不用担心的！"

我回来把这个信息告诉了肖琼，肖琼想了想道："那么我们来编个舞蹈吧！"

编练舞蹈的消息不翼而飞，很快传遍了全村。傍晚，阿翠主动到仓库里临时借来了一盏煤气灯，挂在草庐里的厅上，把整个屋子照得亮堂堂的。夜幕合上的时候，豌萍、凤娣、月娥、秀娟等一批十八九岁的丫头家不约而同地来了，草庐里叽叽喳喳，笑语盈盈。

肖琼白皙的面庞泛出了红晕，她不知从何处拿来了几块红绸帕，与敏颖翩翩起舞了。只见她俩一左一右，双双柔臂摆动，手中的红绸帕也随之飘舞，一边跳一边打着拍子，轻轻地唱时，其声婉转悠扬；悠悠地舞时，其舞翩跹柔美。两人的动作整齐一致，给人美的观感。

这时，我发现肖琼换了一个模样，啊，原来她还是一个小舞蹈家呢，只是一直深藏不露罢了！不，应该说一直没有显山露水的机会，现在她可以尽情发挥了，就如冲破茧壳的蚕蛾，把美丽释放出来！

跳了一会儿，肖琼红着脸道："来，现在教你们男生跳舞吧！"我慌忙道："我长到这么大，从来不曾跳过舞，不会的、不会的……"肖琼道："哪有生来就会的？这舞不难，一学就会的。况且这个舞须男女生共舞才好看……"我依旧不肯出场献丑。

旁边的村姑们跟着起哄了，一齐叫着要男生加入。凤娣道："亦立，跳舞要一对一对的才好看，你看李欣都上了，快到肖琼旁边去吧！"说罢，不由分说地抓住了我的胳膊，用她强壮的身躯将我推到了肖琼身边——说推还不够准确，那简直是将我撞到了肖琼身边。说实话，对她这样毫不顾忌的推搡，我也不想违拗，因为她毕竟是个心地单纯又比我小几岁的女孩子，再说到肖琼旁边去，何乐而不为呢？

肖琼见我出场了，开始教我与李欣跳舞了。她一边示范一边道："喏，这样踏步，这样转身……摆手，哎，不对、不对，要这样、这样……"稍停，她又开始解释怎样平步摆袖、踏步翻身、撩步、甩袖等等。虽然她讲得头头是道，但是我天生不是此料，哪里记得住？算了，依样画葫芦就行了。李欣道："哎呀，这有什么难的？不就是左边四小步、右边四小步，摇过来摆过去的，你看我的……"

一会儿我真的也能踏步转身了。肖琼看见我和李欣能跟上了，又看到旁边的村姑们跃跃欲试，便退在一边指导。这时一个大胆的女孩子——自然是凤娣了，闯进来取替了肖琼的位置。

月娥在一边对肖琼道："哎，这里还有一个唱歌好手哩，学校里'小红花'宣传队的队长，可不要埋没了她……"

肖琼道："是谁呀，快叫她出来！"

早有人将豌萍推了出来，豌萍忸怩着说道："这歌是会唱唱的，只是乡下曲子乡下调，我爸每次从上海回来听了就说我是'下里巴人'……不献丑、不献丑。"

肖琼道："什么'下里巴人''阳春白雪'的，月娥不说我还真忘了，初下来时我与阿敏住在你家里，看到墙上贴着你唱歌得的奖状呢！来吧，自唱自演的，没有哪个计较来着，我也该与大家一起合练合练了……"

豌萍本是个经不起鼓励的人，站出来稳了稳情绪，试了试歌喉，放声唱了一句"雪山升起红太阳——"，果然声音豁亮，清越无比，把场上的各种杂音压了下去，只是略微有点跑调，众人都哄堂大笑。肖琼却鼓励她道："不错不错，再来再来……"于是豌萍便放开歌喉唱了起来：

雪山升起红太阳/翻身农奴把歌唱/把歌唱/送上一杯青稞酒/呀噜嘿……/献给敬爱的毛主席/祝您万寿无疆/巴扎嘿……

随着豌萍的歌声，肖琼、敏颖、李欣和我四个跳了起来，跳了几遍，依旧不很协调。相比之下，当然是男生的舞姿不雅，动作笨拙了，引来村姑们阵阵嘲笑。而我呢，天生无文艺细胞，舞姿忸忸怩怩、丑态百出……

　　这时的草庐里，歌声、笑声、喊话声、吵闹声不绝于耳。等稍微合拍了些，大家需要喘口气了，肖琼宣布休息。

　　突然，墙西边的村姑们喧闹了起来，她们围在一起不停地起哄。这情景让人觉得十分诧异，我挤过去看时，只见一个白胖姑娘咯咯地笑成一团，面红耳赤，弯腰捧腹，蹲地不起，接着她干脆倒在了地上，浪笑不止，打起滚来。

第三十四章　幽黄的油灯

当时有一个村姑笑得在地上打滚，我挤过去看时，却是豌萍。但见倒地的她：

凝脂柔颈皎如雪，背曲腰蜷头拱膝；秀发难遮红润颜，颤身痴笑莫能绝。

村姑恶弄心何忍，白雪娇娃席地滚；天上笑星来猎奇：谁将庐土当脂粉？

姑娘们见豌萍一时笑翻在地，爬不起身，一个也不去搀她，反而围着她鼓唇弄舌，满堂起哄。

这豌萍也傻得可爱，全无一点姑娘家颜面，仿佛被点了笑穴一般无法自控，久久不能起身，让人忍俊不禁。

李欣拨开人群，跻身过去道："豌萍，刚才还唱得好好的，怎么在地上扭起腰来了？今天吃了笑药了？再不起来，罚你独自演一个节目了！"

旁边的月娥道："由她，她长得这么壮，像只白猪，她今天的一个节目就叫'白猪兴圈'。"

肖琼道："这又是为什么呢？竟然笑得爬都爬不起来了？"

阿翠道："要说原因，还是你引起的。"

肖琼道："这与我有什么关系呢？"

阿敏凑上来道："哦，与肖琼有关？我倒也要听听了！"

月娥插嘴道："也少不了你的份。"

阿敏道："这就越发奇怪了，怎么牵我的头上来了？"

秀娟道："不光是你和肖琼，亦立、李欣个个有份……"

听了秀娟这话，我们四个丈二和尚摸不着头脑。只听阿翠笑道："刚才我们在笑'肖亦立''猫李欣'两个呢，说一个像猴子晃荡，一个像狗熊摇摆……"

月娥道："全村人都知道这'肖亦立''猫李欣'的出典的，偏就豌萍第一次听说，她先是惊奇，后是大笑不已，最后实在忍不住了，着地打滚了。"

我们四个恍然大悟，不免有些发窘，众村姑却又哄堂大笑起来了。

这头满屋的姑娘们吵笑着，门外传来了惠荪的喊声："豌萍姐姐，娘来了，快点起来走吧！"豌萍听了，这才止住了笑，慌忙爬了起来，一边抹着笑泪，一边拉扯好衣衫，红着脸出门走了。

村姑们也"哄"地一下子散了，草庐里霎时静了，只剩下肖琼、阿敏、李欣和我四个。肖琼红着脸，低头不语，我也无话可说，只顾收拾屋里的乱物。李欣与阿敏如何反应，我无暇顾及。好在男女卧室近在咫尺，一转身就各自进里屋去了。

后来的文艺会演是在公社大礼堂里进行的。

那天，肖琼、敏颖、李欣和我聚在舞台的幕后，等待舞台导演的指引和安排。我揭开幕帘的一角窥视台下的人群，哇，下面坐满了观众，其中有全公社好几百个知青呵！经过秋忙的洗礼，这群半年前一同下来的莘莘学子完全变了样，书生气褪去了，乡土气浓厚了，此刻因为久别重逢，彼此间兴奋无比，有的交头接耳，有的谈笑嬉闹。

报幕员快人快语，立即进入了主题："下一个节目《俺是公社的饲养员》，演出郭庄二队知青……"接着，一个女知青出场，边唱边跳了起来：

> 俺是个公社的饲呀么饲养员哎／养活的小猪一大群儿哎／小猪崽儿，
> 白蹄子儿／嗷嗷嘴儿，直蹦起儿／一个一个劲儿地拱地皮儿／抱起那个小
> 调皮儿／心里美滋滋儿哎／起早贪黑没白费力……

那女知青一会儿学公鸡的模样，唱"小公鸡，紫冠子儿，大公鸡，直斗气儿"；一会儿学鸭子的模样，唱"小鸭子儿，爱淘气儿，泼弄水，下雨它玩得更起劲儿"，她的形象表演惹得台下观众哈哈大笑……

这时，女报幕员以动情的声音播报道："下面请全乡最先自愿组合的知青'集体户'——郭庄十一队的四知青给大家表演藏舞《翻身农奴把歌唱》，领舞肖琼，特邀演唱郭豌萍。"

肖琼是远近闻名的俏女子，也许是听到了她的名字，也许是知青"集体户"的特别组合，一阵掌声在全场响起。

随着舞曲的播放，我们在场中跳了起来，此刻我们的舞蹈动作已经很熟练了……

有意思的是郭豌萍的伴唱，她站在场子的左边，一点也不怯场，她的音质

响亮，可以让全场鸦雀无声，偶尔有些跑调，台下的人群忍不住倒喝彩，接着便使劲鼓起掌来……

文艺会演在欢乐中结束了。

从那以后，我的心里发生了一些微妙的变化，一种难以表述、无法抑制的情感悄悄地产生了，而且这情感在一天天增长着。

有一晚，李欣找师傅阿翠去了，敏颖找豌萍去了，草庐里就剩我与肖琼两个。我取出书来在油灯下阅读。肖琼也取出一本书来，安静地坐在桌子的对面。

桌子中间放着一盏幽黄的油灯，我与她合用着，各看各的，默默无言。在静静地相对而坐的时候，我忍不住将视线偷偷从书本上移开，移到桌子对面那位相识了很久又感到陌生的人儿脸上，她很安详，不动声色，认真地翻阅着手里的书。于是，我可以从容地看她清秀的容貌、淡安的表情和读书的神态。

阅读是无声的，只有偶尔翻书的声音。不过我看得出来，论读书，她肯定不如我来得用功，也不如我来得专心。当然这些都无关紧要，有她在一旁陪读就够了，这时候我的心境会特别安宁。

这样的夜读一连持续了几个晚上。有一晚，当我读到了佳文妙句，忍不住朗读了出来："……落霞与孤鹜齐飞，秋水共长天一色。"

这是一句双关语，只有我心知肚明。落霞不仅指的是晚景，还有一种解读，说"落霞"是一个美貌多情的女子，而"孤鹜"便是词人自喻了，"落霞与孤鹜齐飞"，其中意境是可以想见的。对这一种解读，我似乎更为喜欢，所以我故意读出声来，对面的那位女子能不能领会此中的意思呢？

"关山难越，谁悲失路之人；萍水相逢，尽是他乡之客……"读此句时，我心与之共振，无限感慨徘徊于胸中。

"……既而，夕阳在山，人影散乱……"啊，读点闲情逸致的文句吧，我不能把心封闭在古贤"失意"的境界里。

有一晚，她不读书了，虚掩了房门，独自躲在寝室里绣字锦———一幅从未见过的字锦。我呢，照旧专心读着我的书。

……

随着时间的推移，在我的心灵深处，已经把肖琼当作了最亲近的人。

不是吗？肖琼的母亲已经把她托付给我，当时敏颖、李欣也在场聆听了这一托付。我是这里的知青兄长，有什么理由拒绝呢？况且她是那样让我喜欢、令我爱怜。

　　肖琼是怎样想的呢？我尚不得而知。不过我在小说中读过，当一个女子爱上一个男人的时候，她常常会有这样的表现：脸红、顺从、快乐和显露自己的才华。我发现肖琼常常有这种反应，她总是以温顺的口气与我说话，从不反对我作出的决定。

第三十五章　勺　吻

这天吃午饭了，我们四人依旧各就各位，同桌用餐。

看着神仙一般的肖琼妹妹，想象着这么多天来她与我之间发生的事情，我的心有些把持不住了——爱神之矢，在我心中跃跃欲试了……

趁着敏颖去灶边添饭、李欣低头拾筷子的时候，我伸手用肖琼刚喝过的汤勺疾速地喝了一口汤，又把汤勺放到原处。这个动作极快，相信李欣、敏颖不会有丝毫的觉察。

肖琼故意装着什么事也没有发生一样，但她的脸上泛起了红晕，口中有了笑声，话也多了起来。接着，她当着大伙儿的面用那汤勺大口地喝起汤来。

这一切，是别人不可能识破的"奥秘"呵！

这是一次特别的"汤勺之吻"，也是我故意设计的"间接之吻"，它着实让我兴奋而心跳了许久。事后，我自己也感到奇怪，我为什么会这样做呢？

晚上，我与肖琼依旧相对而坐，油灯放在桌子中间，各自伏案看书。对于白天发生的"勺吻"，她没有提起，我也没有解释，似乎一切都是自然而然的事情。

无意中，我们的目光相接了，彼此会心一笑。

过了一会儿，她道："亦立，你将来准备去考大学吗？"

"考大学？"我愣了一下，说实话，上大学是我一向的志愿，只是现在大学不招生了，没有机会了。

她见我疑虑，笑着补充道："我说的是如果有机会的话……"

我想了一想道："如果有机会，你看我能考上大学吗？"

她道："你一定能的。"

我道："你怎么知道？"

她笑着说道："哎，我看得出来的。"

我道："是不是你看我读书用功，才这样说的？"

她道："嗯。"

我道："不一定的，当年我姐姐读书时可用功了，而且还是班长，但最后还是没考上，为此她哭了好几天呢！"

她道："你不一样。"

我道："怎么不一样？"

她没答。

她的一番话激励了我，我顿时产生了进入大学的遐想，美丽的校园、阶梯形的教室、幽静的图书馆、欢乐的集体宿舍……这一切多么吸引人哪！

吸引就是一种动力。

记得那年考重点中学之前，我路过县中的校门口，看到里面绿树成荫，校舍整洁，操场宽阔，还有富丽堂皇的古建筑隐现其中，我当时就发誓要考这所中学。老师说，以你的成绩是够不上的，还是填一个普通中学吧！可是我像铁定了心一样，努力攻读。考试那天，卷子的作文题目是《给台湾小朋友的一封信》，我全神贯注地写好了这篇作文。嘿，后来还真的被录取了。

想到这里，我心里默默地说，知我者，肖琼也！

过了好长一会儿，肖琼若有所思地说道："若你真的考上大学走了，那我们这个知青之家恐怕就会解散了！"

我一听此话有点急了，连忙道："不，这个家怎么可以解散呢？不要说现在没有大学可考，就是有的考，若以解散这个家为代价，我宁可不去考了！"

肖琼见我发急，就说："看把你急的！"说着低头抿嘴笑了。

正说着，忽听得里屋有叮当的响声，一块小石子从北面的窗洞中飞进屋里来了。

第三十六章　"鸡公车"猜心

一块石子从里屋窗口飞进来又滚到了厅上，打断了我与肖琼的说话。

我与肖琼相视一怔，一同起身出了门，绕到草屋后面的茄子地里察看，但什么也没有发现。少顷，黑暗的竹林中传出"喵喵"的猫叫声来，不用说，那是有人故意装出来的。我与肖琼都笑了，肖琼道："这样的把戏只有队长的大儿子才做得出来。"我道："不必理他，咱们走吧！"便一同回屋继续看书，不过此时看书有点心不在焉了。

是啊，寄栖在草屋，油灯下读着圣贤之书，又有知音陪伴着，这样的生活情趣怎不叫人忌妒呢？就是神话里的稻仙子见了，也耐不住那份寂寞啊！

几天后的一个下午，队长组织了一帮人去供销社里扛木头，四个知青当然义不容辞了，因为这是县里分配下来给知青盖房子的材料啊！

回来的路上，飘起了蒙蒙细雨，雨淋湿了肩上的木头、毛竹，也淋湿了我们的衣衫，更讨厌的是淋湿了的乡间小路，一不小心就会打滑。

一行人在乡路上匆匆地走着，忽听队伍后面"哎呀"一声，肖琼滑倒了，她与敏颖合扛一根毛竹，此刻连人带竹一起摔到麦田里了。我与李欣将合扛的木头放了下来，退回去帮助她们。看上去还好，肖琼伤了左脚还能走路，但毛竹是扛不成了。

正在为难之际，挑椽子走在前面的郝阿鸯也退回来了。当即商议了一下，由敏颖搀扶肖琼，李欣挑椽子，郝阿鸯与我合扛木头加一根毛竹。郝阿鸯坚持要扛粗的一头，这让我颇为感动。于是咬紧牙关，肩上承载了额外的重量，与郝阿鸯坚持着往村子里走。在离家半里地的地方，惜阴、惜根兄弟俩回头来接我们了……

晚上，肖琼的左脚肿了起来。敏颖在那厢道："要不，我烧点热水来给你捂一捂？"李欣听见了，在这厢道："不能用热水捂的，捂了会伤得更厉害的，你没听说运动员受了伤，只能用冰雾来喷一喷？"肖琼道："没关系的，睡一觉就好了。"敏颖道："你能忍住？"肖琼道："忍得住的。"

第二天清晨，只听肖琼在隔厢道："阿敏，你过来看看我的脚……"敏颖叫道："哎呀，你这脚怎么会肿成这样，红中发紫了！"肖琼道："我也觉得不对劲，痛了一个晚上。"

我急忙穿衣起床了，走到她们卧室门口道："要不要送医院？"李欣也起来了，说道："送医院先要赤脚医生开证明，来来去去的，还要有人陪着。还不如直接送肖琼回城去吧！"肖琼道："我也是这样想的，可是这雨天怎么走呢？"

我打开大门，看看天，看看地，见远处有一辆小推车往田里送肥，便道："雨是不落了，地上虽然有些湿，但坚硬的地方倒是干的，我去借一辆小独轮车来，推着肖琼去车站如何？"敏颖道："小车好走吗？"我道："好走，外面路上已有小车了。"

我去顺伯家借来了一辆小推车，歇在草舍门前，进屋对他们道："准备一下就走吧！"敏颖道："好的，我们一同护着肖琼回去。"李欣道："我只能送到车站就回来。"敏颖道："咦，从来都是一起走的，怎么这次变卦了？"李欣道："全部回城去了，难道叫车子自己走回来？"我道："这不必担心，刚才顺伯说了，车子歇在站上跟站长说一声就行了，他会叫人顺路带回来的。"敏颖道："这就是了，乡里太平得很，以前我们去镇上，将扁担络索往车站门角落里一放，回头再取，从来没有丢失过的。"李欣道："即便如此，我还是不能回去。"李欣见大家疑虑，低声道："今天，她家起房子了……"敏颖道："哦，是了，那你就送到车站吧！"我也猛然想起来了，道："哎呀，今天我也走不得了，一定要去帮忙的。"敏颖笑道："人家是帮阿翠师傅家造房子，李欣是她徒弟了，你去凑什么热闹？"我道："呵呵，村上造房男人都要帮忙的，说是阿翠家，也是贫协主任家呀，岂可不去？现在就走吧！"于是大家扶了肖琼出门。

肖琼坐在车子的一侧，我肩挂车带，手把车柄，小心翼翼地推着。为了控制独轮车的平衡，让车身保持了一定的倾斜度。

这乡路也挺奇怪的，淋过了雨，只消一夜风吹，主路便干了。尤其是路中间白亮硬实的一块，经历了多少代人的踩踏，早已磨炼出了"金刚不坏之身"，小雨过后，不但不会陷轮，而且轮子也不会沾泥。

小车是农家的宝物，车中间有一个耸起的护轮木架，远看酷似公鸡的鸡冠，所以它还有一个昵称，叫"鸡公车"。

肖琼将身子靠在车中间凸出的护架上，侧面向着前方。虽然我看不见她面庞，但从侧面可以感知出她的心情——当一个人不直面你的时候，她也就不需要作任何的掩饰，往往还会把心境袒露出来。

现在她神色羞赧，但很安详。

"鸡公车"上坐着牵心的人，我推着它，虽说不上与之"齐飞"，但实实在在是"同行"。

"肖琼，脚痛得厉害吗？"推车的我挑起了话头，这不需要回避旁边的两个知青弟妹。

"痛的……"坐车的她说，接着露出了笑容，这笑容无疑等于告诉我说："但心里是甜的。"人的举止常常是一种沉默的语言。

"为什么？"我没有说出口，这个意思只需要用短暂停顿来表示。

"因为……因为……我喜欢的人在推着我……"她扭动了一下身子，这个忸怩的姿势在说着话。

"你喜欢我推你？"我把车把子抬了一抬。

"是的，太喜欢了！"她的样子有点兴奋。

"因为我推得稳当？"我力图把车子推平稳一些。

"是的，很稳。"她点了点头。

"不颠吧？"我慢慢推过一个小土坎。

"一点也不颠。"她摇了摇头。

"肖琼，你还想些什么？"我稍作沉默。

"我，我喜欢坐你的车……"她那样子是低头自语了。

"那我就一直推你坐到家。"我加快了速度。

"不行，路太远了，会累坏你的！"她身子略略后仰一下，有点着急。

"呵呵……"我笑出声了，显得很快乐，等于暗示她："不累，与你在一起有说不完的心里话，永远不会累的。"

"我也是，有说不完的话呀！只怕……"她扬起了头在笑。

哦，我不能再用动作来表达什么了，因为旁边还有敏颖、李欣，他们也插进来了一些别的话题。

我心里默默地说，美丽的知青之花，人人都喜欢你，我也是，真想牵你的手，一起结伴去遨游，你会不会接受呢？这次她没有动作反应，我也不需要她回答了。这时我仿佛进入了一种奇特的境界里，有个男主角用画外音这样唱着：

独轮轱辘乡间路，阿妹鸡公车上坐。

田垄埝埂步要轻，羊肠小道沟无阻。

也有个女主角用画外音这样和着：

车斜有靠无须虑，桥陡双牵终可渡。

不爱妆奁不恋财，愿君不弃长陪我。

……

一会儿，李欣来换我推车了，这个憨实的小伙子不会让我一直推到车站的。他个子比我稍矮，推起车来不如我平稳。经过一段小坡时，车身有点摇晃，敏颖怕车子倾倒，也跟着变换位置，护在肖琼身旁。

来到车站，我与李欣目送她俩上了长途汽车，然后轮流推着空车返回了村里。

村里，草舍西北面的宅基上，阿翠的家人开始忙碌起来了，我们却帮不上什么大忙，因为这天只是动土筑基。

一周之后，阿翠家的建房行动开始了，我与李欣随即加入了衬匠的行列，拌灰泥、递砖瓦、送木料……五天之后，一幢四间新房的框架平地而起。

第三十七章 点 破

阿翠家上梁的那天，阿敏正好回村了，她一进屋，没等我问及肖琼的伤情，便红着脸说："肖琼在家休养，巧的是她哥哥是人民医院的医生，又有她母亲照料着。啊呀，我在家哪里待得住啊？"

正说着话，恰逢阿翠过来邀两个帮过忙的男知青吃上梁酒，见了阿敏便道："正好，一起来吧！"阿敏笑道："看来我有口福啊！"李欣道："那要看你猜不猜得出菜名。""猜菜名？""对，因为这里的酒宴有个特点，叫'盲筵'。""咋叫'盲筵'？""等会儿你就知道了。"

筵席设在队长家里，进了门才知道所谓"盲筵"者，即不知菜单的筵席而已。上菜前谁也不知道菜谱，完全听任厨师安排，吃一盘上一盘，吃完一盘撤走一盘，其实这是最朴实的筵席了。

我们三个知青坐在队长家里靠门口的一桌，与同桌的汉庆兄弟猜着一道道菜名，有说有笑地等待着。

有道是冤家路窄。

主人为了图热闹，要让喝酒的聚在一起，叫邻桌上的一个人移坐了过来，坐在我的旁边。我一愣，因为他不是别人，正是郝阿鸾的父亲郝福根，我实在不想与这个旧社会的伪保长同坐一凳。

忽然，门外传来了悠扬的胡琴声。接着，一个四十来岁的汉子边拉边唱跨进门来了，只见他头发蓬松、胡子拉碴，浑身上下脏兮兮的，嘴里唱道："起屋上梁，看人生美事一桩桩；把酒行欢，谢父老兄弟多帮忙。今朝起好新房，来日儿孙满堂；人前人后齐耀光，多子多福美名扬……"

他这一唱，把人们的注意力拉了过去。桌间的敏颖道："这人是谁？脏兮兮的，却又唱得蛮好听的。"李欣也道："嗯，这个卖唱的作兴有些来头。"坐在对面的汉庆道："哎，不要小看了这人，说来原是北京一个音乐院的乐师，后来发痴了，终日里疯疯癫癫的。后来回乡养病，偏又不安心，一把二胡不离手，到处游唱，人称'亮眼阿炳'哩。"敏颖道："怪说道呢，一听就能听出些乐感来。"汉庆道："这不算什么，最奇的是不管新歌老歌、南腔北调，他会跟着你借题发挥，随机应变，配合得天衣无缝，就像演练过的一般。"李欣道："若是肖琼在这里就好了，正好与他来配上一曲。"敏颖嗔道："又胡扯了，肖琼怎么会与这种人一起搭配唱歌？"

此时汉庆立起身来，从袋里摸出几个角子来，对那拉二胡的说道："好了好了，亮眼阿炳，今天主人家忙，没时间听你唱，往别处唱去吧！"亮眼阿炳笑了笑，接过角子，也不道谢，边拉边唱出门去了。

趁着这个忙乱之机，我心生一计，手捂腹部说："哎哟，肚子痛得厉害。"便独自悄然离席退了出来。

走至门外，见那亮眼阿炳在场上继续拉着唱着："都说我憨，都说我戆，谁知世事皆虚妄。执琴一把走天下，悲者爱江河水，净者见泉月光……"我回到草舍，卧榻而眠，还能听到他那哀怨低沉、如泣如诉的琴声呢……

数日之后，李欣说要回去看病了的母亲，承敏颖不习惯独居一室，推说想肖琼了，于是她与李欣结伴回城去了。

我独自留在草屋里，枯燥无事，便翻开书来读。看了一会儿，寻思道，今日留在草舍，为的是将来离开这个草舍，这辩证法究竟灵不灵呢？不管它，心已明，意已决，自当奋蹄向前，相信功夫不会白费的。

午后的天色，灰蒙蒙的，南风入门，夹杂着些微雨星与寒意，便虚掩了门，换一本姐姐的高中语文书来，坐在桌前随意翻阅，恰好翻至一篇吴均的散文。内有"泉水激石，泠泠作响"一句，不禁大为感慨："想我辍学下乡，身居草舍，无人知我、识我，我便像山谷里的一块石头，无一点声息和作为，硬是这生活中的泉流无时无刻地不在击打着我；我与此山中石相比，有何区别？"当下取出笔和本子写下了一些心得。

正写着，忽听有人轻轻敲门，门外有人道："屋里有人吗？"我想大概是央正——那个说"乡下落雨天便是礼拜天"的年轻人来了，便道："有人，只管推门进来好了。"

进来的却是央正的叔叔恒渡，只一人，手里拿了一盒棋，笑着道："今番知道你有空，又要来向你讨教了！"恒叔住在村西，那一溜七八户人家都属一个祠族，恒叔是长辈，这长辈的名分我辨不清，但下辈的名字里都排有一个"正"字，什么央正、耀正、秀正、蒙正、小正……一大排，全是贫下中农出身，当然是我"接受再教育"的老师之族了。

我赶紧收起了笔、本，起身让座，恒叔也不客套，坐到我的桌子对面，摆起棋盘来。

两人开始对弈。下了几着，我便觉棋势失先，步步吃紧。心想，古人云：士别三日，刮目相看，此语不差。今日看他的棋，像换了个人似的，看来下面要小心了！谁知再走几着，越发不济事了，败势尽露了。眼见得输了，恒叔忽然走了一着闲棋，故意放了我一马，下成了和局。

我大为惊讶，拱手道："恒叔，你可胜为何故意不胜？"恒叔道："你刚来时，我与你对弈，你为何故意让我，当胜不胜？"

我一时无语，心里想，看来这恒叔不是个一般人物呢。只听恒叔接着道："人生如棋，自从与你下过一盘棋，我便开始观察你了。你亦立定然不是久居草庐之人……"

听了此话，我顿时大惊。

第三十八章　另类再教育

第一节

当下我吃惊地问道："恒叔怎么会有这种猜想？"

恒叔摸了一摸下巴，道："嘿嘿，自从那日下棋之后，我就觉得你与众不同。见小利而不争，遇女色而不淫，古来称为君子。君子有所不为，必另有所为；有所不图，必另有所图。看你下棋，不在乎胜负，必定另有更在乎的东西。前几日吃上梁酒，郝福根坐到了你的旁边，你一人空了肚子离席而去，证实了我的想法。"

我感叹道："恒叔不愧是智者长辈，一切都瞒不过你。你这样一说，我好像开了点窍，但晚生愚钝，还请恒叔您指教指教。"

恒叔道："古人说，'识时务者为俊杰'。就拿那天吃上梁酒来说事，选桌入座很有讲究，很多人不懂得。选座时'宜卑不宜尊'，若不小心误坐了上等的位置，那后面等你的只有下等去处。反之，若选下等的位置入座，一点也不必担心，即使要换也全是上等的位置了。这郝福根便是犯了这个忌，先是入了主桌，以他的身份，必然会被调离；而你亦立则不同，选了一个靠边的次桌入了座，才是明智之举。后来郝福根被调来调去，丢掉的是他自己的面子。至于调到与你同一桌且同一条板凳，那又是一种巧合，叫作不是冤家不聚头……"

"哎呀，恒叔真是神人，看事明察秋毫！"

"这只是打了个比方，话说回来，你梁亦立现在住的是草舍、牛棚，是最低微的居身之地了，还有比这更蹩脚的住处吗？没有了，即使有，不要说村里人于心不忍，就连天地鬼神也不容此理了！从最低处往前走，每一步都是向上而行，所以我说'你亦立定然不是久居草庐之人'！"

"啊，太有哲理了！"我感到一阵兴奋。

恒叔道："人往高处走，水往低处流，古来如此。但人生在世，先要学会处世。古人说，处世有三难……"

"哦?"我道。

"立身以无愧为难，守身以无玷为难，保身以无疾为难。"恒叔说道。

"嗯，无愧，无玷，无疾。"我重复着他的话。

恒叔又道："时常看你田里做活，气力还不算差，只是面色不红润，莫不是身体受过了什么劳伤?"

"这个……这个……真人面前不说假话了，实不相瞒，只怪我少不更事，背部、腰部受了伤……现在虽然好些了，但发作起来还要贴贴伤膏药才扛得住……"我叹道。

"嗯，我已猜出了八九分了……也不碍事的，庄稼人天天在田里干活，常有七劳五伤的。有了农事伤，哪有常贴膏药的? 自个儿会养护的还好些，不会养护的，只能硬挺。明天你来我家，我教你一套适合农家保健的'八摩法'，我还有一点自家配制的药酒，坚持服用一段时间，你那些伤定会痊愈的。"

"真的? 若能如此，再好不过了! 谢谢，谢谢……"当下我心里十分感激，帮恒叔收了棋，欢欢喜喜地送他出门。

第二节

次日上午，我兴冲冲地到恒叔家去。他家屋前有一个小柴园，无门。一直走进去，我连喊了几声"恒叔"，却无人应答。见室内桌上散着豆壳，小凳横倒在地，一片凌乱，黄菜叶皮到处都是，还有一堆孩童的便屎，不堪举步。

于是我便动手收拾起来，除污扫地，端凳抹桌，洒扫园子……不一会儿，便将里里外外弄得干干净净。

这时恒叔进来了，也不发话，背着手来回走动着，像检查我的分内工作一般，然后笑着道："嗯，做人是入门了，从今往后有'立身'之本了……来，坐着说话。"说罢，注视着我的脸，少顷道："嗯，面色虽不甚红润，但还算眉目清秀……"接着道："你听说过人间有'有求必应'的事吗?"

我道："听说过的，迷信的人拜菩萨，希望'有求必应'。"

恒叔道："你信吗?"

我笑笑，摇摇头。

恒叔道："人真的可以'有求必应'，求功名的可以有功名，求钱财的可以有钱财，求儿女的可以有儿女……你信不？"

我道："不信，因为这些都不是想得就可以得到的，比如功名和钱财，你去求了，还要看人家肯不肯给你，哪有求了便可以得到的事情呢？"

恒叔呵呵笑了，道："我知道你喜欢读书，也知道你心里有追求，只是你还没全明白如何去得到这个结果。你若全明白了，你便会知道过去的追求都是'妄求'，今后的追求才是真正的追求呢！"

我道："说我过去是'妄求'，我认同，但如何知道今后便不是'妄求'了呢？"

恒叔道："'妄求'不'妄求'，区别全在于一个念头。"

我道："什么念头？"

恒叔道："善念，还是恶念。"

我道："善念如何？恶念又如何？"

恒叔道："你若以善的念头去求，功名、钱财、儿女都可以求得，就如古人所说的：'何事不可求得？'你若以恶的念头去求，则所得非求！"

我道："听了恒叔之言，似有茅塞初开之意。那么何为善念，何为恶念呢？"

恒叔道："为他人之事为善，为自己之事为恶。"

我道："如今明白了，过去我为贫下中农做事，虽然也是善事，但心中之念难免有利己之想，算不得全善，是不？"

"这个你慢慢去体会、领悟。"恒叔道，"我有一个外甥，经历有点奇特，今说与你听听。这外甥是个退伍军人，回来后分配到公安局当了一名驾驶员，从来没有想过'当官'。工作中，他兢兢业业，任劳任怨，同事们的请求，比如买煤球、送病人、抄文稿、顶夜班……总之，他从不拒绝。职工中有一个逆子，把自己的老父亲赶出了门，他接回家去住了一个多礼拜……如此之类的吃亏事、好事他不知做了多少。五年之后他升了秘书，七年之后升了股长，第八年升了副局长，到第十一年竟升了局长……"

我还是想着自己最关心的事，便道："恒叔，我听你的意思，好像说只要'行善而求'，凡世间之事便可求得，是吗？若是这样，那么我的伤病是不是也可以因为我有了善念、善行而除去呢？"

恒叔道："凡事不可说绝了，否则就没有'万恶不赦'这个词了。据我看来，你的伤并不很重，虽由心中非善之念招来，但属于少不更事、一念之差，今能迷途知返、知错而改，也是圣贤之举。何愁不能除去？"

我心中暗喜道："难道这是真的不成？"

恒叔起身入内室去取了一瓶药酒来，放在桌子上道："庄稼人难免遇到农事伤的。我祖上收集、配制了一种药酒，叫十三红药酒，每晚喝一小盅，治伤极有效，今送你一瓶，照上面写的方法去喝，也不可多喝，每日一小勺即可。"

我接在手中，见那"说明"上写着十三红药酒的配方，有红花、甘草、山药、当归、龙眼肉，茯苓、制首乌、党参、杜仲……看罢，满心欢喜，连连道谢。

恒叔又道："若要强身，还可以练练五禽戏、因是之静坐法、保健按摩法……不过庄稼人没有那么多闲工夫。"说罢，从抽屉里取出一本书来，递给我，道："你身上的伤，附加按摩之法便可痊愈。方法全在上面，你自己去看吧。看完还给我，不要示于别人，更不可丢了！"

我接过一看，是一本《八段锦按摩法》，连忙称谢不迭，将书藏了。转身要出门，恒叔又叫住了道："昨日、今日，我与你所说的，全当作笑话，忘干净了最好，只是有一条：一句也不可泄露了出去……我看你将来定有出息，嘴巴也是紧的，又不会久留此地，才说与你听的，千万别漏了嘴才是。"

我一口答应："恒叔，我知道了，你放心就是。"

回到草庐，便按照书中介绍的方法选练起来，摩背、摩腰。自此每天睡前、睡后坐在床上各练一次。又将十三红药酒按说明服用，即使回城也随身带着，以瓶盖为盅，每日一盅，不漏一日。一个月下来，居然感觉极好。

第三十九章　惊　鸿

第一节

江南的六月，南风暖暖，吹得人醉。河岗东边的田垄上已经一片金黄，麦子即将成熟，阵风吹来，如浪翻涛卷，黄灿灿的一片望不到头。油菜褪尽了花球和叶瓣，裸露出累累的籽荚，在岗上随风摇曳。夏熟丰收在望，庄稼人心里哪个不甜滋滋的？

这日，我随队长、顺伯、福海几个老农到田里看麦熟情况。置身于麦田间，黄熠熠的麦穗不时地伸过来挠你的腰肢，观麦人以手轻轻抚弄，心中特别欢愉。

忽然，我发现眼前的一株麦穗有些异样，同一支麦秆上，却长出来了两个麦穗，让人好生奇怪呀！"快来看呀，这一支麦秆上长了两个穗头！"我不禁喊出声来。众人围过来看，个个称奇。顺伯也过来了，看了笑了道："亦立，你有喜了？"我道："我有何喜？"顺伯道："呵呵，这叫双穗麦、吉祥麦，极少看见的，我小时候见过双穗稻，却从没有过双穗麦。"我心中甚喜，心里道，莫非就是老师在生物课上讲过的"骈穗"？惜阴笑道："采……采回去，给……肖琼……"我怕他说出别的什么话来，连忙掩饰道："对，采回去给她们长长见识。"

当下惜阴帮我采了，我兴致勃勃地拿回屋去，恰巧见肖琼站在门口，手里拿着一紫一红两样色彩夺目的东西，近看方知是两只连枝的紫茄子、两只连茎蔓的红番茄。

两人相顾一笑，互换了手里的东西，一同进了屋。

肖琼拿着双穗麦喜滋滋地看了起来，口内道："这麦子真的稀奇，恐怕上点年纪的人也不一定见过呢！"

我拿着红番茄和紫茄子看了起来：好亮眼的菜果呵，番茄成双，红的鲜艳；

茄子成对,紫的新嫩。

肖琼见我看得有趣,便道:"这是郝阿鸾刚送来的……"听了这话,我将茄子和番茄放在了桌上。肖琼道:"郝阿鸾说,下午农具厂有便车到城里去,叫我们可搭便车呢,正好我想回去一趟,顺便将这麦穗带回去给母亲、哥哥看看……亦立,郝阿鸾也有事搭车去申港,你回去不?"我摇了摇头。正说着,阿敏、李欣回屋进来,肖琼道:"阿敏,有便车,你回城不?"敏颖想了一想道:"我妈出远门看她的外甥宝贝去了,回去家里也没人,这次不回去了。"李欣道:"哦,有便车啊,那我也走,马上夏忙了,回城歇足了精神再下来。"说罢,两个一起准备动身。

临走前,肖琼见我一言不发,便取了茄子和番茄,移到灶边去。与我擦身而过的时候,她红了脸用极低的声音道:"你多心了!"我没有答话。

肖琼与李欣走了,剩下我与敏颖留在草屋里。

下午迎来了一件盼望已久的开心事,队里为我们草舍安装了一盏电灯,啊,从此夜读不须再点油灯了!

不过,夏忙似乎比想象中来得更快些,麦老要抢,老天爷等不及肖琼、李欣回村,抢收就开始了!

仅两天半时间,一百多亩麦子就被村里人抢收到了场上。

这日下午,郭队长看了看天色,对秀芸道:"天色不大好啊!脱粒要连夜开工了,就交给你们女人了,男人全部跟我去抢种……"

秀芸道:"你放心好了,妇女日夜开工不歇,先轧一遍,再用连枷拍打一遍,我都安排好了,不会让麦子落着雨的。"

在这个节骨眼上,偏偏我的身体不争气了,喉咙突然疼得厉害,浑身酸痛无力,只得卧床歇息。

场上,打麦的女人们分成梯次队形排开,噼噼啪啪地打起麦来。

我躺在竹床上,浑身发烫,发起烧来了。耳边响着各种嘈杂的声音,心神不宁。要想喝水,又立脚不稳,过了一会儿便迷迷糊糊地睡着了。

我被一个白日梦惊醒,又见床前立着一个女子,是敏颖,想到刚才一定胡说胡话了,自觉羞赧。敏颖道:"刚才我进来喝茶,见你大喊大叫的,把我吓了一跳。"我道:"刚才梦见了过去的事情……"敏颖道:"你病成这样,队里又没有药,待我请了假去新沟村上叫了赤脚医生来看看如何?"我道:"不用了,刚出了一身汗,轻松多了。"敏颖迟疑了一会儿道:"那么喝点水吧!"说罢,便将她自己的水杯递了过来，一边又道："我在外面打麦，也担心着你呢，李欣、肖琼又不在村里，怕你病得厉害起来，随时准备叫人送卫生院呢！"我道："不碍事的，乡下人头疼脑热哪有请医生的？不都是这样挺过来的。"敏颖笑道："看上去是好些了，喝了水再睡会儿吧，等会儿我再来看你。"

说罢，敏颖回场上去了，外面场上又响起了噼噼啪啪的打麦声。

第二节

斜倚在病榻上，我用她的水杯喝着水，忽然心生一种感激之情，这敏颖虽然时不时会耍些小脾气，想不到见我病了一点也不忌讳，如此温和体贴，让我感到很欣慰。

喝罢水倒头又睡去，一觉直睡到天黑。

草庐里第一次拉亮了电灯，敏颖烧好了晚饭，饭碗端到我床前，服侍我吃了。过了一会儿，听得她在隔壁弄水洗澡，准备歇息。

这时，草庐外面雷声隆隆，电光闪耀，下起阵雨来了。我正待睡去，忽然"哐啷"一声，仿佛有人在大门口打翻了盆子，听得敏颖"哎呀"惊叫了一声，逃进了卧室，在隔壁房里战战兢兢地道："吓死我了！"

"怎么啦？"我连忙起身走出房间看时，见大门敞开着，大雨从门口打进来，一只盆儿打翻在门口，满地是水。我连忙将大门关上，将水盆收好，回头过来道："怎么回事？为何这样惊慌？"

敏颖在里屋怯生生地说道："吓煞我了，刚才我出门倒水，一开门，突然见黑暗里一个戴了斗笠、穿了蓑衣的人不声不响地站在门口……"

我又走到门口，打开门往外看，但见闪闪是电，隆隆是雷，呼呼是风，密密是雨，哪有什么人影？便掩了门对里室的敏颖道："阿敏，定是你受了虚惊，不用怕，没事了。"

"真的，是有一个怪怪的人的……"敏颖说着，畏怯地从房间里走了出来。

此时我望着她，顿时愣住了，但见她：单衣轻裹玉体，短裳难掩雪肢，长发如瀑及胸腰，粉面似花凝脂。呀，怯生生似惊弓之鸟，近乎乎无半点讳忌，眨眨是秋波灵动，的的如闺房出浴。虽不比七仙女下凡来，却也似田螺姑娘离水时，厅前亭亭玉立，灯下楚楚动人。

我见此状，不由暗惊，心里道，平日里只因村里有"猫李欣"之说，潜意识地认为敏颖的"月老红绳"牵结于李欣，所以只把她当作妹妹一样。想不到她夜里穿了这短裳薄衫，竟如此倩丽！就是神话里的仙子也不过如此啊！忍不住盯住了细细看她，乌亮的大眼睛，红红的小嘴唇，秀发披散一边，肌肤外露白净，不免让人暗中动情，心底处生出一点欲念来了……呀，好荒唐啊……好在我有定力，硬生生将这一点点"邪欲"排除了。

敏颖见我如此看她，略有不安，本来想说些什么话的也咽住了。于是我道："好了，就是有人也给你吓跑了。"

话罢，天外突然响起一声惊雷，草庐里的那盏电灯霎时熄灭了。

敏颖怕了，赶紧逃回房里去。

我也进了寝室，上铺时，听得敏颖在隔壁道："亦立，我有点怕……"

"别怕，有我在呢！"说罢又起了身，从窗壁上取了一支蜡烛点了，提高了嗓音道："阿敏，你自个儿把房门关上了，安心睡吧。我睡了一天，烧也退了，睡不着了，正要起来溜达一会儿呢！"

我一边说，一边捧了蜡烛移步到厅上，倒了两点蜡液在桌上，将蜡烛粘在上面，坐在桌边，寻思道，古有桃园结义的关云长为守护刘夫人，坐在室外，夜读《春秋》，不动一点邪念，在民间忠义流芳。我虽不是英雄，但能为草庐结义的好妹妹守护，让她安眠，也是一个兄长应尽之责，心甘情愿也！

此时雨也止了，我索性开了门走到室外，吹吹雨后夏夜之风，头脑也清醒了。但见四野里黑雾迷茫，天际还时有闪电，转身回屋闭了门，入寝室从铺下取了一本高三语文书，坐在桌子旁看了起来。

第四十章　萍田怨

到次日下午，又歇了半天的我，觉得好些了，走路也有劲儿了，恰逢肖琼、李欣也回到村里来了。

又次日，郝阿鸾一早捧了几只热山芋进草屋来，说是刚从自留地上挖出来的，已经放在灶膛里煨熟了，送与知青们尝尝的——肖琼回村了，这消息他怎会不知？

吃完粥和煨山芋，四知青便与众社员一起出工，投入脱粒、翻土、灌水、分萍等活儿中去了。

这天，队长分派我们四个知青去分萍。

只有懒人没有懒地。在人们忙碌的时候，田里的母绿萍也在悄悄地分蘖、繁衍，乃至疯长起来，简直就是一天一个模样。

四知青拿了扁担、大眼网篮来到一块大萍田旁，赤了脚，卷起了裤管，说笑着走入软绵绵、地毯一般的绿萍水地里。肖琼、敏颖负责装篮，李欣和我负责挑萍，把堆起来的绿萍一担担挑出去，散播到周边的水田里，让它们继续繁殖。

两个姑娘用手将绿萍捧入两只烘篮（大眼网篮），我在她俩中间托起挂了烘篮绳的扁担，等她们装满。

"装满点，装满点。"我说。

在她们两个面前我是兄长，也是眼前两姐妹中一位的恋人，尽管这位恋人还时不时地会给我一点猜惑，但一旦她离开，我心里就会觉得少了什么。在恋人面前，我应该像个标准的庄稼汉了，不然不配有这样的资格。还有，我不能输给比我小的李欣。

"好了，好了，小伙子病刚好，压伤了，我们可赔不起的！"敏颖笑着说道。

"好了，大半篮就蛮好了，水田里挑担子不比岸上，一步一污，空身也不好走，别说挑担子了……"肖琼红着脸说。

"没事，担子只是开始重些，一旦挑起来，水就滤出来了，越走越轻，你们看……"说着，我弯身挑了起来，烘篮子出了水面，里面的水大量地流了出来，我一步一摆地挑着走了。

李欣也在一边道："泥水里挑担，虽然难走，但也蛮有趣的，脚踩空了也不用怕，篮底会歇在水面上，不会压伤人的。"

一会儿，水田里来了一位六十多岁的老伯。

敏颖悄声道："'老积极'来了……"老德海是队里公认的老积极，干活从不偷懒，哪儿忙就奔哪儿，现在他一下水田就来给我装担子了。

"这绿萍……呃呵……好肥料啊……现在嘛，讲究科学种田了，呃呵……"他一边捧着装着，一边口里呢喃——老人就喜欢这样唠叨的。不一会儿，我的担子装得堆起来了，可是他还在不停地捧着、装着，在堆满了绿萍的网篮上面用手使劲撖撖、压压，一心想再多装一些。

肖琼、敏颖在一旁看愣了。

我也有些发闷了，今天这老主任怎么啦，拼命给我装担子了……是故意捉弄我，还是发泄对我的不满？我心里这样一想，越发觉得不对劲了，但一点不露声色，弯腰挑了起来，哟，好沉哪，比肖琼、敏颖她们装的重了两三倍！

重担压上肩，我的脚也深深地陷入水田里了，用力挺起身来，再从泥潭里拔起沉重的腿，一步一歪地向田边走去。一边走，一边寻思，这究竟是怎么回事？

噢，我想起来了，那日他家上梁，筵席上我拂袖而去，一定伤了他的面子，莫不是他记恨了？要给我难堪了？呀，怪我太粗心了，我该怎么办呢？

我立在田头，仰天长叹，感到了一阵心酸，总以为摆脱了以往痛心疾首的处境，谁知前面的道路正入万山圈子里，一山放过一山拦呵，眼前分明又是一片荆棘地了！

忽然，我想起了恒叔说的立身在于"无愧"二字，又记起一位老师说过，人生在世，何能尽如人意，但求无愧于人！以前的风风雨雨都挺过来了，该来的终究要来，该还的终究要还，眼前一点风浪又何惧哉！而现在，我的担子偏要让他来装，让他的报复心得到满足！欠你的，现在就还你，你也舒心，我也情愿。

于是，此后的每一次空担我都歇到他的身边，由他来装满，由他来压实，只要装得下，任他装多少……

肖琼和敏颖赤脚立在水田里呆呆地看着，露出了满腹疑团的神情，她们不明白平日里和蔼可亲的老主任为什么会这样恶作剧，而那个憨兄长为什么心甘情愿去接受这种惩罚性的劳作！

敏颖嘴里似乎说了些什么，因为距离远，我没法听清。我猜想，依她的性格一会儿准会跑过来，用她的利嘴对我说，亦立，今天你是不是想在贫协主任面前表现一番了？

第四十一章　水车谣

　　入梅了，老天经常变脸，大雨说来就来，说止便止，好像故意要与人作对似的。季节不饶人哪，只能在雨缝里抢耕抢种，抢时间就是抢粮食呵！

　　社员们穿着雨衣下地了，平土、灌水、拔秧、挑秧、插秧……忙得不亦乐乎。

　　我穿上了草鞋，试试很称脚，心里道，挑担时穿着，下水田时脱了，搁在田埂上丢了也无妨。李欣见了却道："不如赤脚来得爽快呢！"我笑笑，心里道，一下雨田埂上会打滑，我可不想闪了腰，让本来有伤的腰添加委屈了。

　　拔了一个时辰的秧，暴雨来了，铜板大的雨点打得水田翻泡，一个撕裂长空的霹雷，从上空落地似的炸响了起来……田头赤脚的、穿草鞋的、无雨衣雨披的一齐往村里奔跑，虽说是回家避雷避雨，但哪里闲得住一时半会儿的？家里的私活儿也一连串等着呢，做饭、喂猪、收拾自留地……

　　雨稍歇，队长一声喊"做生活啦"，人们又三三两两地出门到田里来了。

　　走在田埂上，央正笑着道："亦立、李欣，乡下人都是这样的，落工像射箭，出工像背纤。"恒叔也打趣道："肖琼、敏颖，饭做好了吗？庄稼人做饭也要抢一个空。"肖琼道："饭算是煮开了，也不知道会不会夹生。"敏颖道："忙得脚也来不及洗一洗，勉强把饭煮好、菜洗好，队长就喊上工了。"

　　水牛被老牛倌牵着走过来了，这个不开口说话的"邻居"也辛苦至极了——拉犁耕地、水里耙田，重活儿都由它来承担。

　　牛倌是一位五十岁的老农，他头戴了草笠，身披蓑衣，赤了脚，裤管高卷着，背手牵着牛绳，与老牛一前一后地在田埂上散步，走走停停，让牛吃吃脚下的草。走到河边，将牛绳系在石桥边的柳树上，放牛到小河里汪水。这就是他与它午间休息的方式了。

　　下午做水田了，因为雨水多，所以水田活儿也特别多。

　　肖琼、敏颖赤了脚，卷起了裤管，用锹在埝埂上筑缺口。我与李欣卷高了裤管立在洼田里，牵着木桶的长绳合力向外舀水。汉庆与他的兄弟也在一旁舀水，一边舀，一边道："舀水要满，倒水要净，用的力都要出功效！"这汉庆像个书生，说话从来总是笑眯眯的，我知道他是在指点我们。

在另一边不远处，惜阴兄弟、郝阿鸾、央正、小正等人在车水，并且不时地向我们这边招手。

这边舀水之声哗啦，那边水车之轴咿呀……舀水用手，车水用脚，两者相比，车水一定比舀水有趣多了！

我与李欣经不起诱惑，放下水桶，从水田里跑了过去。惜阴兄弟见我们来，从水车上自动让出位子来了。我笨拙地爬了上去，在水车的拐木墩上连连踏空，那样子既尴尬又好笑。惜根在一旁指导着："踏步要匀，不要老看脚下……"

一会儿，我和李欣也能与郝阿鸾、郭央正兄弟一样，在这五人龙骨水车上同步蹬踏了！

在水车上看脚下，槽中的板片像排列有序的尾鸭，刮着槽内的水一节节地上行，输入高田……

郝阿鸾一边车水，一边道："亦立，你看这水车怎样？纯柏木做的，听老人们讲，入社前由村里好几户人家合买的。"

郭央正在水车上想着别的事情："亦立，等莳完了秧，稻苗长得硬朗一些，我与你捉黄鳝去……事先准备好十几只专捕黄鳝的篓笼，在夕阳西下的时候，将一只只笼子放入水稻田里，第二天一早天蒙蒙亮去收回来……嘿，每只笼子里总有一条、两条的，条条背皮乌亮、肚皮蜡黄、活蹦乱跳的。每年夏天，我与弟弟都要捉上几回的。还有，空闲下来到田头转转，到处可以拾到田螺，'尖底罐头平底盖，当中一碗好小菜'，呵呵！"

我说："好啊，还有，拾麦穗的时候，在田埂旮旯里烤黄豆，抓蛇尾巴，或者在小河边弄小船……"我想起了小时候在外婆村里玩耍的情景。

水车咿呀地响着，脚下的水从池塘流入了田地，又从这块田流向了更远的田。

啊，这是多少代祖先传承下来的农耕之术啊！想起一些古贤留下的诗句，忍不住要为辛劳的人们唱一支发自内心的赞歌：

塘中龙骨似梯层，灌溉高田水纵横；终日呕哑庐外鸣，平生我自爱其声。踏车好似水提机，雪浪翻陇丰足期；农妇耕夫脚不停，日行百里不离堤……

顺伯是水流的引导者和维护者，他手持铁搭，在田埂边走边视察，把握着每块田的水量和流向，这里开一个缺口，那头堵一个缺口。这时，他来到了肖琼、敏颖身边，笑着道："肖琼、阿敏，城里人没见过水车吧，亦立、李欣都上去了，不也过去试试？"

见有人鼓动，敏颖动心了："肖琼，我们也去车水，怎样？"肖琼道："只怕一脚踩空，摔了下来……"而这时水车上的男青年正回头望着她俩，示意她们来加入。郝阿鸾似乎猜透了两个女知青的心思，高声呼唤道："来啊，不用怕，最多吊吊田鸡！"

于是，肖琼、敏颖两个洗了洗脚，一齐走过去。敏颖一边走过去，一边大声回应道："好的，央正，我也来试试。"来到水车边，肖琼道："你们谁下来让我上去？"年龄最小的小正道："过来，我让你……慢点，慢点……"水车停了下来，槽里的水哗啦啦地倒流到小河里去。

肖琼、敏颖两个红了脸，羞怯地依次攀爬了上去。这回，水车咿呀才转动，两个女的就一阵尖叫，一齐把雪白的双腿缩了起来，继而将身子伏在了横杆上。远处秧田里，几个村姑和孩童见了，停了手里的活，一齐笑着叫道："吊田鸡！吊田鸡……"

五个人的水车，现在"吊了两个田鸡"，蹬起来自然要费力了，于是三个男的（尤其是肖琼旁边的郝阿鸾）加大了踩踏的力度。不过又不能蹬得太快，不然她们的脚就放不下来了。敏颖胆子要大些，试着、踮着，渐渐地能踩上拐木墩了。肖琼生来就秀气、胆小，仍将身子伏在栏杆上，不敢放下脚来。

这时水车后面来了几个村姑，却是拔秧田里过来的阿翠、凤娣、豌萍几个，阿翠笑着大声道："你们这些男人，故意在捉弄肖琼、敏颖两个，快给我停下来……"郝阿鸾道："怎么，难道就你们几个女人也想踏动水车了？"阿翠道："女人怎么啦，莫说是新社会了，就是旧社会小脚女人也要车水的！你下来，我们来踏给你看！"

说说笑笑间停了水车，男的全下来了，换成阿翠几个女子攀爬了上去。

肖琼也放下身来了，踩实了车轴上的拐木墩，五个女子一齐做好了踩蹬的准备，阿翠发令："一、二、三！"五个女子同步蹬踏，水车转动了起来，果然，肖琼也能跟上了，槽里的水又上来了，水车上顿时笑语盈盈了！

水车上的横栏是按男人的身高设置的，现在换成了清一色的女人，蹬踏起来总是要吃力些、别扭些，加上她们体轻，蹬踏了一会儿，速度慢了下来。

队长正立在水牛拖着的耙架上耙田，远远看见了，口内道："拔秧不像拔秧，车水不像车水，做生活不像做生活……”

他的声音不大，却似顺风贯耳一般，由田里干活的人交接传过来了。水车旁的男人听见了，连忙道："阿翠、凤娣，快下来、快下来，队长恼了，误了农时不得了的！"阿翠几个做了个鬼脸，赶紧下车来，笑着走了。

男人们上了水车，水车重新转动如常了。

忽然，水车的槽板将一条鲫鱼从河里刮了上来，那鱼随着槽里的水流淌到了田里，在浅水里翻动着。

"呀，一条大鱼……"敏颖第一个发现了，丢了锹去捉它。鱼跳跃着，泥浆四溅，泥水湿了她的衣衫，她全然不顾，将它捉到了手。她红着脸蛋，开心地举起鱼来向周围的人显耀"战利品"。

这时，正在低田舀水的"白头翁"惜阴也捉到了一条鲫鱼，高声叫道："我这里还……有一条，给你配……配对吧！"话音刚落，一条大鲫鱼抛了过来。这边肖琼正摇摇摆摆地走近敏颖，飞来之鱼就落在她脚边，泥水啪啦溅了她一身。肖琼嗔笑着捉住了它。

此时看这两个女子，衣衫湿漉漉的，贴在身上，凸显出了她们的窈窕身材，两张羞涩的花脸叫人又喜又怜，田头众人见了，忍不住呵呵笑出声来。

顺伯拿着一根麦秸绳子走过来了，笑着道："阿咪，今晚有鱼吃了。我给你串起来。"

"阿敏"等于"阿咪"，这是谁都知道的双关语，敏颖红了脸笑笑，不作一点辩解。她明白，辩解只会招来更多的取笑，还不如默认了吧！

第四十二章　雨崩榴香房

　　夜里，天又下起了瓢泼大雨。

　　草庐里到处漏雨，滴滴答答淋在帐顶上、地面上。四个人都醒了，一边数落着草屋的简陋，一边拿了面盆、脚盆四处盛水。总算落在帐顶上的水滴还不太多，于是用塑料纸摊在上面，让水滴顺着塑料纸淌到地面上去。

　　隔壁的老牛也不安稳了，也许是它撞击了墙壁的缘故，东北角落的土墙松动了，听得肖琼、阿敏一阵惊叫，那个角的屋顶开始下塌了，接着露出一条缝来，雨水便顺势倾进了东厢，霎时间地面上聚起了许多泥水。一会儿，盆儿、塑料纸、乱草已经浮了起来，牛粪也从墙角里流过来了，房里一片狼藉。

　　可怜肖琼的床就在牛舍的贴隔壁，第一个遭殃的是她了。幸好两人的铺盖抢得快，及时转移到了厅上。

　　我与李欣连忙将垫竹马的墙头泥抽出来，敲碎了堵住女生房间的门槛，防止水流入客厅来，又将塑料纸铺满了男生卧床的帐顶，四周也用塑料纸遮护得严严的，看上去好多了。

　　当晚，一屋子的人都没法睡觉了，坐在厅上说着闲话，守到天亮。

　　天亮时，妇女队长知道了，她来到我们屋里，对我们说："这样吧，后村有一所学堂，学生早已放忙假了，我与他们新来的校长熟识，就让两个女生先到学校里借宿几天。待天好了，重新把草屋修一下……请你们再坚持坚持，等建房的砖瓦运来，立即动手给你们盖新房子。"

　　当日下午，肖琼和敏颖两个带了蚊帐、草席、日用品等物，趁雨歇之际，在阿翠、豌萍的陪同下，搬到小学里去了。

　　第三天午夜时分了，我听得外室门响，知道有人推门进来了。不须说，一定是熟人进屋来了。接着，草屋里唯一的电灯拉亮了，传来了两个女生说话的声音，啊，是肖琼和敏颖回来了！

　　我撩起帐子下了床，诧异地问道："咦，怎么回来了？"

敏颖道："别说了，那边住不得了！"

李欣也起床了，道："怎么住不得了？学校里是砖瓦房，不要说落雨，就是落铁也不怕，岂不比这草屋强似十倍？"

肖琼道："我觉得还是蛮好的，只是阿敏一定要搬回来。"

敏颖道："学校里连个看门的人也没有，教室里也是空荡荡的，去了两晚，哪里像是去睡觉的，倒像是去守校的，时时小心提防着。想到十队柳莺的遭遇，我几乎一夜睁眼到天亮，怕来个坏人啊什么的。可肖琼倒好，还有心思弹风琴呢……"

"风琴？"我不解地问道。

"学校教师办公室里有一台风琴，还是新的呢，肖琼晚上没事就去弹琴，我对她说：'你别弹了好不好？不弹人家不知道这里住人，一弹弄不好把贼引来了……'思来想去，还是回来在厅上铺一个简易铺，也比那里强啊！"

我说："这样说来，当然还是回来好了。不过今夜实在太晚了，窄小的厅上堆满了杂物，只怕搬弄了半天，天也亮了。更何况你们的竹榻还没有来得及清洗，拿什么来铺床？"

李欣道："不如这样吧，今晚我们男生让一个铺位出来，你们两个合睡一床，我与亦立合睡一床，既省事又好多睡一会儿。等明天白天清理好了，你们再在厅上置铺也不迟。"

肖琼道："这样你俩是不是太挤了？"

李欣道："我们又不是没挤过。"

敏颖道："说的也是，就是挤也没几个钟头天就亮了。"

我与李欣的竹床是并排的，两床的距离只有一米来宽，现在又值夏天，大家的衣着很单薄，多少有些不便。肖琼想了一个办法，在两张铺中间拉了一条线绳，一头系在砖窗上，一头系在墙的钉子上，中间挂了一条被单，而后各自上床入睡了。

啊，现在她们就睡在李欣的那张窄小的竹榻上了，距离是那样的靠近，空气是那样的异样，甚至可以感觉到她们的气息了。中间的一幅薄帘，挡住的只是视线，挡不住盘旋在心里的身影。薄帘就垂在枕边，一伸手就可以触到它，微微掀起它的一角，就可以借着窗外的弱光看到她们的睡姿了！

啊，太离谱了！她们是最亲密的知青朋友！不，是妹妹呵！也不，是可爱的女子？心上人？同命运的沦落人……

一个个念头在心里闪过，唉，今后怎么办呢？我不能入眠了，很想与她们再说说话，听她们讲讲住进学校里的感觉也好啊，但听到她俩呼声渐起，哦，她们实在太困了，应该睡一个好觉了。曾听人说，睡得好也是人生的一种享受，以前不以为然，现在信了。

睡吧，享有这个安宁、舒适、无忧的晚间吧！愿她们往后也像今夜一样，心头纷扰全无，好梦夜夜相随。

天很快就亮了，顾不得整理一下乱糟糟的草屋，又一齐出门下田去了。在田头，我们加入了莳秧的队伍。

女人天生是莳秧的生力军。你看，阿翠、凤娣、豌萍几个，手脚麻利，插起秧来又快又齐。当然，论速度和技术，还数年轻力壮的小伙儿们了，像郝阿鸾、惜阴、央正、志康、志平，还有耀清（村东头井边第一户的后生）简直是插秧能手、神手了！他们推崇的标准是"鸟叫六棵齐"——一声鸟啼，脚下的六棵秧便莳好了。"鸟叫六棵齐"的说法，只是上辈人的口传，绝大多数人是可望而不可即的，恐怕只有郝阿鸾和惜阴才能做到。

在庄稼人面前，知青们只好自叹不如了！不过村里人会体谅我们，见我们累得抬不起胳膊，他们便说，伸伸腰，看看天；见我们秧行弯了，他们就说，弯一弯，多收三盘篮……

中午时分，大雨突然降至了，人们像箭一般逃回村里，抢了一个做饭、炒菜的时间，饭菜刚做好了，雨偏又停了。

趁着雨歇的时候，好朋友们又来帮忙修草屋了。

郝阿鸾、惜阴、央正这些好伙伴们当然是义不容辞的，他们砌墙的砌墙，换草的换草，填土的填土，很快就将草屋修葺好了。

哎，说真的，没有他们，不知道这日子该怎样过下去。

第四十三章　稻花香里

四野里的稻田一片翠绿，稻枝上长出了一串串嫩嫩的穗子，新嫩的穗粒在白天开出了细小的白花，凑身闻之，清香撩人。

啊，在这七月流火的时节，人热得咋咋跳，稻热得哈哈笑，整个村子不知不觉地沉浸在稻花香里了！

到了傍晚，西边的天空里还映着缕缕彩霞，村里人就把小桌子小凳子搬到了门口。接着，晚饭被端出来了，一家子围在一起吃晚饭，说说笑笑的，饭后大人小孩便坐在门板上一起纳凉，嗖嗖凉风，搁搁排门，老蚕豆剥剥，这是多么安逸闲趣的场景啊！

我特别喜欢这种写意的休夏方式。

小时候的夏晚，母亲总会在园子里搁了门板让全家人纳凉。兄弟姐妹，短袖短衫的，坐在一起，摇着扇子，无拘无束，亲亲热热地说话……而现在我也想这样做，只是兄弟姐妹变成了知青弟妹，其中的情趣是不言自明的。

晚餐之前，我去河边激了一个冷水浴。晚餐的时候，我心里就打好了一起乘晚凉的主意。当肖琼、敏颖在里屋洗澡的时候，我在门口把门板搁好了，等她们来入座。然而，李欣、敏颖被阿翠、秀娟等村姑一邀请，说笑着串门去了。

肖琼还未出来，我独自在外面等候着，她会不会与我一同坐上这门板呢？还有，我应该坐在哪个位置才显得随和得体？我不免心生一丝尴尬之想。

不过，与她坐在一起不正是我所希望的吗？如果不是因为插队，就没有她的出现，没有她的出现，那么我还是一个原来的我，绝不会出现今天的这种生活方式。

肖琼浴后出来了，她穿着齐肩的短衫，露出白嫩的双臂，双峰隐隐，几缕湿发遮在面上，红润的脸庞格外娇艳。她没有坐上门板来，只是掇了一张方凳，独自坐在了一边，梳理着湿润的头发。

有她陪伴的时候，我会得到慰藉，感受那份欢心和舒畅，但也时时记住理性的警示：她是我的心仪之人，是她母亲托付我护佑的妹妹，一个不一般的知青妹妹。此时，我决定用另一种方式来表达这种情感：悄悄地溜回卧室，从旅行包里取了口琴出来，也不坐上那门板了，立于门板的一侧，在那气氛安宁、流萤隐现的当儿，缓缓地吹奏起来。

公社是棵常青藤/社员都是向阳花/花儿连着藤/藤儿连着瓜/藤儿越肥瓜越甜/藤儿越壮瓜越大/啊……

这是一首时下流行的曲子，曲子里隐含着上面的歌词，曲子甜美而抒情，而我可以很好地将它的节奏感演奏出来。

肖琼坐在旁边的方凳上静静地听着，她不再梳理秀发了。她穿着很短的睡裤，露出那丰满而洁白的双腿——那是覆盖了整个凳面的少女的双腿，难免叫我心动神移，但是我会控制情欲，尽管旁无他人，也不会带了邪念之心来贪看。

肖琼很喜欢听我的口琴曲，这可以从她的姿态上看出来。她应该不会知道，我还曾经为学校里低年级的女生伴奏过呢！要是环境允许的话，她会不会随曲起舞呢？

接着，我吹起了一曲充满激情的舞曲《金色的太阳》：

金色的太阳升起在东方/光芒万丈/东风万里/鲜花开放/红旗像大海洋……

吹着吹着，流萤飞来了，围绕在我与肖琼身边飞舞，有一只歇在她的秀发上，又有一只歇在我的手上，我继续忘情地吹奏着……

过了一会儿，我的琴声戛然而止了，因为我似乎感觉到四周的稻香气息格外地浓郁起来，莫非稻仙子已经来到了我的身边？神话故事里说，只要你深爱这片土地，她就会现身，或者化作清风、流萤和一切美好的事物与你相聚，她所到之处，稻香宜人，爱意无限……让时光永远凝固在这一刻吧……呀，草庐、场头、流萤，还有浴后的女生……此时此刻给我什么都不稀罕，只要有一个这样的知音陪伴着，足矣！

"什么时候学的？"她突然开口问。

"大概两年前吧……"我等待着她的下一个问题，但是她没有问下去。我心里自豪地想，若问到口琴吹奏技艺，那要感谢我的父亲了。

那一年，我提议变卖家里的一支铁扁担，父亲同意了。我用换来的钱去买了一只小小的口琴。此事说起来，未必是一件值得称道的事情，但当时我真的很开心。因为我们父子之间感情更融合了，理解、和谐、信任，顺势而为，即使做错了也乐意！

父亲开始教我口琴了，他用笔在纸上画了吹奏的口型图，为我示范吹奏的方法，尤其让我敬佩的是他能以伸缩舌头奏出动听的节拍，而我学起来竟然也很快，一个星期我就可以吹奏三节拍的《马兰花》曲了……

现在我可以把最拿手的《马兰花》曲献给这个有情缘的知青妹妹了！

马兰花/马兰花/风吹雨打都不怕/勤劳的人在说话/请你现在就开花/嗨……嗨……嗨……嗨……

我用心地吹奏着，肖琼用心地听着。接着，她微微摇动身体，情不自禁地轻轻击掌打拍子了。

第四十四章　新屋玄机

第一节

河岸南边的乡路上响起了突突的马达声，何小满开着手扶拖拉机进村来了，他是专门为知青送建房用的砖瓦来的。

"小满，怎……怎么到今天才送……砖来？"惜阴一边带路，一边与他搭话。"没有办法，天一直下雨。烧窑的人说，窑上的砖坯被雨水冲塌了几万块。砖头卸在哪里？"何小满说着停下了拖拉机。

这个何小满，二十五六岁，中等偏矮的个子，精力充沛，很壮实，家在靠近公路的三队。因生下来之日正逢初夏小满，他那个种了一辈子地的爷爷就给他起名叫小满。小满长了一个土豆般的脑袋，细眼睛，阔嘴唇，笑起来的时候一双眼睛更小了。他手脚勤快，乐意助人，经常驾驶拖拉机来往于镇村之间，也乐意为知青们捎带东西。加上他表兄是大队里的何书记，因此成了全大队二十四个知青最欢迎的人了。

砖瓦到场了，惜阴、李欣和我一起出动，卸的卸，传的传，堆的堆，将砖瓦整整齐齐地堆放在建房的地基上。

何小满满头大汗，到小河边洗了洗手，嚷道："哎，渴死了。今天，你们谁做饭？""屋里有的是茶水，"我说，"肖琼、阿敏两个在呢！"

他跨进草舍，大大咧咧地嚷道："也不说送碗水来喝喝，有没有水喝啊？"

"噢，我来烧点水。"敏颖道："不用烧了，我喝惯灶家菩萨的汰脚水的。"小满笑着道："什么水？"敏颖一时不解，"就是汤罐水。"小满说着，顺手从灶上拿了一只碗，伸向汤罐里舀了就喝。

我进屋时，何小满已经咕嘟咕嘟地喝了大半碗水，他走近灶边问："从来没到过十一队知青住的地方，今天倒要来看看了……做的什么菜？"

"喏，青菜、韭菜，还有肖琼上次带来的老菜干肉……"

何小满转到灶门前，亲昵地对灶下的肖琼说："肖琼，给你们造新房子啦。"

"谢谢你帮忙了，"肖琼一边添柴一边道，"不过，据我所知，四队、七队、八队，还有坂田村上，知青的房子春三头就造好了，我们是最晚的了，害得我与阿敏雨季里到学堂里去住了两天。"

何小满道："这个怪不着我了，要去问你们的队长了！不过，还有十队兄妹两个的房子也刚开始在造呢。"

"哎，小满，他们的房子是什么格局？"我问。

"你说的是知青屋啊，大多还是一人半间的，里面还要砌灶头、铺床……总之，吃喝拉撒睡全在里面。我看不如你们这般好，清清爽爽的……我对他们说的，你们不妨也去学学十一队，人家住的还是草屋，吃住全在一起。"

他眯笑了眼睛，凑近两个女主人道："我一直说的，跑遍了所有的知青点，就数十一队几个知青相处得最好，人也长得漂亮，特别是肖琼、敏颖，不是当面说好听的，全大队的女知青一个也比不上你们两个的！上次看你们上台表演的节目，是什么……哦，《翻身农奴把歌唱》的舞蹈，没有一个不夸奖的……肖琼，我说的对不对？"

肖琼没说话，灶膛里的火映红了她的脸。

稍停，李欣从外面进来，何小满转过来问李欣："听说你们的自留地也是合在一起的？"

"是啊，"李欣舀了一盆水洗手，"那有什么值得分的？大家一起做做吃吃，多好！"

"何小满，新沟村上他们还是那么多灶头吗？"敏颖问。

"那是老皇历了，现在新沟上不要砌那么多灶头了。"何小满一边道，一边掰起了指头，"喏，他们当中，国华与钟玉嘛成了一对，彩云嘛嫁给村上的华生了，高铭的阿姐已经在南京找了对象了，佟大成与安徽来的阿妹明确未婚夫妻关系了……四队是不要说了，尹龙和他的上海来的阿妹早就困在一起了，再过两个月恐怕儿子都要生出来了……哎呀，说真的，你们这种草屋也是该好好换换了，我们乡下草屋也不住人的了，只养养猪啊、牛啊什么的了……好了，你们吃你们的饭吧，我要走了，马上还要送几趟砖过来呢……"

"哎，人家知青都搭乘过你的拖拉机了，不要忘了下次顺便也带带我们……"敏颖追出来道。

"谁叫你们住得这么远的?"何小满一边摇发动机,一边道,"他们的耳朵也特别尖,我的拖拉机马达一响他们就知道了。如果我专门开过来接你们,大队里晓得了,我还有饭吃吗?好的,总之我知道了,下次拖拉机到城里去的时候,我一定先来告诉你敏颖和肖琼就是了。"说完,突突突地开着拖拉机去了。

第二节

新屋的地基在阿翠家的旁边,队里还打算利用她家的半堵墙。队长又来征求意见了,房间怎么隔,砌几个灶,开几扇门……四个知青异口同声,合用一副灶,从一个大门进出,和以前一样过日子。

村里的能工巧匠全出动了,木工工程师是郝林度,砖土工程师是惜根,总指挥当然是队长了,拌泥的拌泥,砌墙的砌墙,架梁的架梁,铺瓦的铺瓦……

仅三天工夫,两间崭新的平房成型了,又过了一个礼拜,新屋便建好了。

我与李欣、肖琼、敏颖心里都乐滋滋的,走进走出,忙里忙外,舒心地欣赏、装点着这亲手参与构建的杰作,虽然是两间普通的瓦房子,但在我们看来简直就是乡村别墅了!你看那屋子:

屋脊如卧龙,青幽幽高栖;瓦鳞连雨沟,斜溜溜铺齐。

天窗引日光,椽木好白亮;青的是望砖,白的是线浆。

看砖墙,壁体一片雪白;抚木窗,玻璃多面采光。

西屋隔成两厢,前是男儿室,后是女闺房,甚是宽敞;东屋分成两间,前摆饭茶桌,后设炊事房,各有用场。

前门敞开,石榴小径通谷场;后门轻掩,风送大田稻禾香。

从今后,风吹吾庐安如山,雨雪袭来难入窗。

伤心时,有了哀泣的寓所;欢乐时,有了分享的地方。

且莫笑,悲欢离合古来有,圣贤亦难免感凄凉,更何况,我辈四子羁旅在他乡?

……

搬进去后的第一天,我与她们三个一起去了供销社,买了一张吃饭桌子,与李欣用硬树扁担抬了回来。进门时,我学了黄木匠的办法,将桌子放倒,用肩膀扛楞木旋身进门来,但还是碰到了门框。

这时，我突然发现前门的板材有些异样，便对李欣道："咦，这门板上怎么会有一条条发青发黑的印子？"

李欣观察了一会儿道："嗯，这好像是阴木……"

"阴木？"

"也就是从墓地里挖出来的棺材板啰。"

肖琼、敏颖也凑过来了，疑惑地问道："供销社分配下来的木头怎么会有棺材板呢？"

"我们一起去扛回来的木头，没有一根有这种颜色的啊！"敏颖道。

"莫不是他们做手脚，调了包？"肖琼道。

"一定是了，我以前看见队里仓库里放着一堆阴木的，昨天我与肖琼一起去看蚕宝宝，发现那里的阴木没有了。"敏颖道。

"嗯，怪道呢，"李欣寻思了一会儿，低声道，"我想起来了，曾经听汉庆私下在讲：'阴木做蚕房是不行的，养蚕蚕不发的，弄不好要死蚕。'看样子是被他们偷偷换了……"

敏颖道："哎呀，住在棺材板做的房子里不吓人吗？不知道其他地方是不是也用了阴木。肖琼，一起来仔细看看。"

于是，四个人一处处细细察看起来，发现大门框架、后门框架也用了阴木，不过总算还好，男女寝室的门窗都是用好木料做的。

敏颖很不满，愤愤地说道："我们要向队长讨个说法才是！"

一时，室内的人一齐沉默无言。

敏颖又道："你们倒是说话啊，难道就这样被他们不声不响地换了？"

李欣寻思了一会儿道："哎呀，算了，房子造也造好了，将就点吧。反正现在迷信也破除了，鬼也怕人了，也不必怕鬼上门了！只是门上难看些，将来日晒雨淋，时间久了，颜色也就会渐渐褪去的。"

我叹了一口气，道："算了，这也不是什么天大的事情。再说，乡下人家起房子，因为买不起木料，用棺材板做门做窗的也多的是！"

敏颖抢白道："你这个人就会这样，总不肯做一点恶人的，好人都给你一人做了，好像只有你护着队里的，队里还没给你一官半职呢，你就一点不顾这个家了！前次叫你自留地上向队里过点猪灰，你说：'队里肥料不够，我们又不养猪，过什么猪灰？'上次队里场上捆麦无草绳，秀芸说每个人回家去拿十根草绳来，你一个人回来爬到毛竹阁楞上，将捆好的麦秸绳都抽了去，弄得自家的麦秸散了一地。你外头做'模范',家里成'麻烦'……今天出了这样的事情,完全是他们的不对,明明白白摆在那里,你们不说我去说好了,反正我也当不了什么官,看他们拿我怎样!"说罢,就要出门。

慌得肖琼连忙拉住敏颖,低声道:"好妹妹,说话轻点声,给隔壁贫协主任听见了还以为我们在吵架呢!算了,胳膊拧不过大腿的,人在屋檐下哪能不低头?好在我们住的卧室用的全是好木料,我细细看过了,房门、梁柱、橡子、窗框、窗子都是良木。来,听姐姐的,啊!"

敏颖正在气头上,甩开肖琼道:"你也是与他一路子的货。"说完,转身进卧室去了。

第四十五章　特别任务

第一节

这天下午，秀芸到我们新屋里来了。

她是一个笑声先于人至的人物，笑起来咯咯咯的，十分爽朗，一进门就看到了我，便说："亦立，怎么样，旧貌换新颜了吧?"我笑道："那当然啰，今非昔比了!"接着她拉住了我的胳膊道："来，到你房间里去，我有事要对你讲。"

新房间里的布置依旧很简朴，除了李欣和我的两张竹床，还有一张从城里挑下乡来的四仙桌，连坐凳也没有，我们只能站着说话了。

"亦立，队里研究过了，决定增补你为生产队的队委，以后你也是生产队领导集体里的一员了……"她望着我，笑着道，"高兴?"我心里确实很高兴，因为这是我从未想到过的事情，但我表现得异常镇静，让她看不出半点激动的反应，甚至连笑容也没有一丝绽露。这要感谢敏颖了，因为敏颖刚才的一番话给我打了预防针，而且还应该这样说，是她们的包羞忍辱，才换得了我一个人的嘉奖。

"另外，"她接着说，"队里考虑到副队长福海年纪大了，又增加了一个副队长，由惜阴来担任。"我感觉到，站在我面前的这位妇女队长就像电影里的村书记一样，或者像战争年代地下党的女游击队长一样，革命意志坚定，遇事有主见，会做群众工作，是村子里老百姓的主心骨。事实上也是如此，在生产队里，如果郭队长是团长，那么她就是政委。

"现在队里有一个特别重要的任务交给你，相信你一定能完成好的。"接着，她以严肃的神情说。

嗬，在这风浪不起的乡里，居然还有特别重要任务?我有些惊奇了。

秀芸凑近了我，低声道："郭耀正有经济问题……"

"呀？郭耀正他……"

"我已经向大队里举报了，现在你还要保密，不要对任何人讲。"秀芸神色紧张地说。

我也有些紧张了，耀正，不就是那个半夜起来垄田的积极分子吗？不就是那个说起话来低声细气的、与人和善相处的生产队会计吗？

"哼，我早就怀疑他了！看他家经常吃好的穿好的，家具买了又买，衣服添了一件又一件，他老婆在人前口气大得不得了……哪来那么多的钱？"秀芸一脸正色地说，"亦立，你说说看，我男人在上海工作，一个月一百二十多元工资收入，条件算好的了，都比不上他阔气！"

我还是有些疑虑，因为耀正出身好，有文化，思想觉悟理应比一般人高；要说知识青年，他才是最正宗的呢，他整整读了三年高中，不像我只读了一年高中就下乡来了。

秀芸压低了嗓子道："他家就在我家隔壁，造房子的时候为了省料合用了一堵墙，上面用木板隔开，隔板不隔音的。这一阵子他心神不定，经常半夜三更起来，骨碌骨碌的，闹得我也睡不安宁。我心里窝火，你耀正睡不着，要垄田就去垄田好了，半夜里闹什么鬼？就搁了一张梯爬上去，从上面的板缝里往他家里瞧……不看不知道，一看呀，脏了自己的眼睛，这婆佬俩光了身子在床上肉搏……那屋子里随即熄了灯，正要下梯来，忽听隔壁女人道：'好像有老鼠……'男人道：'在哪里？'女人道：'像是在梁上。'男人道：'在梁上不怕，只怕在地板下。'接着灯亮了，男人起身披衣下床来，在一张桌子前掀起一块地板，从里面捧出一大摞钞票来，然后坐在地板上数，一张一张，全是拾块头的……"

秀芸说得绘声绘色，我仿佛身临其境，紧张得说不出话来……哦，以前见他半夜里起来垄田，只道他是"神人"，真"积极"，原来是做了亏心事睡不着，受了良心谴责，想通过劳动来掩饰自己的罪过呢！

秀芸继续道："现在大队里已经成立了查账小组，收了他的账册，但查了两天查不到证据，现在决定让你也参加进来，账册放在你这里，由你保管，查账组也设在你这里，慢慢查下去。等一会儿，汉庆会将账册搬到你这里来的。"

"噢……"我此时才感到了任务的重要性。

秀芸交代完毕，临出门时又关照说："耀正与你要好，你要当心，他可能会来打探消息的，要提高警惕，千万不要透露了查账信息。"

我点了点头，心里说，这点分寸我还是懂的。

过了一会儿，汉庆捧了一只纸箱来了，走进房间里，朝我笑笑，轻声道："就放在你这里啦。"我点头默然一笑，帮他将纸箱放在床边地上。然后，找了几块砖来垫好，上面放一块小木板，把纸箱搁在木板上，以防潮气。

之后的两天里，查账组的人从我的房间里进进出出，一个个神秘兮兮的。其他人都得避嫌，李欣也只在晚上睡觉时才进屋，肖琼、敏颖两个都是明白人，主动回避，不来过问。

查了两天，仍旧无结果，查账的人未免有点泄气了。第三天，负责查账的大队会计说要到县里去办事情，查账的事暂时搁一搁。

这日午饭时分，两个女的在洗菜做饭，敏颖对肖琼说道："这几天，田里生活也不做，阿翠到她姐姐那里去了，豌萍又到上海看她的父亲去了，村里的其他几个细丫头只会疯疯癫癫，一点也合不来，这日子过得太郁闷了些。"肖琼道："我问过队长了，这一阵队里无活儿，新沟村上的雯云姐弟早就盼我们过去玩玩，我们一直无空，何不趁闲去走动走动？"敏颖笑道："好啊好啊，不然人都快要闷死了！"灶下烧火的李欣道："再好也没有，今天吃了饭就去，上次雯云和我们几个拍了照片，应该印出来了，我们去看看印好了没有？"敏颖道："正是，正是。"

"什么时候拍照了？"我走近灶前插话问，"我怎么一点也不知道？"

"这要怪你自己了……"敏颖微嗔道。

"哦？"

"前次我们一同回城，就你留下来没走。我们三个路过新沟村上，正巧遇见报社的记者来给他们新沟村上的知青拍照，也就将我们三个一起拉进去了，偏偏漏了你了！"肖琼解释道。

"原来如此，那次是因为村里有人要过猪灰。这次我也要去看看，不然好事又漏掉了我。"我笑道。

"这就叫'积极积极，生意先歇'！"敏颖在一边挖苦道。

"这次啊，你更不能去了！"肖琼回话道。

第二节

我当下心里疑惑，问肖琼："为什么？"

"你去了，那些账册谁来看好？"肖琼笑嗔道。

"哎，就你不能去！"敏颖得意地笑了。

哎呀，因为查账，我与肖琼、阿敏、李欣三个无形中生分了许多。虽然乡里道不拾遗、夜不闭户，但账册太重要了，万一丢了一本，这账就查不清了！

我没话可说了，敏颖走近来道："你就在屋里看家吧，不过我要提醒你一件事情，光凭秀芸隔墙偷看就说人家贪污了？可不能冤枉了人家老实人……"

"你知道耀正的事了？"我道。

"我们的耳朵都尖着呢！"敏颖笑道。

"就你的耳朵最尖！"肖琼一面打趣阿敏，一面将饭菜端上桌来了，"耀正的事情嘛，村里早就有风声了！"四个一边坐下，一边吃饭。吃完了饭，收拾停当，肖琼、敏颖、李欣要出发了。敏颖特地走到我面前，笑着道："好好看家吧，'队委'同志！"

嘿，这个尚未公开的秘密也让她听到了！我无奈地笑了笑，这份荣誉应该是屋子里的人共有的，现在却由我一个人摘取了！

眼睁睁地看她们三个得意扬扬地走了，我只能空守卧室，不能离开一步，好在我有看书的习惯，这也不难做到。

夜色渐浓的时候，一个人影从我的窗前闪过，侧头朝窗外看时，知是郭耀正，想起秀芸临走时的关照，我故意装作视而不见。

郭耀正蹑手蹑脚来到窗前，轻轻叩了叩窗，向我招招手，用极低的声音道："亦立，看书？你出来，出来嘛……"

我走出门来，见郭耀正穿着一件青色中山装，纽扣也未扣全，两只手插在裤袋里，忸怩地说道："亦立，我有事找你谈谈呢……"

两个一同往草屋后面的小道上走。

郭耀正斜着肩碰碰我的臂，亲热地说："亦立，今天好像没有来查账呀？"

我心里想，人怕心不正，想你耀正堂堂一个男子汉，今日怎么变得贼头贼脑的了，莫非真的做了亏心事？便脱口而道："查账的人有重要事体出去了。"

"重要的事体"几个字，本是敷衍之言，不料好像击中了他的痛处，他紧张地问道："……是什么'重要的事体'？"我随口说道："听说是到县里去了……"他更紧张地道："县里去做什么？"

哎，天晓得大队会计去县里干什么了。不过，连这个问题都紧张，难道他做贼心虚了？我不免提高了警惕。

只听他换了口气道："亦立，咱们也算好朋友了，我问你，查账查得怎么样了？可曾查点什么出来？"我道："你问这个干吗？"他耸耸肩，结结巴巴地说道："不问……问清楚，夜里困不着觉呵……"我道："这就是你不对了，如果你没有'犯'那个事情，你回去抱了枕头一觉睡到大天亮；如果你'犯'了那个事情，我劝你赶紧向查账组说清楚了吧，不要存侥幸心理，账就明摆在那里……"

他一只手挠了挠头，没有接话，心事重重地转身走了。

第四十六章　悔　言

第一节

傍晚，门外有了熟悉的说笑声，不用说，是肖琼、敏颖、李欣三个回来了。李欣嘴里还哼着小调，那样子很开心，我知道他故意在气我。

为了缓和气氛，我有意这样问："玩得好吗？"敏颖道："怎么不好？雯云姐弟特地给我们做了一顿好饭，可惜你又错过了！"

我问："照片呢？"

敏颖美滋滋地说道："照片拿到了，每人一张。"

我道："给我看看。"

敏颖道："上面又没有你，你看了也只能空欢喜一场。"

我道："看看嘛。"

敏颖不睬我。

肖琼道："不要戏弄他了，给他一张吧！"

敏颖道："不给他。"

我惊喜地问道："也有我一张？"

敏颖道："谁叫他不与我们同行的？现在做了村官了，神气了，常常一人独来独往了。"

我道："阿敏，你错怪我了，我难道喜欢一人独来独往的？快将照片给我看看。"

敏颖道："看在肖琼面上给你了。这照片本是一人一张的，想多要一张也是没有的。肖琼偏偏拿了两张不肯放手，说最好也给亦立一张。人家雯云也大度，说，'也是，你们四个情同手足，给他一张纪念纪念也好，我们姐弟有一张就行了，以后若要也可以再印的'。因此，多要了一张。诺，拿去吧！"

我大喜，接过照片在灯下细看，十几个男女知青，一副副青涩面孔：挺胸抬头，男孩子英姿初展；秀目含娇，女插青情容犹存。娃娃脸是李欣，可亲妹是敏颖，看不厌的是肖琼秀丽面，叹的是少了表妹田蔚影……

看了一会儿，我道："这个沈重山鼓起了两个腮粒子，一定在嘴角里含糖了。"

肖琼道："他喜欢学《红灯记》里的李玉和，说这样拍出来的照好看。"

李欣道："他哥哥是京剧演员。"

敏颖道："你若跟随了去，我们四个都拍里面了！"

我当即也无话可说，将照片收藏了不提。

第二天一早，妇女队长带了查账的一帮人来到我的寝室里，一个个神采飞扬的样子，大队会计一进门就翻了账，高兴地说道："果然是这样，蛮难查得出的……"

"亦立，郭耀正昨天半夜里来交代了，"妇女队长兴奋地说道，"当夜我们就去他屋里起赃。你总想不着，一大捆钞票就藏在床地板底下，拿出来时上面都已经霉斑点点的了——一个黄梅天过来了，放在地板底下，岂有不发霉的？幸好没有被老鼠咬碎了。这个憨子贪污了钱，生怕被人偷了去，三天两头要从床底下拿出来数数……"接着对我道："他昨晚来找你的？他交代时也讲到了，你一番话让他决定出来交代问题……亦立，你做得对，这样他也可以得到宽大处理，不然要关进老县前看守所里去了！"

汉庆拿着账册走过来，笑着说道："秀芸，你看，一月七日，正好是过年的前头，一千七百元的'七'改成了'二'，一般人是看不出来的。还有一笔也是如此，'七'改成了'二'，这两笔就贪进一千元了！"

秀芸道："哎，做贼的偷成了一次，以后次次都会这样做手脚……"

第二节

郭耀正被抄家了，我们的晚聊又有了新的话题。

李欣道："听阿翠说，大队里来了一些人，从他家里搬走了一些家具，作退赔……"

肖琼道："人没被抓走吧？"

"没有，留在队里劳动改造。"李欣道。

"他会不会还像以前一样'积极'呢？"敏颖道。

"村里人谁也没有要他'半夜里起来垄田'，以后也不会。生活本来就是平平淡淡的嘛！"我说。

"改造？还不是一样做生活，一样下地劳动，一样过日子？"敏颖道。

"工分还是一样照记的，在他属于改造，在我们属于劳动。哈哈，就这点区别吧！"李欣道。

"是啊，有道是山谷的底部最平等，这里便是最接近平等的地方。俗话说，地上滚到地下，已经跌在地上了，还能跌倒哪儿去呢？所以若以改造人而言，我想这里可能是最合适的了。"我忽然有了些感慨，"有时候生活轻的时候，我会仔细观察每一个在这里改造的人，也挺有趣的……"

"这倒是的。"敏颖道，"比如'刺焕福'，本名叫赖焕福，因秃头而被人称为'刺'，任你村里人怎样嘲笑他、戏弄他，他只会呵呵地傻笑……这个五十多岁的男人，已经磨得完全没了一点脾气……"

次日场头的活儿是摇绳。

休息的时候，肖琼笑着来到了我身边，好像要说些什么，而我忍不住先开了口："哎，你看墙边扎绳的张旭——原是国民党南京总部的一个文官，被判回乡劳动改造，这个人可以说是真正的老实。这个老头干起活儿来从不偷懒，而且全神贯注、目不斜视，有人无人都一个样……一个上午，没见他停一停手里的活儿，也没见他开一个小差……"

肖琼嗯了一声没有答话，转身走开了。

看肖琼不理不睬的样子，"难道我说错了？啊呀……"猛然想到她父亲，自觉后悔极了。哎，她听了我刚才说的话，一定也会设身处地类比，怎么会理我呢？

晚上夜读的时候，肖琼也捧了书来读，似乎忘了白日的事情，我这才放了心。

一会儿，她进屋去，美滋滋地拿出一幅红锦缎来对我说："总算完工了，你看我绣得好不好？"我走近一看，是一块百福锦，红的底色，金黄的字体，一百个福字，却又个个不同，不禁惊叹道："绣得真好，什么时候学得这般手艺的？"肖琼道："我婶娘是管区里刺绣社的，学校里停课的时候，我就跟着婶娘学刺绣。先用绷子将一块无字的锦缎绷好，再将字体图案用复写纸垫了，依样画葫芦地描上去，然后在上面一针一针地绣……"

忽然她又轻声道："那个张旭经历了登高跌重之后，终于来到了四周平等的环境，又有儿女陪伴着过日子，也算是一种适意的晚年生活了……"

哎呀，她还想着白天我说的事情呢，我拍拍脑袋，懊悔不迭了！

为了避免尴尬，我赶紧转换话题："肖琼，我们现在住进了新屋，条件改善了……总算，最艰苦的日子熬过去了……"

肖琼没有接话，自个儿将福字锦收好回里屋去了。

第四十七章　两个火柴盒

早餐后，肖琼、敏颖俩去屋后的菜畦地除草了。

为了配合她俩的劳作，我马上想到了挑水浇菜。没料这回让李欣抢了个先，他已经从队长家里借了水桶走向河边了。

他赤脚站在小石桥上，手拉着桶上的挑环，将桶放入水里，左右晃动，待河水倾入桶里，再往下一沉，水桶便满了，接着双手借浮力之势往上一提，满满的一桶水稳稳地上了石桥……如此再提一桶上来，中间穿一根扁担，挑着开步走了。

说实话，我也很喜欢做这活儿，因为这不但有趣，而且也是检验一个新农民是否合格的标志。

不料李欣这一次出了个意外，他走到场中，脚下一滑，一担水落地，"砰"地一下，一只新水桶摔了八瓣散，水流了一地……这可坏了，水桶是向队长家借来的，人摔痛了不要紧，水桶散了怎么向队长交代呢？李欣傻眼了。队长的儿子郭良在门口场上骂开了："别人家的东西不是花钱买来的？我自家也不舍得用，你要拿就拿，要借就借，你给赔新的来。刚刚才做好的一只新水桶，用还勿曾用嘞，就替我摔碎了。对你说，今朝要你赔的！"

李欣满身泥水，赤足站在散架了的水桶旁，一脸无奈。

这时，景方妻见了走过来，像对孩子似的说："呵呵，摔也摔了，水桶是好修的，只要人没摔伤就好了。"我连忙去帮着收拾木桶散片，装在景方妻子递过来的长杆篮里，一边轻声说："平日里我听人说过，十队村上有个箍桶匠，人蛮好的，我们找他去吧。"

我们拎了放木桶散片的篮子一起去十队。李欣像一个犯了错的孩子，一路无语。穿过田埂，跨过小桥，走了一里多路，来到一个绿树环抱的村子里，在村头向人家打听后，找到了箍桶匠姚师傅。这姚师傅四十来岁年纪，个子不高，长得清癯而又精神。

寒暄过后，方知也是有缘之人——正是那天夜里救了女知青柳莺、抓了刘虎的好人。我心生钦佩之意，向他说明了水桶摔坏的缘由，姚师傅笑着说道："小事一桩，散了个桶啊什么的，常有的事。村上人来修，我也不收钱的。你们先一边坐坐，喝口茶，一会儿就好了！"说罢，回头叫她女人伺茶，女人笑着掇了长凳出来，又拿了茶水出来，叫我们坐了喝茶。姚木匠自己取出工具，坐在一边小凳上，叮叮当当地修了起来。

大约过了一个钟头，桶修好了，姚师傅打了半盆水来，倒进去，仔细检查着，不滴水，也不漏水。李欣与我一起向姚木匠道了谢，提了桶告辞回村来。

回到村里，将水桶还给队长家里，又连连向队长家里人赔不是，队长没有说话，只是他儿子心疼地将水桶看了又看，嘴里喋喋不休。

转眼过了几日，傍晚收工归来，烧火的烧火，上灶的上灶——这是老规矩了，谁先到家谁就先做饭，这回女生抢在了前头。

我见一时无事，便走进卧室，坐在窗口的桌边歇息。

桌上有一个火柴盒，伸手拿过来一看，见盒上印有一幅宣传图案：一群热血知青打起了背包，高高兴兴地上山下乡去……我端详着，思量道，这个火柴盒好像以前并未见过。又将火柴盒反过来看时，见上面用钢笔字写了一首诗："善似青松恶似花，青松冷淡莫如花。有朝一日浓霜降，只见青松不见花。"

呀，这诗是谁写的呢？上面的"松"啊"花"的是什么意思呢？为什么偏又放在我的床前呢？我满脑子疑团。想到这一阵子发生了很多事情，建新舍、怨阴木、查耀正、当队委、要照片、摔水桶……而在昨天白天，我与李欣为堆柴的事还发生了口角……难道是李欣？

我心里很纳闷，心烦意乱地在房间里来回踱步。

这时，有线广播传来了京剧《红灯记》里李铁梅的唱段：

　　我家的表叔数不清/没有大事不登门/虽说是，虽说是亲眷又不相认/可他比亲眷还要亲……

我豁然开朗了，啊，我是这里的兄长，岂能为一点小事与同室的兄弟怄气？便另找来一个火柴盒，在背面写下了这样几句：

　　红灯一曲唱分明，

异姓三辈骨肉情；

宜重相助非相妒，

同为松柏万年青。

写毕，将两个火柴盒并放在桌上最容易发觉的地方，以便让李欣一眼就能看到。李欣进室来了，压根儿没朝桌子上看一眼，他走到床前，从铺地下拉出一张小凳子，坐了，拿出一个本子来默默地写字。

吃晚饭的时候，肖琼道："今天你们两个怎么啦？只顾闷头吃饭，一句话也不说。"

这时门外一个熟悉的身影走了进来："怎么灯也不开，不怕饭粒吃到鼻子里去？"原来是何小满。

"哟！何小满，你来了，快过来坐。"我招呼道。

何小满边说边摸着了拉线开关，拉亮了灯："听说你们新房造好了，今天路过，特地进来看看。"

"吃的什么菜？谁做的饭？……"他一面嘻嘻地搭讪，一面环视两个女生。肖琼、阿敏说着客套让座的话，何小满并不想坐下，只是在屋子里转悠着，不知怎的他转进了我们的男卧室。

"嗬！你们在对诗啊？乖乖，火柴盒上也作起诗来了？"何小满的声音从男生房间里传出来。

"什么诗？"肖琼接应道，她已吃好晚饭，刚从桌边立起。

何小满走了出来，手里拿着两个火柴盒。

"哦？给我看看！"肖琼道，敏颖也凑过去看。

肖琼看了两个火柴盒上的诗，疑虑地望望我，又望望李欣，道："这是怎么回事？"

"谁知道啥人写的？写的人肚里做功夫，瞎子吃馄饨心里有数。"李欣道，显然他只看到第一首诗，心里憋着一股气。

"怎么，那只盒上的诗不是你写的？"我也糊涂了。呀，如果将第一首比作"劝诗"，那么后一首便是我的"答诗"。

我又接过火柴盒细看起来，啊，原先没有注意"劝诗"的笔迹是繁体字，不是我们这些年轻人写得出来的啊，这究竟是怎么回事呢？

在场的人你看着我，我看着你，谁也说不出个所以然来。

我马上想到了一个人——恒叔。

次日午休的时候，我特地到恒叔家去，顺便将一本《保健按摩》还给他。来到他家门前，他的小儿子和正道："哎呀，他前日去了我的姐姐家了，说要住一阵子才回来呢。"哦，恒叔前日就去女儿家了，那昨天桌上出现的那个火柴盒与他无关了。我将书交给了和正，一路沉思着走了回来。

这事有点劳神了，肖琼、敏颖、李欣三个也在屋子里想着这件事。

敏颖道："要找到这个写诗的人，我有一个办法。"

我问道："什么办法？"

敏颖道："诗中有'冷淡'二字，只要看村里平时哪个最为'冷淡'的便是。"

李欣道："嗯，有点道理，最'冷淡'的人是谁呢？"

大家开始排了一大堆人，有张旭、张旭的寄子志平、汉庆的父亲等，细想一点也不像，都否定了。

肖琼道："会不会是查账的人留下的呢？"她坐在桌子旁，手里玩着写了"答诗"的火柴盒。

李欣道："哎，这倒也有可能的。"

肖琼道："查账的人一时无事，想到耀正的所作所为，见旁边有一只火柴盒子，信手拿了过来，在上面随笔涂鸦，写下了这首诗……"

肖琼的这一推理似乎顺理成章了。

我道："可是查账的人走的时候，我清理过桌子，没有发现过这个火柴盒啊！"

肖琼道："火柴盒是常见的，你清理桌子的时候也不一定会很在意。"

李欣道："弄清它也不难，查账的人就那几个人，等以后遇见了问问便明白了！"

夜里，我躺在床上，心里还想着那只火柴盒，做人要像冷淡的"青松"，而不要像鲜艳的"花朵"……脑子里盘旋着一个个"冷淡"如"青松"的人物：队长、队长他爹、恒叔、副队长福海……唉，太多了，但都不像。

唉，算了，写此诗的人既然不露面，自有他不想露面的道理。

日子一天天过去，这事也被渐渐地淡忘了。

第四十八章　岗上斗心魔

转眼秋来。

这天，敏芝和李欣回城去了，我和肖琼留在了村里。下午，我与她到小河岗的自留地上去浇山芋。

我担水，她浇灌。

我赤了脚，下到小河里，挽起两桶水，挑上岸来。偶尔抬起头，看见肖琼在岗上正望着自己，于是，我的腰杆挺得更正，脚步走得更稳。

上岸放下水桶，此刻就轮到我看肖琼了，她也赤着脚，头戴着一顶圆边草帽，用勺子舀起清水，专注地浇着一垄一垄的山芋藤。她喜欢穿淡蓝色的衣裳，此时更显得淡雅而倩丽。

和煦的秋风轻柔地从身边拂过，南面的一片桑田里，细长的枝条上的桑叶簌簌作响；四周的田地里，青葱的水稻柔叶轻轻地随风摇摆，稻香四溢，此刻分外浓郁。淡蓝的天空下面呈现出一幅乡村田园画卷。

在这野外的河岗上，四周的一切景物那么美好，那么宜人，而在我眼中，眼前这个新式村姑的身影则是一切景物的中心，好似河边金灿灿的棣棠花儿一样，点缀着这迷人的初秋。

没有人会从这里走过，不必担心队长的儿子窥视。这世界里好像只有我们两个，肖琼与我，一个知青妹妹和她的兄长。

我们彼此没有说话，也不需要说什么，因为该说的都已经说过，不该说的来日方长。生活本来就是平淡的，不需要甜蜜的语言来粉饰，就像这淡蓝的天空不必由彩虹来点缀，这清澈的河水不必由菱藕来铺饰一样。

微风吹来，肖琼的草帽落到了胸前，她索性将它掀到了背后，此时她扬起头来看我，那圆边草帽衬托着她的面庞，白净秀气，红光满面，越发招人喜爱。

我心里甜蜜蜜的，守在心上人的身边是幸福的，而且是我独享的这份幸福。我们什么都不需要，只需要这样相厮相守，哪怕真的在这偏远的村庄里过一辈子也心甘情愿！"富贵如浮云，帝乡不可期"，我与她本来就是"生亦平常死亦微末"的人物，只要心心相印，朝夕相伴而已，还求什么呢？

水，从小河里传递到岗上，又传递到碧油油的山芋田里。在默默的劳作中，水，已经沟通了岗上兄妹的内心世界！

夕阳西坠了，金色的光芒照在河岗上，照着岗上的人影。而在暮日沉入云海的瞬间，我们才发觉田野里已经没有了人迹。

肖琼突然说："天黑了……"那声音似乎有点惊慌、颤抖，她没有说完就打住了。我觉得她有一种期待，期待着我的回答、我的决定、我的选择……我感觉到，我已经得到了决定和选择的权力，这是上天给我的权力，我可以作出令她服从的一切决定，就是在岗上待一夜，或者领她到任何地方去，哪怕前面是地狱，她都会顺从，她不会拒绝命运给她的任何安排的。

我似乎听到一种颤抖的声音：你已经"吻"过了我，尽管只是一次特殊的、间接的吻，但我已经那样轻易地被征服了，我已经放弃了一切自主，等待幸福的来临，来吧，爱我吧，我心中的勇士！

四周暮霭笼罩了，这是苍天为我们拉上的帷帐，帷帐里就我们两人，两个心心相印的人儿，还犹豫什么呢？我的心加快了跳动，走近她的身边，闻到了她的气息，只要一伸手，就可以把她搂在怀里，啊，久盼了的幸福就在眼前。

然而有一个凶恶的声音在心里吼叫起来：亦立，你不是不知道，她有一个在押的父亲，一旦你与她成为伴侣，你"一定要离开这里"的誓言，立刻化为泡影！你好好想想吧，想想吧……

这简直是魔鬼一般的号叫，只有我才能听见，因为它就一直盘踞在我内心的某个角落里，现在在它舞动着魔棍，开始向我发威了，我的心打了个寒战，一下子怯懦了……我好像看到了它狰狞的面孔，张牙舞爪，如同这包围过来的夜幕，越来越近，越来越丑陋凶残了……我的心砰然破裂了，接着是一阵抽搐，继而开始滴血了！

啊，风儿停了，河边的棣棠不摇了，田野沉寂了！

肖琼，原谅我，你是那样善良，却只能做我的妹妹；你是那样美丽，却只能是"镜中花""水中月"呵！

我本该拥抱她的手，伸向了水桶和扁担，拿起用具往西走，肖琼不声不响地跟着，向着烟雾苍茫的村庄走去，那里有我们的知青屋。

我们回到屋里，肖琼烧火，我上灶做饭，两人讲着一些无关紧要的话题，我这边是"枉顾左右而言他",她那边则是"天凉却道好个秋"。两人像客栈里遇见的陌生人一样吃完了晚饭,待收拾完毕,我对肖琼说:"晚上找阿翠做个伴吧!"说完,便卷了被子和蚊帐,独自出了大门。

我来到了先前住过的那个草庐里,把被子和蚊帐放在草堆上,趁天黑,又回新屋将竹榻和竹马搬过来,在西厢屋里搭起了一个铺位。多少个夜晚,我就是在这个空间里度过的,现在又鬼使神差地回到了这里。

我躺在草屋里的竹榻上,翻来覆去睡不着。啊,我为什么要这样做呢?是她令我讨厌?肯定不是;是为了避嫌?我也说不清楚。唉,这里要是《鲁滨孙漂流记》里的一个荒岛就好了,岛上只有我和肖琼两个,没有人群,也没有偏见、歧视和谗言……如果真的有一个没有忌恨、没有饥寒的世外桃源,我一定要去寻求的;那里应该是一片绿洲,没有风吹雨打,只有阳光和母爱……

草庐内外寂静无声,静得可以听得见自己的心跳。

呀,屋外传来了脚步声,是肖琼来了吗?如果她真的来了,我一定不会再让"爱"失之交臂,我再也不会"愚蠢"第二次了,我一定把整个心捧出来,献给她……

脚步声消失了,一切如以前一样寂静。

过了许久,夜风从砖窗里吹了进来,拂动了蚊帐,草庐顶上响起了窸窸窣窣的声音,是秋雨抑或是秋虫?

啊,一个似曾相识的草庐不眠之夜,一个漫长而令人断肠的思念之夜啊!

第四十九章　第一只金凤凰

我独自在那草庐里住了几个晚上，而肖琼一直由阿翠陪着住在新屋里。

在草庐里，我心里时时在惦念着她。不知怎的，我忽然想起了乡下的外公，一辈子种田的他在我下乡前夕特地赶到城里来，叮咛我道："亦立啊，到了乡下，要想与看中的女人困觉，一定先要与她讲好了啊……"哎呀，这就是他那个年代憨实农民的思维方式了，可是社会进步到了今天，"讲好了"就能与她睡在一起的吗？

那些天里，我一直怀着内疚的心情，好像欠了肖琼什么似的，但又想不出什么好办法来补救。比较起来，阿敏同样也是一个女孩子，同样美丽可爱，我与她单独相处时，心里不会产生避嫌的念头，也不怕别人说长道短。换了肖琼就不一样了，爱着她偏又疏远着她，想着她偏又躲着她，哎，难道这就是爱情吗？

还好，肖琼对我的"临时出走"好像并没有在意。

经我观察，她不但没有一点异样的反应，反而露出了欢欣的神色，那神色与伪装出来的不同，这点判断力我还是有的。

李欣与敏颖返城探亲后归来了，于是我也重新回到了新屋里。

这一天上午，我居然听见肖琼在她的卧室里轻轻地哼起歌来，这种情况是少见的，真有点百思不得其解了。看来，我躲进草舍是庸人自扰、自作多情，人家心眼里一点儿也没在意你，也许她那可爱又可恼的脑袋里在想"亦立你最好一直住在那草屋吧，永远不要回来，我才不在乎你呢……"

一会儿，阿翠提着一个菜篮子来了，一进门嘴里便喊："肖琼、肖琼……"肖琼快乐地从卧室里跑了出来："阿翠师傅，我在这里。"呀，唤阿翠为师傅，一向是李欣的专利，从肖琼的嘴里说出来还是头一回呢！

"想不到住了几天草舍回来，这肖琼像换了个人似的，一副开心鬼的样子，与黑里俏缠在了一起，不知她俩在搞什么名堂。"我心里说。

阿翠在灶间放下了菜篮，与肖琼两个走进了女生卧室。只听阿翠轻声对肖琼说道："诺，上面同意了，只是证件……"又听敏颖道："哎呀，我羡慕死了，快让我看看。"李欣人在这边，插上话道："哎，同意什么啦？鬼鬼祟祟的，保密工作啊？"阿翠大声嗔道："这不关你的事……"

看来，她们一定有什么美差瞒住我了，不然肖琼这些天怎么会如此开心呢？

只听敏颖大声道："啊，恭喜恭喜，草窝里飞出金凤凰来了。"

李欣耐不住了，跑过去闯进她们的卧室道："什么'金凤凰'啊'证件'的，我看看我看看……哟，"音乐代课教师培训通知书"……肖琼，这要去当音乐老师了？这是什么时候的事情？"肖琼道："这要多谢阿翠师傅和她的父亲帮忙了。"

敏颖抢上去道："还要谢谢我呢，夏天里如果没有我陪你去学校里住几天，谁也不知道那里有一架风琴，你也没有演奏它的机会，也就不会被校长发现你这个音乐小天才了！"

李欣道："如此说来，多亏夏忙头里老天一场大雨，老水牛蹬塌了草舍的土墙，你们才会搬到学校里去住的。"

阿翠道："嘿嘿，说来也是巧事，那所学校里的一架风琴从县里发下来之后，一直搁在那里，没有人会弹它。一天夜里住在附近的校长路过听见了琴声，好生奇怪，从窗外向里面一望，发现了女知青在弹琴，顿时产生聘请音乐教师的念头，于是便向我父亲打听肖琼的情况。之后又向上面打了报告，公社里哪个不知道肖琼爱好文艺的？俞干事听说了此事，极力推荐，说'知青下来了，我们就是要发挥她们作用的嘛！'又经过几道关口审批，好长时间才批下来的呢！"

肖琼道："这事阿翠师傅说了好久了，我只道是说说玩玩的，没想到变成真的了！"

我听了十分惊喜，插话道："好啊好啊，这真是天意，我们今后这里出了一个'肖老师'了！"嘴上这么说着，心里又担心肖琼这一去，与我们就此分离了。

只听肖琼道："啥老师不老师的，只是代代音乐课罢了！而且每个礼拜也只需上一节音乐课，回来一样要参加劳动的。"

我问："哦，不必天天去的？"

肖琼道："嗯。"

　　阿翠道："不过俞干事说了，肖琼代课代好了，还要介绍她到别的学校去呢！"

　　肖琼道："不说它了，该做午饭了！"

　　大家一齐来到了灶间，阿翠、敏颖、李欣三个捡菜，这回我在灶下烧火，肖琼在灶上做饭了。我心里既高兴又感叹，忍不住问道："什么时候开始去上课？"

　　肖琼道："早呢，还要到县里培训几天呢！"

　　李欣在一旁大声叹道："好啊，看来肖琼要第一个熬出头了！"

　　肖琼道："哪里谈得上熬出头？八字没有一撇的事呢！"

　　阿翠笑着对李欣道："你也不要着急，也有好事临头了！"

　　李欣道："有好事轮到我了？"

　　阿翠道："是的，公社里要求每个生产队配一个植保员，我父亲已经将你推荐上去了，植保员李欣同志！"

　　李欣大喜道："真的？"

　　阿翠道："几时骗过你的？"

　　李欣调皮地来了一个作揖道："多谢师傅栽培！"

　　大家开心地笑起来了，只听敏颖苦着脸顿脚道："哎呀哎呀，你们都有人捧了，做会计的做会计，代课的代课，做植保的做植保，就把我一人落下了……"她噘起嘴，躲进房里去了。

第五十章　羞　梦

一日夜晚，睡床上的夜话正待开场，忽然一阵女孩的笑语从屋外传了进来。门被人推开了。

这个平静的村庄从来都是夜不闭户、道不拾遗的，村里人家的门几乎都不上闩落锁的，我们的知青屋当然也不把插门闩当回事儿。

黑里俏阿翠第一个推门进来了，她走入了男生卧室，一边喊一边掀开了李欣的被子："起来起来，'猫李欣'快起来，就算是懒猪困觉也还早呢……"

"肖琼、敏颖，快起来……"那厢屋子里也有村姑在行动了。

"怎么啦？白天吵不够？"里屋的女生道。

"看电影了，利港那边放电影了！"

"什么电影？"

"说是《智取威虎山》。"

"看过了。"

"看过了也要看，再过几天，秋忙又来了，想看也看不成了！"

"凤娣，把那一个的被子也掀了，拖起来……"阿翠在命令。

不用说，"那一个"指的是我了。

凤娣过来了，隔着帐子叫道："'肖亦立'，快起来，再不起来，我叫肖琼来掀被子了！"

我翻了个身，故意不理睬她。接着，我的帐子马上被掀起来了，被子也被她掀了起来，继而她伸出胳膊来拖人了。

我只好起来了，一边穿衣服，一边嘴里说"一群疯丫头"，其实心里却喜欢她们这样子爽朗、敢说敢做。我又唤起肖琼和敏颖的名字，而她俩已经在门外等候了，于是一齐兴冲冲地向夜幕中的田野走去。

我们来到了三里多外一个村子的麦谷场上，混杂在当地的社员群众里看露天电影。

秋夜的微风吹在身上很舒适，心情也很愉悦。看到入神时，还会随着片中的人物哼几句台词。电影的情节太熟悉了，眼睛无须停留在银幕上，说是看电影，其实一半只需用耳来听就够了！

银幕的光亮闪动着，映在黑暗中欢笑人儿的脸上。靠我最近的只有肖琼、敏颖，她们情依依地相扶相拥在一起，时而看影幕，时而看我，时而笑着说几句无关电影的悄悄话，完全没有把精力集中在银幕上——年轻人就是这样，出来看电影不是主要的目的，也许本没有什么目的可言，也许把更重要的目的藏在了心里。

在肖琼和敏颖的身后，不知何时赶来的两个小伙子：穿条形土布的郝阿鸾和央正。他们见我回头，笑笑向我示意……其他人则不见了，他们就在这济济的人群里，我相信阿翠和李欣一定也在场中某个自认为合适的地方。

那些天里，露天电影在周边的村子里轮回放映着。

于是，村里的男孩女孩们有了晚间出动的理由，因为他们在爹娘面前有一个极好的借口——跟那几个插哥、插姐在一起无须担心的，不会学坏的。

片子嘛，总是那几个样板戏，《红灯记》《智取威虎山》啊，《沙家浜》《奇袭白虎团》啊什么的。戏里的情节、台词都背得滚瓜烂熟了，不看银幕也能跟着脱口吟唱了。但这又有什么关系呢？这群少男少女依旧可以看得津津有味——蒹葭苍苍，风月撩人，情窦初开，青春似火啊！

随着放映队的移动，这群年轻人也就从这个村跟到那个村，哪怕十里八里，埝埂小道，只要知青肯去，那是一定跟着赶了去的。而我们知青呢，只要肖琼、敏颖肯去，也一定会倾巢而出的。

有一晚，或许是阴差阳错，老天安排，银幕前只剩了肖琼与我两人。她温柔地靠着我的肩膀，我闻着她的秀发，心里很甜蜜。要不是后来敏颖和央正出现了，我真会搂住她了……

不过，不知道什么原因，我从没见豌萍夜晚出来过，当然也没见到那个曾在牛舍里夜泣的月风的影子。

……

时节在转变，人也在改变。

只一年工夫，我完全变了。从外表上看，我与一个普通农民完全没两样了：身穿土布衣，掌上有老茧，扛一把锄头或提一把铁锨，赤脚走在田地里，或挖沟堵缺，或引水开源……值得自豪的是，我也算一个生产队干部了！

更让我欣慰的是，自从学会自我保健按摩，服用了恒叔送给我的药酒之后，身上的旧伤也在不知不觉中消退了。

这一年的秋忙，从收割、轧稻、挑灰肥，到翻田、播种、开排水沟，四个知青完全与农民一样了。虽然劳动很辛苦，但都顺利地挺过来了。

转眼，寒冬来临了。

那一晚，我取出现金账、粮草账、工分账和副业账，按照大队会计的要求，做小队里的年终分配预算了。为了不影响三个知青弟妹的休息，我在外厅桌上轻轻地拨动着算盘，直到半夜才进卧室入眠。

思绪过多必有梦，我在疲倦中酣然入梦了。

朦胧中，来到了一个大工厂的门口，里面黑咕隆咚的，走进去时竟踩到了软乎乎的一个草袋。不料草袋底下有人，忽听那人发声道："谁呀，没长眼睛啊？"呀，低头一看，原来这里满地是睡人呢。我连忙转身出来，为了避寒，于是另寻歇息之处。见附近一个屋子里热气弥漫，一片白雾涌出室来，走过去一看，是一个公用浴室。里面有几个水缸，水缸上面用一个个大盘篮盖着。寻思道，这里热乎乎的正好歇息。正要躺下，却见水珠雾气中一个水缸上的盘篮盖子掀开了，露出一个正在洗澡的女子来，细看不是别人，恰是肖琼，但见她露出玉肩，样子妩媚，俏丽动人……正看得发呆，另一个盘篮盖子也徐徐揭开了，又一个女子披了衣巾从浴缸立起，认得是敏颖。只听她厉声道："亦立，平日里看你像个君子，如何来偷看我们女人洗澡？"当下，我吓出一身冷汗，慌忙后退……

天明了，肖琼唤吃早餐了。想起昨晚做的花梦，我羞愧不已，伏在桌上只顾吃粥，面对肖琼、敏颖两个，不敢正视一眼，连头也不抬一下。

队长喊出工了，活儿是清塘捉鱼、挖泥积肥。

此时已是冰冻季节，我们呵着手，缩着脖子，一同来到村东的池塘边。塘边一架水车正在运转，车水的人自然还是队里的那几个骨干，不过池水快要车干，池底尚存的一小潭水，鱼儿在乱跳，惜阴、郝阿鸾赤了脚在池底捉鱼，见了我们大声喊着："李欣、亦立，快下来捉鱼——"

岸上的恒叔也在催促道："亦立、李欣，捉鱼了，还不快点下去？"

我见此池塘，污泥黑油油的，泥水里夹着薄冰，若在平日这点寒冰算什么，一无所惧的。只是昨晚胡乱做了花梦，走失了精神，不免两腿发软。

正迟疑着，敏颖走来了，她一边挽起裤管，一边脱鞋道："你们都是些豆腐小伙子，这一点点冷有什么好怕的，看我的，从小长到大从来不晓得伤风感冒的，走，肖琼，我们下去，让他们在岸上看我们捉鱼吧……"说罢，她的裤管已卷到了大腿之上，露出壮实的白腿，红了脸——也不知是冻红了的，还是羞红了的，嚓嚓地踩着冰花淤泥下了塘。

肖琼也赤了脚，卷好了裤管，道："阿敏，等等我啊……"嘴里笑呵呵的，在冰冻烂泥的刺激下，那笑声不似平时那样自然了，她也摇摇晃晃地下池去了。

岸上人看敏颖、肖琼两个在池中蹒跚而行，恰似污泥中露出了四支白藕。不过，肖琼还未走到塘底，已经摇摇晃晃，几欲歪倒，幸好旁边郝阿鸾走过来搀扶，不然她就变成一个泥人了。

姐妹俩如此爽利，如一股春风扫尽岸边寒气，岸上的姑娘、小伙子们无不受鼓舞，纷纷下塘捉鱼。

我见两个女知青如此勇敢，既羡慕又愧疚，呀，堂堂男子汉诚不如小女子了！我连忙脱了鞋，顾不得冷不冷、病不病的了，噌噌地走下池去。

第五十一章 哄丫头

数月之后的一个夜晚，我在灯下记账，肖琼由敏颖陪同去学校里练琴了，李欣则提着几盏诱虫灯出了门。

几个小时候后，李欣回来了，他将三盏诱虫灯放在桌上。我收了账本，在一边看他工作。

李欣将一盏灯里的虫子倒在一张白纸上，用一支细竹棒拨动着，嘴里念着："一五一十，十五二十……"数完一盏灯里的虫子便做个记录，再拿第二盏灯里的虫子来数。

"嗯，甲灯二十六个，乙灯三十一个，丙灯十五个……大队里的农技员说这几天要特别注意虫害，什么麦锈病、麦蚜虫、麦根腐病，听农技员上课的时候说得头头是道的……嗯，还要'五日一查、十日一报'哩……"李欣认真地说。

第二天晚上，李欣又提灯到田间去了，肖琼说要去练一首新曲，与阿翠去了学校。

我不算账了，伏在桌上看书。

没有了肖琼的陪读，我的心思有点凌乱，想这想那，但很快就安静下来了。一会儿，一个身影来到了我的桌前，这个熟悉的身影同样让我感到亲切，她是敏颖。

"亦立，我有一个问题要问你呢。"她在桌子对面坐了下来。

"嗔妹子……"我向她笑了笑，这姑娘怎么变得羞赧了，我想。

"你叫我什么？"她侧目而问。

"你想听吗？"我说。

"你一定在骂我了！"她说。

"呵呵，你是个聪明的女孩子。"我说。

"你才是孩子呢！"她说，"你骂我什么？快交代，我听得出来的。"

“你平时喜欢噘嘴、生气……找碴儿，这不是‘嗔’吗？所以我叫你‘嗔妹子’！”

“你才喜欢嗔眼对人呢！”她的小嘴噘起来了，轻轻地嘟哝了一句。

“哼哼，你一定在给我起什么绰号了！”我说。

“没有的事，我才不喜欢理你呢！”她说。

……

过了一会儿，她又凑了过来：“你读的什么书啊，这么认真？”

我把书合了一半，露出书的封面让她看，她抢了过去，“辩证……唯物主义和历史……唯物主义。”她念道。

“好书啊，艾思奇写的。”我说。

“哟，还是大学辅导教材呢，我看不懂的。”她说。

“不难懂，你看啊，世界是物质的，物质是运动的，运动是有规律性的，规律性是可以认识和运用的……”我解释说。

“好像太深奥了。”她说。

“那么你看些什么书？”我问。

她没有回答我的问题，将书还给了我，说：“亦立，我只想问你，如果将来肖琼走了，我该怎么办？”

我笑了，说：“还有我在呢！”

“那你也走了呢？”

我愣住了，是啊，当初来的时候谁不想离开这里呢？有道是盛筵必散，如果有朝一日我们中间的一个伙伴走了，那么留在这里的人该怎么办呢？如果坐在对面的是我的亲妹妹，我真的可以一走了之吗？

“我不会走的……”我若有所思地说。

“你不要骗我了，你一定会走的，贫下中农对你评价这么好，你又肯这么认真读书……”她有些酸楚地说。

“我能走到哪里去呢？”我有点自言自语。

“上调当工人啊，还有报考大学啊，总之你会离开这里的啊。”她说。

我无奈地笑了，这丫头未免太天真了些，离开这里，谈何容易？就是想了，也是空的。想到这里，我有点走神了！不过又不得不想啊！有时在田间休息的时候，我会瞄准小树，用投小石子的方法来测试自己的未来，心里默默地叨念着：“投中——离开，不中——留下”直到投中那棵小树为止。但这有什么灵验呢？完全是一种自我安慰而已。眼下根本看不到可以离开的希望，至于报考大学，也只是偶然听到的一点风声，说上面有政策了，插队满两年的知青可以报考，但是真是假没人说得清楚。

过了一会儿，她若有所思地说："如果你走了，那我也只好走了……"

"嗔妹子，为什么要这样说？好像我们马上要分开似的。"我说。

"亦立，我告诉你一件事，你要给我保密啊。"她的语气突然有些沉郁。

"什么事？"我不免有些好奇。

"后村回来了一个退伍军人，我从来不认识他的，有一次在田埂上遇见了我，居然叫得出我的名字，还说要请我到他家里去玩，说要与我交朋友……"她道。

"哦，有这种事？你怎么回应他的？"我问。

"我没有理睬他，可从那以后我发现常常会见到他。"她道，"你说，若你走了，叫我怎么办呢？"

"那你就嫁给他呗！"我调侃她道。

"你真是个坏东西，人家好心与你商量，你却把我往水塘里推！我嫁给他，给他生孩子，做家务，一辈子在这里种地？"她嗔道。

"那么，你不想留在这里……我就把你一起带走算了！"我又故意调笑她了。

"尽胡扯。"她撇嘴笑了。

"真的，我会离开这里的，而且我一定带着你一起离开，好吧？"我笑着故作认真地说，完全是为了安慰我面前的这个嗔妹子。

"为什么？"

"因为你是我的妹妹啊，我早已将你当作亲妹妹一样了啊！哪有当哥哥的甩了妹妹自己跑了的？"

她又笑了，不说话。

"你愿意当我的妹妹吗？"

她点了点头，红了脸不语。过了一会儿，她突然说："那肖琼呢？"

"也带了一起走啊！"

她笑了，笑得很勉强，她知道是哄她的，但她还是开心地笑了。是啊，她一定在想，我敏颖愿意做一个被哄着的孩子。

正说着这样的俏皮话，这时门外有了响声，一个声音传了进来："也带了我一起走!"推门进来的人是阿翠,阿翠道:"好啊,被我听见了,你们两个要'一起走',我告诉肖琼去……"肖琼后脚就跟了进来,笑着道:"你们在商量去哪儿啊?"

阿翠道:"肖琼,幸亏我听见了,她们两个在商量着'私奔'呢,把你甩了!"听了这话,我哈哈大笑,敏颖却涨红了脸,嗔怪道:"肖琼姐姐,阿翠师傅在挑拨离间呢!"肖琼也笑了,说:"现在还兴私奔?头一回听说。"

我笑着说:"不是私奔,是公奔,大家一起奔……"话一出口,我发觉说漏了嘴,随即拉着阿翠轻声道:"阿翠师傅,求求你不要出去乱说啊,若传出去说我们不安心扎根就不好了!"

阿翠道:"你刚才叫我什么来着?"

我说:"阿翠师傅啊。"

阿翠道:"那好了,现在你当我师傅,还是当我奸细啊?"大家听了,一齐笑起来了。

正说笑着,李欣也回来了,进门就道:"今天奇怪了,虫子变少了,本来马上要报告农技员去的,是不是因为起了风的缘故呢?看来要等一等了。"

第五十二章 三 羞

转眼又到了第二个夏忙，收麦、脱粒、插秧，好紧张啊！

一日中午时，大雨突然降至，人们像射箭一般逃回村里，待我们的饭菜做好，雨停了。

正要动筷吃饭，忽听外面场那头有一个孩童在喊："快来人哪，牛……救牛啦……"

我丢了碗，出门径直向场头奔去，只见景方九岁的儿子正捧着一只大碗，手里挥划着一双筷子，小眼睛睁得滴溜儿圆，话也说不出来了，用筷子指指河里汪水的水牛。

我顺着他指的方向看去，那小石桥下河里有一头狂乱的水牛，好似疯了一般。只见它时而闷在水里，时而出水摇头摆尾，如同闹狮子灯似的，弄得水花乱溅，又好像被一条凶猛的鳄鱼咬住了头，在拼命挣脱……

啊呀，不好，这牛怕是被水下的什么东西绊住了！

老牛倌远远从场上奔跑过来，一边跑一边喊："快解牛绳！快解牛绳……"我急忙跑到河边系牛绳的那棵柳树旁，拉住绳头用力一抽，那绳子结的是活结，立即松开了。牛绳散开了，任其被牛拖去。不料那牛头依旧抬不出水面，仍在水里拼命挣扎。挣扎之中，偶见牛头扬出了水面，这回我看清了，牛头并未被什么怪兽咬住，那牛鼻子上的绳子被水下之"怪物"拉得一上一下，像叩头似的。

小时候听外婆讲过，村里一条水牛因为牛绳嵌入脚趾里被水闷死的事情。现在容不得多想了，我纵身跳入水里，去拉那条牛绳，水里的牛摇头晃脑地乱甩，它那力大无穷的腿也在乱蹬，我摸着牛嘴边绷紧了的绳，沉入水里，用力向上猛拉，突然间觉得绳子松开了，呵，嵌在牛脚趾里的绳子被拉出来了……

我从水里抬起头，看见牛头已经伸出了水面，呼哧呼哧地喘开了大气，牛脱险了！我松了一口气。

这时肖琼在河边接引水牛，她拿了一杆连枷来捞牛绳，勾住了绳用力往岸边拖，不料那水牛不听她的指挥，将头一甩，肖琼反被拉了个趔趄，脚下一滑，连人带杆滑到了水里。

哎呀，不好，肖琼跌到河里去了！

我心中大惊，连忙一个猛扎，游过去救肖琼——也是情急之中的事情，用了那看家的本领，双手扒了河底淤泥潜行，这速度当然快了，游到她的身边，从水底里将她整个人抱了起来，露出水面一看，才知双脚可以抵着河底的，水面刚好没过她丰满的乳房，顿时两个傻傻地愣住了，你看着我，我看着你，就像从未见过的陌生人一般。

这时河岸上众人见了，一齐拍了手笑，内中一个孩童喊了声"肖亦立——"，其他的孩子和村姑们一齐跟着击掌有节拍地喊起来了："肖亦立！肖亦立！肖亦立——"

肖琼羞得满脸通红，扬手扇了我一个耳光，口内嗔道："我会水的，哪个要你来救！"说罢挣脱了爬上岸去，众人一齐大笑起来。

肖琼这一掌也不算很重，但这么多的人在场看见了，让我羞赧极了。

我躲无处躲，藏无处藏，也顾不得什么面子不面子的了，硬着头皮爬上岸来，由满村的人看笑话去吧！

上了码头，怎么也找不到一双鞋子了，便赤足向知青屋里走去。正要进去，忽听背后有人大声道："亦立留步，亦立留步……"

回头一看，见是一个衣衫光鲜、手里拿着照相机的男人，那模样一看就知道不是庄稼人，倒像外地来的绅士，只听他道："亦立，还认得我吗？我叫帆正，是豌萍的父亲，常听豌萍母女讲你们的事情，今日探亲归来又撞见你们知青救牛，特地跑回去取了照相机来，我给你们照一张相，以作纪念……"

我道："只是我浑身湿透，多有不便，待我换了衣服来照……"帆正道："不必不必，这样才正好，就像记者采访现场新闻一样，换了衣服反倒不真实了。"说时，又招呼李欣、阿敏一齐过来……

这时，肖琼换了衣裳从那条石榴小径上走过来，只是赤了脚，手里还拎着一双鞋，正要去河边洗脚。

敏颖叫道："肖琼，快来，就等你了！"

说来也是凑巧，老牛倌牵了水牛归巢，路过草舍前，那牛走近我身边，好像通人性似的，用鼻子嗅嗅我的手，吐出舌来舔舔。我一手搭住了牛背，一手抚摸着牛头，低声道："我的老邻居，你怎地做出这般吓人的事来？"

阿敏走过来，看着我浑身湿淋淋的，道："呀，衣袖被划破了，有没有划伤？"这时我才发觉，我的左肋、左臂有些痛，拉开衣服一看，原来真的被牛角划着了，胁下、臂上各有一条血印子……

帆正自然不会错过这个机会，叫牛倌将水牛拉在四个知青中间，咔嚓、咔嚓，在草庐前照了相。

次日，在水田里分秧，人们还说笑着昨天救牛的事。在田埂上，顺伯一边堵缺口一边说："昨天傍晚，我遇见了后村的校长，他说，这'肖亦立'是你顺伯提出来的？依我看，今天梁亦立有'三羞'。我问他啥叫'三羞'。校长道，浅水河里抱起了人家姑娘，此为一羞；被村里人当众喊'肖亦立'，此为二羞；被肖琼姑娘当众扇了一个耳光，此为三羞。"众人听了，笑了起来。

顺伯又道："当时我就说，'肖亦立'本来已经合为一家人了，要是换了我，背地里不知抱她多少回了……亦立，你说是不是？"

嘿，听了这话，真叫人无言以对！

第五十三章　还记得那个谜

第一节

光阴似箭，夏去秋又来。从下乡时的第一个秋天算起，现在已是第三个秋天了。

一日，我与肖琼来到了村西大河岗上的自留地里劳作。河岗西堤下，有一条十几米宽的长江支流，在午后的阳光下波光粼粼，畅流的河水由北而来，向南而去，灌溉着两岸的千顷良田。

正值潮涨时刻，一条木船扬帆由北驶来，可谓顺风顺水呵！船夫们轻松地摇着橹桨，哼着不知名的小调。

这情景，勾起我少年时代"吊船"冒险游戏的联想，还有那恶船夫撒火煤渣烫人的惊心一幕……

想到此，叹了一口气，默默地忏悔道："辍学顽儿嬉水痴，野藤疯长得其时；家中校内皆荒教，自有邪魔管束之。"

在一旁的肖琼听见了，道："亦立你在念叨什么呢？"我摇了摇头道："胡念，没什么，干活！"两个便在大河岗上锄草、翻地，干了起来，一边干活儿，一边说着闲话。

"肖琼，你知道吗？为了改造岗东边下面的这一块洼地，队委们还发生了一场争论呢！"

"争论什么？"

"有的说要移土造田，将高田里的土挑过来填平，多种一些粮食；有的说，干脆再挖深一点，建成一个大池塘，养鱼养鸭搞副业……"

"你是站在哪一边的呢？"

"呵呵，挖池塘就是我提出的……"

"哦，原来是这样，不过我支持你。"

"不过队长说，秦副社长还要带干部们出去参观人家挑土平地、改天换地的经验呢！"

干了一会儿，我和她坐在河岗上休息。

肖琼道："哎，亦立，听说上头有文件了，插队满两年的知青可以选拔上调，你知道吗？"我道："听说过的，还可以报考工农兵大学。"

肖琼问："你准备去报考吗？"

我道："不去。"

肖琼道："那你这么认真看书又是为什么呢？"

我道："原来是有这个想法的，但一想到你说的'知青之家'要散了，心就冷了。"

肖琼道："你舍不得这个家？"

我笑道："当然，更舍不得你啊！"

肖琼道："我才不要你牵挂呢！"

我道："你不喜欢我？"

肖琼道："不喜欢。"

两个不说话了，默默地在岗上坐着，其实两人心里都明白在想什么。过了好长一会儿，肖琼突然轻声说："不过，那天，在水里抱我的那一会儿的感觉真好……"

我道："那你还打了我一巴掌？"

两人又沉默了。

肖琼开始起身浇水了，我立起身来，走向正在浇水的肖琼，轻声道："你真的喜欢我抱你？"肖琼惊慌了，闪过一边道："你不要乱来啊，那边岗上有人在种菜呢？"

过了好长一会儿，肖琼缓缓地说道："你可以去报考了。"我道："你希望这个'知青之家'散了？"肖琼叹了一口长气，道："天下没有不散的筵席，你没必要陪着硬留在这里，把自己的前途耽误了！"

我道："无论是上调或者上大学，我都不会走的，要走我们就一同走，'一同'是我们当初的约定。"

肖琼叹口气道："恐怕我没有这种机会……"

我道："为什么要说泄气的话？"

肖琼道："因为我父亲的问题，现在我心里苦闷极了。"

我道："我听秀芸讲过一些你父亲的事情，可'出身不能选择，道路可以自己选择'的啊！"

肖琼道："我也懂这个道理，也时常在考虑选择走一条什么样的路。"

我道："你去见过父亲吗？他现在怎么样了？"

谈到这里，肖琼靠着一棵树坐了下来，我也在树的另一侧坐了下来。

她缓慢而不无凄切地说道："我生下来就没有见过父亲，长大了，母亲告诉我说，'父亲在抗战中为国捐躯了'，那时我为父亲感到骄傲。可是我不知怎的，心里总有一种直觉，就是父亲没死，他随着国民党反动派逃到台湾去了，母亲怕我胡思乱想，不愿说穿罢了。"

"嗯，后来呢？"

"到我上初中的那一年，学校里请来了一位抗战老兵，给我们讲抗战的故事。我因为父亲的缘故特别想听，还向他提了几个问题。他就记住了我，还说我长得特别像一个人。"

"哦？"

"那老人沉思了半晌，突然问我：'你是不是姓肖？'我说：'是啊。'他又问：'你母亲是不是叫吴芳？'我又说：'是啊。'心里越发感到奇怪了，就问他：'你如何知道我母亲的名字，难道你认识她？'他笑着说道：'何尝是认得？你母亲还是我的校友呢！'我就说：'那你一定也认得我的父亲了，是吧？'他不吭了，只是感叹地说：'你母亲是学校里有名的校花啊……'"

第二节

"当时我说：'那你一定也知道我的父亲了，他是怎样为抗战而牺牲的？'他嘴里'嗯嗯'了几下，不再与我说下去了。"

"后来呢？"

"后来我询问了老师，老师说他是一位政协委员，名字叫于天厚。我想，于天厚一定知道我父亲的事情，有一次我就特地去找他……"

"找到了吗？"

"找到了……"

"怎么啦？你哭了？"

"他……他告诉我'你的父亲并没有死，他还活着'，我当时就晕了，心里想，他一定逃到台湾去了……"

"嗯……"

"但是他接着又说：'你父亲是战犯，在监狱里……'"肖琼说着，呜咽起来了。

"于天厚说，他与我父亲曾经是同学又是同僚，'我是国民党少将，你的父亲是国民党县府里的文官……'"

"哦，那么这倒奇了，同样是国民党的官员，你的父亲是'战犯'，他怎么却又摇身一变成了现在的政协委员了呢？"我有些好奇。

"他说了一段奇遇，"肖琼止泪讲述道，"他原来是潜伏在国民党里的地下共产党员，后来组织被破坏了，失去了联系。一九四九年中华人民共和国成立前夕，这位少将看到革命成功了，不想去台湾了，打算留下来，但又不能告诉刚生了孩子的妻子……妻子不知情，劝他逃往国外去。少将怕留下来一时也说不清楚，不如等以后再说，便私下里弄了一辆车，带了怀抱中的婴儿，随着溃退的国民党军队向南开……半路上改变了路线，往西南方驶去，打算先到云南再往印度，然后再从印度乘船到英国——那里有他妻子的一位亲戚在等待着……"

"后来呢？"

"人算不如天算，他们遇到了往西南方向进攻的解放军。夫妇俩想，再往前逃也没有意思了，便停了下来……正在踌躇不定之际，跑过来了一位解放军连长，向他敬了一个礼说：'你的车被征用了，愿不愿意起义参加解放军？'他妻子一听，这是天大的好事啊，抱着孩子连连说'愿意愿意'。那连长写了一个征用收条，开着他们的车向前走了。临走，那连长说：'条子放好，这就是你们起义的证明。'少将和夫人就这样脱险了！"

"啊，真是奇迹，只有在战火中才会发生这样的奇遇啊！"

"是的。"

"肖琼，你一定要再去找找这位'少将'，他一定有办法找到你父亲参加抗战的有力证据，一定肯帮这个忙的……你也要去看看父亲，他对自己的事情应该知道得更清楚。"我道。

"是的，本来我一直不愿去监狱见父亲的，因为我恨他、讨厌他，尽管他让我日夜思念、祈祷保佑……"肖琼道。

"可是，你一定要去见他，让他好好回忆，只要提供参加抗战的证据，一定可以争取得到政府的特赦……"我道。

"是啊，我就盼着这一天啊。要是这一天来到了，我就把父亲接到村子里来，与我住在一起……就像张旭与他的儿女一样，老老实实地劳动，安安稳稳地过日子，就是住草舍里也是开心的啊！"她眼里含着兴奋的泪花。

"是的，换上我，也愿意……"我也被她感动了。

"不，亦立，这与你无关，我不能拖累你，你有你的前途，出去寻找吧！感谢你这些年来对我的照顾，我会记住你的情义的……"

"不，我们'草庐结义'时说好的，同来同往，要留一起留，要走一起走……"

"话可以这样说，但我们之间有缘无分，不会有结果的。"

"这不是你的心里话。"

她没有接话，过了一会儿她说："你还记得初下乡来时，猜过的'一同来'的那个谜语吗？"

"记得……"

"'同一屋檐下，四人巧相逢；柱子出头时，檐下少一人。'当时我就觉得像是一个谶语，现在恐怕真的要应验了……"

"那是随口编的，你也信？"

"走吧，该回家了。"她开始收拾水桶用具了，"你不是种田的料，'莫等闲、白了少年头，空悲切'……"她念着我曾经朗读给她听过的《满江红》，扛着锄头在头里往岗下走去。

第五十四章　叩　窗

进入十二月，江南的风一天比一天刺骨寒了。屈指算来，四个知青插队落户到这里已满两年，迎来了第三个冬天了。

这晚，我和李欣早早地钻进了被窝，与隔墙的肖琼、敏颖聊着天。不过，这时的聊天，说话声要响一些了，因为房子的空间至少比草庐里大了一倍半。

从乡里趣事，讲到知青群里某人上调当了干部，某人考上了工农兵大学的传闻，还有谁与谁的恋爱故事，却从来不讲眼前人自己的未来，但"未来"一定要来敲门的。

"当，当当……"漆黑的屋外有人敲响了我们男生卧室的玻璃窗。"谁啊？"躺在被窝里的我问。"是我，贾裕荣。"听见是熟人，我爬起来飞快地开了门，又迅捷地返回钻进了被窝。

"怎么这样早就睡觉了？"贾裕荣与她的女人一起走了进来。

"天冷，又停了电。"我拉了拉被子说。房间里并不很暗，因为隔壁女生房里这时点亮了蜡烛，微弱的烛光从隔墙上方透过来。

贾裕荣低头凑近我的耳边，说："亦立，你起来，我有话对你说。"

"太冷了，你就这样说吧！"我不想动。

"你穿好衣裳出来，我有要紧话对你讲……"贾裕荣的声音依然很低，但语气变急促了。

"我不起来了，有话明天讲吧！"我心里想，与其与你这个逼妹出嫁的无情汉说话，还不如与朝夕相处的多情妹聊天呢！

"噢，你不起来就算了，可不要后悔！"贾裕荣放高了嗓子，以退为进，卖起了关子。

"那你先说点'因头'我听听！"我说。

贾裕荣靠近我的枕边轻声吐出了六个字："关于你的前途。"

听到"前途"两个字，我一骨碌爬了起来，披衣走到门外，贾裕荣夫妇已退到屋外等候了。贾裕荣轻声道："亦立，你的运气来了，公社五金厂里的戚书记就住在后村，叫我在知青群里物色一个学徒，我知道他的意思，就推荐了你，戚书记很满意，一口答应了。过几天你就到厂里来上班，跟我学，好不好？"

贾裕荣的妻子道："戚书记有两个女儿，一个在村东头学堂里做老师，十九岁；一个也在厂里做工，廿一岁，两个都长得又白又标致，到时候还不尽你挑？"

贾裕荣嗔道："看你讲到哪里去了？"贾裕荣妻忙转过话头说："我家裕荣技术特别好，又是厂里的元老，书记都听他一半话，你跟他当学徒不会错的！"

"这倒是一件好事。不过，白天队长来动员征兵，我已报了名。"

"当兵有什么好？你不要去！他队长的儿子为什么不报名？还是当工人有技术又光荣！"贾裕荣妻道。

白天的一幕如在眼前，阿贵队长来到知青屋里，见了我，面带笑容地说："亦立啊，上面来动员当兵啦，你去不去？"我一听，喜出望外地说："去！"队长说："那就给你报名啦！""好！"我不假思索地一口答应了。队长走了，我在场上遇见了他的大儿子郭良，这个憨厚壮实的小伙子端着大粥碗走近来，一边喝粥一边道："呵呵，当兵啰？还是在家里蹲蹲吧，蹲在家里还有碗粥吃吃呢，当兵打起仗来粥也没得吃了！"我笑了笑，没应他。因为我喜欢当兵，也不怕打仗，要是真打起仗来，谁说就一定牺牲了，说不准还能立功呢！

正遐想着，又听贾裕荣道："我们也晓得要征兵，所以要紧连夜来跟你说，戚书记蛮看重你的，好好想想，不要错过了机会！"

我说："好的好的，谢谢你们，如果我当不上兵就跟你到厂里去！"其实，我心里主意已定。

两天后的一个中午，村里来了两个军人，一个皮色较白，像个文职军官；一个黑肤个儿略矮，像个武术教官。他俩从麦场上穿过石榴小径，散步似的走了过来，见知青屋的门开着，便来了个不请自进。

"哪个叫梁亦立？"大个子军官用山东口音高调问。

"我。"我一边答应一边从卧室里出来，心里颇为诧异。

那军官从头到脚打量了我一番，眼睛停留在贴了"更喜岷山千里雪，三军过后尽开颜"字幅的大门上。"这是你写的？"他问。"是的。"我答。

那军官笑了笑，没有说话，接着就在我们的屋里溜达了起来，从我的卧室转到肖琼、敏颖卧室的门口，两个女生听见动静，出来看了一看又回里屋去了。

两军人出了后门，转了一转，悄悄地说着听不太懂的山东话，笑着走了。

翌日，我接到通知去大队部报到。

大队的房子在一个池塘包围中，走过水泥板桥，便见里面会集了好多叽叽喳喳的男青年，中间却没有一个知青。

一会儿，女赤脚医生梅小琴来了，对大家说："静一静，静一静，各位是从十二个村里挑选出来的应征青年，今天我带大家去公社里体检，大家要学习解放军，排好队，跟着我。"于是大家排成一字队形沿乡路行进，路上少不了说笑。有个青年道："不知我们去的十个人当中能验上几个。"

领队的梅医生与我年龄相仿，她笑着说："我看啊，你们当中只有梁亦立有点把握。"大家都回过头来，见我一副书生气样，有点将信将疑。

公社卫生院里，体检工作正在紧张地进行着，梅医生关照说，大家在走廊里等着，要守纪律，一个也不许走远。

眼看着体检好的应征青年一个个走了，到中午十二点，还没轮到我，肚子饿得叽里咕噜不说，想到回村还要走一个多小时的路程，心里很不爽。况且听前面体检的人议论说，人饿肚子的时候最容易查出毛病来，因此也不抱什么希望了，只想快点体检完了回去。

轮到我进去时，已是最后一个体检者了，一个军医叫我脱光衣服。呀，第一次要在这么多的人面前"现原形"（旁边还有女军医），羞赧极了。那军医却在一边催着："快点，快点！"体检很快结束了，三个军人在一起议论了一番，又见一个坐着的军医将一个印章盖了下去，我提着裤子凑过去一看，表格上留下了四个蓝色字印："健康甲等"！有个军医过来笑着说："这不准看的！"

我一溜烟跑出了公社卫生院，往我的村子里奔跑，一路上高兴得像一只快乐的小鸟，时而嘴里哼哼呀呀，时而蹦蹦跳跳，时而双手举向天空，时而向着旷野大喊大叫。

第五十五章　泪飞离别曲

第一节

没几天，我接到了入伍通知书，整个大队果然只有我一个。

我穿上了新军装，成了村里最受尊敬的人，村民们纷纷请我去吃饭做客。知青屋的墙上贴了这样的标语："向梁亦立学习，向梁亦立致敬！"我开心之余，头脑还是冷静的，知道这有点过分了，连忙找来了红纸，写上"解放军"三个字贴上去，将我的名字覆盖掉，那标语变成了"向解放军学习，向解放军致敬！"

在这段兴奋的日子里，我忽略了知青小家中的弟妹们，他们此时是什么样的感受，我没有觉察到。因为我一直沉浸在超常的快乐之中，接受村里伙伴们的轮流款待，甚至干脆就住在他们家里。

这日夜晚，路过草舍，见牛倌去给牛添草，我忽然想起了什么。啊，肖琼、敏颖，她们在干什么呢？可是知青屋里没有她们的影子啊，于是我在村里边寻找边询问，九岁的剑华告诉我说："我看见肖老师到学校里去了。"

我连忙向那所小学跑去。

穿过村东边的小桥，走过高低不平的田埂，学校就在前面不远处了。隐隐听见那里有风琴演奏声，接着传出女子小合唱来，那歌声悠扬婉转，如诉如述……

总说不分离／眼泪也留不住你／插哥当上解放军／插妹缘何不欢喜？

总说长相依／岁月如诗难舍你／一年一年的情义／从此丝牵千万里。

总说要齐飞／草庐兄妹两依依／哥去从军保边疆／妹守田园心不移

……

我渐渐地走近窗口，看到里面的人影，啊，正是肖琼和敏颖！肖琼一边弹琴一边唱，而敏颖则在琴边和声。我缓缓地走向教室门口，推门进去，尽量不惊动这一对入神的姐妹。

她们也看见了我，笑了笑，并没有停止歌声：

总说永相随/知青屋前赠言你/盼哥前方建功勋/思妹不忘书信寄……

直到唱完，敏颖开口说："你来了？肖琼说要专为你写一首歌，过来练练……当你真来了，却又唱不下去了。"敏颖说完一边抹泪，一边跑了出去。

教室里只剩下我和肖琼，我把手伸过去，想将她抱在怀里，她眼中也有一种期待，但是她没有靠近我，而是向我努努嘴——哦，有好多孩子不知何时趴在了窗口……

少顷，她问："什么时候走？"

"两天后。"

"这日子过得真快。"

"是啊，转眼两年了！"

"还记得刚下乡的时候吗？"

"记得，那天在公社里学校的操场上，第一个见到的就是你。"

"是的，你蹲在一个角落里，我在到处找你。"

"是啊，来的时候不想来，现在却舍不得走了。"

"好男儿走四方，我若是男儿，也会这样的。"

"你留在村里，知青中你最大，是当家的姐姐了。"

"我知道，你是想说'不要让这个"知青之家"散了'！"

"是的。"

"不会的，我会撑好这个家的。"

"明天我要回城去见家里人了，一早就回城去。"

"我稍晚些也走。"

……

我们边说边熄了灯，关上校舍的门，由一群开心的村童们簇拥着，走向不远处的知青屋。

第二节

第二天一早，我穿上新军装，赶回城里去，城里的父母正急切地等待着我。

家里充满了欢乐的气氛，墙上贴了我的入伍通知书，一家人乐不可支；邻舍街坊都来祝贺，问长问短，笑语满屋……我处在人们的羡慕、赞美之中，一向胆小怕事的父亲也挺直了腰板。

还剩一天时间，新兵就要出发了，我又想到了肖琼。

肖琼的家依旧在一条狭长的小巷里，那进深的院子里依旧住着许多人家。

我穿着新军装，背了一个挎包，来到那个院门口。正要进去，一个十六七岁的、穿着草绿色上衣的女孩蹦蹦跳跳地跑了出来，她看见了身穿军装的我，愣着站住了，用惊奇的眼光打量着我，然后问："你找肖琼?"

"嗯，找肖琼。你是……"我说。

"有鸡蛋吃啰!"那女孩子莞尔一笑，然后转身向里面喊了一声，"琼姐，有人找你来了!"便一蹦一跳地走了。

肖琼出来了，见了我，红起了脸。我们相视着，似乎没有话要说。

"明天我们要走了!"还是我先说。

"进来坐一会儿吧。"

"不了，我只是想再看看你。"说罢，我从挎包里取出一个夜光的毛主席像章来，"这是一位朋友刚送给我的，给你做个纪念。"

肖琼接过去，绯红了脸，忽然转身道："你等等。"

她从屋里拎出来一个装了十来个鸡蛋的篮子，抓了鸡蛋往我的挎包里塞，口内道："都是自己生的。"也许是觉得说错了，她的脸更红了。这时，行人驻步围过来看我们，但我一点儿也不觉得难堪。

鸡蛋装完了，我说："我要走了。"

她补充道："今天才煮的。"

我点了点头，一切都在不言之中，我完全明白她的一番心意。

次日下午，村里十多个乡亲簇拥着送我，从郭庄乡送到申港镇。惜阴、郝阿鸾、央正用小木轮车轮流推着我的行李；六十五岁的顺伯也跟着送我，半路上我劝他回去，但他一定要坚持到底；李欣陪伴在我的身边，这个与我同睡过一张竹榻的兄弟，现在既羡慕，又高兴，知心话儿、万般友情，再长的路也说不完。

我忍不住悄悄地问："怎么没有看见肖琼、敏颖？"其实我心里明白，昨天还在肖琼家门口互赠了礼物，只是"一日不见，如隔三秋"罢了。还有那可爱可亲的知青义妹敏颖，她为什么没来送我？哦，这要怪我太忙了，没顾得上去她家看她一次。

李欣道："这要问你自己了，那天晚上贾裕荣夫妻来找你，你从热被窝里溜到门外，我也悄悄起了身，躲在门后偷听。听了几句，觉得非同小可，便又隔着墙告诉了两个女生。肖琼、敏颖也随即出来了，走到门口，恰巧听贾裕荣妻说，两个女儿都长得又白又标致，到时候还不尽你去挑？敏颖'啊'了一声，那样子很吃惊，肖琼还算沉得住气，但当她听到你说'好的，谢谢你们'，就扭头回房去了。"

哦，原来是这样。

我回头望望渐行渐远的村庄，心中似有所悟：长恨此间无尽期，倏忽已到别离时；早知去日如驹隙，秉烛相随何滞疑？

第五十六章　波　澜

第一节

这是一九七〇年隆冬的一个傍晚，霞光还未消逝，一百多个神采奕奕的新兵陆续来到了江南申港镇上宽大的礼堂里。

礼堂里的地上早已铺满了厚厚的新稻草，从小就喜欢与表弟表姐们在外婆家挤草铺的我心里暖暖的。我被编入了一个新兵排，在排长的指挥下，新兵们纷纷放下背包，在稻草铺上反复地练习起打背包来了。

晚饭后，新兵排长就命令大家早早入铺睡了。谁也不知道为什么要睡得这么早，也没有人问。正当熟睡的时候，一阵急促的哨音将我惊醒了，朦胧中听到传来的耳语："紧急集合！紧急集合！"我连忙起身穿衣，在黑暗中疾速地打好背包，自然没有落后，一路小跑到外边，站入队列里。脚跟未稳，就听指挥员喊起了口令："立正——向右看——齐！报数！""一！""二！""三！""四！"……哈，这时后面还有好多新兵跟跟跄跄地刚跑出来呢！

接着，新兵们登上了一连串的敞篷军车，在夜色里向南出发了。

黎明前的天气好冷啊，敞篷车里寒风砭骨，没东西可以遮挡。新兵们挤在一起，缩在驾驶舱后面避风。但这有何用呢？说句乡下土话，那简直是烘篮罩屁！

敞篷车上很冷，但我的心里滚烫着呢。在驾驶舱后面团缩了一会儿，我索性站了起来，迎风挺胸而立，任寒风刮面吹拂……

啊，疾风疾速催激情，好不畅快淋漓！渐渐地，我看到了远方的晨曦，手、脚，整个身子也生暖意了，一种难以言表的豪迈之情油然而生：向前，向前，向着远方……

换上了火车，有一个新兵哭了。我觉得挺奇怪的，一问才知道他是邻镇的，比我还小一岁呢，入伍前刚结了婚。我偷偷笑了，下意识地摸了摸身边的挎包，里面装着肖琼姑娘分手时送给我的熟鸡蛋，这鸡蛋是她家喂养的鸡生的，是她亲手煮的。她用那白皙而又经历风霜的手往我的挎包里塞鸡蛋的时候，那鸡蛋上还带着她的体温。我拿出一个鸡蛋在嘴边吻了一下，就像在亲吻她的手。这是幸福的间接之吻，就像曾经在草庐里我的贸然之举——"勺之吻"一样。

唉，我太愚蠢了，太怯懦了，太自私了，明知道她是喜欢我的，不，是爱我的，我却故意装出一种虚伪的自矜。说句心里话，有时这样做也是很痛苦的。因为，我只是将那份爱藏在心底，爱得越炽，藏得越深。每当春天到来的时候，那份爱就像种子一样地萌发出来，让我不能自已。

现在我下了决心，一到部队，第一封信就寄给她，信的开头这样写："肖琼妹妹……"不，应该称"亲爱的肖琼……"不，应该写"琼……"，很多小说里都是这样写的，主人翁以一个最亲昵的字或词来称呼心上人的。"啊，琼，你美丽的不仅仅是外表，而且是你的心灵，在我心中谁也无法与你比拟，我们是患难之交、沦落之缘，也是天作之合。我有你这个妹妹为荣，有你为伴而快乐，你耐心地等待着吧，少则两年，多则三年五载，等我立功受奖，衣锦还乡，把我的光荣第一个与你分享，然后娶你为妻……"

车厢里，一个大个子军人走来了，他扬高了声音说："我介绍一下，我姓于，叫于新野，是你们新兵连的指导员；这一位姓汤，叫汤荃贵，是新兵连二排排长。"汤排长"嗖"地站起来敬了一个礼。大家一阵鼓掌。于指导员笑了笑，大声说："来，大家唱个歌吧，活跃活跃气氛！二排长，起个头。"于是，一首毛主席语录歌在车厢里响了起来：

　　世界是你们的/也是我们的/但是归根结底是你们的……/你们青年人朝气蓬勃/正在兴旺时期/好像早晨八九点钟太阳/希望寄托在你们身上……

晚上在列车上点名，我被二排长表扬了。心里蛮奇怪的，既没有讨他喜欢，又没有做什么好事，只是笑容常挂在脸上，唱歌起劲了些，端茶送水勤快了些。还有，除了开心，就是守分与安详——那是满足与幸福的自然流露呀，原来受表扬就这么简单！

我看那二排长，长得黑黝黝的，长脸，耷拉着单眼皮，不苟言笑。

一个新兵老乡不知从哪里打听来了消息，告诉我说，汤荃贵还只是个班长，因为出来征兵，临时担任新兵连的排长。

也许我与他有过一面之交的缘故，汤排长似乎很在乎我，常常把那十分吝啬的笑容绽露在我面前，然而我并没有意这些，因为我完全沉浸在美好的联想和幸福的憧憬之中。

美丽富饶的江南大地在列车后远去了，雄伟的长江大桥远去了，列车一直向北、向北……不久，一片片桦树林、枫杨树林从我们乘坐的列车窗前闪过，接踵而来的是蛮荒的原野，还有一座座无名树林簇拥着的荒山，许多荒山的秃顶上"戴"着一个岩石崮，仿佛是天兵神将在万古年代里安设于人间的一个个碉堡。

山连着山，林连着林，沟壑、梯田、坡谷在车窗前很快地闪过了。啊，一座横亘在天地之间的青铁色的大山渐渐地进入了眼帘。"泰山，泰山……"有人叫了起来，大家一齐挤向窗口。呀，这就是"五岳之尊"岱宗吗？它看起来不似想象中的那样巍峨，啊，别有眼不识泰山了！它临近了，已经把"胳膊"伸展到我们的面前，那"胳膊"上悬崖峥嵘，山石挺拔，凛凛然，气冲霄汉。从山麓往上看，油松侧柏，虬龙苍翠，延绵直上云端……

眼前闪过的一切景物，犹如一幅幅画卷，好一派齐鲁风光呵！

次日凌晨，我们来到了一个小镇上。

天气好寒冷呵！新兵连的战士们嘴里吐着热气，穿过一条地面上结厚冰的街道，来到四周有围墙的一块大场地上。大家一个个放下背包整齐地坐着，休息待命。

队伍静下来了，耳边听得泉水溜溜地响，我有机会细察周围的环境了。

南边有几排营房，东北边有一条石砌的小水渠，水渠里冒着热气。渠东边上有一个碎石垒成的泉坛，约半米高，一股泉水从那里冒出来，恰似一朵特大的牡丹花。那水翻滚着，带着浓浓的热气，水珠像一颗颗欢蹦乱跳的玻璃球，不，像一串串水葡萄，从那"花坛"上滚落下来，然后流入水渠里……

一个军官走到了队伍的前面，用眼睛扫视了一遍席地而坐的新兵，然后以一种叫人匪夷所思的口吻问："谁叫梁亦立？"

第二节

"我……"我呼地从队伍中站了起来，那一瞬间成了全连瞩目的焦点。

"好，坐下，坐下……"那军官挥了挥手，脸上却没有一点表情。

那是一个什么首长呢？为什么突然点名叫我呢？我有点受宠若惊，也感到一种莫名的兴奋。梁亦立啊梁亦立，从来没有人关注到你的存在，难道一身军装就这么快地改变了命运吗？都说部队是个大熔炉，响鼓也得重锤敲，可我只是一个出身卑微来自乡村的新兵啊，这也许是第一"锤"吧，从今往后我将会被锤炼成怎样的一个人呢？

当天，我被分入了汤荃贵的班里，住所就在那条结厚冰的小街民舍里。民舍里有东西相对的两个睡炕，东边睡四人，西边睡五人，暖暖的，好舒服啊！

班会上，班长告诉了我们连队的名称、番号、地址。这时，我才知道我们的连队是直属连，我还知道了那位首长是连副指导员，叫邱国保。

汤班长十分关心我，好多天里，教我整理内务，找我谈心，讲一些军中须知、怎样争取做一个"五好战士"等，我心里很感激。

一天夜晚，汤班长找我谈心，突然对我说："我准备介绍你入党，你愿不愿意？"我吃了一惊，入党，一件多么神圣的事情呵，我只是换了一身军服，人还是以前一样的人啊！我一时语塞。

汤班长见我不语，说："我听说过你与知青们在村里救牛的故事。"

嗬，这事他也打听过？

汤班长见我在呆想，似乎等不及了，急切地问："你是什么出身？社会关系有没有问题？"

我想到了父亲，一名瘦弱怕事的教书先生，一个乡村教师，因为我参军了，腰板直了，脸上光彩了。而我秉承了父母的双重性格：母亲在农村从小养成的天不怕地不怕的性格，父亲"树叶子掉下来怕砸破脑袋"的性格。

于是我对汤班长说："我出身城市贫民，可是……"

"可是什么？"

"可是……我的姑父出身是地主。"我不能承担对党组织不忠诚老实的罪名。

"哦……哦……"

这个曾经踏进过我知青小屋的代理排长若有所失地离去了。

第五十七章　泉水泠泠

　　这是天寒地冻的日子，大部队的老兵还在野外长途拉练着，新兵们没有什么特别的任务。但我必须找事做了，把精力投入我认为可做的一切事务中去。这一方面是我的热情所致，另一方面以此来缓解我的压力。

　　早晨起床号未响，我就来到泉水边为炊事班挑水。

　　说到这泉水，真正喜煞人哟！

　　泉有两股，一股在团部院内，它水喷如花，清流漫地；一股在院外，据说那水柱能冲出地面很高，在朝霞里玉树流光，碧水横溢。

　　听炊事班班长说，那年团长带兵来这里安营扎寨，看了这两股泉，感叹地说："好一对姐妹泉啊！"于是，姐妹泉的名声就在军中传开了。有人更是细说了个明白：秀水村边的便叫"秀水泉"，团部大院里的便叫"明水泉"。

　　遗憾的是，我看不到秀水泉的真面貌，它被工匠们砌了起来，娇藏在高约两米、长宽约两米半见方的石室里了。石室的檐下伸出四五个铁管，形状像短袖衫的袖口，清冽的泉水便从袖管里流出来，雪涛飞溅，落入沟渠里，淙淙地向秀水村的东头流去。

　　我挑着两个空铁桶，走到秀水泉旁，不必卸下肩头的担子，站在两个铁袖管中间的石板上盛水，水冲下来了，"咚咚咚"地一阵桶响，十秒钟就能注满，转身便开步走，任其身后的水哗哗地流淌着，无丝毫后顾之忧，何等爽！

　　此后，每次路过秀水泉边的时候，它总会给我一种莫名的兴奋和引力，也许是因为那充满活力的水势，也许是因为那泠泠激石的水声，也许是因为呼吸了那四处散逸的水离子。

　　我在挑水中获得了快乐，甚至对两股泉水产生了感情。在我的感觉中，秀水泉是妹妹，明水泉是姐姐。这一姐一妹在我心里还有一比呢，她们就像我的知青屋的一对姐妹——十九岁的肖琼和比她小十个月的承敏颖。说形象一点，园内的姐泉显得欢快，水势比较温顺，给人一种娇羞的联想；这园外妹泉则显得泼辣，水势激荡，有一种奔放不羁的活力。

啊，姐妹泉，我爱你们，你们就如两个知青之花的化身，有你们的陪伴，还有什么过不去的难关呢？

不久，水轮不到我挑了，因为抢着挑水的新战士多了起来，而且时间越挪越早，到后来有个战士竟凌晨三点钟就起来抢水桶了，弄得连长不得不下命令制止才罢。

我越发沉默了，训练之余，我除了完成班里派给的事情之外，哪儿也不去走动了，空下来我就盘坐在睡铺上读书、写字。

我一天天地读着、抄着，而且专心致志，力求将字写得十分工整，谁说现在不正是练习硬笔书法的好时机呢？我那教书匠的父亲告诉过我，古人读书是从抄书开始的，抄书是笨办法，也是最好的读书方法。

半个月的时间里，我把《矛盾论》《实践论》抄完了，我将抄满了文字的笔记本放在床沿铺底下。

啊，人们都说沉默是金，善辩是银，就让我沉默、再沉默下去吧！老兵们野外拉练就要回来了，留守的指战员们兴奋地行动了起来，杀猪的、烧水的、煮饭的、打扫院子的、准备鞭炮的，一齐忙开了。

邱副指导员传话来叫我去马上出一期黑板报，写几条欢迎的标语——我的好书法不知什么时候让他知道了，这可是我的拿手好戏。不用半天，我就将炊事班院子里的一块板报出完了，内容嘛，当然是东抄抄西抄抄的，不必动什么脑筋。

在老兵部队归来必经的街道上，还有一块空白的墙报。只剩十几分钟老兵就要进街了，我急中生智，用水布在上面写出字印，然后以最快的速度用彩色粉笔描出几个漂亮的空心大字来："向老战友学习！向老战友致敬！"

当最后一笔描好，街道上鞭炮就响起来了！老兵们背着背包，挎着六五式自动步枪，唱着雄壮的军歌，迈着整齐的步伐走过来了。

革命军人个个要牢记/三大纪律八项注意/第一一切行动听指挥哎/步调一致才能得胜利……

好振奋呵！我站在夹道欢迎的新兵群里，高兴得使劲鼓掌，心里激动地想：做一个真正的老兵，光荣地在部队里服役两三年，哪怕入不了党，即使回到我原来的农村，此生也无憾了！

第五十八章 选 择

老兵们安顿好了，郑连长和顾指导员（他们才是我们的连长和指导员呢）开始察看军营。呵，这是一个什么样的军营呢？说穿了，是驻扎在一条街道两侧民房里的不规则的兵舍。街道是开放式的，老百姓与军人均可通行，是道道地地的军民街。顾指导员看到了军民街墙上的标语，面带笑容地说："这字谁写的？写得不错嘛！"郑连长却不屑一顾地说："'向老战友学习'，学习个屁，都是些老兵油子！"

爱极而出嗔言。

哪个兄长不爱自己的弟妹？哪个连长不爱自己的战士呵？我曾经也是知青弟妹中的兄长，对此深有体会啊！

我突然发现，在归来的老兵中有一群身手不凡的侦察兵。其中有个捕俘拳纯熟的好手，他吸引了我的眼球。空闲时，只要有空地，他就时不时地会要两下子捕俘拳绝活，或是"锁喉"，或是"顺手牵羊"，或是"旋腿扫荡"。其行也，步步生风；其动也，虎虎生威。我从小爱看《水浒传》《岳飞传》一类的书，对英雄好汉特别崇拜，现在心目中的英雄偶像凭空出现了，叫我敬仰万分。

很快，我打听到了他的名字，他叫鲁峰，是侦察排二班长，比我早当两年兵不说，还比我小两岁呢！

我与鲁班长很投缘，大有一见如故之感，于是经常去侦察排找他，跟他比画几下拳术。我这时候非常需要一位"师兄"来携带我、帮助我、开导我。有志不论年高低，先入门者为师兄，他无疑是我的师兄啰！

回来的老兵中，很多人面临着退伍或复员的选择。而我则与之相反，被调到了连部，接替即将退伍的老文书。一个刚入伍的新兵当上了连队文书，这恐怕是最令人羡慕的事了，我自己也感到了一些快慰。我想到了肖琼，应该把这个好消息告诉她。

夜晚，我开始给肖琼写信："亲爱的琼，一转眼已经分别二十天了，多么想你啊……"信中，我把对肖琼的思念、入伍以来的所见所闻和亲身感受写了进去。

次日早晨，天空里飘起了雪花，地面上很快有了积雪。这雪与故乡的雪不同，故乡的雪着地就化，而这里的雪会在地上随风飘走。当然，今天没有风，那雪便静静地在天井里积聚起来了。我和通信员小葛——一位刚认识的新兵老乡——在连部各个房子里生好了烤火炉，再回到文书室里。

正胡思乱想着，忽听指导员喊："小梁，立即把这个表发到新兵排去！"我连忙应声："是！"接过表格一看，是一张新兵分配志愿表，于是收拾了一下书桌，立即出了门。

通信员小葛从后面赶了上来，说："我正好要到炊事班去，咱俩一起走。"路上两人边走边说着话，小葛悄悄地说："马上要分新兵下班排了，你听说过老兵留传下来的一个顺口溜吗？""什么顺口溜？"

"警卫员，佩手枪，整天跟着首长转；侦察员，好威风，出手个个有武功；工兵排，开路兵，开山架桥显本领；管理排，要先行，吃喝拉撒靠后勤……"

"哦？那你想去哪个排？"

"咱俩应该属于挑选出来的，已分配在了连部，不会再变动了……"

哦，看来我手里的这张表还牵动着每个新兵的心哪！"我该怎么办？是静观其变，还是重新选择？"我的心也随之波动了起来。

表格下发后，战士们都根据自身的条件选报了相关的排。至于管理排，自然没人填报的了——谁愿意当个炊事兵呢？好在多数人填的是"服从分配"，可以从这部分战士中挑选了。

然而，也有人想一鸣惊人。在新兵分派动员会上，有个新兵出来宣读了决心书：为改善连队伙食，自愿养猪去！

这个人便是临时担任了文书兼军械员的我，这无疑是一个爆炸性新闻！

我不在乎别人怎么说我，因为兵役制只有两年，相当于与知青兄妹们插队相处同样多的时间，韶华短暂，白驹过隙，时不我待，"秉烛"也要"夜游"！我将用实际行动来证明我的一颗赤诚之心！为了这一天，我愿意奉献我的生命！

儿女情长，英雄气短。也许，一些硬汉子就是这样逼出来的吧！

顾指导员找我谈话了，他说："嗬，看不出来啊，小梁同志，果然有点与众不同，还真是块料嘞！前一段时间，空军方面来内招飞行员，本来准备保送你去的，后来没有送上去。考虑到你的要求，我们决定安排你到炊事班，好不好？"

"是！"我行了一个军礼，退了出来。

第五十九章　大山的爱

炊事班里，真是个快乐的地方。

战友如兄弟，大家来自五湖四海。有乐乐呵呵的川籍小战士，有言笑晏晏的皖籍战士，有风趣幽默的鲁籍老炊兵，现在加上了我这个略显文弱的苏籍新战士。

经过了两年下乡插队锻炼的我，什么脏活累活没干过？我会尽一切努力让师傅们对我这个徒弟满意。

很快，我就学会了做馒头、大包子、发糕、窝窝头，学会了煮大锅饭、炒大锅菜。特别是煮大锅饭，最大的技巧是掌握水量和火候，一次加水到位之后，开动鼓风机催火，直到煮出香喷喷的大米饭来。

令我没想到的是，这里的大米饭特别香，因为这里的稻谷是用泉水浇灌的，生长期又长，因此，米粒长，色泽特别白。可惜的是，数量太少，一大盘米饭一端出来，立马被战士们一抢而光。

这天，炊事员们为战士们打完菜，我的师傅刘忠平副班长笑嘻嘻地在一边悄悄地说："小梁，我们来做个游戏。"

"什么游戏？"

"你看啊，我已经给盘里的发糕挨个儿编号了：这是一号、二号、三号、四号……它们会按我的编号顺序被拿走的，你信不信？"

"我不信……"

"不信，你就等着瞧！"

添饭的战士逐一来了，果然，大盘里的发糕一个个像听指挥似的被取了去，顺序与刘副班长的编号丝毫不差。而当每取走一个，我俩就咴咴地偷笑，到后来竟忍俊不禁地笑出声来……

晚霞照临水渠的时候，刘副班长带我去渠边洗衣服。一边洗，他一边说："小梁，听说你是自愿报名到炊事班来的，我当兵这么几年还第一次碰到，是不是看中了炊事班里党员多啊？"我不语。"呵呵，艰苦的岗位最能锻炼人，既然来了就要经得住考验！"我还是不响。"先要从改变形象做起，在别人的印象里总说炊事员最脏，我就偏不认，为了这，人家衣服洗一遍，我要洗两遍，呵呵，其实咱比他们还干净呢！"我笑了，点点头，心里着实佩服他。"小梁，你做饭学得很快，这次给你一个锻炼的机会。老班长退伍走了，司务长派了两个后勤保障任务：一个随工兵排出去开山，一个随侦察排出去曹家庄水库训练，我与你各带一个组出去如何？"

这下我急了，连忙说："不行不行，我还是个新兵呢，出去训练要野炊的，我虽然学会了做饭，但野炊的经验一点也没有，再说班里还有两个老兵呢！"

刘班副笑道："怎么怕了？真正的考验还没到呢！好吧，等我报告了司务长再说。我看你文化高，就跟着我当个采购的吧！"

几天后，刘副班长带我跟随侦察排出发了。

水库在蒙山的曹家庄，那是一个美丽的果园山庄，山坡上到处是梨树、苹果树、柿子树、枣树，还种着高粱、小米、玉米和地瓜。

碧粼粼的水库像一面大镜子嵌在半山腰里，侦察员们每天在这里搞武装泅渡和打捕俘拳，我的任务是每天到十多里外的一个镇上去采购。

下山的时候，我倒竖起独轮车的车柄，犹如扶手的依杖，顺着山道，欣赏着沂蒙山区的景色，哼着小曲下坡。归来的时候，我脖子上挂着车带，双手推着载满货物的小车，盯着眼前的山路，一步不松地向上而行。

离驻地两里路的地方，有一个三十多米长的陡坡，其陡如梯，往返必经。我的小车装满了煤、米、菜等货物，足有五百多斤，那陡坡上哪能停住？山路上过往人稀少，也鲜有人来帮忙。再说我是一个军人，请人帮忙，岂不被路人笑话？第一次返回经过这里的时候，心里揣摩着：我能不能冲上去？但到了此处，已没了退路。于是，我先在坡下歇一歇，观察那陡坡上有没有打滑的地方，估算一下自己的膂力。然后抖擞精神，憋足了气，就像一头斗牛，直往前挺，一口气冲向坡顶。上了此坡，汗水已湿透了军衣，便走进旁边的农家讨水喝。等不及农家烧水，就自取了一只瓢，去那水缸里舀一瓢山水，咕嘟嘟地灌下肚去，赛似豪饮胜利的美酒！

坡顶上，有一个巨大的军人石像引人注目。石像下方刻着七个字：爱民模范盛习友。旁边的一块巨石上刻着四个大字：气吞山河。

"同志，看你像个新战士……"旁边一位叼着烟袋的老乡笑着道，"因为走过这条山路的，没有不知道他的故事的。"

"嗯，是个烈士。"我忽然来了兴趣，走过去阅读石碑上刻着的文字：一九六九年夏天，济南部队某连排长盛习友和战友们在山上施工，忽听山下有人呼喊"救命"，只见山下九个村民落于沟壑洪水之中……

那老乡在一旁道："当时，我就在旁边亲眼看着，那排长大喊一声'救人！'带了两名战友，纵身从这里跳了下去。山坡梯田一级一级的，落差大着哩！真够勇敢的……他边跑边跳，每一次下跳，就在梯田上留下一个深深的足印……然后他飞身跳入急流中，奋力救起了七个妇女……唉，自己却被洪水卷走了……"

"哦。"

"这个石像是老百姓捐钱修建的，救起的女村民中有一个是俺的小闺女，他为俺们的孩子而死的，我为他守在这里，提醒过路的解放军战士。唉，这沂蒙山一到雨季，洪水说来便来。尤其是暴雨初歇的时候，行人以为可以穿过沟壑上路了，却不知洪水随后而来，最是危险……"老乡说，"同志，看你不像从山里来的人，赶路也要小心啊。"

"哦。"多好的老乡啊！我站在坡顶上，望着脚下的陡坡和梯田，心潮澎湃，多么激奋人心的故事呵！我的前辈，我向你致敬！

告别了老乡，我推着小车向前走。一会儿来到了一片青纱帐中的小道上，忽见有人影晃动——两个头裹毛巾、满面灰色的人鬼鬼祟祟地向我这里张望。我提高了警惕，此地靠近古时候的水泊梁山，《水浒传》上说这一带有绿林好汉出没，莫不是这两个歹人看上了我车上的货物？若真是歹人来了也不怕，鲁班长教我的几招捕俘拳还没派过用场哩！

正在寻思着，却听有一人轻声喊："梁亦立……梁亦立，过来过来……"我定睛一看，正是侦察排的鲁班长。不过这小伙子平日里白白胖胖的，像个面团小生，今日里怎么变得灰头土脸的了？

鲁班长悄声说："看不出我是谁了吧？今天的训练课目是'过关'。我入伍前本是济南小京班的，化装是拿手好戏，现在要混过前面的关卡去，借你的小车用一用。"我道："哈哈，我还以为是两个'山贼'呢！为何不早点来呢？若是在刚才我爬坡之前'劫了去'，岂不更好？拿去拿去……"

回到营地，我感到有点累了，便坐在一户山村人家门口的石阶上小歇。一位大娘出门来，拉我到屋里去歇息。我连忙婉言谢绝，无奈那大娘硬是不肯放手。正好邱副指导员来了，我将代买的两节电池交给了他，他见大娘拉我，笑了笑，挥了挥手，那意思是"同意"了，于是那大娘更来劲了，一把将我拉进了屋子。

我被拉进了一个新房间，大娘不容我分说，将我按倒在一个大炕上，又将新被子盖在了我的身上，然后拉上门走了。

大山中的屋子里寂静极了，我躺在那新被窝里，像受宠又受惊的小鹿，眼睛睁得大大的，困意全给赶跑了，呀，那墙上还贴着一个"红双喜"呢！

哎，这就是老区啊，我这个江南知青兵可体验到了！正在无计可施之际，忽听门外有人大声呼喊："梁亦立——梁亦立——"

第六十章 渠边琴声

第一节

听到喊声，我心里一阵高兴："救兵来了！"

连忙爬起来，快速叠好被子，急忙走出屋子，见是负责宣传的文艺骨干李志强。这个无锡籍兵一把拉住我说："总算找到你了，你却在这里睡大觉。快随我来，就等着你这个'指导员'赶集归来哩！"

我丈二和尚摸不着头脑，说："啥个'指导员'？"李志强笑着道："今晚搞军民联欢，缺一个演指导员的，找来找去没一个合适的，最后大伙儿推荐了你，偏你又出去采购了。快，都来不及了，快！"他的话斩钉截铁，跟下命令一样不容违拗。

我满脑子疑虑地跟着他来到一个大院墙外，见那里已经搭好了一个简易舞台。李志强拉我到台后，动手给我化妆，一边化妆，一边说："眉中添一笔红竖线，这样显得年轻一点——你啊，一点不用担心，你的台词就是用'小吕剧'唱两句：军政训练进山来，曹家庄一派好景象啊……下面自然会有人接下去了。"我一听急了，连忙说："我会唱锡剧、越剧和沪剧，哪会唱小吕剧啊！"旁边一位山东兵说："这不，俺在这儿等着专门教你呢！"说罢，就一句一句地教我唱起来。

夜晚演出了，我第一个出场，好久没舒展胸中积郁之气了，趁机放开一下喉咙吧："军政训练进山来，曹家庄一派好景象啊——哎哎……"唱毕就迈出一个戏台官步，转向舞台左侧，把舞台让给后面的主角……

台下的观众好热情啊，他们赐给我一片掌声……突然发现观众堆里有一位姑娘盯着我看，蓦然想起一位青岛籍班长说过："山里姑娘的面孔如苹果一样嫣红，煤城女孩的脸色似熬夜一般苍白。"这位姑娘面如桃花，好像是房东隔壁的女孩，忍不住把目光转向了她，她却害羞地低下了头。

美事成双啦！

次日，副指导员交给我一个美差：进果园，买苹果！我来自江南，连青纱帐都觉得新鲜，别说进苹果园了，当然喜出望外。连忙约了另一名炊事员，推了小车，一同走向附近的一个苹果园。走入苹果园的篱笆门，四下里一看，果然如神仙之乡、世外桃源！里面的果枝曲曲折折，挂满了累累果实，有红色的，有粉红色的，有红青相间的，一个个炫人眼目，重叠密集地悬挂在树林里……

正在惊喜感叹之际，一个果农大叔从树上采了两个鲜红的苹果塞到我的怀里。我慌忙拒绝，因为我想到了"不拿群众一针一线"的军纪。果农笑着说："你们有纪律，俺庄里有规矩：凡是进果园的，每人送两个尝尝，买不买都一样……别忘了这里是老区啊！"我没法再推辞了，便将两个苹果放在车上的箩筐里，然后在一大堆苹果摊子前，按副指导员要求，挑选了百十个苹果。称过了，结好账，推着两个大半筐苹果回驻地去。哈！侦察员们辛苦了，慰劳品来了！想到这里，脚底生风更来劲了……

日子过得好快呵，转眼初夏来到了。

晚霞照着炊事班附近永不停息的渠泉，班里的战友董广山拉着我一起到水渠边濯足。

哈，这个安徽兵，白白胖胖的，白天与我争着挑水，晚上睡觉可不老实了呵，别看他只有十八岁，可已经结了婚，晚上睡着了，一条白大腿会搁到我的身上来。

"想家了吧？"我笑着问。

"当然想啊，不信你不想……"他也笑着，脚在水中上下摆动。

是的，我也在想家，想我们的知青庐，想肖琼，还有敏颖……但我与面前的小董有着完全不同的经历：一个是农村小伙儿，一个是下乡知青；一个单纯无瑕，一个沉思有余。而昨晚刘班长（他的班长任命下达了）宣布"一帮一、一对红"活动的时候，将我与他结成了"对子"。

渠水抚摸着我们的小腿，汩汩地流入一个支渠。

"多清的水啊，就像我们家乡的山泉！"小董转了话题，若有所思地说。

低头且看渠中的水吧，真的澄澈极了，一眼见底，直视无碍。它流速很快，洗着脚，也洗涤着眼。我注意到小董的眼光在水面上停滞了，也许那一丝丝的波纹，就像缕缕思念，将他带入了故乡的怀抱。

啊，我也受感染了，我的故乡在哪里呢？肖琼她们在哪里呢？肖琼一定也在思念着我，在这个夏晚，她应该浴后坐在门前，梳理着秀发，嘴里低吟着好听的歌儿——这是故乡的歌儿、唱给远方亲人的歌儿……我感觉得到的，此时我从口袋里取出口琴，轻轻地为她"伴奏"了起来：

边疆的泉水清又纯/故乡的歌儿暖人心/暖人心/清清泉水流不尽/
声声赞歌唱亲人/唱亲人解放军/军民鱼水情意深/情意深/哎哎……

琴曲让我回到了过去，眼前的水渠和一年前的草庐好像近在咫尺……

草庐前，只有我和肖琼两个，浴后的她坐在方凳上，露出那丰满而洁白的双腿，我在一旁用口琴轻轻地吹奏着《马兰花》……

我现在已经离开了那片土地，这是我的夙愿。可是不知为何，现在我越来越惦念那片土地了，也许那是一方播种爱情的土地，也许那一片土地真的存在着神话中的稻仙子……

我想得入神了，口琴也停住了，小董也沉浸在他自己的乡梦中——我知道他的感受与我是迥异的。

忽然，他叹了口气，欲说又止，似有难言之隐。我便问他："小董，评上了'五好战士'，怎么还不高兴？"小董说："'五好战士'算什么？是半年预评的，到年末评上才算正式的呢！我想的是要在部队里争取入党……"

唉，人人都想入党，我看你小董也想疯了！

"你打报告了没有？"我问。

"正想打呢！"他说，"你呢？"

"我，不打。"我说。

"为什么？"

"……"

"不够条件？所以要争取啊！"

我不想回答他，永远也不愿再提起以前的事。

……

"唉，我的母亲病了，写信来说要寄三十元钱回去，可我一时拿不出来……"小董叹口气说。

"哦，信可以给我看看吗？"我说。

"诺。"他从裤兜里掏出折叠的一封信来。

我接过信看了，说："哦，不要急，钱，我借给你，等会儿就给你。"

"真的?"小董开心地笑了。

第二节

小董随我一同回到了宿舍，我从挎包里取出三十元钱给了他。

可是到了第二天晚上，小董一副开心的样子将钱还过来了，说："家里母亲又来信了，说从亲戚那里借到钱了，叫我不要想家，安心在部队工作。"

小董这么快还钱引起了我的猜疑：是他母亲真的借到钱了，还是怕儿子担忧而改变主意了？唉，可怜天下父母心啊，哪个母亲不希望儿子安心服役呢？

我想到了出发前一天，父亲将三十元钱塞到我的手里说："穷家富路，路上要用的。"我说："阿爹，当兵不需要钱的，每月有津贴的。"父亲说："家里不缺钱用，你拿着。"我坚持不要。父亲说："这钱是你插队村里年终分配得来的，全年一共六十一元四角，你全交给了你母亲。现在只给你一半，还有一半我和你母亲留着呢!"我说："阿爹……"父亲说："为父这一辈子也没做过什么大事，这钱你如果不需要用，遇到身边的战友家里有困难，你可以资助他的……"

啊，父亲，你变了，变得年轻有朝气了！当时我直愣愣地望着他，心里激动极了。

现在，我决定帮人帮到底。次日，我以小董的名义悄悄地给他母亲寄出了三十元钱。

过了半月，小董拉住了我说："好奇怪啊，母亲来信说，寄来的三十元收到了，娘的病也好了。梁亦立，这钱一定是你寄的。"

我笑笑，不予回答。

"你如果不承认，我就报告司务长了。"

"好了好了，只要你母亲病好了就比什么都好。你家乡毕竟属于皖西山区贫困地区，我的故乡在富饶的江南水乡，比较起来你们那里要困难得多，你我是战友，又结成了'红对子'，打起仗来就是生死弟兄，这钱就当我送给你的，你不必还，不要挂在心上。"

说真的，三十元钱相当于我农村半年辛勤劳动之所得，来之不易，但我一点儿也不觉得心疼。

第六十一章　清泉东流

第一节

凌晨，一阵急促的哨音将我惊醒了。"紧急集合！紧急集合！"司务长在低声呼唤了。

全班战士立即行动，不到两分钟就站好了队伍，刘班长检查了一下每个战士的行装，背包、饭锅、炊具用品全部带上了，便带领全班跑了出去。

连长已经在点到了："一排?""到!""二排?""到!""三排?""到!"……

"同志们，有一股空降之敌降落枣庄，团部命令我部在二十分钟内赶到，围歼该敌，立即跑步前进，出发!"连长的命令简短有力。

黑暗中，部队开始急行军了，起先的步子还唰唰齐响，渐渐地有些零落了……

我第一次遇到敌情，不免有些紧张：人的嘴皮子怎么这么毒啊？前天跟董广山说打起仗来就是生死弟兄，这"仗"怎么说来就来了呢？想那枣庄离这里有二十多里，背了这么重的负荷能及时赶到吗？唉，不管那么多了，决不能掉队，这不是正好表现自己能力的机会吗？

我拼命地跑着，一直跟在第一方阵。很快，汗水从面上流下来，又在背上直淌了。

天色微明时，前面传下命令来说"敌情"已经解除，现在返回——嗬，这只是一场演习而已。唉，连长也会"说谎"？白流了这么多汗，晨风吹来，汗衣临风，浑身发凉了！

晚上，部队放电影了，我要求留守——这是第三次了。我这样做自然很讨班里战友们的欢喜，因为留守时除了独处还要巡视，是枯燥寂寥的差事，而这恰恰是我的需要，我很需要有属于自己的时空来想一些别的事情。

啊，想想插队的伙伴们吧，与肖琼、敏颖以及一群村姑们结伴去看露天电影才有趣呢……

农闲的夜晚，一阵女孩的笑语从屋外传了进来，知青屋的门被人推开了，阿翠第一个进来："起来、起来，'猫李欣'快起来，就算是懒猪困觉也还早呢……"凤娣隔着帐子叫道："'肖亦立'，快起来，再不起来，我叫肖琼来掀被子了！"接着帐子被揭起来了……有一晚，或许是阴差阳错，老天安排，银幕前只剩了肖琼与我两人。她温柔地靠着我的肩膀，我闻着她的秀发，心里十分甜蜜……

留守的两个半小时很快就过去了，门外院子里传来一阵脚步声，又听得一声口令："立定——解散！"啊，战友们看完电影回来了，但我发觉每个人的表情都有些异样，几乎人人都会朝我看一看，而后又笑一笑，好像在看过门的新媳妇一样。刘班长对我竖了竖大拇指，笑着说："争脸了！"我问他："出了什么事了？"他轻声说："团里制作了学雷锋幻灯片，专门放映了你给战友母亲寄钱的事情。"我听了，脸唰地发烫了。

得知了事情的原委，心里很不自在！我躺在铺上，黑暗中仿佛回到了从前的那个知青庐里，墙那边传来了敏颖姑娘的嘲笑声："梁亦立，我知道你的，就是好表现自己，假积极！梁亦立，假积极……"

"敏颖别说了，好不好？我知道什么地方错了，你饶了我吧！"我赶紧把被子拉到了头上。

第二节

一天上午，通信员小葛突然来到了炊事班，拉着嗓子喊："梁亦立！"

"到！"我连忙擦擦手从灶间走了出来。

"邱连长找你！"

"邱连长？"我一边脱炊衣一边道，满心疑虑。

"就是邱副指导员！"

"那郑连长呢？"我边走边问。

"刚调走，团部命令到了，还没宣布。"他轻声说。

"哦。"

"郑连长什么都好，就是脾气有点暴。"小葛说。

炊事班离连部只有七八间民房的距离，我跑步到了连部的大厅门前。

"报告！"

"进来！"

我走了进去，邱副指导员（我还不习惯称他连长）走了过来，我向他行了个军礼。他摆了摆手，眯着眼，似笑非笑地看了看我，然后背着手来回踱了几步，劈头一句问道："梁亦立，你什么时候认识'刘七号'的？"

刘七号？不是团里的副参谋长吗？他是团部首长，我是炊事兵，完全不搭界的，怎么会认识他呢？我摇了摇头说："不认识。"

"梁亦立啊梁亦立，真有你的……哼哼……"他狡黠地笑着，朝我不住地微微点头，然后故意拉大了嗓门，分明在模仿着一个大首长的口气道："'刘七号'说'你们连也学会打埋伏了，在炊事班埋伏了一个好兵……'"

我静静地听着，不知如何接话。

稍停，邱副指导员，不，是邱连长，以命令的口气说道："'刘七号'点名你去团训练队报到！"

"团训练队？什么时候去？"我怯生生地问。

"下午就去！"邱连长道。

"是！"我给他一个敬礼，就要开溜。

"回来！"他从站立在一边的军械员手里接过一支六五式自动步枪，对我说道："这是发给你的武器，到了那里好好训练，别丢了咱们连的脸！"

"是！"我惊讶极了，由惊讶转而开心！呀，第一次触摸武器！我从学炊事变为学军事，立马去团训练队报到，然而三件出人意料的好事一齐临门——阿里巴巴神灯又擦亮了！

当日中午，我开始整理行装。同铺的小董听说我要走，拉住了我的手，说着依依不舍的话。下午，我背起背包，肩挎着那支崭新的步枪，告别了风趣中相处了半年的刘班长、淳朴无邪的小董和可爱的炊事员们，徒步走出了连队驻扎的民房，踏上了石板铺就的街道，来到了泉水渠边。

秀水泉照样从"闺阁"里向外喷涌流淌着，簇拥着一朵朵雪白的水花流入小渠里。石砌的小渠也不辱使命，护送着这大自然恩赐的清净圣水日夜向东流去。它是那样的明净，那样的澄碧，永不疲惫也永不索取，唯一的以奉献自身的明丽和使用价值为使命，以这种彻底的自我奉献作为它的存在方式。

我弯身洗了洗手，让清流在指间滑过，啊，她是多么善解人意，冬天里暖意浓浓，现在却又是那样清凉习习……

姐妹泉啊姐妹泉，在我心里你们是肖姑娘、承姑娘的化身……肖姑娘，你耐心地等着，当兵不就两年嘛，一眨眼就过去了，很快我就会回到你的身边。还有，敏颖妹妹，喜欢说一些责怪话的，你就说吧，我不怨你，因为有了你的批评，我心里才会更踏实些。时间像这流泉，两年的兵役期已经过去了七个月，我还有多少时间来浪费呢？今天我要去新驻地了，你们还会与我同行吗？

多情自古伤离别。

然而，今天我不是故作多情来与这清泉告别的，相反是来寻求它的指引，因为我此次行程的目的地，就在泉水渠的东尽头。

第六十二章　修武儿郎

第一节

　　我踏上了水渠，向广袤的原野走去。戎装一身，和风拂面，步伐矫健，与脚下的清流同行。

　　约莫走了一里半路，水渠渐行渐高，变成了堤岸，再往前成了高高的堤坝了。是水往高处流吗？不，是前方的地势越来越低洼了！

　　水渠下有一片绿色的田野，啊，那是一块不多见的稻田！久违了，又逢稻花吐蕊时节，我感到一阵兴奋。

　　绿野之中有一块方格式的院落，被稀稀落落的绿树包围着，我猜想，那大概是团训练队所在地——化肥厂宿舍大院了。

　　下了堤岸，向方格大院走去，一个弧形的铁架上写着褪色的几个大字：国营章丘县化肥厂宿舍。我沿着中间一条煤渣道向南，边走边看，两侧并排着的四幢长长的砖瓦平房，里面住的全是居民，却不见一个军人。

　　一位笑容可掬的老者告诉我说，一直往里走到底就是部队营房。走过几排民宅，来到一个直角形的操场上，那里有篮球架、单杠、沙坑、木马，往南是一排橙红色的瓦房，那气派像营房了，但没有挂任何牌子。西首的一间门开着，里面坐着一位正翻书的军官。

　　"报告！"我走过去喊了一声。"进来！"那军官没有动身，直到我进去站在他面前，才侧头瞥了我一眼，然后转身将我上下打量了起来。

　　"你就是梁亦立啰？"

　　"是。"

　　"去年底入伍的新兵？"他将烟头装入烟嘴，抽了一口。

　　"是。"

"我看过你的档案了，你是第三个来报到的！"他站了起来，对我说，"跟我来，先见过两个刚来的小教员，今后你们是伙伴。"

这时，我看清了他的面容，清癯而有精神，却有一脸的红麻子。来之前就听炊事班刘班长说过，训练队有个队长是个大麻子，姓张，人称"麻队张"——大概就是他了。

"脸色有点黄，"他在前面边走边说——不用说是在说我了，接着又说，"不要紧，是'学生黄'。"

嘀，这就是报应，刚要说人家"麻队张"，人家就还你一个"学生黄"哩！

"养兵一世用兵一时，小梁啊，咱们要做点名堂出来，你文化高，将来要留在这里当小教员的，训练的时候苦一点，训练完了，休整休整，改善改善伙食。你看那里，我还养了一头猪……嘿嘿……"

我跟随他来到一间大教室里，通道两侧放置两排木床，从入口紧紧排到出口，足可睡下两个班。这时，有两张床铺已经整好，床单洁白，平整无一缕皱纹；被子叠得棱角分明，如同刀切一般；毛巾、茶杯、牙刷、牙膏齐整，且朝向一致……虽不见人影，却叫人喜欢，我想这大概就是那两个小教员的铺位了。

榜样在前，无须多言，我选择了与他们隔一铺的位置，卸甲铺床叠被起来。而他——"麻队长"自个儿去操场上了。

少顷，张队长带着两个小教员来了，且看他们两个的模样：

这一个，白笃笃圆脸庞，实墩墩好身材，军帽微微上掀，汗渍略透军衫，红星领章映绿装，浑身精神不散，手持三尺步枪，刀光令敌胆寒。你道是谁？却是在炊事班院子里曾教我捕俘拳的侦察班长鲁峰。

那一个，魁梧灵巧英俊男，血气方刚好身段，红晕一笑如羞孩，染赤了眉间小雀斑，汗津津肩挂钢枪，乐呵呵练兵归来，往日里潜泳称好手，今日里身手更不凡。你道是哪个？是侦察排里最英俊的侦察员秦川。

我与他俩一见面，高兴得要跳起来，要不是手里持枪，定会与他们拥抱在一起。

"你们已经在练兵了？"我惊喜地问。

"刚才张队长教了我们几个刺杀动作，我们便出来练了几下。早就听说你要来，几时来的？"鲁班长道。

"刚到，内务还未整好呢。"我道。

"我们也是今天才到的，只是急着想练武，内务也没有细细整理。"秦川道。

于是三个一齐动起手来，枪支上架，被褥铺齐，挎包挂墙，毛巾牙刷到位，就连床下的面盆、换脚的布鞋也放在一条线上。放妥了，此时看我们三个的内务，形状、线条、颜色，整齐划一，恰似一个模子里复制出来的。

张队长在一旁看了，称赞道："哎，这才像直属连出来的——军事一条线，政治一大片。我们搞军事的，做什么都得有棱有角！从今以后，不光是内务要如此，你们每个人的一举一动也要如此。等会儿还有一位小教员来，是直属连警卫排的，随团首长执行任务去了，等他到了，一起教你们几个基本动作，让你们领略领略什么叫'有棱有角'！"

正说着，忽听门口有人喊："报告张参谋，直属连警卫排一班班长华成功前来报到！"

第二节

四人闻声向门口看去，只见一位全副武装的军人笔挺地站在那里，看他那打扮：

头戴一顶五星帽，领衔两片红领章，水壶斜带歇左胯，钢枪贴身挂右肩；背负背包，看不到半点累赘；腰束腰带，更显出老兵风采。

定睛了仔细看他：

身高约有五尺七，五官端正面白皙；两颊红晕淡淡现，是羞赧，抑或风雨之历练？双眸忽闪炯炯有神，是机敏，还是刚毅之神色？岁月中几经洗礼，草绿军装色已浅；风尘里匆匆走来，青春男儿正当年。好一个，团首长身边干练警卫员；从今做，步训队里绝技习武人。

我一见到此人，心中甚喜，暗忖道：这华班长也不过二十一二岁，却已经如此精干利落、历练老成，只有军中特殊兵种里才有此等人物，今日遇上了他，总算勿曾白来了。

张队长哈哈大笑起来："好，小华，就等着你来。哎，今后别再叫我参谋了，咱们是团步兵训练队，我是队长，你们就是小教练员！小华，枪给我，行李先放一放，一起都过来！"

张队长接过华班长的步枪，啪地上了刺刀，带我们来到门外场上。只见他持枪立正，边示范边讲解要领，接着自喊一声口令："预备用——枪！"枪嗖地如出洞之蛇，定位在身体左前方，左手握上护木，右手握枪颈，两眼圆睁，怒视前方……好一副准备搏杀姿态！

这动作是在几分之一秒内完成的，真可谓不动则已，动如猛虎，摆成的定式又稳如泰山，纹丝不动。这模样是威严、有震慑力的，如眼镜蛇发现了目标、金钱豹发现了猎物一样……

接着，他大喊一声"杀——"，猛地向前一个突刺，左脚稳稳落地，好不威风！

……

"好了，要领也讲过了，枪还你吧！"张队长收了身，手腕一扭，那枪听话似的转了一百八十度，护木朝向了华班长猛一推，意欲将枪抛过来。华班长大惊，慌忙双手去接，飞来的却是一句话："用右手虎口对准了来接！优秀的军人应该这样接枪，但现在还不能这样抛给你，因为接不好会损坏武器的！你们练吧，这预备用枪和突刺至少要练一万次！"

队长走了，四个开始比画起来。

"哇，一万枪，我才练了上百枪，手痛得连枪都举不动了……"

"我的手心已经起泡了，你看……"

"这才开始哪，队长说以后还有防刺、击打刺、对刺呢！"

"哎，华班长，你一个人躲在那里干吗？背口诀啊？"

只见华班长独自一人在南墙边，边比画边喃喃自语："听到'预备用——枪'的口令后，右手将枪稍稍提起，以虎口的压力、四指的顶力……将枪向左前方送出。左手接握上护木，右手迅速回握枪颈，同时左脚向前跨出一小步。重心落于两脚之间，枪刺与肩同高，并与左眼成一线……"

老兵尚且如此，我是新手、炊事兵出身，比不过他们三个中的任何一个，更应当笨鸟先飞，于是发了一股狠劲拼命地练着。才练了二百下，虎口已经被枪栓打得通红，手掌疼痛难忍了。

过了半个时辰，司号员小刘来了，通知说："队长说了，把枪收了，两分钟后全体在单杠下集合！"

一会儿，张队长出来了，却是变了个模样：脱去了军衣、军帽，上身穿了一件白背心，手腕戴了护腕，全身露出一块块肌肉。他走入一副单杠沙池，摇摇架子说："练习前先要检查一遍设施。"回头对四个年轻人道："学好'五大军事技术'，必须先学军体，单杠有八套动作，先教你们其中的五套：引体向上、卷身上、挂腿上、立臂上、摆浪直体上，一一看好了，将来要考核的。"

　　说罢，一个一个地演示起来。他在杠上的动作，轻巧如燕，美观舒展，叫人羡慕不已。练了几下，他脱离了教纲，自行表演起来。只见他轻轻几个摆浪，"嗖"地一下，双腿敏捷地从杠中穿了过去，转身来了一个鹊立枝头。接着又摆下来，再摆上去，越摆越高，在单杠上练起大回环来了……

　　正当兴浓之际，忽见司号员小刘来报："张队长，侯三号来了。"张队长连忙收了势，说了句"你们先练起来吧"走了。

第六十三章 "武功秘籍"

第一节

少顷，司号员又来通知，侯三号叫四个备选小教员一齐去队部开会。

四个连忙回屋，枪放上架，取了笔记本过去。我想，早就听说侯三号是个英雄，虽然文化不高，但战功卓著，扛过三八枪，参加过淮海战役、抗美援朝！

进了队部，四人恭恭敬敬地向侯三号行了军礼，张队长一一作了介绍，叫我们一边坐了。这侯三号，年近五十，大鼻长脸，体格魁梧，说起话来，语如钟声。

他拊掌笑道："嗯，小华、小鲁，都是认识的，还有……小秦，哦，小梁……好，一个个都是像模像样的，像个练兵的样子。你们四个先学一步，起'酵母'作用，将来连队里要提个班长、副班长的，都要先来经过训练……"

"当兵嘛，随时要准备打仗，打仗就要练武。"他提高了嗓门道，"我一直说，训练与不训练大不一样。真打起仗来，一是靠勇敢，子弹嗖嗖地从你的耳边飞过去，你怕不怕？有的人嘴里老叫唤：'哎哟我的妈呀，子弹差我的头皮两厘米。'你叫什么？没打着就是没打着，你搞点唯物主义好不好？二是靠军事技术，过去我们凭枪声就可以辨别敌情，鬼子的枪声是'嗲咚——嗲咚——'，咱们的枪是'叭——叭——'，重机枪打起来是'咚咚咚咚——'，轻机枪响起来是'当当，当当当'……这就要靠经验和平时训练。过去和小鬼子拼刺刀，如果两支枪贴身挤在一起，你就要当心了，小鬼子喜欢用力一推，向后一跃，抽枪向前一刺，常常叫你防不胜防，哎，这是他们专门训练过的，如果你不晓得，你就会吃亏……"

侯三号兴致勃勃地进行着长篇演讲，大家竖起耳朵听着，张队长的烟瘾忍不住了，他摸了摸口袋。

三号见了道："张队长，你要抽烟抽吧，我开会从来不禁烟的，小华、小鲁你们要抽烟也可以抽，'烟暖屋子屁暖炕'嘛……哎，你们四个小教员都是百里挑一选出来的，小华，不用说了，老警卫班长了；小鲁和小秦都是侦察班出来的老兵了；小梁，是知青，有文化，甲等身体，肯吃苦耐劳，直属连把他藏在炊事班，打了'埋伏'……嘿嘿，刘七号跟我说了以后，我说不行，要服从大局，坚决调出来……"

天哪，年轻人活在世上，怕的是两样东西：捧杀和打杀。没想到这两样都让我莫名其妙地遇上了。如今首长这么看重我，真叫我羞愧难当。

侯三号当然不会在意我的心思，继续发表着长篇大论："你们的张队长是南京步校科班出身，是我们团里唯一高水平的军事教官，在步校里两次立过三等功，你们学会了他的一套本领就不得了……等你们练了一段时间，掌握了刺杀基本功之后，我还约请了一位洛阳步校的刺杀总教官来，人称'十三枪'，参加过全军大比武……"

侯三号的话说得在场人心里痒痒的，一等会议结束，几个学武人立刻拿枪到场上练了起来，真有点分秒必争！

练到了晚上，我的双手被钢枪磨打得又红又肿。躺在床上，我思考着这几天来所发生的一切，想写信把这一切告诉我的心上人，左思右想，心神不宁。

这一日，又练得胳膊抬不起来，晚休的时候进了阅览室，随手拿一本战争题材的书来看，书中讲的是中国远征军的故事，一位帮助中国抗日的美军少尉在战争间隙给妻子写了一百一十八封信，战争结束回到故里，这些信件成了博物馆里最珍贵的文物。

于是，一个新的想法也随之产生了，我也可以将对肖琼说的心里话，珍藏在自己的日记里，有朝一日与肖琼重逢，再将这本日记献给她，那是多么浪漫的事情呵！

当即我拿出了日记本，在上面唰唰地写道：

> 亲爱的琼，近来发生的一系列事情让我又惊又奇，我这个炊事兵突然被团首长点名，进入训练队练武了；更蹊跷的是队长竟对我说"留下来当小教员"，可我对步兵技术一窍不通，能教人家什么呢？不像秦川和鲁峰都是侦察员出身，也不像华成功是天天跟着首长的老兵……唉，你说我该怎么办呢？

想了想，又写道：

> 我们的训练场边有一条泉渠，是两股清泉（战友们称之为姐妹泉）合流过来的，灌溉着这里的庄稼。我还看到了一片稀有的稻田，闻到了稻花的香馨，仿佛让我回到了故里，回到了我们共同劳作的村里。不知怎的，这姐妹泉让我想入非非，总觉得就像你与阿敏一样陪伴在我的身边。有你们在，我的劲头也就来了……这些天每天在练刺杀，虎口练出了血印，晚上睡觉时四肢像灌了铅一样地沉重。做一样生活换一副骨头啊！这与农村种地不一样，种田是生活所迫，练兵是自觉行动。想到团首长的期望，再苦再累也心甘情愿……琼，我们这一代人注定是要吃苦奉献的，出生在新中国成立之初，成长在自然灾害时期，工作时分派到农村……不过，无论在哪里，我都是幸运的。正因为下乡插队，才意外地遇见了你……

写到这里，我忽然有了一种特殊的感悟，翻回日记本扉页写道：在庐有妹伴星月，入伍同袍写春秋。

第二节

次日上午，司号员来通知说："队长叫带好笔记本，开始备课。"嗬，武艺还没练成，怎么就备课了呢？难道张队长有什么"秘招"？

走进队部，我静静地坐在一边，满怀期待地望着坐在办公桌前的张队长。他沉思着，一言不发，而后轻轻地拉开了身前的抽屉。啊，那里面一定藏着最吸引人的"武功秘籍"了！

我拿着本子和笔，毕恭毕敬地等着。

可是，他从抽屉里拿出来的只是一盒香烟和一支黑色发亮的小烟嘴。唉，这多少有点让人失望。又见他慢慢地将一支烟插入烟嘴，一本正经道：

"科目：队列训练；目的：培养整齐划一的军人姿态……"他不紧不慢地口述着，我在本子上唰唰地记录着，唯恐漏了一字。

"听到'立正'的口令后，两脚跟迅速靠拢，两脚尖分开成六十度，脚尖距离为一脚之长，两腿挺直，小腹微向后收，胸部自然挺出，两臂自然下垂，手指贴于裤缝，肩要平，头要正，眼要平视，下颚微收，口要闭。"

"科目：卧姿装子弹……听到'卧姿——装子弹'的口令后，右手迅速将枪提起，左脚向前跨出一大步，然后以左膝、左手、左肘的顺序向前卧倒……"

"科目：夜间射击……"

他一连口述了几个科目，一字一句，斩钉截铁，像下命令一般，不容更改。再看记下的文字，简洁流畅，条理分明。凭着熟练的书写技能，我将他的口述教案准确地记录了下来。而旁边那几位，一个个手忙脚乱，脸色通红，口中还念念有词。

"今天就到这里吧！明日再来。"队长终于结束了说教。

退出门来，年轻人终于松了一口气，气氛也活跃起来了。

秦川操着四川口音道："哎，今天默默地写了半日，使我想起了一个故事：唐僧去西天取经，向一百零三岁的贤戒大和尚求学《瑜伽师地论》，对戒贤大和尚说，我不远万里为的就是取此经，请赐我吧！戒贤和尚指指脑袋说，都在这里。"大家都笑了。

"呵呵，老和尚讲经，小和尚写经，写了半天，手都写酸了！"鲁班长笑着道。

"今天才开始呢！只说了'五六卷'，还要'一卷卷'地背下来呢！"华班长道。

"这是最要命的了，在学校里我就最怕背课文。要是队长允许，宁肯练十万枪也不来背它！"秦川笑着嗔道。

"我也一样，要是队长允许，我宁可天天去爬泰山。"鲁班长也笑着说道。

众人边说边回到了宿舍，秦川从枪架上取了枪，又从挎包里摸出几发教练子弹，对华班长道："哎，华班长，我向你请教一个动作，退子弹时，如何用指头夹住枪膛里跳出来的子弹？"

鲁班长插上来道："这个容易，看我的，拇指一拉枪栓，子弹便跳出来了，正好跳到食指与中指之间，顺势轻轻一夹……这样……"

留心处处皆学问。我暗暗记在心，取枪也试了试，但试几次子弹就掉几次，还被跳出来的子弹打痛了手指呢！

第六十四章　十三枪

第一节

"立——正!""向右看——齐!向前——看!""预备用——枪!""突刺——刺!"清晨,准教练员们来到院外的泉水渠堤上吊嗓子。

那些天里,我们几乎只做两件事:一是到队长办公室里听口述、记笔记、背教案;二是争分夺秒地练习各种步兵军事技术。

日复一日,我们苦苦操练着,摆弄枪支、记录要领、背诵教案,无论朝夕,无论阴晴和酷暑。

渐渐地,我的一个优势意外地显现了,那就是教学中必须具备的口才和讲解能力。这要感谢我教书的父亲了,从小潜移默化的熏陶,弥补了我身体条件上(比如体力、臂力)的不足,凸显出了我在备课方面的优势,而这些,对于另外三个小教员来说是多么困难的事情啊!

傍晚是我心静的时刻,水渠是我静思的好地方。这日傍晚,我带了日记本来到院外高高的渠堤上。

夕阳已经西沉,水渠下的田野没有了人影,附近村舍院落的炊烟也渐渐平息,偶尔从村子里传出几声呼唤孩子的声音,身边的渠水静静地流淌着……

"琼,现在你应该收工回屋了吧?"我眼前仿佛出现了一个江南的傍晚,知青屋里的桌上已经摆好了饭菜,肖琼像女主人似的唤吃饭了,于是"一家人"都聚在一桌上吃起来,有"弟妹",有"嫂子"……

"稻担沉沉两头颠哎,小哥步子稳又健哎;遥见草庐起炊烟哎,阿妹等我在灶前哎。"

呵,在全一色男人的军人世界里,想想远方心上的女子是幸福的。可时间不允许我长久地沉浸在对恋人的思念里,因为训练在继续,要求在提高。

"琼，你知道吗？放下了锅瓢，拿起了钢枪，今日方知练武比种田还苦！钉耙垒地靠的是体力，拼刺刀靠的是体力、技巧和勇气。出枪只在刹那间，'刹那'有多快？十六分之一秒！这是战场上最残酷的、最野蛮的搏斗，是拼尽最后一滴血的较量……肉体和灵魂随时会分离，生命同蝼蚁一般脆弱，唯有勇者、技高一筹者才可能获得胜利……"

又一日，我来到操场上，一边自喊口令，一边练习着刺杀动作。

"突刺——刺！杀！"随着口令，刀光闪动，刹那之间，刺刀已经刺向了"敌人"……啊，我的练兵终于赶上了趟！

可是张队长还是铁了心肠，说："练兵要狠，用兵要稳，不要怪我心狠啊……你们几个，小华、小秦、小鲁、小梁都过来，注意了，下面练防反刺。防要有爆发力，反刺之力集中在刀尖上，左脚落地要稳如铁塔。这几个动作，至少练一万枪。"

抓住点滴时间，练！汗流浃背，练！手脚酸痛，练！

无数次的量变，一定会产生质变，让你在瞬间从文质彬彬的书生知青变换成一个敢于格斗的小老虎！

时光如箭，两个半月过去了，手上已经有了厚厚的一层老茧，钢枪在手中不再是讨厌的硬物，而成了称手的利器。

一日，汗流浃背的华班长对我说道："你我如此苦练，虽苦犹甜，但学员是否也能这样个个自觉、不怕苦的？倘若我们做了教练，有没有更好的方法将这苦功夫传给他们？"

我收了枪道："听华班长之言，好像有了好方法？"

华班长道："我寻思了好久，练刺杀苦，苦在哪里？一是劳体伤身，二是枯燥无趣。这劳体伤身是少不了的了，但枯燥无趣倒能有所改变，我编了一套刺杀操……"

且看那华班长，英姿一抖，刺刀腾地闪出，如剑出鞘，精巧定型，不差分毫！接着突刺、防刺、击打刺、托击刺……招招有板有眼，迅猛沉稳，气势如虹……

一会儿，汗珠如豆的鲁班长、秦川提枪也过来了，两个神采奕然地说道："我俩也琢磨了几个连贯的刺杀动作，也请各位指教。"光闪处枪尖出，身动时如风来……

四人边议边合练，枪法渐渐一致，形成了一个刺杀小方阵。

"杀——杀——",声音震动了化肥厂宿舍大院,引来了许多老乡观看,内有一位退休了的老者,也是行伍出身,便是我刚来时指路的那位,一时兴起,诵了几句即兴词:

五尺钢枪在握,汗斑花饰戎装;声声"突刺"震操场,倾力尖刀刃上。

年少梦圆军旅,美哉修武儿郎;展开身手比高强,临阵岂无胆量?

四个小教练见有老兵在旁褒扬,越发来了精神,操练动作刚猛、齐整,一时刀光掠影,踏步震地,杀声如吼……

忽然,场边有一人高声道:"好!好……"

第二节

四人闻声,收了枪向西边看去,见张队长不知何时到了场边,旁边还有一位陌生的中年军官,便是高声喊"好"之人。

且看此人,四方脸型,身高一米七五左右,三十三四岁年纪,面似和善,眉宇间却有一股英武之气。

只听张队长大声道:"你们四个都过来!"我们连忙小跑过去,张队长道:"我来介绍一下,这位就是从洛阳步校来的刺杀总教练郭云飞,人称'郭总教'。"四人一阵欣喜,个个持枪立正,行注目礼。

郭总教笑着道:"不愧为张队长带出来的,个个像小老虎,强将手下无弱兵啊!"张队长不无自豪地说道:"这些小教员都是经团首长百里挑一、亲自点卯的,他们天天在盼着你这个总教官来呢!"

华班长早已忍不住了,上前一个立正,正经地说道:"报告郭总教,请你检查我们的刺杀基本功,看我们够不够做你的徒弟,跟你学'十三枪'!"

张队长笑道:"你看你看,他们已等不及了!"

郭总教也笑了,道:"好,好,'十三枪'并不神秘,它是对刺里面的枪法,会使的人很多,刚才你们练的里头也已经包含了几招,只是枪法有快有慢,全凭各人的悟性。呵呵,我还很少见到刺杀基本功这般好、练兵劲头这般足的,好,明天就开始教你们对刺第一招:铁枪防击反刺!"

我们四人兴奋极了,齐声叫好。

次日上午,我们四个小学员去仓库里取了头罩、胸盔、护手、木枪,还有一丈有余的长木棍,以及不知哪个年月里用过的老三八式枪。在总教头面前,哪个还敢班门弄斧、自称小教员的?

郭总教道:"今天只用长棍和三八枪,别的以后再用。"说罢,在地上画了一条直线,随手取了一支旧铁枪,站在线的一侧:"若要练对刺,必先练防刺。若用木枪来练,只能练出一些花拳绣腿,一点实用价值也没有。现在我示范一下,你们谁来刺我?"

秦川如初生牛犊,此时面色通红,抢先道:"我来!"于是提了一支丈余长的木棍,站在线的另一侧,抖擞了精神,提了"枪"向郭总教胸部刺去。但见郭总教突然发力,"啪"的一声,那木棍飞了出去,秦川皱起了眉头,暗叫震得手痛。

郭总教道:"防击时动作要小,击打时要短促有力。现在我来递枪,哪个来防击反刺?"

华班长早已卷起了袖子,挑了一支"老三八"在手,抢上一步道:"我来!"他站在直线的一边,摆好了预备用枪的姿势,英姿焕发,两眼炯炯,全神贯注,只待"敌枪"刺过来。

只听郭总教一边发出口令"防左——刺!",一边将那长棍直向华班长左胸刺来。

好个华成功,不慌不忙,腰腿发力,啪地击开"敌枪",让那"敌枪"擦肩而过,随即大步向前一个突刺,大喊一个"杀"声,尽显青春威武!

华班长试过了,鲁班长、秦川与我三个也分别上阵领教,虽不像华班长那样一举成功,但也很快得法入门。

郭总教暗暗称奇,对场边的张队长道:"这帮年轻人果然非同一般,只要点拨点拨就领会了。看来,可以教他们练'十三枪'了!"

张队长自然喜在心里,笑道:"嗯,为学你的'十三枪',我对他们说,先要过我这一关,不然郭总教看你们不够资格,岂不错过了机会?即使以后够格了,须经过选送,岂是一件易事?你道他们怎的,练起来不分日夜,个个已练足了五万枪呢!"

郭总教道:"呵呵,后生可畏哪!"

第三节

次日上午，我们四个年轻人变了一副穿戴：硬壳一般的护胸，厚实的革制护臂、护手，以及藤制的护面头盔，一个个格斗武士的打扮。

郭总教持了一支尖上装橡皮套的木枪，咚咚咚地试击每个人的护具："现在先教你们第一枪：直刺左。我这一枪，只刺你的左胸，你们只要注意防左就行了。谁先来？好，鲁班长先来，当心左胸，我的枪要来了！"

鲁峰摆好了架子，全神贯注，小心翼翼地说道："来吧！"

说话间，那枪"咚"的一声已经击在鲁峰的左胸上了！

"再来！"鲁峰道。

"咚"的一声又被击中了，连试数枪，枪枪皆击中左胸。换上了华成功、秦川和我，也是如此，未及交手便败下阵来。

这就奇了，都说是明枪易躲、暗箭难防，眼下偏偏是明枪难躲难防啊！"敌人"明明白白告诉你是刺左，叫你防左，你也按要领防了，可就是防不开啊！

郭总教见四个年轻人心存疑虑，便道："现在，你们一个个都来刺我，如何？"我说："郭总教，我去取一套护具来给你！"郭总教道："不必，你只管大胆刺我，刺中了，算你学成毕业！"我们依次去刺他，一枪枪都被他轻松地击开了，枪尖哪里碰得了他身？

郭总教道："好了，大家休息一下，思考思考，说说其中的秘诀在哪里？"

大家揭下了护面头盔，席地而坐，有的说郭总教爆发力强，有的说自个儿防击能力差。

郭总教道："讲得都对，出枪必须突然，又猛又快，不被对方察觉。但这里还有一个极重要的技术问题，你们说说看，双方端枪对峙时，我的枪刺距离你身体那个部位最近？"

有的说是左手，有的说是左臂。

郭总教道："窍门就在这里，人的上臂一般反应比较迟钝，只要枪刺插入对方左上臂内，对方就无法解脱了，因为对方的左上臂将刺来的枪头夹挡住了……"

"哦……"众学员将信将疑。

说罢，叫华班长起来，自己以慢动作示范，揭示了枪刺只要插入"敌"左上臂就无法防开的秘密，大家恍然大悟。

大家兴奋不已，按照这个方法练了起来，渐渐地掌握了它的秘诀。

见大家学得很快，郭总教便对大家说道："现在教你们第二枪：骗左刺右。"这枪法听来有些奇妙，更引起了我们的学习兴趣。

"懂了直刺左的厉害，敌人必然严加防范。那么我们就可以来个欺骗刺，虚晃一枪，刺其右胸。鲁峰，你来当个示范。"郭总教说，"兵不厌诈，我可以直刺左，也可以骗左刺右，这就要斗智斗勇。"

鲁班长兴奋得大呼绝妙，秦川开心地说道："学了第二枪，也巩固了第一种枪。"

我心里非常佩服，此时方知往日功夫不曾唐捐。

"现在我们学第三种枪法：骗上刺下……"

在接下来的许多天里，郭总教一枪一枪地教，我们四个小学员一枪一枪地学，除了直刺左、单骗刺之外，还有令人眼花缭乱的双骗刺、挑刺、贴身刺、绕刺、击打刺、托击刺等。

在不到半个月的时间里，四个年轻人把郭总教的看家本领——对刺中的"十三枪"一一学会了。

郭总教见四个武生的枪法渐渐稔熟，便道："各位学员，枪法有'十三种'，但运用之妙，存乎一心，现在我也要穿护具了，与你们逐个练对刺了！"

于是，又与我们一一对阵，细细指教，对练了数日。

一日，郭总教道："各位武生，我的枪法全都传授给你们了，无一保留。说实话，我计划只来一周，就是在军校里，我也不可能陪练学员这么长久。见你们几个勤奋而有天赋，所以多留了几天，现在我必须回洛阳步校去了。有道是拳不离手曲不离口，你们要按要领多多练习，不要辜负了我的一番苦心。"

第六十五章　子弹身后飞

第一节

听到郭总教要辞行，我们四个年轻人依依不舍。相处虽半月余，但师生之情难舍。华班长眼含热泪道："师父，我还有好多问题要请教呢。"鲁班长道："不知师父此去，何时再能相见？"郭总教道："有缘自能相见。你等技术已非一般，有道是'青出于蓝而胜于蓝'，就这样练下去，你们四人中必有技在我之上者，就看各位的造化了。"

说罢，当下就告辞。军人离别，不下战马。我们四个小学员身着护具，手持木枪，在练兵场上目送着郭总教渐渐远去。

自此，只因郭总教一句"必有技在我之上者"，我们四个起早贪黑，越发练得勤奋。

张队长的其他军技课也紧逼了上来，兵器、射击、投弹、爆破、土工作业、战术，凡步兵之技能，尽所学之。天天枪不离身，日日抄写研读，时时用心诵课。真所谓：铁胆钢枪刀出鞘，少年习武逞英豪；为遂报国凌云志，不悔肤黑心力憔。

侯三号来检查我们的训练成果了。

四人全被叫到了办公室，张队长当面向这位昔日的战斗英雄作汇报："三号首长，要说射击、刺杀、投弹、爆破、土工作业这五大军事技术，他们几个小教员都合格了。"

"嗯，好！"

"有道是'一个师父带，徒弟十个样'。以特点来说呢，又各有所长。"

"说说看。"

"华班长的刺杀基本功更扎实一些，鲁班长的综合格斗技术可以说是技高一筹，秦川的精度射击技术可以达到校枪的要求了，还有这梁亦立，队列、战术很好，尤其是进攻中的单兵战术，应运自如，很有灵性，与众不同……"

"嗯，不错，训练和不训练大不一样，今天我要从实战的要求抽查一下。"侯三号说着，在室内踱起了方步，"嗯，梁亦立的班长任命下来了没有？"

"与秦班长的任命一同刚批下来，梁亦立担任训练队四班班长。"

"那我就先看看梁班长的战术吧！走，到训练场上去。"

于是，一行六人来到水渠涵洞下。这里沟底卵石铺地，沟上梯田层层，此外尽是荒野矮丘。我在沟边选择了一块平地，开始模拟教学了，其他三个小教员成了我的临时学员。

"科目：利用地形地物；目的：学会利用地形地物接近敌方阵地的本领，以保存自己、消灭敌人。"

"什么是地形呢？地形，也叫地貌，就是地面的自然形状。什么是地物呢？地物，就是地貌上的所有物体。大家注意，左前方发现一个敌人机枪火力点，看我如何前进。"随后，我持枪开始示范各种行进姿势，或是低姿行进，或是侧身匍匐，或是持枪跃进……

我边演边练，带了"一班战士"来到了水渠上方。

侯三号忽然来了兴致，说："这个地方该怎么前进？人在高处，敌人的子弹呼呼地飞过来，总不能站着让它打，如何保存自己？"众班长不响。

"这就要采用滚进战术。"说罢，取了我的枪，"你们看啊……"他抱住了枪在坡上滚了起来。

呀，我大惊，他这么大的年纪且患高血压。我连忙走过去，扶他起来，接过枪，抱在胸口往坡下滚去……

"对，对，对，就是这样，就是这样……"他喘着气说。

回驻地的路上，鲁班长悄悄对我说道："刚才你爬过的地方尽是石卵子，我们几个也去试了试，痛得不敢下跪，难道你的膝盖不是肉长的？"我笑着说道："首长在一旁看着，只顾了动作，也不觉痛了。"

当晚值岗，我背着枪在水渠边徜徉，想起了白天侯三号的表扬："嘿嘿，训练与不训练大不一样！你们看小梁入伍才九个月，两个多月前还是个炊事兵，现在他的战术动作比老兵还强，乍一看，倒像师教导队派过来的教员呢。"我默默地在心里说，凡事都有缘由吧，今天战术功课的进步，也非偶然，或许得益于少年时代的顽皮。

还有，一场不为人知的心理战术较量，那就是韬晦不露、伺机待发、脱颖而出，被七号点名进入了训练队，踏上了顺利的坦途……

"琼，我忽然发现，我获得了一种特殊的战术能力，即敏锐的紧急避险能力，它像一股神奇的充满智慧的力量，突然从躯体的灵魂中迸发出来。这是一个战士多么重要、宝贵的素质呵！它已潜伏在我的根里……"我把这些体会记入了日记里。

第二节

"四班长！"

"到！"

"这是你四班的学员名单，你熟悉熟悉吧！"

"是！"

团训练队开学之际，我欣然接受了"四班长"职务。

这一日上午，三辆军车驶出了团训练队，又驶过训练场，在荒茫的原野里行驶了半个多小时，来到了山脚下的一个靶场。

学员们下了车，王排长整肃好队伍后，向队长报告："报告队长，步训队一排二排列队完备，请指示！"

张队长开始训话了："同志们，这里是咱们团的实弹射击靶场，不过，今天不是叫你们来参加实弹射击，而是让你们感受一下靶场实弹射击的气氛……我们的小教员比你们更辛苦，一早就来到了这里，已经布置好了靶场。请大家顺着我手指的方向看，正前方有四个靶子：靠北的两个是百米精度射击靶、二百米全身靶；靠南的两个是二百米闪身靶、二百米机枪移动靶。下面就请四个小教员进行射击示范。"

"是！"王排长应声道，"各位小教员进入射击位置！"

这时，华成功、鲁峰和我三个持了自动步枪，秦川持了轻机枪，四人嚓嚓地一路小跑，在射击位置前立定。

只听王排长一声口令："卧姿——装子弹！"

四个一齐左腿迈出一步，以左膝、左手、左胯的顺序着地，利索地装好子弹，斜卧于地，一个个口内道："装子弹完毕！""装子弹完毕！""装子弹完毕！"……

"射击!"

随着一声令下,枪声在山谷里响起,砰砰砰——哒哒哒……

枪声停时,王排长命令"起立——验枪!"那边靶下的信号员跳出掩体,用彩旗胸前平行拉动,"十环!""十环!"上下摇动,"九环!""九环!"侧上举,"八环!"……

"报告队长,射击示范完毕!"王排长向张队长再次报告。

"好!成绩不错,观摩到此结束,下面还有重要任务。所有学员留下步枪,带走机枪,乘两辆车返回驻地!"

王排长带着学员们走了,留下的开始校枪了,尽管小教员们的射击成绩很优秀,但张队长仍不放心。

张队长开始了百米精度射击,他要对每一支步枪进行射效检验。

"噼哑——",他一扣动扳机,山谷里就长长地回音一声"哑",接着又是"噼哑——噼哑——"连发两枪,三枪之后,按照约定,作为报环员的我立即跳出掩体,观察弹着点,用旗语准确报出命中的环数和弹着点偏离的位置。

一会儿,张队长改设了两个校枪靶位,由秦班长负责装子弹、记录弹偏数据,自己进行精度射击、修正准星和第二次射效检验——这样至少可以提速一倍。

"噼哑——噼哑——"枪声频率加快了,他一会儿向南边的靶子射击,一会儿掉转枪口向北面的靶子射击,随之也出现了一个奇特的景象:南边的靶子刚报完弹着点,北边的靶子又被飞来的子弹击中了……这时,我无暇躲入掩体了,在两个靶子中间来回奔跑。枪声、飞弹呼啸声此起彼伏……

指导员在旁边看了,担心地说:"啊呀,这样有危险呵……"

队长却满不在乎,继续射击着,待修正准星时,才淡淡地说:"步校校枪都是这样子的。"

结束了,鲁班长在车上悄悄问我:"为校枪跑了多少个来回?"我说:"呵呵,不少于两百趟吧!""那子弹在身后飞时是什么样的感觉?"我笑了:"有劲,提精神啊……呵呵,我喜欢子弹在身后飞的感觉……"

第六十六章 "五同"之友

第一节

操场上，全队在进行着队列训练。

班里一名学员的动作总做不到位，我心中不快，用脚踢了踢他的脚后跟，批评了他几句道："出列！"又命令他反复做了几次，直到符合要领为止。

"入列！"

不料这位学员动气了，不听指挥，站着一动不动，不肯入列，哎呀，搞僵了！

顶撞教官？哼，我可以记下他的不良表现，放到他的学习档案里去。但这样，会不会影响他的进步和前途呢？如这样，一名优秀军人的梦想就此破灭了。

看他还倔强地站在原地，我很恼火，也有些担心：这傻小子总不会傻到与教官切磋武艺吧？我一个"扫堂腿"就能将你摆平，再加一个"锁喉"……

忽然我灵机一动，下令道："就地休息——解散！"队伍散开了，果然他也和旁人一样离开了原地。

不料，这一幕被邻班的一个学员看在了眼里。

休息的时候，这个邻班学员向我走了过来，似笑非笑地喷道："梁班长，不要这么放过他，乖乖隆滴咚，连教官的命令都可以违抗了！打起仗来还得了？至少给他一个不良记录！"

我看了他一眼，道："没什么，已经过去了。你，是直属连工兵排的？"

"是的，"他突然改用吴语说，"凤凰山公社……"

"哦，原来是同乡。"我道。

"岂止是同乡，我们还同校呢！"

"啊，想不到在这里遇到了校友。"

"岂止是校友，我们还是同一批插队的呢！"

"哦？插在哪里的？"

"湖庄。"

"哦，邻镇的。哈哈，如此说来，加上同一天入伍，同一个连队，我们是'四同'了！"

"岂止是'四同'，我们还有'一同'呢！"

"哦？"

"同恋一个女生。"

嗬，难道他也认识肖琼？我不动声色地说："呃，不明白你的意思……"

第二节

"老乡教官，你就别装了。入伍前，有一次我乘了长途汽车下乡去。汽车在凤凰山西站停下的时候，我突然发现了我的同班同桌同学承敏颖在下车。"他说。

"哦？"

"这之前，我一直在打听她的下落，不知她插队去了哪里，当时意外看见了她，急忙上前去招呼，却发现她旁边有一个陪同的男生，就是你。"

"哦？"

"当时你与她一起下了车，两人有说有笑的，十分亲热。我心里'咯噔'了一下，略一迟疑，车子就开动了。"他补充说。

"你叫什么名字？"

"姓廖，名奕然。我早就认识了你，你在学校里喜欢打乒乓球，还得过全校比赛亚军。当时我想，我一直要找的她被你'抢'走了……"

"哈哈，你误会了！承敏颖是我草庐里的义妹。我想，当时在她旁边一定还有一个女知青和一个男知青。"

"这个没注意……你们不是恋人？却又为何那样亲热？"

"呵呵，我们四个知青同住一个庐舍里，如同兄妹，平时同来同往，形影不离，你说的那个'亲热'，我一点也没感觉到……"

"那么，你可以把她的地址告诉我吗？"

"当然可以。"我笑了，因为想起在草庐里对阿敏说过"带着你一起走"的承诺，自然乐而为之，便走到水渠边向正在练习吹号的司号员借了支笔，在一张小纸上写下了承敏颖的地址，交给了廖奕然。

"谢谢了……呵呵，今天是'踏破铁鞋无觅处，得来全不费工夫'。"

"哎，难道你们村里就没有女知青？"我忽然想起了俞干事按男女比例安排的往事。

"有啊，两个女知青是高三生，比我大三岁。我叫她们大姐姐，住在红漆地板房里，那户主原来是地主。我与另一个男生住在旁边临时搭建的玻璃钢房子里。"

"平时，轮流做饭？"

"这个我们男的就不用操心了，全由这两个大姐姐包办了。吃饭的时候，则在男生的卧室里，两张床中间摆一张桌子，四个人围坐在床沿上吃饭，吃完了，两个大姐姐记个账，月底结算。"

"倒也像一家子的，你们之间……没有谈情说爱？"

"恋爱？念头也没有转过。再说她们都有男朋友了，而且她们似乎有个奇趣的约定，一个女生回城，另一个女生的男朋友就来了。反过来也一样，那个女的回去了，这个女的男朋友就来了——因为吃饭在一起的，保不了这个密的，她们也不避嫌，我们做小弟弟的也不便去打听大姐姐们的事情……"

"这倒有趣，所以你想起同桌的承敏颖来了？"

"只因为当初我与承敏颖开过一句玩笑：'如果要插队，那么我们就插在一起。'她答应了……"

我窃笑了，原来他俩同学时就初恋了，万万没想在这里遇见了他，敏颖知道了一定会高兴得蹦起来喊"乌拉"的……要不要写信告诉她呢？不行，敏颖与肖琼在一起，若单给她写信，肖琼纵有涵养、有度量，也会见气的。再说廖奕然不是索去她的地址了吗？

第六十七章　白桦林下

"来啊，姐妹们，一齐到营房去！"

随着领队的军嫂一声呼唤，一群欢快的女民兵突然来到了营房，她们涌进参训士兵的宿舍，不容分说地"抢"走了战士们铺上的床单、衣服……这时候我才恍然大悟，队领导批准的化肥厂女民兵拥军活动开始了！

一时间，大院里所有的水池边笑语盈盈，遍地都是洗衣裳的年轻女子，一些晚到的女民兵则拿了水盆、军衣和床单来到了水渠上。

碧泉清凌凌的，它取之不尽、用之不竭，是造物主无私的馈赠，它似乎更招这群女孩子的喜欢。清水情影，欢语不绝，爱唱歌的姑娘哼起了沂蒙山小调：

人人都说沂蒙山好/沂蒙山下哎好风光/青山那个绿水哎多好看/风吹谷穗哎遍地香/泉水城的军民心连心/我为亲人洗衣裳啊……

歌声婉转悠扬，伴着流水飘向远方，也飘向水渠下的军营。

鲁班长忽然带来了一个新闻，他捂着合不拢的嘴，笑而神秘地对几个教练班长说："一个面如蜜桃、穿花格子衫的女民兵，见床单上有一块块斑迹，问旁边的军嫂：'这是什么呀？怎么会有这脏东西的啊？怎么洗也洗不掉啊！'那军嫂笑道：'傻丫头，别问那么多，你多洗几遍就是了！'"

鲁班长比我小两岁，却已经是比我早入伍两年的老兵了。他精力旺盛，拳术过人，骁勇无敌，不过，他的脑瓜子还停留在少年时代，常常为"姑娘为什么会脸红"的问题发呆。有一个星期天，从城里逛街归来，走过麦田间，遇见了两个乡下女孩子，有一个突然皱眉蹲在了田边，鲁班长好生奇怪，便走过去问她："怎么啦？"那女孩红着脸说："肚子痛。"鲁班长只当她病了，定要去帮助她。那女孩子急忙摇手道："不用不用，一会儿就好了。"为此，鲁班长纳闷了好一阵子。

这群年轻女孩子的到来给军营注入了活力，不消半日工夫，女民兵们就为战士们洗好了床单、衣裳，整齐地挂晒在操场上。特别是床单，挂在操场上的阳光下，洁白的一片，在微风中飘动着，真好看哎！

这是队领导计划好了的，因为次日是受训完毕的学员们返回连队的日子。第二天，他们各自收拾好干干净净的衣服床单，开开心心地打起背包回连队去了。

哈，好了，辛苦了这么久的教员们也可以借整休之名改善一下伙食了！

可是，下午队长把我叫去了："小梁啊，利用整休的时机，咱们也搞一次爱民活动，用一天时间，训练女民兵。你的任务就是教她们队列动作，哎，摆摆体操队形吧。诺，这里有张广播体操的示图……"

这一日上午阳光明媚，教员们来到化肥厂的内操场，二三十个婀娜多姿的女民兵已经在那里等候了。操场边竖着一块高大的宣传板，上面画着一位头戴蓑笠、手握钢枪、巡守海岛的女民兵，右边草书一首毛主席的七绝："飒爽英姿五尺枪，曙光初照演兵场。中华儿女多奇志，不爱红装爱武装。"

这群黄毛丫头在场上戏耍吵笑着，在军人的眼中则显得活泼而可爱。解放军一进场，她们马上自觉整肃起来。

我立马开始整理队列，立正、稍息、向右看齐……如此反复数次，渐渐熟练起来。当我发出一声口令"成体操队形——散开"时，队列里一个女子慌乱中一个踉跄，差点摔倒，众人忍不住发笑，她却羞得满脸红霞。我看此女，上穿花格子衬衫，下穿合身军裤，十八九岁年纪，面貌清秀，肌肤如雪。寻思道，这女子有些面熟，莫不是鲁班长说的隔窗偷看我们练兵的那位姑娘吧？

接下来是另外几个教练班长的事了：用木棍当枪，教她们刺杀，或用教练弹教她们投弹……

练的是花拳绣腿，可也有记者来采访了，还给军人们一个个照相。于是各教员摆出了自己喜欢的姿势：扮成投弹状，或刺杀状，唯独我摆了一个持枪立正姿势，却引来了楼上女民兵们近乎欢呼的声音："这个姿势好，这个姿势好……"

直觉告诉我，那中间有一个叫得最起劲的姑娘，她就是先前在队列操里失态的那位——她已经成了所有军人眼里的一颗明星。

下午，在野外一片白桦林下教她们练习瞄准。

太阳当头，伏在地上热得直冒汗，但教官们依然兴致益然。哈，有这样正当的机会挨近姑娘们，单调的射击练习也变成了快乐的事情——啊，爱因斯坦在解释什么是相对论的时候说过，在热炉子旁一分钟如同两小时，与美丽的姑娘在一起两小时如同一分钟。

记者要选一个"上照些"的军人与一位受训的姑娘合影，居然选择了我。我来到摄影记者指定的位置，意外发现卧地瞄准的那女民兵不是别人，正是那个最惹人喜爱的"明星"姑娘。

我将检查镜插在那女民兵的枪护木上，卧伏在她的左侧，目不斜视地盯住检查镜，但毕竟与她的脸面靠得很近，可以感受到她的气息。只听拍照的说了一句"准备好——"，她突然低声说："不要看我的脸，看好检查镜。"我也低声说："知道，正盯着检查镜呢。"

好奇怪呵，这番对话，一点儿不像两个陌生异性初见时的用语，倒像两个熟友之间的默契提示。耶！青春无寂寞，身态即言语呵，之前各自的身态或许已经向对方传送了某些信息，所以现在才会这样直截了当。

拍完照，我正要站起，突然她用手轻轻地触动我，绯红着脸将一样东西塞到我的手里，我一看，脸也发烫了，那是一张折叠着的小纸条……

第六十八章　除夕梦

第一节

这个让人喜欢让人忧的姑娘会写些什么呢？在没人的地方打开一看，见上面写着几个细字："星期天上午九时，泉水公园见。"

啊，这女孩约我见面？我的心怦怦地跳起来，离谱了……姑娘，你听说过军纪吗？这可不像"课堂上考试作弊被抓"那样简单！还有，你知道我的身世吗？荣耀的只是我的一身戎装，脱下了它，便成了一个普通的庄稼汉了！况且在我爱的思库里，除了肖琼，再没有别的女子了，尽管这女孩如鲜花一般娇美，但这种美丽只能是一种欣赏。部队虽好，不可能是每一个军人的恒久寄所，服役期满之后，我将回到故乡去，那里才有属于我的一份爱情。

对了，我应该把这张纸条交给组织，交给张队长或严文井指导员。走了几步又想，队长拿了这张纸条会怎样处理呢？表扬我，还是将它交给化肥厂的领导？这样做会不会伤害一个姑娘的心？也许那姑娘自知一时冲动，正懊悔不迭呢！世上本无事，庸人自扰之。算了，我不如把这纸条撕了，就当什么也没有发生过一样。

我悄悄把那张纸条撕了，抛进垃圾桶里——把思想集中到训练上来吧，于是独自拿了一支自动步枪到渠边的练兵场上练习瞄准去了。

午时的炎日当空照着，我练完瞄准，身上已经汗迹斑斑，穿过院外的高粱地，持枪回到院内。新来的一位蒋副指导员在后门口碰上了我，见我的汗衣沾上了尘土和高粱碎叶，用疑虑的眼光细细打量了我一番，然后急匆匆出了后院门——唉，他这是要干吗？他的身态语言告诉我，去高粱地巡查我刚才的行踪了……呀，他起疑心了？

我有点恼闷，转而又想，随他去，真金不怕火炼……为解心头不快，唯有日记可以倾吐衷肠："琼，近来我有点烦，要是你在我身边，也许什么疑云都消散了……唉，唯物主义者是无所畏惧的。西点军校有句名言：越检查、越信任，越信任、越检查……"

光阴如箭，教练员们休整了半月，新一期步训班又开学了。

各个连队又会集来了一批优秀的学员，在队长和小教员们的传帮带下，队列、射击、刺杀、投弹、爆破、土工作业，一样样有序地进行着。严格的训练或多或少磨灭了他们的天真，但是玉不琢不成器啊，很快，他们变得出类拔萃了。

行走每一步七十五公分……遇见首长行进中礼敬……内务如豆腐干一般整齐……军事动作精准干练……

这天，队长唤我去办公室。他刚放下手里的电话，转身就说："接电话的时候，不要说'谁啊''哪个'的，要说'哪位'。还有，与人交谈的时候，一定要'和插话、不占先'。"说罢，他递给我一本《步兵班进攻》教材，意味深长地说："小梁啊，很多人都希望从我这里得到秘诀，说实在的，我还真有一个'秘诀'……"

"秘诀？"

"现传授于你四句话。"

"四句话？"

"记住了，就是'传达任务，发扬民主，区分任务，政治动员'。"

"传达任务，发扬民主，区分任务，政治动员……"

"别小看这四句话啊，无论哪一级的指挥员都离不了它！我当班长时就学怎样当排长，当排长时就学怎样当连长，当连长时就学怎样当营长……就全凭这四句话。小梁啊，小小步兵班，五脏俱全，班长和指挥员，原理是一样的啊！"

我点头称是，默默背诵着那如警句、似格言的四句话。

队长又说："不用等到今后提干，你现在就可以试试这四句话灵不灵。就是你将来复员到了地方，也一样用得着的。

我被他逗笑了，感觉他就像老大哥一样，不但说话风趣，还有丰富的想象力，在紧张繁忙的训练中，能随口编出一些海市蜃楼的美景来激励你。

第二节

　　转眼已到除夕之晚，队长破例宣布全体指战员可以彻夜尽欢，允许在营房内开展各种娱乐活动。夜幕降临，营房内处处灯火通明，唯独我的四班熄了灯，如往常一样按时入睡了，因为这晚轮到了四班站岗。

　　朦胧间，我撑了一只小船，来到一片晨雾弥漫的芦苇塘里。岸边有一个草舍，便移船过去。登上岸，草舍里出来了一位头裹靛青白格方巾的农妇，她笑盈盈的，如戏中阿庆嫂模样打扮，仔细一看，竟是曾经递纸条给我的那个女民兵！我惊讶地问道："咦，你怎么会在这里的？你快走吧，给首长和战友撞见了，岂不误会了？"

　　那女民兵笑道："这有什么误会的？这也是你们队长'拥军爱民'计划的一部分呀，你看啊，第一步是女民兵为战士们洗衣裳，第二步是解放军训练女民兵，这第三步嘛，便是军民联欢……现在正是军民文艺联欢排练节目之时，你演指导员郭建光，我演春来茶馆的阿庆嫂，你看我这身打扮可像吗？"

　　我一看自身，军装也变了，变成了一身新四军的打扮，腰束布腰带，佩了一把手枪，背景也成电影里的沙家浜。不免疑惑道："虽然是演戏，为何只有我们两个？"女民兵又笑道："因为你我两个是领导正儿八经安排的啊……你仔细看看我是谁？"她扯下了头巾，露出了真容，我一看这女民兵不是别人，却是我朝思暮想的肖琼，大惊道："肖琼，怎么会是你？"肖琼道："你好健忘，这草庐不是我们的知青之所吗？那一日我俩在小河岗上浇红薯，夕阳西下时，满地里的稻香四溢，我的心就像陶醉了一般，希望你带着我离开那个地方，哪怕到任何一个地方去，我都愿意跟着……可是回到知青屋里，你却独自搬了铺盖躲进了草舍里，故意躲开了我，好像我是个'魔鬼'，会吃掉你似的，害我在村里人前十分难堪、羞愧……"我抱憾地说道："肖琼，那日都怪我一时糊涂，为这事我的心都憔悴了……"肖琼羞涩地说道："别提过去的事了，快进来吧，今日她们几个都不在，只有你我两人，正好说话，我还为你煮了好多熟鸡蛋呢！"我大喜，跟随肖琼进屋去。在室内，我们相对而坐，我握住了她的手，生怕她跑了，对她讲述起离别以来的种种思念……肖琼说："我才不信你会想我呢。"我急了，连忙从挎包里取出日记本，一页页地翻给她看，念给她听……她含情脉脉地看着我，倾听着我说话，忽然对我说："亦立，我已经学会了织布，还用织出来的布给你做了一件衣服，你来试试看。"说完，她从里屋拿出一件土布衣来，给我穿上，我试了试，正合身，好欢喜啊，屋子里没有镜子，便牵着她的手走到室外的小河边，平静如镜的河水里映出了我俩的笑脸。然后我又拉着她一起回到屋里，抱着她亲吻了她……

少顷，我俩坐在一张竹床上，她依偎在我的怀里，像个顺从的孩子。一会儿她又起身从枕边拿出一幅百福锦绣来，说："绣了好多年，现在终于绣好了，原来是要送给父亲的，但父亲要我留着，送给最亲爱的人……"我看那幅方形缎锦，底布红艳艳的，绣在上面的字金黄金黄的，一个字一个模样，越看心里越喜欢，遂将那缎锦轻轻地罩在她的头上，就像给新娘罩上头盖一般。她端坐在床沿，我也恭敬地坐在她的身边，仿佛是一对刚入洞房的新人。然后我模仿着新官人去揭她的头盖，喜滋滋地探看她的面容，啊，花容玉貌，含羞娇嗔，太美了，忍不住又将她搂在怀里道："我们这样算结婚了？"她笑着点点头。两个说着亲密的话语，相抱相拥，情稠意浓……忽然听见门外有人唤"小琼"，一个年长的国民党军官冲了进来，拉了肖琼便往外走，嘴里道："快走快走，新四军来了，新四军来了！"肖琼对那年长的"国民党军官"道："父亲，他不是别人，就是我跟说的梁亦立啊！"那军官道："他是个孬种，保不住你的，快走吧，再不走就来不及了！"我连忙道："别走别走，肖琼现在已经是我的妻子了，我会保护她的……再说我们还没讲完心里话呢，肖琼别走、别走啊！"但是肖琼被她父亲硬拉了出去，她无奈地一步三回头，依依不舍，被父亲拉上了小船。这边我喊着"肖琼"，那边她喊着"亦立"，两人心里急得不得了，眼睁睁地分开了，我不禁眼泪直流，看那小船在芦苇塘里的迷雾中越行越远了……

正在情急之中，忽听身后一个战士道："班长，班长，怎么啦？"

我的梦醒了……

"班长，该你上岗了！"一位下岗的战士在我铺旁轻轻地说。

我穿好衣服，整肃好军装，持枪走到室外，但见外面场上一片白亮……噢，夜里不知何时下了一场大雪，覆盖了大地万物。我搓搓手，呵呵气，抖擞精神，在军营周边巡视走动，想到刚才的梦境，暗自欢愉好笑，心想等天亮了，定要将那梦境记录下来，将来讲给肖琼听，她一定会掩嘴笑开怀的。

天色渐明，有几个军人出门扫雪了，啊，是华班长和他班里的战士们。旁边化肥厂宿舍的窗子里，还能见到打牌游戏的居民，远远传来新年的爆竹声，此起彼伏，渐渐连成了一片，不禁脱口吟道：

雪飘除夕夜，大地银装添。拂晓风雪止，遥闻爆声连。勤人扫雪归，娱者犹未眠。自思何其故，乐在各自间。

天明之后，自动收了岗，回到宿舍整理好内务，伏在铺上记录梦中的情景。遗憾的是，梦中之事已忘了大半，事理又缺乏逻辑性，写不出来了。

第六十九章　爆炸声声

春季步兵学员训练班又开始了。这次增加了火箭筒射击、投掷手雷和爆破筒爆破训练。

小小化肥厂宿舍院子被一群年轻的军人搞得热气腾腾，而院外广袤的原野也成了演练战术的大课堂。

这日，我按照张队长的指令，将部队带到了实弹投掷场。山脚下的斜坡靶场上用白色灰粉画了立体形状的目标，来作"敌人的碉堡、火力点、坦克……"，一百二十个学员们要用各自手中的火箭筒来"摧毁"它。

动作要领都反复教练过了，实弹射击时会不会出意外呢？这是我担心的，因为队长已经把现场指挥的权力交给了我。

我站在射击手的左侧，按照操作程序和规则一步步下达着口令：

"进入发射位置！"

"卧倒！"

"副手递送火箭弹！"

"装弹！"

"瞄准！"

"发射！"

轰！随着筒尾喷出一团火光，弹头飞出去命中了目标。旁边的王排长根据射手命中目标的准确度，立即记录下"优秀""良好"或"及格"的成绩，以备归入他们各自的训练档案。

轰！轰……

整整一个下午，发射了上百枚火箭筒弹，轰鸣声震耳欲聋、连续不断。结束归营后，我的耳朵里一直嗡嗡作响……

第二日下午，实弹训练场上多了一辆报废的坦克，它是学员们投掷手雷的目标。

队长知道我隔日辛苦了，这回他亲自出马了。还有一个原因，就是投手雷与投手榴弹的技术要求不同，投手榴弹，要求它在空中翻跟斗，而投手雷则要求盖底对向目标，盖底有一股磁力，可以吸住目标，炸穿坦克钢板……

轰……轰……

我在一边观察等待着，养精蓄锐，无须上场。

队长突然喊了一声："糟了！"我连忙靠近过去，队长说："又一颗没爆炸……你给我记住了啊，有两颗没炸了……"

没炸就没炸，这有什么关系呢？我心里这样想。

队长吁口气解释说："若有小孩来捡走了没炸的手雷，麻烦就大了……"他这么一说，我恍然大悟。

暮色降临的时候，投弹结束了，队长要我陪他清理"战场"。

他蹑手蹑脚地向坦克走去，见我跟在身后，向我作出停止前进的手势："别过来，小心它会随时爆炸的。一个、两个……都找到了！"队长言有喜气，却不动手。

"队长，我来捡！"因为我觉得自己年轻，身手比队长敏捷，万一有事，自己有能力处理。

"不能捡，要想个办法。先用线牵过来，挂到坦克正面的钢板上，然后投雷引爆它……"但这荒山野地，哪里有绳线呢？"四周找一找，铁丝也行！"队长说。

于是，我俩在四周寻找绳线一类的东西。

"队长，你看，这里有麻线。可惜太短，一段一段的……"

"好极了，这是捆炸药包的麻线，炸散了的，友邻部队在这里演练过爆破科目……赶紧接起来！"

很快，我们连接出了一条两丈余长的麻绳线，队长小心翼翼走过去系在两个手雷柄上，然后躲在土坎后缓缓地牵引着，将两个手雷牵到了坦克正面，然后他又从坦克后面爬上去，将手雷吊起来，悬置于坦克正面的钢板上。

似乎一切准备就绪了，队长却说："还要再仔细找一找，看看有没有遗漏了没炸的……"他取出打火机，在坦克周围细细地寻找了一边，"嗯，没有了，可以引爆了！"说罢，退到投掷位置，从弹药箱里取出一枚手雷，拔出插销，用力投了出去……

轰！一声巨响，震动了夜空。

接着，队长与我又巡视了一边，四周没有留下弹体，"好！隐患排除，成功了！"队长高兴地说。

第三日下午，投掷爆破筒科目。

也许是我与队长配合协调的原因，也许是队长对我信任和关爱有加，也许是投掷爆破筒属于我的战术课里的一部分，这回队长又让我指挥了！

队长的智慧和经验，无形中启示着我。于是我对投掷爆破筒进行了精细的安排，对学员反复交代了一个个要领和口令，并亲自蹲伏在最后的一个关口，警惕地观察着投掷人的每个动作。

"拧盖！"在我的口令下，投掷手拧开了爆破筒尾盖。

"护盖！"投掷手左手抱筒，右手护住筒尾。

"出击！"投掷战士左手抱着爆破筒，右手护着筒尾的火线，迅速到达我的左侧……

"拉火！"投掷手拉出导火索，筒尾哧哧地冒出火花……

"投！"投掷手立即将爆破筒塞进假设的"敌人碉堡"……

轰！爆破筒在"敌火力点"爆炸了！

投掷手一个又一个顺利地演练着……我一直绷紧的心弦终于可以放松了些，但意外就在此时发生了！

当第二十四名投掷手按"出击"口令跃到最后一个位置时，脚下一滑，突然摔倒，慌乱中导火线被地上的荆棘刮住、拉开了，一时火箭筒尾火花乱蹿，哧哧地响，他一下子吓呆了……

第七十章　暮色下

危险就在眼前！

我急忙大喊："快投出去——"

说时迟那时快，我冲过去抢他手里的爆破筒，他亦猛然醒悟了，奋力跃起，与我合力将爆破筒向土坎前的坡下推了出去……轰！危险避免了……这一切被总指挥张队长看在眼里，他立即下令："停止演练！"

过日子的人不会因噎废食，拿枪杆子的人不会因危险而放下枪杆子。次日，经过思想检讨、技术分析，爆破筒投掷训练继续进行，演练终于顺利完成了。

又一日晚餐之后，我散步来到院子南门外，见华班长独自坐在高高的水渠东头。呵，他大概又在思考什么新的招数了。

"同龄老兵，训练起来拼命似的，休息了还在思考啊！"我笑着走过去，在他旁边坐了下来。

"你呢？还不是一样？"他笑着说，"听说为前天投掷爆破筒的事，队长指导员在争论要不要报事故，要不要为你请功呢！"

"事故没有发生啊！请功？不会那么夸张吧？如果我不帮他，他被炸飞了，我也粉身碎骨了！嘿嘿，幸亏他顿悟了，与我合力避免了一场事故——队长说过，训练中安全才是最重要的。"

在高高的渠堤上，屁股旁的渠道里淙淙地流着清泉水。大堤下是石卵沟壑，沟壑对岸的野地里有一小片坟冢。昨晚练习夜视夜瞄的时候，就选择了那个地方，而现在那里已经黑蒙蒙的一片，偶尔有几处还飘动着蓝色的磷火。

"昨晚有个学员问我，怕不怕孤坟野鬼。"他突然笑着说。

"哦？"我也笑了。

"老百姓里流传着一句话：人死如猛虎。"他说。

"我也听说过一句话：人死如灯灭。"我说。

远方是一片丘地，丘地过去是铁路，再过去是远山了。此刻，这些景物都笼罩在黑色的夜空之下了。

"如果满足于一般，就必然被泛泛的大多数所淹没。"他忽然若有所思地说。

"什么?"

他从衣袋里取出笔和本子，写了下来，递给我。

"嗯，蛮有哲理的。"我说，"不过我更喜欢'滴水归入大海，方能永不枯竭'……"我拿过他的笔，在他的字句下写上："殊不想出人头地，愿化为大海一滴!"

他看了，又笑着望望我，没有反驳。

过了一会儿，他说："不瞒你说，我是在为二哥的来信生气。"

"怎么回事?"

"二哥自说自话给我找了个对象，来信说：'该成家立业了!'我回信说：'不急，我还年轻，要先立业后成家。'"

"这是你二哥关心你嘛!"

"为了这事，我二哥连续来了好几封信，每封信都将我说一通，什么'村里像你这样年龄的，小孩子都会跑路了''不要条件太高了，想想小时候光着屁股过日子，有哪个姑娘肯嫁给你?''这姑娘不要，那姑娘不要，难道你想找个仙女不成?'我气死了，准备写信回骂他一顿……写啊写的，写几回撕了几回，心里想，难道我华成功注定一辈子没出息了?越想越来气，最后一个字不写了，把他的信扯得粉碎，装进了一个信封，寄了回去。"

"这，过分了吧!不理他就算了，也用不着撕信寄回去啊。"

"哎呀，你不知道，他说过两天带那姑娘到部队上来见面呢!我就是要他死了那个心。"

"噢，是这样。"过了一会儿，我问，"你小时候真的光过屁股?"

"呵呵，说出来也不怕你老弟笑话，小时候家里穷，我七岁之前，夏天就从来没穿过裤子。"

"真的?"

"七岁那年夏天，姥姥看我整天光屁股，心疼了，给我做了一条粗布裤头，我穿着它，高兴地在人前人后走来走去……一天到山上去砍柴，我怕裤子刮破了，就脱下来挂在一棵矮树上。谁知砍完柴回到树边一看，啊呀，裤子不见了，我急坏了，四下里乱找，哪里还有裤子的影子……"

"后来只好光着屁股回家了？"我打趣地说。

"不敢回家……直等到天黑，背着柴偷偷地溜到柴屋里。我娘还是发现了，问我裤子哪去了，我结结巴巴地说不出话来，我娘就拿了一根棍子来打我，追得我满村子跑……"他的眼角已经湿润。

"到了十八岁，我这个山娃子参军了，才活出个人样来……"他的声音渐渐地爽朗起来了。过了一会儿，他回过头来，提高了语调说："好了，不说了。说说你，对象长得怎么样？"

"我哪有对象？"我说。

"是不是看中了与你一起拍照的那个'女民兵'？"他说。

"尽乱想啊……"

"那女孩子长得倒不错。我看得出来，她好像看上了你哎！"他诙谐地说。

"胡扯蛋……"我的脸霎时发烫了。

"别'胡扯蛋'了，民兵训练那天，本来我在旁边教她射击的，结果拍照的记者硬是把我换了……让我嫉妒了老半天呢！"他侧目而笑道。

"你想到哪里去了？她是民兵，咱是军人，'令行阃外摇山岳'……"我有些着急了。

"将来等你提了干，就可以与她谈恋爱了！"他说。

"别瞎说了……再说提干，与我何干？"我说。

"你没听说过'不想当将军的士兵不是好士兵'吗？"他又说。

"没有好士兵何来好将军？"我又与他斗上嘴了，"这事你可不要乱说啊……我已经有个好妹妹在等着我呢……"我怕弄出什么风言风语来，慌忙制止他。

"哈哈，不用激将法，怎么肯如实招来？快说来听听。"他说。

"嗯……"我想了想，"若真要说，呵呵，那是'三岁没娘，说来话长'了。三年前的秋天，我响应号召下乡插队落户去，遇到了一连串的奇事，起初娘叫我找表妹同行，偏又逢公社里的俞干事安排，奇迹般地遇到了一位十八岁的女生……"

正要说下去，忽听队部嘀嘀嗒嗒地吹起了号角。呀，队长在紧急召集了，我与华班长赶紧起身下了水渠，往队部跑去。

第七十一章　赤晓岭

第一节

室外夜幕笼罩，室内灯光雪亮，一次紧急会议正在队部召开，之所以说其紧急，因为炊事班长也来参加这次会议了。

"同志们，刚刚接到团部下达的紧急任务……"队长严肃地说，"咱们团训练队要为全师拉练部队示范'网状阵地打坦克'。师首长要求，演练既要接近实战，又要便于数千名指战员形象观摩，演练阵地设在赤晓岭的丘陵地带……团长要求我们以最快的速度做好演练准备，准备时间只有三十六个小时。"

指导员说："怎么样？准确点说是两个晚上加一个白天，既要挖好网状阵地，又要拿出演练方案。是不是难了一点？但我们经过了全军优秀教练的培训，窗户口吹喇叭，名声在外了，相信也一定能完成这个光荣的任务！"

队长一手按着桌上的图纸，说："时间确实紧了点，明天晚上师部要将参训的坦克开到现场，师首长将派人来督查。这里有一张参谋部设计的网状阵地图……"

大家围拢了过来。

指导员说："团长指令张队长亲自担任讲解，但必须有一个步兵班来担任打坦克的示范，大家说，哪个班来担任最合适？"

显然这是一项全新的训练科目，谁也没有演练过。这时队长笑了，说："这个任务就由四班来担任吧！"

"是！"我站了起来，一个敬礼。

"挖阵地的任务交给王排长。"队长补充道。

"是！"

"一百二十个学员由王排长带领，明天下午三点钟之前将网状阵地挖好！"

"是！"

"全体人员明晨四点钟出发，六点钟赶到赤晓岭！现在立即睡觉。散会！梁班长你留一下……"

第二天凌晨，我们的部队悄悄出发了，衣带露水地赶到了赤晓岭。

半山坡上，树木大多已经凋零，荒野里浅黄色的一片。队长与团里来的参谋边察看地形边研究，最终选中了一块地段，王排长带几个战士用白石粉在地面上画出网状战壕图形，然后开挖起来。

与此同时，我对四班全体战士传达任务，进行了分工，准备炸药包、爆破筒和反坦克手雷，而后一起参加挖战壕……

大半天时间，战壕挖好成型了，有的战士还在战壕里"精耕细作"了一番，挖出了精致的猫耳洞：洞顶呈拱形，入洞有台阶，洞内有坐凳和炸药包存放处，洞口有防水门槛……看到这些创意，我忍不住笑了。

傍晚，师部的两辆坦克开到了网状阵地前沿。师副参谋长带了一位作训参谋过来，说要看一下打坦克预演。

四班战士威武整齐地站在阵地上，有的抱炸药包，有的携火箭筒，有的持反坦克手雷，一个个身背自动步枪，精神抖擞，列队待命。

"立正——"我一声口令，全班唰地一个立正，我转身跑到师首长面前，行一个持枪注目礼："报告首长，泰山〇〇七团步训队四班网状阵地打坦克演练准备完毕！"

师副参谋长命令道："开始——"

"是！"我跑回班前，发出"隐蔽"口令，九个战士一齐跳下战壕，像兔子一般地钻进了各自的猫耳洞，一下子不见了踪影。

少时，一颗红色信号弹在战壕上空升起，先有六个战士出洞，分为两组，分别对付两辆坦克。每个小组成员各有分工，一人举火箭筒瞄准坦克，一人持自动步枪进行火力掩护，另一人先投出一枚反坦克手雷，见"敌坦克"未毁，便抱着炸药包跃出战壕，冲向坦克……

预演才进行了一半，张队长发令叫停。

我跑步过去，向张队长和师副参谋长报告道："后面预备队还没有上呢，不演练下去了？"

师副参谋长道："演练得很好、很逼真，看来你们团训练队果然名不虚传哪！我另有任务在身，必须马上回去。刚才与你们队长商量了一下，再增加一个单兵反坦克演练项目，要尽量做得形象些、可观赏些，让战士们一看就明白。

张队长，我看，就由这个班长来担任吧！班长同志，怎么样?”

“是！没问题！”我给他一个敬礼，心里十分高兴，增加一个单兵反坦克，那还不是小菜一碟?

第二节

次日凌晨，曙光初照山冈的时候，密密麻麻的各路人马开进演兵场来了。

网状阵地的东、南、西三面是一个环形的山坡高地，就像一个自然形成的大看台。不一会儿，看台上就坐满了数千名纪律严明的观众——这是一群身穿戎装、手持钢枪、背负背包的观众：他们或许来自明亮宽敞的营房，经过一场急行军奔袭到此；或许在野营帐篷里被一阵哨音惊醒，两分钟内便完成了紧急集合，飞速行军到此；或许昨晚才进驻了一个小山村，当村民们熟眠于甜蜜梦乡的时候，趁着夜深人静悄然行军到此……总之，他们是那样的风尘仆仆，又那样的士气昂然。

少顷，观众席上拉起歌来了，歌声铿锵有力，此起彼伏，沉静的山坡沸腾起来了……

> 我们都是神枪手/每一颗子弹消灭一个敌人/我们都是飞行军/哪怕
> 那山高水又深/在密密的树林里/到处安排同志们的宿营地/在那高高山
> 坡上/有我们无数的好兄弟……

“嗒——嗒——嘀嘀——”只听军号响起，全场歌声戛然而止，顿时山川肃然，四下里寂静无声。

“同志们！今天我们演练的科目是‘利用网状阵地打坦克’……”师副参谋长的声音从南山坡上的临时指挥台上扩传开来，“坦克是现代战争中的先进武器，但是决定战争胜负的是人而不是物……”

我站在网状阵地的战壕里，聆听着首长的讲话，想到了自己担当的任务，心潮澎湃，无比兴奋。我，一个泥腿子里出来的知青兵，从刚入伍时的全连注目中心，即将成为全师的注目中心，这是一个多大的转变啊！

接下来，张队长开始讲解了：“什么叫‘网状阵地’呢？同志们顺着我手指的方向看，那里有一片网状战壕，几纵几横，斜向面对‘敌方’。我们的反坦克手就隐蔽在战壕的猫耳洞里，一旦'敌坦克'进入阵地，就会遭到多种火力的伏击。第一个项目：单兵打坦克……"

此时，我可以完美地配合张队长的演讲了，立刻跃出战壕，身背着自动步枪，右手抱着一个带木杆的炸药包，挺胸立正，站在了网状阵地的中央。

我清楚地知道，主席台上的师首长和几千名军人都盯着我所在的位置，这是对我多大的信任、期待和鼓舞啊！

"要领归纳为四句口诀：隐蔽好，送得上，放得准，离开快……"张队长终于把话集中到打坦克的步骤上来了，"同志们请看，在网状阵地的中央有一名全副武装的反坦克手……"

此时，我在阵地中央高高举起了炸药包，向观众们示意。

"请听口令：隐蔽好——"

我倏地跳下战壕，躲了起来。

"送得上——"

口令一出，我跃出战壕，手持炸药，直奔坦克，到了坦克履带一侧，做投放炸药包之状……

"放得准——"

随即我将带插口的炸药包插进履带上的护板，导火索便哧哧地燃起了青烟……不必等第四句"离开快"的口令，我立即转身低姿飞速离开，右手来一个旋身卸枪，顺势滚入一个洼地，卧倒、上刺刀，举枪向"敌方"用空爆壳子弹射击……

演练结束了，张队长满面红光，神采飞扬，他喜滋滋地走到我身边，低声而兴奋地说："今天一号（团长）被卞副师长表扬了，卞副师长说：'那个小战士战术动作真神，怎么"倏"的一下不见了，一会儿又不知从哪里冒出来了……太逼真了，动作跟电影里的一样……'我与指导员研究了，决定上报给你嘉奖！好，回去再说，马上又有新任务来了！小梁，今天你来带队，把队伍带出点威风来……"

"是！"一百二十个学员从山坡上下来了，待走上一条宽平的土路之后，雄壮的歌声便响了起来：

向前/向前/向前/我们的队伍向太阳/脚踏着祖国的大地/肩负着民族的希望/我们是一支不可战胜的力量……

第七十二章 挑　战

第一节

回到驻地，正洗刷着，张队长哼着小曲来了，他走到我身边悄声说："小梁……哎，你的入党报告怎么还没写？快写了送上来，啊！"接着又低声说："不要一激动，就在报告里写怎么'死'啊'死'的……"

我低头沉思了一番，说真的，若是他不提醒，或许我还真会写出一些"极端"的词来。不过现在我不写，文书孙太平私下里已告诉我："先不要急着写，你越不急他们越会催，什么时候写我会来告诉你的……"

人高兴了话儿就多，队长见我不接话，又说："这次我们受了表扬，可有人不服气了，哈哈，你知道是谁？师教导队的何副队长——多年的老对手啰！"

"嘿嘿，师副参谋长暗地里告诉我，何副队长说：'这么大的科目应该由师教导队来承担，怎么交给了下面的一个步兵团训练队？'后天，何副队长要来参观我们团训练队，与我们切磋一下刺杀技术。嘿嘿，我看来者不善，他要争回这口气，好在师首长面前挽回一点面子。小梁，明天起你就休整，叫华班长他们几个上！若你比赛输了，那我们今天的成绩就打折扣了！哈哈，他这一计叫'上屋抽梯'，见我们上了屋，他就来抽梯！"

下午，在队部的小教员会上，张队长把师教导队要来交流刺杀技术的事说了一遍，指导员接着道："何副队长在济南军区步校进修过，结业前在对刺比武中得了第一……既然他要来，我们就欢迎，抱着学习的目的。输了，也没有什么了不得的！"

华班长道："早就听说师教导队里有个何副队长，刺杀功夫十分高强，只恨无缘相见，今日他上门赐教，真是天赐良缘，不求胜负，只求学艺……"

秦班长也兴奋地说道："正是、正是，队长，不知他们来几个教练。"

旁边的鲁班长按捺不住了，他涨红了脸道："华、秦两位班长说得有理，不过我认为学习归学习，比武归比武！再说，他们真的是来送教上门吗？我看倒像来踢馆子的，我们不能长他人志气灭自己威风！我就不信，何副队长比洛阳步校的郭总教还厉害。郭总教临走说过，我们几个中必有'技在他之上者'，只恨没遇到高强的对手，我请求，明日一战，我来与何副队长过手！"

张队长大喜道："好，好！自古英雄出少年，鲁班长果然长我威风！"

鲁班长这一番话，让我从心底里佩服。

曾听队长说过，鲁峰从小在济南小京班里练武生，后来又随剧团到部队里体验生活。鲁峰进了营房，看到侦察兵每天早上起来爬泰山，于是他也跟着去爬，从前山上，从后山下，然后回驻地吃早餐，几个月下来，竟然登泰山如履平地，成了侦察兵交口称誉的编外"飞毛腿"。如今学了对刺"十三枪"，一心想做"技在他之上者"，日日精练不止……不过这鲁班长有一个缺点，从小在剧团里与演戏的女孩子一起嬉耍惯了，改不了与女孩子交往的毛病。

张队长沉思了一番道："士别三日当刮目相看，何副队长非等闲之辈，我们还是要沉着应对。按照约定，双方各出三人，三局两胜，点到为止。就派鲁班长、华班长、秦班长三人出面应战，现在休息，散会！梁班长留一下……"

众人散去了，队部只剩张队长和我两人。张队长说："刚才个个教员都发言了，唯独你没有开口。我知你有话要说，不妨说说看……"

我心里道，队长果然与我心有灵犀。于是便说："我是有个建议，但还在思考之中。"

张队长说："说来听听。"

我道："这次师教导队必定会派出最强阵容，若与他硬拼恐怕难以取胜，所以我们要采用'田忌赛马'* 之法。"

队长问道："什么是'田忌赛马'之法？"

我道："三人中必分上中下三等，我们以最弱对他的最强，以最强对他的中等，以中等对他的下等，方能立于不败之地！"

队长大喜道："小梁，你不愧是训练队里的'小诸葛'啊！"

我又道："方法虽然有了，但具体哪个最强哪个最弱，现在全然不知。且哪

---

* 齐国将军田忌经常与齐国众公子赛马，孙膑发现他们的马脚力都差不多，于是对田忌说："用您的下等马对付他们的上等马，用您的上等马对付他们的中等马，用您的中等马对付他们的下等马。"三场比赛结束后，田忌一场败而两场胜，最终赢得齐王的千金赌注。

个先出哪个晚出，对方也会临阵应变，所以我还在思考之中。看来只能凭阵前判断而定，就如郭总教所言，运兵之妙，存乎一心。"

队长喜出望外道："有你小梁这样的参谋，还有什么可愁的？这样，比赛时，那你就在旁做参谋，临阵谁对谁，就交给你决定了。"

当下两个私下里商量定了。

第二节

第三日上午，日光朗朗，把整个操场照得暖暖的，篮球场四周端坐着一百二十多名学员。王排长看看时间尚早，示意我指挥唱歌。我站出来，一声引领，挥动双臂，激昂的歌声随拍而起：

说打就打/说干就干/练练手中枪刺刀手榴弹/瞄得准来/投也么投

得远/上起了刺刀叫他心胆寒……

一曲刚毕，远见营房西首有一群军人健步走来，由张队长陪同着，不说也知道，师教导队何副队长一行人向操场走来了。

且看队长身边的三个，一律式有四个口袋——自然是军官行装了，先莫论谁是何副队长，吃惊的是他们个个相貌非凡。

左边那中等身材之人，粗眉大眼，眉角上挑，嘴角下拉，把脸上的肌肉绷得紧紧的，看上去好像刚吃了什么人的亏，正待寻机报复，他目光似剑，让人不寒而栗。再看他的身材，膀大腰粗，十分强健，若换身布衣，定是凶神恶煞。我心想，这一个恐怕是最难对付的。

中间那位，年纪要略大些，长相有点特别，黝黑的皮肤没有一点皱纹，颧骨高凸，瘦尖的脑袋上顶着一只略显宽松的军帽子。倘若他站着不动，那么他会像一座雕像，或者是一个会转动眼珠的木偶。此军官，貌不惊人，身体也算不上魁梧，此人若能在师教导队立足，只有靠技术吃饭。他的刺杀技术必有独到之处，但他年纪稍大，体力上恐怕经不起磨耗。

右边那位个儿略高，肤色微黑，壮汉模样，二十三四岁年纪，虎背熊腰，若提枪迈出宽马步，必像一堵铁塔。此人看上去特别耐击打，是一个以力取胜的人物，若与之硬拼，必定正中他的下怀，但此类壮汉一般反应稍慢，故可智取。

现在这三军官向这边走来了，他们中间谁是教导队里最强的刺杀英雄呢？在场的士兵们与我一样疑惑。

"起立——"王排长一声口令，场上的军人唰地站了起来。

"稍息——"随着口令的下达，士兵们要在一秒钟内自觉而迅速地完成三个动作：向右看齐、向前看、稍息。

"立正——"王排长喊完口令，转身一个小跑，来到张队长面前，正要开口，张队长指指那个瘦黑军官，说："这是师教导队何副队长。"王排长马上会意，转身向何副队长一个敬礼，用带着山东口音的普通话道："报告何副队长，训练队全体学员集合完毕，请指示！"

何副队长果然有风度，他还了一个礼道："请原地坐下！"

"同志们！"待全体学员坐下后，何副队长开讲了，"这次全师打坦克训练示范演示，你们团训练队干得很漂亮！为全师训练树立了榜样，师首长表扬了你们。师教导队早就知道你们不光战术训练水平高，其他各项训练也都走在全师的前列。张队长是我多年的老朋友了，又是步校里的老同学，多次说邀请我们来指导，实不敢当哪！今天按照师首长的指示，来熟悉基层、了解基层，也是为了发现人才、选拔人才……"

何副队长演讲的时候，张队长与王排长在一边轻声交谈着，恐怕只有我才知道他们在谈些什么。不一会儿，我见王排长点头笑了。

是啊，这是一场不寻常的武术交流啊！如果我们团训练队赢了，那么师教导队会很没面子；如果我们输了，这么多学员看在眼里，会不会说我们教员水平不高呢？唉，箭在弦上不得不发了！

场上响起了一阵掌声，何副队长的演讲结束了。

此时，王排长手拿一张纸条走到场中，高声道："对刺交流友谊赛现在开始——"他看了一看手里的纸条，笑了笑道："我就凑合着担任裁判了啊，先宣布一下比赛规则：第一，双方各派三名选手，依次上场，以点数论胜负；第二，比赛中服从裁判，点到为止……总之，友谊第一，比赛第二。好，全体学员注意了，以这个篮球场的中线为界，坐在南面的，全部做师教导队的啦啦队；坐在北面的，全部是团训练队的啦啦队……现在请第一对选手上场——"

王排长话音刚落，从场南场北跑出两个身穿盔甲、右手持木枪、左手抱头盔的军士来，跑至场中戛然立定，动作齐刷刷的，如同听了一致的口令。众人看时，两个一般护甲，一般身高，一般敦实，但面目可分别得一清二楚：南面一个浓眉倒竖，怒目圆瞪，满脸横肉，好似山神庙里跑出来的猛金刚，面孔是生的，一看就知是师教导队里训练有素的大教练；北面一个明眸皓齿，脸似孩童，双颊带羞，恰如顽皮而又身怀特技的红孩儿，面孔是熟的，一看便知是团训练队的二班长秦川。这秦川便是我第一个点的"将"。

"双方准备——"裁判下达了口令。两人用木枪轻轻互击一下，以示礼貌，而后各自后退一步，拉下面罩，做出准备格斗的姿势。

"开始——"王排长一声令下，两人你来我往，乒乒乓乓，拼起"刺刀"来了，各自使出浑身解数，恨不得一枪立马刺翻对方。

士兵中有人窃窃私语，一个道："双方穿了护甲，使的是木枪，如何来判别胜负呢？"一个答："奥妙在枪头。你看这'枪尖'是甚做的？上端箍了一个橡皮头，赛前在橡皮头上用钢针刺一圈小眼，将枪头在粉盒里蘸足了白粉，'枪尖'击中对方时会在护甲上留下一个白点。一场对刺下来，看哪个盔甲上白点多，或者点在要害，便算他输了。"

且说场上那"红孩儿"正大战"猛金刚"，两人打了十几个回合不分胜败。这"红孩儿"瞅见对方下路有空当，便使一个"海底针"枪法向他下腹挑刺过去。不料这"猛金刚"成竹在胸，故意露出了破绽，就等你来上钩。当"红孩儿"枪尖刺来时，并不按常规来个防下反刺，而是双腿一并，缩身一退，双手移至了枪托，那枪自然"长"了一尺，说时迟那时快，那伸长的枪尖直向红孩儿刺来，只听"突"的一声闷响，枪尖刺中了"红孩儿"的上胸。

哎呀，"猛金刚"胜了，但他的这次获胜，有违常例。为何这样说？在战场上，手里使的是钢枪，如果双手又移至了枪柄，就失去了控制武器的重心。说严重点，这等于把自己的枪一大半送了出去，对方只要用力一击，枪便会脱手，所以郭总教再三关照不得如此轻率握持。但现在只是比赛，手里用的木枪比钢枪轻了几倍，因此"猛金刚"用此法占了便宜。个中诀窍，大家心照不宣。

"第一局，师教导队胜！"王排长大声宣布。

第七十三章　侦察兵发飙

第一节

第二局，我点出华班长迎战师教导队的壮汉黑铁塔。

我放下心来了，因为华班长是郭总教的得意门生，枪法熟练，能攻善守，无人匹敌。眼下跟这高大威猛的黑铁塔对打，拼勇力定无胜算。而华班长有勇有谋，枪法变化多端，正适合对付他这种鲁汉。

果然，交战十来个回合，华班长见击打无功，便突然使出绝招——直刺左，嗖地在大个子的心口护甲上点上了一个白点。这大个子似乎尚未完全明白过来，摆好了姿势，再来迎战。好个华班长，就像给学员上课一样，也就不吝赐教，又给了他一个利索的双骗刺——骗左骗右刺下，大个子猝不及防，腹部又挨了一枪，退下阵来。

"第二局，团训练队胜！"王排长的声音里夹带了一份喜悦。

第三局开始了，团训练队不必点将了，因为只剩年方二十的鲁班长未出场了，这鲁班长风华正茂，壮实如牛，偏又生得一身好皮囊，若与他初逢，必定心生喜欢；若与之交手，方知这美少年真个是军武奇才。此刻，他见华班长轻松得胜，早已跃跃欲试，把夺彪之气鼓得足足的，恨不得立马把浑身本事使出来。

南边球架下，何副队长准备行动了。不，旁边那个"猛金刚"在与何副队长交头接耳了。谁出场呢？人们期待着。过了一会儿，人们定睛看时，出场的却是那个首战告捷、余威犹存的"猛金刚"。

这"猛金刚"再次出场，出乎我和在场人的意外，因为这有违"三对三"的比赛规则。本来鲁班长求战的对象是何副队长，这也正合我意，所以顺水推舟，有心这样排将出阵，自以为是神来之笔。因为何副队长的刺杀技术再厉害，未必经得住年轻气盛者的缠打，更何况鲁班长一人有三套绝技："十三枪"、捕俘拳和登泰山如履平地的上乘功夫……但是现在情况变了，何副队长也怕输，又派出了"猛金刚"。一切只能靠鲁班长的临场发挥了……

鲁班长与"猛金刚"两个盔甲斗士往场中间一站，对视着，在场的心里都清楚，这将是一场恶战，究竟鹿死谁手，马上便见分晓了！

啦啦队群情激奋起来了，这边喊"师教导队加油"，那边喊"团训练队加油"，整个化肥厂家属大院里人声鼎沸、热闹非凡。

这时，我一颗悬着的心落下来了，因为华班长已轻胜一局，即使鲁班长输了也不要紧，对方临阵换将，已经输了理。还有，人家毕竟是师教导队，理应技高一筹，不然面子往哪儿搁啊？

偏又见鲁班长如木笼里放出来的斗牛，嗷嗷叫着哩！嘿，"猛金刚"不一定占得了便宜。

三班的学员见"猛金刚"又上场，出战自己的教练班长，有点急了。坐在我身边的一位低声道："四班长，为何你不上场？你看一班长上去，才几个回合就将那壮汉子打败了！学员都在议论，第一场若换了四班长上场一定不会输……"

"别急，这是一种战术安排，当然话不能说绝了，二班长只是少了点临场经验……还有，我早已判断出这'猛金刚'才是最厉害的。"

"哎，四班长，我在连里曾听副连长讲，师教导队里有一个刺杀教练，姓师，功夫十分了得。因为他武艺好，又姓师，有人便捧他为'师无敌'，意思是打遍全师无敌手。全师四个团训练队，听说何副队长带他去'深入基层、亲自指导'了三个，没有一个顶得住三五回合的……我来的时候，副连长还对我说：'好歹学点本事回来，至少也弄个"连无敌"！有朝一日"师无敌"来基层指导了，露两下子给他瞧瞧……'"

"嗬，如此看来，场上这个'猛金刚'八成便是'师无敌'了！"

"看，场上开打了……"

第二节

且看场上两个斗士，一个龙腾，一个虎跃，蹿上落下，斗得正欢。两边的观众也竭力呼喊"加油"。比较起来，北边的观众似乎要起劲些，因为他们声援的是朝夕相处的鲁班长鲁教练；南边观众声援的是鲁教练的"敌人"，他们喊"加油"只是为了尽一点临时的"职责"罢了。

两个打了十几个回合，不分高下，由于位置不断地变换，两个又是一般的装束、一般的身段，头盔又遮盖了他们的脸面，观众也搞不清谁是"猛金刚"、谁是鲁班长了！

两个枪来棒去，乱斗了几十个回合，毫不相让，不分胜负。

不过，我对场上的两个却识别得很清楚，区别就在外露的颈脖子：鲁班长是白颈，"猛金刚"是黑颈。看场中两个，"白颈"步法灵活，时时挑逗，寻找机会，不断出击，处在一种进攻状态；"黑颈"的策略是沉着应付，动作谨慎，适时防守反击。

又打了一会，裁判喊停。

原来王排长见两个格斗相持了甚久，打算以点数来分胜负了。两个揭了头盔，露出了涨红了的脸，气喘吁吁，怒目相视，互不服输。经检验，一个在左臂护甲上微微有一个白点，一个在右胯护甲边上有一个不明显的白点，均算不得要害，两个又一致嚷嚷着要打，非决出个胜负不可。于是王排长笑了笑，重新宣布开打。

再看他们两个：

一个勇猛难挡，枪法如棍，棍法如枪，出神入化，曾让百千挑战者诚服，此番志在必得，从此无敌桂冠美名扬。

一个浑身是胆，枪中有拳，拳中有枪，徒手搏敌，已令众多侦察兵折服，今朝蛟龙敢擒，只因凭了如意"十三枪"。

两个攻中有防，防中带攻，打斗起来，绕着满场转。

忽然，两个横了枪面对面地顶在了一起。我见此情景，心里暗道："不好！这'猛金刚'刁钻得很，恐怕要使出'跃退倒刺'一招了！"转而又想，不怕的，这鲁班长听候三号讲过鬼子"跃退倒刺"的故事，定有办法破他。

果然，这"猛金刚"用力一推，向后跃退出约两步远，偷偷将两手移握枪柄，将那枪伸长了刺了过来。说时迟那时快，只见鲁班长身体一闪，让那枪头滑肩而过，随即他腾出左手一把将枪抓住，顺势用劲儿向后一拉——这一招叫"顺手牵羊"，如果再用左脚往"敌人"的脚部一踢，将他绊倒，便可徒手夺枪，这是捕俘拳里的招数、鲁班长的看家本领，一般人是使不出来的。

不想这"猛金刚"见鲁班长脱出左手来抓枪，眼看双脚将被绊住，在倒地的瞬间也腾出左手抓住了鲁班长的枪杆，将鲁班长一同扭倒在地，两个人丝毫不肯放松，各自将对手的枪杆同时夹在胁下……

一个道："看你拿我怎的？"

一个道："看你还有什么刁招？"

王排长见两个扭在了一起，连忙举起双手，急促地喊道："停、停……违规、违规！双方各扣一分！"

打斗的两个这才揭下面罩，面面相觑，指着对方的窘相，呵呵大笑起来。

场边席地而坐的学员战士们见了，一个个笑得前俯后仰。接着有人带头鼓掌，霎时掌声齐鸣，引爆了全场。

王排长也被引笑了，又看见场边张队长做着平伏的手势，便佯装糊涂，高声宣布道："第三局：双方不分胜负，平分秋色，各得一分！"

比赛就在这样一种意想不到的结果中结束了，观摩的士兵们在一阵阵口令中有序地离场。

这边教员正要撤场，那边偏又冒出了一个多事的人来。此人姓胡，叫贤俊，是我们训练队里补缺新来的一个排长。胡排长也喜欢舞枪弄棒，刚才看了一场精彩比武，似乎余兴未尽。见鲁、华两个班长拾掇了训练器材要撤离，便走过来道："一班长、三班长，常日里听说你们两个是洛阳步校郭教官的得意门生，武艺数一数二的，今日果然见识到了！只是从未见你俩交过手，今日何不趁着一切现成，装也不必卸了，就此较量较量，也让我开开眼界？"

华班长见是新来的排长，不好意思推却，便半开玩笑地道："算了吧，鲁班长刚刚激战下来，我与他再打，岂不是明摆着让人家吃亏？"

岂料此话把血气方刚的鲁班长激将了起来，他愤然道："你我刚才都与对方战过一局，何来哪个吃亏的？再说我俩天天在一起训练，不知打过多少回了，再多打一局又有何妨？"转身又对胡排长道："不过我们两个对打时从来不戴头盔，今日也不戴了，如何？"胡排长见他们两个答应了，心中大喜，忙说："好的，好的，只是各自当心了，点到为上，不要误伤了就好！"

于是两个重新整肃了护甲，用木枪戳了戳对方的盔甲——算是致过礼了，站好了步口，重新抖擞了精神，"枪刺"对"枪刺"，进入了交锋格斗状态。

两个班长，同是一个师傅教出来的，互相之间不知交锋了多少回，谁有多少招数，各自心知肚明，只是从未计较过胜负。眼下一战却有些不同了，一个与最厉害的"师无敌"刚打了个平手，一个胜了一局但未与"师无敌"交手，大有一分高下的意思。

两人枪来枪往，时防时攻，虽不像方才比赛时那样拼命，却也不敢有丝毫怠慢。打了许久，两个不分胜负。也是不巧，当华班长一枪向鲁班长左胸刺来时，鲁班长后脚踩在一颗小石子上，脚下一滑，跌倒在地。若在平时，这华班长必不追上，上前搀扶便了，而这次华班长却轻轻做了一个往下刺的假动作，然后再去搀鲁班长——此时去搀，分明是一个胜利者的姿态了！

鲁班长心头顿升一股无名之火，也不理睬华班长伸出来的手，独自愤愤地爬了起来，一脚将那块绊脚的石子踢了出去，石子飞了起来撞在篮球架的铁杆上叮当作响，接着一边卸装，一边快步离去。才走几步，忽将手中的那根"棍"向后一甩，那"棍"在空中呼呼旋转着横飞过来，"啪"的一声，棍柄击中华班长的嘴巴，顿时华班长口内鲜血直流……

第七十四章 渠边话鸳鸯

第一节

且说鲁班长扬手飞出一棍，正巧打在华班长的嘴唇上，痛得华班长双手捂口，半晌说不出话来。众人见状，一时惊讶万分。

这时偏偏来了一个不识时务的——那个调来不久的文书孙太平，远远地见了华班长这个模样，笑道："华班长，你什么时候抹起口红来了？"真叫人啼笑皆非。

晚饭的号角吹响了，老远就听得四川籍的大块头炊事班长用那浓厚的乡音喊："开——寰（饭）——啰！"

各班的副班长纷纷跑了出来，拿了饭盆赶去打菜，学员们则排了队随后跟去，教练员、文书等一些队部管理员可不排队另行前往。伙房旁边的餐厅里，两个炊事员拨出来一个大盘篮来，里面全是热气腾腾的菜肉大包子。那包子既热乎又美味，一口咬下去满嘴汁水。这是华班长平日最喜欢吃的，现在他嘴张不得了，只好向炊事员另要了一个温热的馒头，撕碎了蘸了汤水，慢慢地咽下肚去，勉强吃了几口，便先走了。

吃完晚饭，我寻了一圈，才发现渠堤上有他和一位学员的身影，映在天边正在消逝的晚霞里。

我在他身边坐了下来，轻声问道："还痛吗？"

"半粒门牙好像折断了……"他张开嘴给我看，又用手指摸了摸门牙。

旁边的那学员见教练班长之间有话说，便退一步告辞走了。

"唉，怪我当时太想取胜了。他的刺杀功夫那么好，我一点也不敢马虎，所以拼起来全神贯注，把他当作了敌手……没考虑到旁边还有一些看热闹的学员，让他丢了面子。"说完，他仰天而嘘。

"这么说，你不会记恨他啰？"我说。

"这有什么好恨的？"华班长忍住痛说。

其实在吃晚饭的时候，胡贤俊排长已经婉转地"批评"鲁班长了，鲁班长红着脸愤愤地说道："我又不是故意的，只因为一时气恼！只恼他做了一个假动作，若那一枪真刺下来，我一个挪身就可以避开，抓住他的枪头，给他一个扫堂腿，一定赢了他……"过了一会儿，鲁班长又平静地说："明天我要向他道歉……"这些话，我此时没有告诉华班长——男人嘛，有话说在当面，不宜背后盘话。

华班长转了话题："四班长，你看我与那个'师无敌'较量，能不能赢他？"现在可以公开说那个"师无敌"了，因为饭前队部的小结会上，张队长提到了"师无敌"的雅号。

"能！"我毫不犹豫地说，凭技术、论智慧，我从骨子里相信华班长能打败他。

"你看过电影《天下第一剑》吗？"华班长说。

"看过，那里面有个剑技高超的老者。"我说。

"我平生最佩服的就是这种人，当敌人突然从背后一剑刺来的时候，老者只是俯身捡起一片树叶，佯装不知地避开了敌剑，让对手羞愧而退……"

"是的，这既是武技，又是武德，是武术中的最高境界。"我道。

华班长笑了笑，说："哎，不说他了。你上次讲的故事还没讲完呢……"

"什么故事？"

"你与那个十八岁的女生的故事啊！"

第二节

说到往事，我长长地吁了一口气，然后说道："那是一个金色的秋天……在乡里学校的操场上，一个剪了短发、眉清目秀的漂亮女生向我走来，她的步子是那样轻盈，模样是那么动人，就像天边映出了一道美丽的彩霞……"

"是巧遇？"

"是的，一次难忘的奇遇。"我从与她相遇、相识，一直讲到共同生活在一个草舍里……

"这种生活真让人羡慕！"他说。

"事后我才知道，并不是所有的知青都这样吃住在一起的……尤其是女生提出来，同一屋檐下，同一只锅里吃饭，我感觉好像从天上掉下来了两个妹妹，心里像吃了蜜一般甜……从此，有了她们做伴，什么劳苦困顿都忘却了……"

"你很爱她们?"

"是的，在共同的生活和劳动中，不知不觉间，我爱上了那个初遇的姑娘，她不但知书达礼，而且还能歌善舞，也会体贴人。上天既然给了这个缘分，我心里发誓要一生一世来照顾她……"

"于是，你们两个就相爱了?"

"更奇特的事情在后头。有一天，妇女队长突然来到我的草舍里，对我说了一个秘密，就是那个女生的身世，她的父亲曾是国民党县党部长官，现在还被关在牢里，一时惊得我目瞪口呆……"

"啊，怎么会是这样……"

"有一段时间里我心里很矛盾、很痛苦。因为我也像你一样是有所追求的人，我不想平平淡淡地度过一生……但遇到了这样的事情，有时候也会反过来想，人海茫茫，绝大多数都是默默无闻的，为什么一定要去追求功名呢? 做社会上不受人注意的一分子又何尝不可呢?"

"所以你说'不想出人头地'?"

"我甚至想漂流到一个没有人烟的荒岛上去，那里不讲出身，不分等级，我可以与她安安静静地过日子。但左思右想，还是要面对现实，只能把这份爱埋在心里……"

"来部队后，通过信吗?"

"写了一封信想寄出，但有所顾忌，也就耽搁下了。"

"还有一个妹妹呢?"

"不瞒你说，今天我刚收到一封另一个知青妹妹承敏颖的来信。"

"哦?"

"令我不解的是，她在信尾没具名，写了一个拼音'Cheng'……"

"莫不是她在暗恋你?"

"哪会? 她与肖琼情同姐妹，而且也知道我与肖琼的关系……"我说，"也许是她与一起入伍的同班同学廖奕然联系上了，来封信表示一下谢意，又怕我产生误解，故意隐去了名字。"

"呵呵，你不会脚踏两只船吧?"

　　"弱水三千，只取一瓢饮。况且，虽然与她们相处了两年，但我还有隐情瞒着她们……"

　　"呵呵，两个女知青都是理想中的伴侣，只要娶到其中的一个，就会幸福一生。有她们的照片吗？"

　　"没有……哦，想起来了，还真有一张。"

　　"给我看看？"

　　"好的，下次拿给你看。"

第七十五章 骄 兵

第一节

一周之后，鲁班长悄然离开训练队走了。

这事情来得太突然了，他竟没顾得上与我打个招呼。他上哪儿去了？是提拔上任了，还是回老连队了？我一概不知。

我心里惦念着他，这个比我还小两岁的老兵是一个深爱部队的人哪！他喜欢习武，不怕临阵对峙；他体壮如牛，是块习武的好料！凭他超群的武艺和勇猛的斗志，足以叫任何对手胆寒！我多么希望他再教我几个擒拿绝招啊！

惋惜之余，我有一种预感，鲁班长行将退伍了，一位军中的格斗勇士可能从此消失了。

有人走了，也有人来了——铁打的营盘流水的兵嘛！

你看，早上我拿着文件夹刚出门，一位比我略高的英俊军人抱着资料夹、螺旋测量仪朝我走来了。

"四班长——"他向我打起了招呼，"出去备课吗?"不等我回答，便从我手里夺过文件夹翻了起来："我看看，你们步兵备些什么课。"这位新来的军人便是无坐力炮的教练班长黄元廷，他是青岛市里人，比我大两岁，这位老大哥习惯于摆出一副兄长且优越于人的架子。

"哈哈，'小梁用'……是你自己写的?"

"嗯。"

"你自己称自己小梁?"

"嗯。"

"字写得蛮漂亮的……"他浏览了一下我的教案，翻了几页就合上了，笑着还给我说，"不过我只听说自己称自己'老梁''老李'什么的，还没听话说过自己称自己'小梁''小李'什么的。"

我笑了笑，没吭声，因为队长一直用"小梁"来称呼我，我只是沿用一下罢了，没有考虑什么妥与不妥。

"来，让你看看我的称呼。"他脱下军帽，翻开帽底，露出帽底写名字的方框格子，上面赫然写着"黄大爷"三个字，我扑哧一笑。

"怎么样？"他戴上帽子与我边走边聊起来，"那天，院子里一群放了寒假的孩子来抢我的帽子，小家伙们吊住了我的胳膊，帽子被一个机灵鬼抢去了，他看见里面写了一个'黄'字，便一边跳一边叫：'我知道啰，我知道啰……他姓黄，他姓黄……'我一把将帽子抢了回来，趁他们不注意，悄悄地在'黄'字后面添了'大爷'两个字，又故意让他们抢去，他们抢去一看，就叫'黄大爷、黄大爷'了……哈哈哈哈！"

我也笑了，嘿嘿，真逗人，这新来的老班长是一个多么乐观的人啊！

"今天太阳真好，咱们一起找个向阳的地方备备课吧……哎，你的皮肤怎么有些苍白？不像秦川他们几个，天气越冷肤色越红润，看他们脸上、手上血也弹得出的，手指揿下去就留一个红印子；你看我的手也是这样，一揿一松，马上一个红印子就出来了；你看你的手，揿揿看，连个印子都没有。"他疑虑地说着，似乎要探究我这个江南水乡兵与鲁东半岛兵的体质有什么不同……

我笑了笑，就像听队长说我"学生黄"一样无从回答。

看着眼前的这位黄班长，脸面红润，略微瘦长，浓浓的黑眉毛下面有一双明亮的眼睛，有趣的是鼻子右下方有一颗黑痣，这颗痣，让他的整个形象显得英俊阳刚和活泼爽朗。他这时的衣襟没扣好，帽子戴得也有点歪，但还是让人感到一份大哥般的亲切。我忍不住笑了起来，而他，以为我是在笑他军容不整，红着脸整肃起衣冠来了。

第二节

一会儿，我与黄元廷班长来到了院外。

"哎，我们炮兵与你们步兵不同，炮兵讲究的是打得准，最好一炮就命中目标——只要你打得准，一好遮百丑！"他羞涩地说，"不瞒你说，我在连队里也是有名的稀拉兵了，你到我铺上铺下去看，到处是图纸、标尺、测量仪，还有布鞋……排长老是说我：'你这样邋遢，一个班都让你带坏了！'我心里想，咱们骑驴看唱本，走着瞧！嘿，打起靶来我们班就出风头了，别的班要打几炮才准，我们班的炮只要一响，一下子就把目标给轰掉了。"

说到这里他得意地笑了，改用方言说："俺啊，最好你排长讨厌俺呢，俺巴不得马上就复员回到生俺养俺的青岛去，那可是漂亮的海滨城市啊，碧海蓝天，阳光海滩！你看啊，回去是个复员军人、党员，找个好工作还不容易？再找个漂亮的老婆……呀，老婆孩子热炕头，你说这日子有多美呵？"

我一边"嗯嗯"地听着，一边被他兴奋的情绪感染，遂笑着问："那你怎么偏又到这里来了？"

"指导员是个好人，舍不得俺走。有一次侯三号到连队里来，也不知道怎么会问到我。指导员说，这个黄元廷啊，带兵的作风是差了点，可是他文化水平高，炮打得比谁都准！侯三号说，炮打得准就是好兵啊！这样吧，团里正计划开设炮兵训练课程，你叫他到训练队去教炮兵学员打炮吧！这不，我就来了！"他说，"来了以后，侯三号找我谈话说，孔夫子就是咱山东人，他说过'有过错不改正，是真正的过错'，从现在起把作风稀拉的毛病给我改了，马上给你提个排长……侯三号这话像是命令，不由得你不从，我只得改了。"他放低了声音，凑在我耳边说："听说马上就要批下来了！"

两人说着话，已经来到了水渠大堤下面。黄班长说："你会目测距离吗？这是我们炮兵的看家本领，来，我来教你！"说罢，带我奔上了大堤。

爬上大堤，两人舒心地喘口大气，呈现在眼前的是一片天然的练兵场，一切是那样熟悉、那样让人振奋！啊，好一派冬日风光呵，阳光明媚又充满暖意，远处的大地微微起伏，上面覆盖着一层浅黄色的绒毛，对岸斜坡上随风摇曳的庄稼不见了，只留下一块块细长而狭窄的梯田，大大小小的卵石依旧静静地躺在沟底……

"正前方，独立树……"他伸直了右手，竖起了拇指，然后两眼一闭一睁地交替瞄视着……"六百五十米！"他突然报出了一个数字，然后又说："你知道其中的秘诀吗？"我笑了笑说："略懂，这叫'跳眼法'。"

"咦，你们步兵也学这个？"

"在连队里跟侦察员学的。步兵的战术里不宜站着用这个方法，容易暴露目标，在战场上说不定会挨冷枪。你这又是什么法？"他从兜里掏出了一支短尺，竖起来瞄准远方。

"这叫'臂长尺'测距法。"他眼睛盯着前方的目标，"每个人的手臂长短不一，有的六十公分，有的五十八公分，所以'臂长尺'的长度也不一样——我在炮连的时候曾给班里每人做了一个，要不要也给你做一个？"他说。

"噢，"我想了一想，"我们步兵另有'枪长尺'，眼睛到准星的距离是七十四公分，可以根据准星与目标人体的大小来测量距离……"

"我们炮兵还有自己的测距口诀：'五清六不清''七空八不空'。"他说。

"嗯，步兵有手榴弹测距法，手榴弹可以投五十米，若估摸有三个投弹距离，就是一百五十米了……"

"最现成的是望远镜测距，"说着，他取出一个望远镜向四周瞭望，"目标一千五百米白杨树……嘿，不好，有情况了，一辆三轮车往训练队过来，车上坐着一个红衣姑娘，那踏车的是个军人……"

"有家属来探亲了？"

"不像，没听说哪个教员说起过……"他依旧仔细地望着。

"未来的排长同志，你的测距'家宝'确实多得多，下次专门领教。我得走了，你看，那里沟渠旁草地上有两个人向我招手了，是华班长、秦班长，我们今日要备课演练'步兵班进攻'呢！"

"哦，那你去吧！待会儿我也要转移了。不过我看你们三个人也成不了一个班，怎么演练得了'班进攻'战术？"他并没有放下望远镜。

"我们自有办法……等会儿见！"

我抱着备课文件夹，噌噌地下了渠堤，沿着干涸的卵石沟，小跑了五六个手榴弹的投掷距离，来到亲密无间的两个战友面前，他们已经用小卵石摆出了"一路纵队"队形，我立即加入了进去，而后移动其中的几个卵石，变化出一个进攻中的"三角队形"来……

正在沟渠里摆弄石卵，推盘布阵，忽然队部那边传出"嘀嗒嗒嗒——嗒嘀——滴、滴、滴、滴——"的号声。

号声就是召唤，号声就是命令，三个一齐竖耳侧听。秦班长一边听，一边嘴里念道："归来，团训练队——班长、四！"

"四班长，队部叫你呢！"

我连忙向大堤方向走去，小跑到大堤涵洞之下，见司号员小刘迎上来笑嘻嘻地说："四班长，快回去，你表妹来了！"

第七十六章　带引号的未婚妻

第一节

"表妹来了？"我大惑不解，匆匆地走进驻营院子，走遍房前屋后，不见有女子的身影。随后而来的司号员悄悄地说："在阅览室里坐着呢，快进去吧！"

我缓缓移步走近阅览室，见一位红衣女子在里面踱步，听有动静，她一个转身，与我打了个照面。

"亦立阿哥，想不到是我吧？"她羞红了脸，嫣然一笑，一边扬头将头发向后一甩，然后双手利索地将脑后的长发束成一把，用一个发夹将它夹住，乌亮的发根下面露出了白皙的颈。

"啊，田蔚妹妹……怎么会是你？呀，你这模样，哪里有一点几年前的影子？若在街上迎面走过，怎么还认得出来？你不是在徐州煤矿……工作吗？怎么会找到这里的？"我惊喜地上下打量她，脸也有些发热了。

眼前的表妹周身展露了都市姑娘的气派，你看她，身披一件红色绒线长外套，肩搭一条雪色的针织长围巾，内领现出鹅黄夹黑线条的绒衣，下穿一条深褐色涤棉裤，容貌娇俏，粉妆玉琢，长发秀逸，香泽隐隐，哪里还有一点当年插队时的影子？

"阿哥，你这里真不好找。"阿蔚红着脸道。

我给她倒了一杯水，请她坐在一张书桌的对面说话。阿蔚道："到了你们团部门口，那站岗的军人拦住了我，我给她看了介绍信，他看了说：'训练队路还蛮远的，走小路你又不认得……'正在犯难，恰巧你们训练队一个姓潘的炊事班长踏了三轮车过来，那卫兵道：'潘班副，来得正好，你们训练队可有个叫梁亦立的？'那潘班副道：'有啊，是我们的教练班长，怎么啦？'卫兵道：'原说呢，怪不得听起来耳熟。这是他的表妹，要去训练队找他，不认得路，你就顺便把她带过去吧!'潘班副道:'好好,没有问题!姑娘,你在这对面的招待所里稍等片刻,待我先去后勤处载了米,与你一同过去便是了!'我趁这个当儿,在你们团部的招待所办好了住宿手续,将随身包裹之类的物品放入了房间。一会儿,潘班副来了,叫我坐上了他的三轮车,说:'今天特地少踏一点米回去,好让你坐了我的车走。'我说:'啊呀,影响你做事了?'他说:'不碍事的,反正天天要到城里来的。'我说:'太不好意思了,劳烦你了!'他说:'不要客气,我老家也在江苏……噢,南通,所以说起来我们还是半个老乡呢!'一路上,潘班副聊了许多,他一直夸你怎么有水平呢。"

"他在吹嘘……你怎么会有我的地址的?"我寻了个话题问她。

"我回家探亲的时候到姨母那里去过,"表妹说,"她还给我看了你的彩色照片,想不到阿哥穿上了军装这么英俊潇洒。我就厚着脸皮向你妈要这张照片,你妈有些舍不得,也不好意思回绝我啊,正要给我,偏偏你的弟弟从旁边窜了出来,一把抢了去,嘴里说:'不给你,我要呢,你要自己写信向阿哥要去!上次我的同学来了要看阿哥的军照,妈藏起来了都没给……'"

"哦……"

"哎,我说,你恐怕把我这个妹妹早忘了,当兵这么多年怎么照片也不给我寄一张?"她绯红了脸嗔道。

"这次你是专程过来的吗?"

"嗯,怎么说呢,又是又不是吧。"

"怎么'又是又不是'?"

"先说'不是',打听到了你的地址,想不到离我们煤矿也只有两百多里地。偏巧你这里有个电厂,专门向我们矿里买煤的,他们工会工作做得特别好,我们部主任要来取经,便带了一帮人过来了。"

"那么'又是'呢?"

"'又是'啊,我专门来与阿哥商量一个事。"

"什么事?"

"我想……我想……"她有些吞吞吐吐,"到了这里,我向主任请了一天假,是专程来看阿哥的,嗯,我想……"

莫非她想要一张我的照片?这有什么难开口的呢?我便笑着说:"阿蔚妹妹,你这么婆婆妈妈起来了,好像不是你的性格哎……"

"我想……我想让你做我的'未婚夫'……"

"啊？"我愣住了。

第二节

我直愣愣地望着她，想从她脸上找到一点"戏言"的痕迹，但是我失望了！

她那绯红的面容和镇静的神态，可不像是在说笑啊！但是，表妹是一个聪明而又明白事理的人，绝不会轻率地说出一句出格话来的，难道她别有隐情？还是忘了我们是有血缘关系？我原本有些发烫的脸一直热到了耳根……

几年前，田蔚只身跑到十一队的草庐里来向我诉苦，渴望与我待在一起，我厚着脸皮去向队长求情，未料被队长无情拒绝，她只得挥泪而去。

两个一时无语，默坐了半分钟，可这半分钟在感觉上是多么漫长啊！

"好了，亦立阿哥，我知道你不喜欢我……现在我只不过是名义上的一个要求罢了。"她红着脸说。

"名义上？"我不解。

"阿哥啊，你虽然也身在他乡，却是在一个部队大家庭里。你哪里知道我独自在外有说不出的难处，尤其是一个女的……"她慨叹道，"自从我到了矿上后，被分配到一个仓库里当保管员。我的师傅比我大六岁，待我极好，不但教我保管知识，还从生活上各方面关心我、照顾我，我心里也很感激他。不料有一天到了下班的时候，仓库里只剩下师傅和我两人，他把门悄悄地掩上了，递给我一杯热茶，对我说要与我交朋友，继而说向我求婚。我害怕了，不知道该怎么办才好，连忙惊慌地逃到门口，幸而门未锁上，我跑了出去。从那以后，师傅就一直盯紧了我，我不敢得罪他，又不敢与他单独在一起。后来，我遇到了矿上的一位军嫂，突然想到军嫂受法律保护的，听说军人的未婚妻也一样，谁要是骚扰军人的未婚妻就会戴上一顶'破坏军婚'的帽子，弄不好要被抓起来坐牢的。有一次，他又来缠住我，我心里一急就说：'我已经有未婚夫了，在部队里当兵呢。'他先是一愣，接着说：'你骗我，从未见部队里有信来给你。''我说没骗你，这是真的，他说你立即拿张照片来给我瞧瞧……'于是我就想到了你，回家探亲的时候想从你母亲那里拿一张你的照片，好搪塞了他，偏又未拿到，所以我这次来……"

"原来如此，妹妹为何不早说？只需写封信来，寄你一张照片给你，岂不是易如反掌的事情?"

"你不欢迎我来?"

"不,不是这个意思……"

"假戏也要做得与真的一样,我是顺便过来的,又有旁人见证,不然我那个师傅不会相信的,我还特地开了介绍信呢……"

"哦,我是说你我早点通了信,你就不会受委屈了!"

"这也要怪你啊,自己有了好前程,就把一同吃苦的妹妹忘了!再说我来,也真的是想见哥哥啊……说心里话,若我真的有一个军人哥哥做了'未婚夫',也不枉在外奔波了许多年,终于寻到了一个好归宿……好了,你也不必解释了,我知道你心里想什么,一定又是什么'近亲相婚,其生不蕃''啊。但倘若……我只是说倘若啊……哥哥你真的应允了我,我才不管什么'蕃'与'不蕃'的呢……"

"呵呵,我知道表妹是个洞晓事理的人!好了,妹妹有难处,做哥哥的岂有不助之理?妹妹来一趟多么不易,帮人就帮到底,我这个带了引号的'未婚夫'就做得像样一些,下午我就同妹妹进城合照一张,再寄给你如何?"

表妹拍手笑道:"最好,最好,如此真是求之不得的了!"

说到这里,两人叙起了旧情,讲起了小时候的故事来了……过了一会儿,我忽又想起那年去四队看望表妹,意外拿到了表妹留下的画册,其中有一幅"弯根的向日葵"素描,便向她问起缘由。

表妹道:"这说起来是一个故事呢!我一个同学的哥哥是高中里有点小名气的画家,我因为也喜欢画画,就与同学一起去拜访他,向他请教。他说,你先画几张画来看看。当时他家园子里种着许多向日葵,其中有一株向日葵的根部被石头压着,我见了,忽然来了一点灵感,于是便向他要了纸笔,将这弯根的向日葵当场写生画了出来。后来我的同学将这幅画带来还给了我,后面附了这一篇寓言……"

"哦……"

"精彩的故事在后头呢!一个印刷厂厂长看中了他的花鸟作品,就对他说:'你愿不愿意做我们厂的编外设计员?'他说当然愿意啰!从此一发不可收,一到农闲就出去跑厂搞设计,听说他已经积聚三万多元,准备去接管一个校办印刷厂呢……"

"哦?"我大为惊奇,这简直是插青群里的奇闻啊!"这画家有不同于人的志气，将来必定成一番事业……"我感叹道。

表妹自信地说："人生也像一株向日葵，当一块巨石突然压来的时候，必定要从另一个方向寻找出路，而不是被石头压垮。"

"嗯，所以你就报名去煤矿了！"我觉得表妹成熟了。

"难道你不也是这样？不努力怎么会参军出来？"她说。

"可这毕竟不是主动努力的结果……"

"不对，如今当兵如考状元一般，没有乡里贫下中农的好评和推荐，恐怕连体检也轮不上呢！"

"呵呵，这倒是的……"我点头笑了。

正聊得入巷，炊事班潘副班长端了一个饭菜托盘进来了，笑着道："开饭了，队长叫我加了一个菜，说中午将就些吃了，晚上再给你们开个小灶……"说罢，将盘中的饭菜端在桌上，一碟鱼香肉丝，一碟红烧茄子，一碟大葱炒土豆，一盆西红柿蛋汤，外加三个大馒头。表妹连忙道："太麻烦您了！晚上就不打扰了，我已经在你们部队招待所开了房间，明日一早便要赶到附近的电厂去的。"

午饭后，我向队长请了半日假，说要陪来探亲的表妹到城里玩玩。张队长道："只管去好了，趁着这两天休整，好好陪着表妹在泉城里转转、拍拍照，让她心里留个好印象，这是我的经验，千万不可怠慢了她……"我笑着道："这个自然。"

下午兄妹做伴，沿水渠而行。

水渠是通往城里最近的路，渠上行人稀少，又能领略郊外风光。一路上表妹兴致勃勃，见脚下泉水碧清，淙淙地迎面流过来，几番弯腰洗手，欢悦地说道："想不到这里竟有这样的好泉水，比我们那里的水好上十分了……"

我道："表妹，我有个问题要问你，你是仓库保管员，如何又随了工会的人一起来电厂取经呢？"

表妹道："去年被选上了工会文体委员，只因我喜欢唱歌跳舞，又会写写画画的……"转而又道："哎，阿哥，有一个好消息正想告诉你呢，我们那边听说知青当兵的可回城安排工作，不必再回到原来插队的农村去了！"

我道："哦，这消息可靠吗？"

表妹道："也是我听政工部的人说的，说上头有文件下来了呢！若真是这样，哥哥你将来复员了，可以直接回到城里去了！我来的时候就想好了，一到这里就将这消息告诉你，差点忘了！不过我倒还是希望你在部队干下去，从班长、排长、连长、营长……一级级升上去，我看哥哥至少也能当上个团长。嘻嘻……"她说着，弯身撩水向我洒来，我也弯身撩水洒她，两人在水渠一边调笑，一边跑跑停停，不知不觉间到了水渠西尽头。

渠西尽头便是秀水村了，我与表妹一起看过了涌流不息的姐妹泉，为避免被老连队的战友们撞见，我们一前一后相隔了十来步的距离。穿过了军民街，来到了县城的大街上，找到了一家照相馆，两人并肩走进去，羞滋滋地拍了合照。表妹拉着我的胳膊很亲热，摄影师也帮我们摆弄架势，把我们看作了一对恋人。

从照相馆出来，又逛了几家商店，我买了两包大红枣，专门送给表妹；又偶尔发现一个柜台里有"爱民模范盛习友"的英雄纪念章，顺手也买了一枚。这县城本是新设的，规模不大，一会儿就走完了。看看日头已经偏西，我送妹妹回到了团部招待所。

临别，两人心有不舍，互道珍重。妹妹道："我的地址已经写给你了，不要忘了给我写信来……"我道："妹妹不必多虑，过三五日你便会收到照片的。"说罢，与她依依而别。

第七十七章　牵　线

　　驻营地的晚上静悄悄的，我睡在铺上，脑子里还清晰地印刻着表妹的身影："表妹如此可爱，谁若真娶了她，兴许是一生中无比幸福的事情呢！"

　　次日是星期天，直睡到阳光临窗才起床。

　　想起再过几天又要开训了，队长刚布置的一堂新战术课——步兵班防御尚未熟练掌握，便拿了备课本来到野外，选一块荒坡高地，一边构思如何挖掘防御阵地、设置菱形拒马，一边熟记战术提纲、背诵试讲……

　　这一天白天就在备课中过去了。傍晚时分，华班长约了我在水渠上聊天了。

　　华班长笑着道："哎，四班长，以前一直只听你说有两个知青妹妹，怎么这次又冒出来了一个未婚表妹？"

　　我笑道："这表妹是真的，'未婚'却是假的。"

　　华班长道："怎么是假的？"我就将表妹来这里的事情原委说了一遍。

　　华班长笑道："哦，原来你表妹是个军恋女子。"

　　我道："她的办公室里有好几个军嫂呢。"

　　华班长道："哎，上次说到你的村里有两个女知青，其中一个还给你来了信，有没有照片？"

　　"信没带来，带来了一张照片。"我取出一个信封，从里面取出一张知青合影照来。

　　"哦，我看看……这么多人，我知道是哪两个呢？"

　　我便一一指给他看，他又道："咦，怎么没有你呢？"

　　"那一次我真巧与她们不在一起。"

　　"嗯，一个个都是花容玉貌、冰清玉洁的，我见所未见……这一个，亭亭玉立，清丽秀气；那一个，活泼可爱，健美得体……哎，听你说又冒出来了一个廖奕然，还是承敏颖的同班同学……"华班长一边看照，一边羡慕地说道，"看了照片，我明白了，你为何一直流露了一个念头，就是等服役期满，回到她们身边去……"

"是的。"

"不过，老梁，我要说你两句了，你的想法有点偏了！"

"如何是偏了？"

"凭你我现在的军事技术水平，全团也找不出几个。你的队列操练在团里树立了榜样；你的战术动作——网状阵地打坦克演练，在全师出了名。侯三号受到了师里首长的夸奖，高兴得不得了。听新来的耿指导员说，团里顾参谋长来考察我们几位小教员了，正在考虑提拔我们为干部呢……团里首长培养了我们，就期望我们发挥作用，怎能轻言回去？"

"你是说提干？"

"对！依我说，既然当了兵，就要入了党、提了干回去。进，不辜负首长的期望；退，可以告慰父兄，也可以给你的心上人多一分惊喜，这样岂不更好？"

"我提干了，这对她来说是个福音吗？"

"难道不是吗？"

"当然不是……一旦要提我为干部，组织上会同意我与一个反革命的女儿结婚吗？与其如此，还不如有点先见之明，让心上人少受点委屈吧！再说提拔不提拔，也不是你我考虑的事情。"

"噢，我明白了，你与我不同。你是知青，回去可以在城里安排一个好工作。我呢，能回哪里去？回山沟里去种地？让我二哥看笑话？"

"所以，你不想'被泛泛的大多数淹没'，是吧？"

看着他充满自信的笑容，我忽然念头一转，笑着对华班长道："一班长，你见到了我的表妹没有？"华班长道："那天我与炮兵班长从训练场回来，刚巧在南面门口看见了，你表妹长得很漂亮……"我道："你喜不喜欢？""诶？这不能瞎说，不过，这姑娘鼻梁高高的，眉清目秀，像个洋妞，谁见了会不喜欢呢？当时你表妹一出现，就连青岛大城市里出来的'黄大爷'黄班长见了，眼睛都直了，呵呵……"

"恐怕天赐良缘的机会就在眼前，我来做个媒，把她介绍给你，如何？"我半开玩笑地说。

"你笑话我了，这么漂亮的城里姑娘，工作又好，像我这样的山里人是配不上的，配不上的……"

我道："哎，你怎么小看了自己，在我心中你是个偶像呢！堂堂一表人才，当过首长的警卫员，武功又那么好，将来必有好前途，我若是个姑娘，非嫁你不可呢！呵呵……"

华班长听了大笑，在我的臂膀上冲了一拳，说道："你也学会捧人了！"

我又道："真的，我这个表妹啊，一心想嫁个军人。你若有意，我正要写信给她，有道是千里姻缘一线牵，先寄张照片给她，就你我两个知道，不成功也没有什么难为情的，怎么样？"华班长大喜，当下两个商议了一番不提。

又到了一个星期天，我去县城里的照相馆取了我与表妹的合照。心里想，看来这照片是不能寄了。回到营房，偷偷将我与表妹两个的人像从中间剪开了，将我的半张藏了，又将表妹的半张修剪好边幅，看上去就像她一个人的小照一样。到了晚上，在水渠边，拿表妹的照片与华班长的照片交换了。

此时看照片上的华班长，一副警卫员模样，青春年少，五官端正，面容润泽，腰束咖啡暗红色腰带，斜挂六四式手枪盒子，显得精干而自信，英武而从容，心想这事有八九分成了。再看看华班长，喜上眉梢，拿我表妹的照片仔细端详着，目不转睛地出了神……

第七十八章　晒军嫂

这一日，训练队提前开了晚饭，队长组织了教员们一起去团部观看文艺节目。我推说要写信，自愿在家留守，当然不会有人反对啰！

天色渐渐暗了下来，夜晚的寒气开始逼人。

我劈了些小木块，用几张废纸引了火，点燃了室内的烤火炉。烤火炉有长烟筒通往户外，很拔火，一下子就将木柴引着了，然后加两勺湿烟煤，用铁棒在炉中央戳一个洞，再将水壶往上一盖，那火便烘烘地燃了起来。

我独自躺在铺上，静静地想着这些天发生的事情。

忽然，表妹的一句话浮上了心头："自己有了好前程，就把一同吃苦的妹妹忘了……"也许表妹说来无心，却像警钟一样敲醒了我，难道我真的将她们忘了？想到这里，我有些自责了。

呀，曾经同甘共苦的知青妹妹，现在你们怎么样了？在这天寒地冻的冬夜，你们在做些什么呢？串门，还是在灯下看书？夜谈，还是在学校弹琴？

仿佛之间，我听到了两个姑娘的说话声……

"若你真的上大学走了，我们这个'知青之家'恐怕就要解散了！"

"亦立，我只想问你，如果将来肖琼走了，我该怎么办……那你也走了呢？"

……

"啊，我必须给她们写信，她们一定急切地想知道我的一切……"我立刻从铺上跃起来，伏在床头唰唰地写了起来……

水壶里的水嘟嘟地开了，我放下笔，将它灌入暖水瓶，添煤、换水，继续写……一会儿，水又开了……再灌掉，再写……当我写完了满满三张信纸的时候，所有的水壶都灌满了。然后，将信装入信封，在信封上写上"肖琼收"，又想了一想寻思道："对肖琼要说的话全记在日记里了，这信又不是一封情书。"于是便在信封上添上李欣、承敏颖两个人的名字。

水又开了，已无处可灌，便用一铲湿煤将炉子封了，上铺躺了下来，心似乎飞回了遥远的故乡……

门外响起了杂沓的脚步声，哦，战友们看完电影回来了！

人未进门，他们的声音却先传了进来，一个道："……今晚我从台下老乡那里学了两句：'勒郭（二哥），完了戏了！'旁边的也答得有趣：'还有电光影勒！'……"又一个说："台上才算有趣呢！那《红灯记》里的日本宪兵对李玉和道：'鸠山先生请你去哈（喝）酒……'那李玉和还没回答，倒是那李铁梅先插上来了：'俺不去，俺家有酒，是俺奶奶用地瓜面换的……'"

随即一阵大笑，众战友挤进门来了。

胡排长进门见我一人独自躺着，便一边唱一边走了过来："……妹妹哎找哥泪花流，不见哥哥心忧愁、心忧愁……"唱了两句，道："哎，四班长，躺在铺上想你的'小花'啦？"

"什么'小花'？"秦班长上前来故意问。

"哎，那天到部队里来找我们亦立哥哥的'小花'啊！"众人听了大笑。

黄班长插上来，故作感叹地说道："哎呀，那日我见了梁班长的漂亮'媳妇'，受了鼓舞。今天出去想了一路，终于下了个决心：俺现在这个女朋友不谈了，换一个漂亮一点的……"

胡排长道："哎，黄班长，漂亮不漂亮，也要拿出来给大家评评啊，不能一个人说了算啊。照片呢，拿出来，拿出来……"说罢，捉住了黄班长就要搜身。

"不用搜，不用搜，拿给你们看就是了！"黄班长从衣服口袋里取出皮夹，又从皮夹里取出一张女孩子的照片来，大家抢了来看。胡排长道："哎呀，你们瞧，多秀气、多水灵、多文静啊，黄班长，你若是放弃了，可惜啰……"秦川也笑道："哎哟，有了这等美女还说不漂亮？"

黄班长似乎有了面子，道："人虽然长得不怎的，可心眼儿还不错，去年回青岛探亲，与她两人一同乘了公共汽车到海边去，走累了，便走进一家咖啡馆喝茶。刚坐下来，我一摸口袋，坏了，钱包没了——唉，一定是在公共汽车上给扒手扒了，心里实在恼火，今日这脸面丢尽了……哎，这丫头在一旁发话了：'丢就丢了呗，丢钱免灾嘛，喏，我这里有呢！'我一听顿时心里暖暖的。"

胡排长很快又有了新的嘲谑目标："还有小秦，把你那媳妇的照片也公开公开！快，不要婆婆妈妈的……"秦川红着脸笑道："我那个啊，土包子一个，出来当兵时村里人介绍的，不看不打紧，看了羞死人啰！"众人都笑了。

胡排长却一点也不发笑，正经地说道："我在连队里当排长时就给排里立了一个规矩：凡是娶了媳妇、攀了未婚妻的，一律得公开……"秦川见拗不过胡排长，便道："你们先'公开、公开'别人的吧，等我先把这'夜宵'煮好了再给你们看……"说罢，将水壶到门外倾掉了些水，回来又掘开了炉内的封煤，从被窝角落里摸出七八个鸡蛋来，一个个地放入了水壶里，放在炉子上煮。

华成功道："咦，你这鸡蛋哪里来的？"只见秦川悄悄对他耳语，不知说些什么。我也有点好奇，黄班长低声道："从炊事班里'偷'来的，还是我教他的呢……"见我疑惑，又笑着道："这还不容易？白天你见炊事班的门开着，就把两只手插在裤袋里——这样看起来很悠闲——只顾大胆地往里走，若没人，拿了便走；若有人，就说：'伙计，今晚吃什么呢？'他必定不会注意你，继续做他的事。你呢，乘机两只手伸到鸡蛋框里，一手抓他两个，往裤袋里一放，再哼个小曲，荡悠悠地走出来了……哈哈，有一回我连拿了两次呢！"

不一会儿，鸡蛋便煮熟了，秦川出去把熟水倒了，把鸡蛋掏出来放在冷水面盆里，神秘兮兮地说道："各位，吃夜宵啦——"大家伸手来取，却听外面一个熟悉的声音传来："这么晚了，屋里好热闹啊！""不好，张队长来了……"一齐缩了手，秦川连忙将盛鸡蛋的面盆塞到铺下，把一只水壶提在了手里。

张队长走进屋里，看了大家一眼，问道："耶，怎么不讲啦？刚才还热闹得很呢……"见秦川提着一个水壶不放，神色有点异常，就道："小秦，你这是……"秦川连忙说道："……水壶都灌满了……我正要封炉子呢……刚才大家都在夸四班长的表妹好漂亮啊……"

胡排长发话了："张队长，我们刚才是在开一个……这个这个……'老婆内部参考消息发布会'……"

有人插上来道："应该叫'爱人'。"

"叫'军嫂'……好听。"

胡排长道："都一样、都一样，都是一个意思。每个人都得发布……"

张队长道："那现在讲到谁了？"

秦川唯恐胡排长扯到自己，插上来道："队长，现在正好讲到咱们的胡排长……"

胡排长斜瞥了小秦一眼，轻轻干咳了两声，不慌不忙地说道："好吧，就说说我的家属故事吧，这还得从去年的一次野营拉练说起。有一天连队行军一百五十里，拉到了一个村庄，安顿在老百姓腾出的空房子里。虽然很累，但作风一点不疲沓——铺床的铺床，挑水的挑水，扫院的扫院，直忙到老百姓家里缸满院净。我才独坐一边休息，低着头，也不吭声——其实我平时就是这么个鸟样，沉默的时候就像哭丧着脸，挺难看的。偏偏村里一个老太太看见了，走过来关切地说道：'哎，这位军哥，你好像有什么心事啊。'我呢，没注意说话的是谁，也没抬头，随口说了一句：'我老婆死了……'"众人都笑了起来。

胡排长不动声色地道："你们别笑，咱们那里有句骂人的口头禅：'别一天到晚哭丧着脸，就像死了老婆似的。'——因此我干脆就先把这个丑话说在了头里，免得别人再来侃我。这老婆婆也挺有意思的，她和善地劝说道：'哎呀，死了老婆也不要这样呀，想开一点，啊……再说，好的女人有的是，要不要给你介绍一个？'我一听坏了，这老婆婆把玩笑当真了！咋办？先硬撑一下再说，于是就说：'我现在正难过呢，明天再说吧。'半夜里，我们的部队就悄悄地出发了。"

众人一个个手指着胡排长，忍不住喷笑起来。秦川走上前来指着胡排长笑道："好啊，胡排长，你敢咒你老婆，下次嫂子真的来了，我第一个向她揭发你。"众人一齐附和着，笑个不停。

第七十九章　"麻队长"的美妻

"静一静，静一静……"胡排长扬长了语调，摆起了节目主持人的架子，道，"今天是个假日，又逢休整，没有学员在，咱就没大没小的啦……张队长，今晚你来巧了，听人说你的一段恋爱史比谁都浪漫，是不是也给大伙儿公开公开？"

没等张队长答话，他转过身来对大家说道："大家说，我这个提议好不好？"

"好！"众教员一齐鼓掌，因为训练队里谁都知道"麻队长"有个美妻，这里头的故事一定特别发噱、有趣。

这回，一向作风雷厉风行的张队长磨蹭了起来，他把帽子脱了下来，摸了脑袋，又把帽子戴上，晏晏一笑说道："嘿嘿，抓虱子的抓到我头上来了……你们真要听我的故事？好，今晚就破例了，也说点给你们年轻人听听……"

说罢他走到一个铺位前坐了下来，从口袋里掏出一个黑烟嘴，捻上一支烟，点了，慢悠悠地说："我可不能与你们比啊，我从小是个孤儿，三岁那年出了天花，一条命硬撑过来了，落了个满脸麻子。十八岁那年参了军，二十一就当了排长，大家都说我是少年得志，我也觉得十分得意……"

大家围了过来。

"岁数在渐渐上去，男大当婚哪，该找对象了，但是谈一个崩一个，屡屡不成，蛮心烦的，到后来我也有点灰心了。拖到了二十八岁那年，有人给我介绍了一位南京医院里的护士，才二十岁。当时我没有信心，心想：人家这么年轻，又是白衣天使，肯定又会白忙一场。哎，可人家对方不嫌我年纪大，只是说先看看照片，满意了再见面。我听了这话，回头一想啊，嘿，可以试试啊，我除了脸上的麻子，人还是长得蛮精神的啊，这照片上又看不出麻子的，先寄了照片再说，就选了一张自己认为是最好的寄了出去。过了一段时间，女护士来信了，说照片看过了，满意，要见面。这可怎么办呢？一见面不就拆穿西洋镜了？

我就对介绍人说，这样吧，要见面就到部队来见，不过有个条件：我的岁数也蛮大了，路又这么远，就请她开了结婚介绍信过来吧，若见面双方满意了，就在部队把婚结了，行不？"

这一招灵不灵呢？大家都竖起了耳朵。

"护士答应了，说国庆过来。"张队长笑眯眯地说，"中秋节前一天，她来了，连长指导员特地安排我们在连部碰头。哎，一见面，这姑娘哭了。这可把连长、指导员急坏了，背后商量说：'婚姻谈不拢事小，损害军民关系事可就大了！'怎么办？总不能捉了鸟在树上做窝！指导员出来打圆场了，对那护士说：'姑娘，别哭，别哭，这谈恋爱讲的就是你情我愿，捆绑成不了夫妻，谈不成也没关系，就当国庆到部队来旅游一趟，我们这里好玩的地方多着呢。你看啊，有百脉泉，有千佛寺、大孔庙，就是'五岳之尊'的泰山也离这里不远……哎，其实我们这个张排长人真的很不错的，立过三等功，武功好，身体棒，在我们连里是军事教练员，极受尊重的，只是小时候出了点天花……不过我们平时都面对面看惯了，也不觉得有什么不好看，也没人把这当回事……"张队长说到这里自己也笑了。

"第二天休息，指导员叫我陪着女护士参观连队。我和她来到了训练场上，有几个战士正在练习单杠。看见我俩一前一后走来，一齐围了过来，有的打招呼道：'哟，排长……'背后把大拇指一竖；有的打趣说：'排长，什么时候吃喜糖啊？'我打断他们说：'不许乱说，人家是来参观的，别损害军民关系啊！'这时候，练单杠的战士故意说：'排长，来几下让我们开开眼界吧！'嘿，这人哪也真奇怪，当着这姑娘的面，不知怎的特别来劲儿，趁着士兵们瞎起哄，我也想露一手给大伙儿看看。于是，我伸了伸腰说：'好久没练了，正想舒展舒展筋骨……'我一边说，一边脱下军外衣，活动几下腰身，迈入杠下的沙坑，抬头，纵身一跃，先来一个杠下悬垂，然后前后摆动，一个鲤鱼打挺，轻松地上了单杠——我向来讲究做事有棱有角的，这一招叫鹊立枝头……接着又来了一个摆身穿杠……连做了几个动作，战士中有人喊：'大回环！大回环！'这连队里，大回环还真没几个做得了的，这可不能马虎，要做些小保护。我嗖地下了杠，早有一个善解人意的机灵鬼不知从哪里拿了护腕带、防滑粉盒过来了，这太好了。我不慌不忙系好护腕带，又搽了搽防滑粉，稳定一下情绪，唰地上了杠。这回直接来了几个打浪，越打越高，一挺腰便旋上了杠面，接着便在杠上转了起来……这时候，观看的士兵也多了起来，一齐拍手、叫好……看了我的表演，这姑娘一句话也没说，只是红起脸，笑了笑。倒是指导员看出了点苗头，他对我说：'一排长，你这一套真绝，我以前还真没好好注意，你在杠上的动作太完美了，简直跟体操运动员一般，身轻如燕，精神抖擞，满面风光，哪里有一点麻子的影子？哈哈，这回有点意思了……'果然，她回南京后给我写了信来，半年之后我们就结婚了。现在我的儿子都这么高了……"

大伙儿听了一齐鼓掌，笑语不绝。

张队长看了看表，道："哟，都过十一点了，若是往时，熄灯号也吹过两个钟头了……哎，小梁，你是战术教员，这里有一本我在步校学习时的战术小册子，收集了一些训练经验和参战老兵的体验，里面也有我的一些学习体会，拿去参考参考吧！要成为一个出色的战术教员，今后会有用的。好了，不早了，大家上铺休息吧！"

我从队长手里接过那本小册子一看，封面上写着"炮火下的连排进攻战术"，内心一阵喜悦，呀，可敬可爱的张队长，你真的将"武功秘籍"拿出来了！

华班长在旁边见了伸手来抢，嘴里道："让我看看，我看看！"我连忙把小册子掖在怀里，道："今天晚了，明天再看吧！"

嘿，我哪里舍得给他！

第八十章　稻仙子入梦来

夜里，我与战友们并头躺在铺上，枕下垫着张队长给我的小册子，身子保持着一动不动的姿势，一颗心却不能安宁下来。战友们怀念亲人的氛围依然没有散尽，队长的话语依然响在耳边，我的思念之心仿佛展开了翅膀，飞越了山川大地，飞向了南方，飞向了那个令人难忘的村庄。

昔日的草庐、油灯、禾锄，插妹的身影、村姑们的欢声笑语，还有田陌、河岗、水车，像一幅幅图画出现在了我的眼前……

> 曾记得，一同走过了多少田陌，
>
> 也难忘，携手跨过了几多沟坑。
>
> 邻结老水牛，心连东西厢，
>
> 住的是草舍，睡的是竹床；
>
> 喝过了蚂蚁粥，尝够了咸菜汤；
>
> 磨硬了嫩手臂，练出了铁肩膀……
>
> 一片片乡情入怀，一份份期盼在望；
>
> 扪心自问暗思量：为何梦恋着这第二故乡？

那美丽的故乡、可爱的人儿，你的影子闪现在我面前。啊，相聚相处的旧草庐、日夜思念的知青屋，何时才能回到你的身旁……

别梦依稀……久违了，艳阳下，小河岗，稻田青葱，菜畦成行，广袤的田野一览无余……我又一次来到了这里……

前面要经过小河岗了，那里种着一畦畦红薯，一位身穿淡蓝色的村姑在岗上浇水，那身影十分熟悉，难道是肖琼？我的心怦怦跳了起来。赶紧往前走过去，这回看清楚了，真是她，肖琼姑娘！

"肖琼——"我喊着奔过去。

肖琼回过身来，傻傻地看着我这个陌生的军人。猛然间她醒悟了，"亦立——"她红了脸大声地喊着，眼里一下子闪出了泪光，她丢了水勺子，向我奔跑着扑过来。

"啊，亦立，真的是你，你可回来了!"

"你怎么独自在这里浇红薯?"

"每逢红薯长个儿、稻子扬花儿的时节，我就会到小河岗上来。我已经猜到你要回来了，而且一定会到这里来的，所以在这里等你，因为这里曾经是你和我最恋心的地方……"

我拉住她的双手仔细端详她的面容，啊，她依然那么美丽!忍不住将她搂在怀里，轻轻地深情地亲吻她的面颊……好清香啊，她似乎完全陶醉了，低眉顺眼地让我扶抱着，继而合上了双眸，那样子就像孩儿睡着一样甜蜜……

一会儿，她睁开明亮的眼睛，直起了身子，含情脉脉地说："你会永远爱这片土地吗?"我毫不犹豫地回答说："会，直到永远……"

她笑了，挽起我的胳膊，和颜悦色地说："来，我带你去见我们三个姐妹的父亲。"

"三个姐妹?父亲?"我感到十分惊奇。

她不容我细问，拉着我走向绿油油的稻田，忽然面前出现了一幅奇景：稻田里开辟出一条金光闪闪的路来，路通往一个高坡，高坡上有一个金色的草庐，和风吹拂，两旁的稻禾上沾着点点白色，那是青穗的嫩蕊，它们轻轻地摇动着，仿佛在欢迎我们的到来，禾香四溢，沁人心扉，心旷神怡。

"亦立——"我仿佛听到了田野里传来承敏颖熟悉的声音……

"亦立阿哥——"呀，这明明是阿蔚在呼唤我的声音啊!

但是只闻其声，不见其人。

我惊讶地看着周边一切奇幻的变化，跟随她向那个草庐走去。呀，草的顶，草的墙，草的门，处处闪耀着金色的光芒。走近草庐，门自动打开了，里面是草帘、草铺、草甸子，我俩在软软的草甸子上坐了下来。

"远方归来的兵哥哥啊，实话告诉你吧，我和敏颖、阿蔚都同龄，是人们传说中的'稻仙子三姐妹'……"我惊讶地问道："是这片土地上的稻神的女儿?"肖琼笑道："是的，小妹负责管禾苗分蘖，故名'蔚'，人称'蔚姑娘'；大妹负责拔节抽穗扬花，故名'颖'，因为这个时节的稻禾怕风雨，特别敏感，所以又叫'敏颖'，人称'颖姑娘'；我负责稻禾灌浆，让谷穗灌入琼浆，故名为'琼'，人们称我为'琼姑娘'。"

"啊，蔚姑娘、颖姑娘、琼姑娘……稻神之女？扎根大地之上，来自尘世之外，太不可思议了！"我惊喜地说道。

"嘻嘻，"琼姑娘笑着说，"每当稻禾抽穗扬花的时节，我们就在一起传播花粉，一起戏耍、一起劳作，非常快乐……"她忘情地说："有时也会有寂寞之感。有一天，无意中讲起了人间爱情的故事，'蔚姑娘'忽然说：'如果我是个凡人，我一定要找这世间里最可爱的人，他不但深爱这片土地，而且勤劳、勇敢而有学问……'她这一说，把我们的脸都羞红了……"

"那怎么办呢？"

"奇巧的事情发生了，"琼姑娘说着兴奋了起来，"一批知识青年下乡来插队了，而且乡里决定男女搭配分派，姐妹三个知道了高兴万分，认为这是千载难逢的唯一的机会。于是我们夹杂在知青队伍里，来到了凡间……"

"啊，怪不得一个个美如天仙呢……"

"为了考验身边的人儿，父亲特地设置了种种心魔和障碍：草舍、劳累、困苦、出身、长久的分离，还有各种各样的苦恼——这一切都是虚幻之境，如梦幻泡影、过眼云烟，意在试探心仪人是不是真爱我们所在的这片土地……"琼姑娘绯红了脸颊说，"现在，你终于回来了，我的愿望可以实现了！还有，通过你引荐，颖妹妹也找到了守卫乡土的有心人。只是蔚妹妹最心急，她跑了出去。听她说，也有了心目中最可爱的人了，那是一位英俊的守卫国土的勇士……"

听了琼姑娘这番言语，我惊讶得说不出话来。

接着，琼姑娘拉住我的胳膊，说道："我的兵哥哥，在通往爱情的道路上，父亲给我和你设置了最后的一道障碍……记住了，千万不要被假象迷惑，你一定要拿出军人的勇气来面对它、战胜它，我的一颗心在等待着你……"

正说着，草庐里屋传出了声响，琼姑娘拉我起身道："父亲来了！"

接着，我的眼前出现了一位鹤发童颜、神态清癯的老者，但见他身披金色蓑衣，腰系金色草带，脚穿金色草履，满面红光，仁爱慈祥，朴实可亲。

"晚生拜见稻神……"我连忙恭敬地作揖道。琼姑娘在一边见了，掩嘴扑哧地笑了。

稻神呵呵一笑道："你爱这片土地？"

"尊敬的稻神，我得承认，开始我并不爱这方土地，自从见到了琼姑娘，我的爱在一天天增长，直到今天，这份爱已经刻骨铭心了，我已经把它当作我的第二故乡……"

"那么，住草庐，你也不悔？"

"不悔，有草庐才有琼姑娘，此生永远不悔……"

稻神哈哈笑了，连声道："好，好，好！"

此时忽见门外电光一闪，稻神道："江南大地，风调雨顺，天公又要播雨了，我也要去工作了！呵呵，呵呵……"说完，从进来的地方飘然而去。

接着又是电光一闪……

忽然一团"电光"照到了我的脸上……

啊，我惊醒了。

原来是耿指导员查铺来了，他的手电直照在我的脸上，轻声笑着道："梁亦立，你怎么回事？睡觉还不老实，嘴里嘟噜着，想家了？"

"啊，指导员，刚才做了个梦。"我不好意思地说道。

"睡吧，明早出完操，到我那里去一下。"他在我耳边低声说，然后转身，轻轻拉上门走了。

第八十一章　第一次还乡

　　早操后，我来到了指导员办公室门前，心里想，难道昨晚指导员觉得我有思想问题了？唉，老兵了，哪有想不开的事情……

　　"报告！"我推门进去。

　　耿指导员笑盈盈地从桌子旁走过来，说："小梁，服役几年了？"

　　"四年多了。"

　　"想不想家？"

　　"不想……"

　　"呵呵，不想是假的。"他微笑着递给我一张纸，"告诉你一个好消息，你的探亲假批下来了！"

　　我接过一看，原来是一份探亲批准通知书，上面写着：今批准梁亦立同志回乡探亲十一天，自某年一月九日至某年一月二十日。

　　"谢谢！"我高兴极了，向指导员行一个礼，指导员笑呵呵地问："哎，有对象了没有？"

　　"还不能算……"说到对象，我有点羞赧。

　　"嗯，这个问题啊，要速战速决，回去争取把她搞定了！哎，要有长期在部队工作的打算，团首长对你们几个小教练很重视，你该有点'悟性'了吧？嗯，别的都不说了，仔细看一看背面的'士兵探亲守则'，不能违反了纪律，啊！"

　　"是！"我又一次敬礼，满心欢喜地退了出来。

　　回到宿舍，又取出探亲批准通知书来看，离出发的日子还有两天呢！幸好，昨晚写给父母的信还没有发出，改发个"回家探亲"的电报吧，让家人早点知道这个喜讯，又想到应该给肖琼她们的信里补写上几句。

　　过了一会儿，我停笔不写了，因为说不准信与人一块到家呢！还不如突然出现在村子里，让她们毫无准备地迎来一个惊喜！

我立即上城去邮局发出了一个电报，又去部队小卖部买了一大袋红枣、一小袋黑枣，还有苹果和香烟。回来开始做各项准备工作，把枪擦得干干净净的，交给军械员，接着把床单、衣服洗干净，收好……

归心似箭，那日中午我登上了南下的列车。

在车厢里的座位上，我翻开张队长的小册子，见第一页上赫然写着：炮兵乃战争之神！这一下子吸引了我，细细读了起来。

一会儿，旁边有人凑身来看我手里的书了，这可是军事秘密呵！我笑着合上了书，眼观四周，发觉我是车厢里唯一的军人。啊，正因为这身军装，让我获得了许多殊荣：在这齐鲁大地上，无论行走到哪里，都会受到百姓的欢迎：红领巾会向你敬礼，司机会停车搭载你，从未谋面的大娘会将大把的红枣、山梨塞到你的手里和挎包里……

想起山东老乡的热情，我心里充满了甜蜜与快乐。我觉得应该做些什么，不如就学学雷锋吧，于是起身帮助列车员提水送茶、扫地抹凳……

回坐到窗口，看飞驰而过的山川、丛林、田野、庐舍，一种思乡归乡之情油然而生：啊，飞奔吧，列车！美丽的江南，我的故乡，还有，我心中的草庐，你的游子归来了！我不由得哼了起来：

> 遥远的水乡，
> 有一个秀美的村庄。
> 秋水涓涓，
> 庐，在水的中央；
> 啊，金色的草庐，
> 伊人之庐，亦我之庐，
> 你东厢，我西厢，
> 相伴守在身旁……

啊，从今以后，没有什么力量可以把我和伊人分开了。想到这里，我立即拿出日记本，在上面写下了这样一句话：万事皆可谦让，唯独爱情除外。

经过夜以继日的旅行之后，我终于回到故乡的怀抱。

虽然有些疲劳，但仍然兴奋不已。我踏上了东门外的那条小巷，一切是那样的熟悉，又那样的生疏。

推开那扇从不关锁的园门，我信步走了进去。园中的景物依然如故，枯黄的扁豆藤稀稀落落地挂在围墙上，围墙一半由土垒成，一半是竹篱笆；一条狭长的石径通往井边，两旁的菜畦地大多荒芜了，唯有一畦韭菜青葱悦目；刻有绳索印的石井栏仿佛在叙述着儿时的故事，半青半黄的棕榈在弱风中摩挲作响，河边的翠竹在朔风中微微摇曳……

我敲响了第二重院门，"来了……"里面传出了一个女孩的声音。随着一声声脚步声，门开了，一个学生模样的姑娘出现在我面前："阿萍？"这让我感到惊奇，因为这个姑父的大女儿，在我的印象中是一个小姑娘，现在已变成一个像模像样的少女了。

阿萍笑着说道："阿哥，不认得我了吗？"我一边进门，一边说道："还真有点认不出来了。"阿萍接过我的提包，笑道："怎么，我变了吗？"我道："在门外我一听这脚步就不对劲了，以前你的脚步是嗒嗒嗒的，急促得很，现在是慢悠悠的，很稳重似的，乍一听还以为是大人了呢！"阿萍呵呵地笑着说道："全都知道你这两天要回来，正好我放寒假了也想过来看看，舅母舅父都在上班，舅母特地叫我在家里守着，怕你回来见不着人……"

我放下行李，来回在屋里走动着，一切依旧未变，中庭两侧是两个房间，连接这两个房间的是一条狭窄的过道，过道中间有一扇后门，打开后门是一个码头，下面便是一条弯弯的小河了。

"姑夫好吗？"我问。姑夫便是阿萍的父亲。

"仍在那所中学里教书。"阿萍说。

"我妈是什么班？"我又问。

"早班，下午四点下班。"她答。

"嗯……还有三个小时零三十五分钟。"我并没有表，但是我能说出当下的时间。这是在部队里养成的习惯，无论何时何地，我都可以根据方位和日光估摸出时间，误差不会超过十分钟，这是运用军事知识结合实践经验获得的技能，就像贾裕荣能手掂出重量、黄元廷能目测出距离一样。

"我来给你做饭。"阿萍道。

"好的，不过我不饿，现在先出去有点事……哎，那包里有山东大苹果、大红枣，你只管拿着吃，我去去就来。"说着，我出了内院门。这时，园子里的西墙边出现了一个女孩子，正悠闲地边看书边晒太阳——我认出来了，她是花家药店老板的女儿，这个黄毛丫头，现在也出落得水灵灵的了……

自然，我最想见到的是肖琼了，"现在已到农闲时节，她应该回到城里家中了……"我出了园门，径直向一里多远的大禹巷走去。

第八十二章　惊　诧

很快，我来到了那条熟悉的大禹巷。

前面就要到肖琼的宅门了，四年前，在那个高大的白色院墙下的黑漆大门口，肖琼曾与我临别赠言，她把熟鸡蛋塞进我的挎包里的时候，也在那里。

"她一定不会知道我马上要出现在她的面前……"我的心微微有些激动。

然而，待我走近时，发现那高墙的门已经损坏，里面的景况让我吃惊：前两垛旧宅已经消失，变成了一片散发异味的废墟，四处是破瓦残砖和焦木，上面又沾满雨水冲洗过的泥浆。所幸的是肖琼家的第三垛房子还存在着，但里面空荡荡的，满地是泥浆……不远处，有五六个穿着高帮水靴的工人在清理残垣……

难道我又回到了梦里？我踏着瓦砾走过去，似乎要在这里寻找、发现什么，但眼前的情景告诉我，人去物非，不知所以。我向清理的工人询问，这里的主人去了何方，知不知道一户姓肖的人家。他们回答说只知道这里不久前发生了一场火灾，我们奉命来干活的，其他的事一概不知。

我有点茫然了，顿时有了一种不祥的预感。

我带着疑虑不安的心情返回家去，这时父母回来了，姐弟也回来了，全家人团聚在一起好欢喜呵！母亲立即给我做好吃的，父亲则与我坐在桌子旁聊天。父亲开心地对一旁的母亲说："想不到儿子出去几年，有耐心了，能跟我坐在一起说说话了……"

晚上，母亲开始为我操心对象的事了。她讲到了田蔚，讲到了街坊里的女孩子。她还告诉我，肖琼的母亲因为一场火灾，受了惊吓，不久前去世了。说到这里，她颇为遗憾地说："肖琼也是不错的女孩子啊，可惜户口还在农村，不然做我的媳妇是很合适的……"

我迫切地想知道肖家究竟发生了什么事情，以及肖琼的景况如何。

第二天一早，我提了一个旅行袋，里面装了红枣、香烟，匆匆告别了父母，在西门汽车站买票上车到乡下去，很快就到了插队过的乡下。

走在那条熟悉的乡路上，我立即体验到了一份久违的亲切感。

乡路上，依旧可以看到老农在地里劳作，牛童牵着水牛在田边溜达，还有在村口端大碗喝粥的孩子和妇女们。

前面是一个面貌依旧的村庄，一户人家正在造新房，房顶上有人在向我挥手……啊，是他们认出我来了呢，还是向路过的军人致意呢？这时一位男子向我走来了，我认出他来了，是乡里的老支书何书记！急忙走过去，他握住了我的手问长问短，一定要请我去他的家里坐。我说："不了，你这么忙哪有工夫接待我啊，再说我也急着要去村里呢！"说罢，我取出香烟来，分发给何书记和周边的人。临别，何书记再次握住我的手说道："盼着你回来啊，我这个书记也该有接班人啦！"

再往前就是我插队的村子了！

哟，村子周围有些变化了，南面有一片很大的水塘，水塘与东边的小河连接了起来，水上面露着一些残荷。我想起承敏颖信里的话来："村里已经采纳了你的意见，将低洼地挖成池塘，再引入河水，种菱种藕、养鱼放鸭……"

啊，村庄变美了！真的在一片水中央了！

我下了高田岸，踏上小石桥，激动得似心头撞鹿。啊，剑华长高了，在门口端着大碗在喝粥，他第一个看见了我："解放军？亦立回来啦……"他还是那副咋咋呼呼的样子，但人已像个小伙子了。我停在场上，从包里捧出一捧枣子来，放在他空了的碗里，快步向知青屋走去。

走进屋子，我见到了一男一女似夫妇的两个人，立马就认出来了，是阿翠和李欣。她俩见我突然造访，又惊又喜，连忙倒茶看座，李欣上来拉着我的两个胳膊说："真没想到你突然回来了，好让我开心哪！亦立，原谅我没有告诉你，我与阿翠结婚啦！"

"啊？什么时候结婚的？"我说，李欣说："去年国庆节结的婚，一切从简了……"

"好啊，"我说，"又是邻居又是师傅的，田头情侣，天赐良缘，哈哈哈，只是没写信告诉我……"李欣道："写信告诉你也没用，难道你能飞回来的？"我笑着说："这倒也是！"

消息传了出去，村民来看我了，央正、蒙正、惜阴、汉庆、郭良……都来看我了，我赶紧将红枣倒在桌子上，一面又分发香烟。我忽然发现少了原来的一群疯丫头，就道："郭良，你妹妹凤娣呢？还有剑华，你的两个姑姑月娥、月凤呢？还有豌萍呢……"众人笑了，央正说："这些丫头家早嫁人了，成了别的村里的媳妇了！"大家笑了。我忽然又想起郝阿鸾："哎，郝阿鸾怎么样了，在村里吗？"郭良道："他呀……嗯，他呀……这些天忙着呢，到镇上去买东西了……"

"哎，阿翠，李欣，"我又道，"肖琼、敏颖呢？"我这话现在才入了正题，我来这里不就是为见她们吗？阿翠笑道："你不知道？敏颖半个月前去了云南她姐姐那里，帮姐姐带孩子去了……"

"哦，那肖琼呢？"

"肖琼啊，已经认了秀芸为寄娘，现在正在她寄娘家里呢！"

"啊，变化还不小哪！"我说，"我正想见见妇女队长呢，我过去看看！"说罢，我起了身，对大家说："各位兄弟，你们先坐着，我去去就来啊！"众人道："不啦不啦，你去吧，我们也有事要去做呢！"我道："哎，多少年没见面了，大家一起吃个饭，聚聚贺贺，我这里还有一瓶山东大曲，我去叫了肖琼过来做饭……"众人推辞道："不了不了，我们有事有事……"一个个都散去了。

我心里有点诧异，这些朋友以前不是这样的啊，才几年工夫怎么变得生疏了呢？不管他，先去找了肖琼再说。

我一路小跑似的来到妇女队长家的院子门口，从敞开的大门里看见了肖琼熟悉的身影。"肖琼——"我兴奋地高声喊了起来，肖琼回头看了我一眼，脸蛋立刻涨红了。奇怪的是，她见了我就好像见了一个怪物一样，好像害怕极了，转了一个身就要躲进屋里去。

第八十三章　梦里的木桥

我诧异万分！

在我的想象中，她见到了我一定会惊喜交集，情切切地向我奔来，虽然不会像梦中那样情稠意浓，但也会扑在我的怀里边流泪边埋怨，抱屈地问长问短，然而她连一点点这样的意思都没有。

我大感不解，连忙道："肖琼，我是亦立啊。"我脱下军帽，希望让她看个真切。她好像从记忆的角落里被拉了回来一般，慢慢地回转身来，未走两步便立定了，淡淡地说："你回来了？"

"肖琼，你怎么啦？不舒服？"我关切地问。

"没有啊，你怎么会知道我在这里的？"她说。

"村里人告诉我的，我就立刻跑过来了。"我说。

"……亦立，我要告诉你一个喜讯：我要结婚了！"她突然说。

"结婚？"我以为听错了。

"是的，吉日就定在这个月的十八日……"

"也就是还有九天？"

"是的，你来参加我的婚礼吗？"

"你的婚礼？"

"嗯。"

"新郎是谁？"

"你的朋友郝阿鸾……"

"郝阿鸾？"

"……

我望着眼前的这个女子，曾经是那样的熟悉、亲密，现在就像陌路人一般，从前的肖琼是这个模样吗？不，她不是这样的……

"肖琼，这是怎么一回事？你在跟我开玩笑，是吧？这不是真的……"我抓住了她的双肩，激动地说。

她不回答，任我摇动着肩膀。

"肖琼，你变了！"

"我没变，是你变了！"

"肖琼，你一定是在骗我。"

"我没有骗你，到时候你来参加我的婚礼吧！"说罢，她甩开我的双手，回身向里屋走去……

我捏了捏自己的脸颊，怀疑自己在梦中，然而脸颊是痛的，这是真的，无须怀疑。秀芸从外面回来了，她见了此情景，拉我到屋里坐下。"妇女队长，刚才肖琼对我说了一些胡言乱语，究竟是怎么回事？"我急切地说。秀芸道："是真的，亦立，想开些吧，天下何处无芳草，像你这样的条件，不愁找不到好对象的！"

我一下子变得呆头呆脑了，自言自语地说道："肖琼变心了……"我的心仿佛完全麻木了，而后木讷地谢绝了秀芸的挽留，沮丧地离开了这曾经多么思念、多么依恋的村庄。

我不记得自己是怎样回到城里家中的。

我开始闭门不出，忧心如焚，无法解开心中的郁闷。夜晚，我拿出往日写的日记，一页一页地翻着，上面密密麻麻记载着思念肖琼的文字，一行行、一段段，都是我的心里话，读着想着，眼角不觉流出泪来，不一会儿，我进入了梦乡……

雾色弥漫中，我仿佛看见了一顶竹轿，许多人抬着它，后面跟着一队鼓乐队，郝阿鸾走在队伍的前面向我们的知青屋走来……这时我站在门口拦住了他，郝阿鸾见了，摆了摆手，鼓乐手们停了下来。他拱手开口道："亦立，好多年不见了！你回来怎么也不事先打个招呼？更没想到你会来参加和见证我的婚礼啊……呵呵，贵客贵客，欢迎欢迎……"我嘲讽道："郝阿鸾，这几年你还真的下了点功夫，百步之遥，居然精心打造了一顶花轿。你做这竹轿少说也得花上半年时间吧？看来不比你的爷爷当年的手艺差啊……"郝阿鸾红了脸说道："亦立，你知道的我这个人就喜欢琢磨，什么事情只要一琢磨，没有做不成的！呵呵……"说罢大声道："吹打起来！"那些鼓乐手又咚锵咚锵地吹打起来了……我举手瞋目喝道："慢着！"这一喝，鼓乐声停止了。我大声道："郝阿鸾，你可知道当年秦副社长立了个规矩？"郝阿鸾道："什么规矩？"我道："与女知青结婚，要由公社婚姻登记处的登记员亲自下来核证！"郝阿鸾讪笑道："哦，这正是今天一齐要做的事情，登记员早就在秀芸家里歇着，马上过来，我与肖琼约好了，今天既是登记员核证之日，也是我与肖琼领证之时，双喜临门，哈哈……"我怒不可遏地说道："郝阿鸾，全村的人都知道肖琼是我的恋人，难道你不怕担上破坏军婚的罪名？"郝阿鸾反唇相讥道："哼哼，亦立，你我也是多年的朋友，这话说得有些离谱了。肖琼曾经是你初恋这不假，但说到底连个未婚妻也算不上，何来破坏军婚之说？如今不比往日了！再说……""再说什么？""再说结婚靠的是你情我愿……""你这是虚情假意。""今天你不会是来搅局的吧？""据我所知，双方证也没领，你如此大张声势，居心何在？"这时，身后里屋传出了哭泣声，肖琼哭着喊道："爹爹，你在哪里？叫我怎么办呢？我受不了了……"而门外，我与郝阿鸾依旧在你一言我一语，讥讽互责，各不相让。

这时，秀芸突然来到我的身后，一把拉我进屋，低声急切地说："亦立，我知道你会来的，所以一直在拖延时间……肖琼已经穿了衣服哭着跑出去了，快追她去吧，这里一切由我来处理……"我问："她往哪里去了？"秀芸道："从后门出走往大河岗那边去了，快去追吧……追到了两个跑得越远越好……"我飞快地向大河岗奔去，一边跑一边想，肖琼，我不会再放你走了，我要将你抱在怀里，你一定不要反抗……但愿时空凝结了，一个是身穿草绿军装，一个身穿纯情婚纱，在那河岗上——曾经相爱而又不敢爱的地方，一颗勇敢的心将一颗温柔的心征服了……不，两颗心贴在一起了！

在大河岗边的自留地里，我追上了她，两人气喘吁吁，相对望着。她哭着说："你为什么还要来？你叫我怎么做人？你快走，快走啊——"我冲上前去，不顾一切拉住了她。这时一只有力的手拦住了我，他就是郝阿鸾。情敌相对，分外眼红。我恨不得一拳打在他脸上。只听郝阿鸾愤恨地说道："亦立，你为什么要这样做？"我不无自豪地说道："为了我们的爱情，为了一个响亮的名字：'肖亦立'！"他忍怒道："你想带她到哪里去？"我直言道："我要带她到部队去！""部队能接受她吗？""能！""不！""一定能！""亦立，在这个平静如水的村子里，尚且不能容忍我那父亲；在你那红色的大熔炉里，岂能容得一个有那样背景的女子！""那又有什么了不得的，大不了我就回来种田，重新住入当初我们的草庐里！""回来？你能承担了这个责任吗？""当然能！""你除了能写写读读，还能做什么？你一年能做多少工分？你能接受一个从监狱里出来的有病的老人吗？你有什么本事养活老人和一个城里下来的弱女子呢？""我自有办法！""不，你不行的，这些年你照顾她了点什么？她生病了，你知道吗？她母亲死了，你在哪里？她遇到坏人来侵害，你又在哪里？""郝阿鸢，你不要来跟我要嘴皮子，今天我一定要带她走的！""亦立，你不怕我上部队告你吗？""怕？怕就不来了！""你想怎样？""你想怎样？""打架你早就不是对手！""今非昔比，不知鹿死谁手！"我脱去了上衣，与他对峙着，在大河岗的桥边与郝阿鸢拉开了架子。郝阿鸢凭借他的体力一把将我揪住，我正想用捕俘拳的一个擒拿动作将他扭翻在地，但是我猛然想到他揪住的这身便装——虽然没佩帽徽领章，也是部队发的啊，它代表着我的身份，提醒一个军人应当遵守的纪律……我一时犹豫，他一拳向我面部冲过了来，我本能地一闪让避过了……接着被迫后退了几步，他又一脚向我踢来——这小子也正在火头上，这一脚踢到我的腹部，我没有让开，因为我接应他的是太极拳中的绵腹之力，以柔克刚，他无法伤害到我的。反之如果我让开，再来一个顺手牵羊，便可将他摆倒，他可能会滚到河滩下边去。郝阿鸢这回拼命了，冲上来又是拳脚相加，我用跳跃的方式频频躲闪，有几次也让他击中了非要害部位……少顷，他气喘吁吁了，用愤恨的口气道："你为何不还手？谅你也无力还手！"也许是因为他占了上风的缘故，他的气逐渐消减了许多，而我却在河岗上自个儿抖擞了精神，呼呼行起拳来，一连使出几个套路绝招，锁喉如饿豹扑食，扫堂腿如风卷残叶，摆莲腿如顶上破瓜……一番非同寻常的拳脚套路让他看呆了！而后，我不再睬他，拾起路边的外衣，掸掸尘土，朝肖琼的方向跑去。

穿过岗上的自留地，前边有一座两三米宽的木桥，我快步走过桥去寻找她。在河西边的桑树林里喊着肖琼的名字，但不见她的人影。急忙折返回来，走到桥边，见她立在了桥的中央，而桥的另一端郝阿鸢也正向她走近来。现在她在桥中央踌躇徘徊了：桥那边郝阿鸢喊着"肖琼"，她迟疑不决，低头团转；桥这边的我突然喊出了一句梦中之声："琼姑娘——稻仙子——"忽见她一阵眩晕，身子一阵摇晃，倒向南边的桥栏——那桥栏已年久失修，"哗啦"一声折断了，肖琼连人带栏跌下桥去。两个男人慌了，急忙"扑通""扑通"跳下河去……

呀，原来是一个奇异的梦，日有所思夜有所梦嘛，我醒了。

第八十四章　心中的草庐

父母不知道我的心思，继续为我张罗着对象，他们的奔波和努力也有了收获和效果：邻居婶娘要去了我的彩色军照，院子里看书晒太阳的姑娘频频向我微笑，父亲学校里的一个女教师也突然上门来，母亲也托了她同事介绍一位商行女职员……

然而，这些相亲的人都被我一一谢绝了，介绍人只认为我的要求太高，当然不知道我脑瓜子里在想些什么。

日历一页页翻过，我既不走亲也不访友，天天如一个闷嘴葫芦，父母见了心里很焦急。假期很快就要满了，我决定提前一天归队去——在那个大熔炉里，可以专注于习武，化解我所有的焦虑，甚至我可以学习华班长，发奋努力，不再"被泛泛的大多数淹没"，我也一定可以做到的，从今以后彻底忘掉肖琼那个"负心女子"。

我带好所有的行李，来到了西门汽车站上，在购票处买了一张车票。

当走出车站的时候，我才发现车票的目的地不是去无锡火车站，而是去凤凰山公社西车站的——呀，那是我插队之乡的车站啊！

真有点鬼使神差了，怎么办？退票吧，购票处人排着长队；下乡吧，那里的心上人已经不爱我了……但我总心存疑虑，这事来得太意外了，她一定在骗我、考验我，或许她现在已回心转意了呢！

忽然又负气地想，若今天真的是肖琼所说的婚日，我倒要去看看他们这个婚礼是怎样举行的！越想越来气，霎时心急如焚起来了。

车子很快就到目的地了，我将行李寄存在车站里，换了一身便装，大步向昔日的村子走去。

我又一次踏上了那条石榴小径，走向那熟悉的旧屋。一群村童远远发现了我，他们蹦蹦跳跳地喊道："'肖亦立'来了！'肖亦立'来了！"其中有几个依稀熟悉的村童跑上前来，围住了我，叽叽喳喳地说着让人欢欣的话语，我感到了那份纯朴的乡情，牵着孩子们的手，一起来到了知青屋门口。

这是我曾经居住的地方啊，那门上曾经贴过"更喜岷山千里雪，三军过后尽开颜"的条幅，现在换上了与我一点没有关系的红"双喜"，我不禁感到心惊、心寒、心酸……

我急步跨进去，走向肖琼居住的房门口。

村童们已经在我之先对里面的人作了通报："豌萍姐姐，亦立来了……"随即我看到了里面的情景：杂乱的室内，有几个女人在忙碌着，肖琼坐在梳妆台前，豌萍正在为她梳妆……我的突然出现，让里面的人略显惊慌，豌萍面色通红，想说什么却又说不出话来。

肖琼并没有将视线转向我，她涨红了脸，淡淡地说："谢谢你，终于来吃我的喜酒了！"

我略略有些激动，讷讷地说道："喜酒？难道我回来探亲是为了吃你喜酒的吗？"

肖琼移转了坐姿，面向里面，坐在那里用手支着头不睬我。

我强按住即将燃烧起来的怒火，对她说道："肖琼，你说过等我的，可是现在为什么要和别人结婚？为什么？为什么……"

豌萍见情势不对头，出来拉住我的胳膊，对我说："亦立，来，先坐下……来了就好，你听我说……"

肖琼在里面突然说道："亦立，你走吧，我们的事已经结束了……"

我推开豌萍，放大了声音喊道："不，没有结束，我今天回来就是要对你说，我是来娶你的，不是来参加什么婚宴的……"

砰！肖琼将房门关上了，并且上了闩。豌萍和屋里的人都跑了出去……

屋里只剩下我和关在房内的肖琼，我乒乒地敲她的房门："肖琼，肖琼……"

她在里面说道："亦立，如果你还念一些旧情就留下来祝福我的婚礼，如果你放不下已经飘逝的过去，那么你还是离开这里吧。你的将来不属于这里，而我已经把一颗心留在了这里……你追寻光明的前途去吧，我与你有缘无分，不值得你留恋，我现在嫁的也是与我同病相怜的人……你，你走吧……"

我发急了，连连说道："不，不，肖琼，你开门，听我说……"

她在里面说："亦立，你理智一点好不好？你什么都不要说了，走吧，离开这里吧，我已经与郝阿鸾订婚了……"

这一句话，好绝情啊！直刺我的心胸，难道她已经……我心里好酸痛啊！

我一时语塞，愤懑地退了几步，转身就想甩头离去，而情又不舍。在屋里来回走了几步，心中暗忖道：肖琼与我一起生活了两年，从未见她有半点轻佻之举……随即移步走入了男生的房间，这房与女生房仅隔一堵墙，上面是空的——曾经是我们夜谈的空中通道。

我隔着这个通道对肖琼道："肖琼，我这次探亲是为你而来，我们早就有约，你等我归来，我回来娶你，为何你要失约？这是为什么？"

肖琼道："为什么？这要问你了，为什么一去四年信也没给我一封？为什么我需要你帮助的时候你不出现？为什么我最艰难的时候得不到你一点安慰？"

我道："不，肖琼，你要听我解释，我在部队遇到的事情也同你一样困惑，这几年，虽然我们两个像黄昏星和启明星一样不能相见，但是我日夜思念着你。今日我向你吐胆倾心：选择你是我深思熟虑的决定，我可以放弃一切，放弃部队生涯，放弃提干，可以回到农村，继续种田，与你过那种'晨出同耕迎破晓，晚来伴读共挑灯'的日子，哪怕是一辈子，我也心甘情愿！"

"我们是有缘无分，你走吧……"

"不，我们是有缘分的，没有缘分，为何下乡第一天就遇见了你？没有缘分，为何我们会住在同一个草庐里？没有缘分，为什么我们无间无猜？没有缘分，为什么今天我无意中买票到了这里？全乡的人都可以见证，我们的结合是俞干事安排的、写在当年知青谱上的……全村的人都知道我们是政府分配的，全村的孩子都晓得我们的名字已经连在了一起，叫'肖亦立'！这一切都是冥冥之中的无形之手安排的……"

隔墙那边沉默了，过了一会儿传出了低低的抽泣声。

我从挎包里取出口琴，轻轻地吹了起来，心里在这样唱着：

　　　公社是个常青藤/社员都是藤上的瓜/瓜儿连着藤/藤儿连着瓜
啊……

这曲子将我带回到了几年前的那个夏日夜晚……啊，那是乡间特有的安宁之夜啊！微风偶止，蛙声四起，泥土芬芳，流萤飞舞，浴后的肖琼从草庐里出来了，坐在旁边的方凳上，梳理秀发，静静地听着我演奏……

往昔的情节又一幕幕闪现在眼前：初遇，演出，割稻比赛，车水吊田鸡，灯下伴读，看露天电影，匀之吻，鸡公车上，救牛，河岗浇水，送熟鸡蛋……

我又想到了在部队里的眷眷情思，一封封地未寄出的情书，日复一日写的一篇篇日记，与战友分享恋情时的快乐，望穿秋水的思念……

最难忘的还是那首《心中的草庐》，此刻不禁吟诵起来：

> ……
> 啊，金色的草庐，
> 伊人之庐，亦我之庐，
> 你东厢，我西厢，
> 相伴守在身旁。
>
> 苍茫的原野，
> 有一个古老的村庄。
> 绿树丛丛，
> 庐，在树的中央；
> 啊，心中的草庐，
> 耕牛之庐，知青之庐，
> 你牵挂，我思量，
> 多少个雨后斜阳……

此时，一个浑然一体的配音竟然在我的身后响了起来——那个"亮眼阿炳"突然出现在了我的身后。他的二胡琴声咿呀响起，随着我的诵词拉了起来，嘈嘈如战马奔腾，切切似军营流泉，这位一生坎坷又多才多艺的艺人仿佛遇到了知音，与我不谋而合、共诉衷情了……

我这边口中吟，他那里琴弦扬，词曲皆有情，声声诉衷肠。有道是鹊桥今不渡，何日能成双？怕的是明日隔山岳，纷飞两茫茫……

忽然，门外远处传来了热闹的鼓乐声，一群孩子叫道："郝阿鸾的迎亲轿子来了……"

第八十五章　伤　别

第一节

石榴小径南端的打麦场中，出现了一支吹打迎亲的队伍，郝阿鸾身着新装，喜气洋洋地走在前头，众人簇拥之中有一副竹子打造而成的四人轿子，鼓乐嘈杂、喧闹而刺耳，一边吹打一边向我们的知青屋走来了。

他们前呼后拥越走越近，来到了知青屋前。

我看那竹轿子，果然非同一般，但见：

竹舆金穗纹塔顶，檐挑四角拂朱绫。帷帘垂绣双边喜，鼓乐欢扬一路行；新俗无须孩压轿，红颜有待婿迎亲；千般心计芳心动，暖轿悠悠接佳人。

喜上眉梢的是郝阿鸾了，此时他向知青屋门口的我迎面走过来，恰似冤家路窄，狭路相逢。

四周来了许多村民，大人小孩、男男女女，在树丛中，竹林里，舍宅旁，近观远望，一个个瞠目结舌，揣度着一场闹剧就要开场……

这场面直接刺激了男人的自尊心，对正在点燃的怒火一点也没有帮助，反倒像火上加油。呀，一个是身着新条格布衣的新郎官，一个是身穿草绿色军装的老知青，此刻面面相觑，各有盘算，各自明白对方的心思，揣度着对方的心机……

不过，我感到异常奇怪，眼前的情景竟与三天前的梦境一模一样，难道我真的要与郝阿鸾大闹一场？不，梦中的行为常常是失去理智的，我已经是个军人，不再是一个普通的老百姓了，我要用自己的智慧来应对梦里出现的那种乱局。

果然，郝阿鸾拱手道："亦立，好多年不见了！你回来怎么也不事先打个招呼？更没想到你会来参加和见证我的婚礼啊……呵呵，贵客贵客，欢迎欢迎……"

如果按照我内心的言语，应该这样来回答他："郝阿鸢，这几年你还真的下了点功夫，百步之遥，居然精心打造了一顶花轿。你做这竹轿少说也得花上半年吧？看来不比你的爷爷当年的手艺差吧……"

不过，理智已经提醒我，这样的回答必然会摩擦出火星。我心里明白，这份理智来自指导员临别时的关照，还有探亲通知书背面的"探亲守则"。于是我忍住了，摆了摆手，就算回答了，俯身佯装看他的竹轿。

郝阿鸢见我俯身看他的竹轿，便道："亦立，你知道的我这个人就喜欢琢磨，什么事情只要一琢磨，没有做不成的！呵呵，请——"鼓乐队又吹打起来了。

鼓乐声震得我心烦意乱，我有点沉不住气了，真想大声喝住他们。

这时突然出现了一个人，她就是秀芸，她站在门口扬手道："郝阿鸢，先静一静，公社里下来的调查员要和亦立说句话……"鼓乐声停了下来。

秀芸拉我进了男生房间坐了下来，一位女干部模样的人开始与我进行了交谈。

我有了多方面的警示，心境平和了，对那位女干部动情地说道："事情已经到了这一步，这是我没有料想到的……我和肖琼都是学生，因插队而巧遇，从素不相识到情同兄妹，从异姓兄妹到结为知己，两年相处的时间虽然很短暂，但其间发生的故事足以影响我和她的一生……如果这也有错，那就错在公社里的俞干事，只因为他笔下轻轻一点，让我们从茫茫的人海中相逢相识了……难道这仅仅用一句'巧合'就能解释的吗？从小到大，从城里父母身边来到举目无亲的农村，我和她从来没有接触过'恋爱'两个字，偏偏住进了草庐里，爱神降临了，我们的初恋情结产生了火花，这是天地间最纯洁、最奇特的田园之恋，古来没有先例，今后恐怕也不会有第二次，这是时代赠予我们这一代人的绝世奇缘！我和她没有任何理由不加以珍惜……几年来，我身在军营，一颗心却无时无刻不思念着这珍贵的友谊和爱情……我现在只有一个要求，请您把我这些话语转告给肖琼……"

秀芸在一旁帮着说："村里从上到下、大大小小哪个不知道'肖亦立'这个称呼的？"

我又道："我参军走的时候肖琼与我约定，她会等我的……我很爱肖琼，这是我写给她的信和日记，多少年来要说的话全部记载在里面，没有及时发出寄给她，是我的错……我今天不是回来闹婚的，只是想看看肖琼是不是跟我开了个玩笑……现在我一切都明白了，我也该回部队去了。"

我说的都是实话，但话语动情，又隐喻了许多有力量的潜台词：对纯洁爱情的信心，军人的情感，寄厚望于公社干部……我只剩下这最后一招了，以退为进，以守为攻。

那女干部听了我的言语，似乎有所触动，她长吁了一口气，道："信和日记可以留在这里吗？我们在进一步核查时有用，用完后可以寄还给你的。"

"当然可以，"我说，"对我来说，也没有多大用处了。"因为如果肖琼真的变了心，这些信件和日记本只会增加我回忆的痛苦。说完，我走到肖琼房门口，对门内的肖琼轻声道："琼姑娘，我的知青妹妹，希望有机会我给你讲述稻仙子的故事，现在我要走了，回部队去了……我还会想你的，直到永远……"

来到门口，我对郝阿鸾说："阿鸾，肖琼跟我亲妹妹一样的，今后可不要轻慢了她……"郝阿鸾涨红了脸，没有回话。

然后我踏上石榴小径，独自离开村庄，向南面的田野走去。

第二节

带着无限感慨和难以描述的失望，我回到了部队。可是，失望再一次直面了我，张队长复员走了。

我向耿指导员销了假，从他的办公室退了出来，心里闷闷的："'麻队张'，'学生黄'还有很多话要对你说呢，怎么我探一次亲回来就不见你了呢？"

我急需找个知心人来倾吐一番。在训练场上转了一圈，没见到众教员的影子，最后在教室里发现了华班长。

"哎，梁班长，你回来啦？"华班长合上了手里的笔记本，那笔记本里夹着一信封。

"找了一大圈，原来你在这里，备课吗？"

"那些课还用备吗？只是随便写些东西。"

"听说队长走了？"我在他身边坐了下来。

"是啊，那天送他走的时候真是难舍难分啊！"

"为什么走得这么急啊？"

"他身体一直不好，早就要走的了。只因团里缺少军事训练人才，所以推迟了。现在一批教员培养出来了，他也就放心走了。"

"可惜我连告别一声都没赶上！"

"也有一个好消息，秦川提拔为排长下连队上任去了。"

"哦……"

"来，我们来下盘棋吧，这里有棋。"我们两个在课桌上摆开了棋盘。

"听说要来个新队长。"我说。

"听说了，还没有到位。"

……

"田蔚给你来信了吗？"我忽然想起了他与我表妹的事情。

"来信了。"

"感觉怎么样？"

"……非常好，每周至少互通一封信，有时候天天通信，你来的时候，我正在给她写回信呢！"他凑近了我小声说。

门口忽然来了一个人影，一个四个口袋的黑面大个儿军官出现了："嗯，怎么不备课，下起棋来了？"他背着手以责备的口气厉声道。

我们两个没有出声，也没有抬头，瞎子吃饺子，肚里有数，五大技术之课早就背得滚瓜烂熟了，闭了眼睛都可以一套一套地讲出来了，只是现在心境不宁，备课也集中不了思想。

黑大个独儿自无趣地走了。

"那人是谁？"我问。

"没见过。"

"会不会是新来的队长。"

"不知道……也许是吧。"

我俩突然觉得情况不太妙，马上收起了棋盘，回到教练员的寝室看备课笔记去了。很快我们就知道了，那个黑大个儿就是新来的李队长。

在此后的几天里，我开始仔细阅读张队长留下的那本小册子了。遇到炮兵知识难题，便去找新提拔起来的炮兵排长黄元廷，黄排长见我这个老教练员来求教，自然格外尽心，我从他那里学到了辨别高射炮、加农炮、榴弹炮和迫击炮爆炸声的方法……

两天后，指导员把我叫到了队部。

一进门，耿指导员就热情地叫我坐在他的身边，慈祥地说："小梁，这次回乡探亲，把对象的事情解决了吧？"

"嗯。"我支支吾吾地说。

"小梁啊，好事临门了！"耿指导员说，"张队长在的时候我们就研究过了，准备上报提拔你为排长，上面也早就有这个想法……"

哦？我心里咯噔了一下。

"不过现在有一个技术性问题，师里下文规定：新提拔排长不得超过二十三周岁，只有个别特别优秀的骨干除外。团首长也知道此事有点尴尬，说最近要下来考察一下，明里是考察，暗里要我们下面多担些责任……我已经向上报告你正好二十三周岁，考察的时候，你自己也要说是二十三周岁，记住了，这很重要，部队建设需要你……这不是要你故意瞒报，而是参谋长吃黄瓜——军事需要……呵呵！"指导员接着又低声说，"团长私下里要我告诉你，今天提（你）排长，明天就是连长，明白了吧？"

次日是星期天，我上街买了些日用品。回营地的路上，遇到了团里的马三号（副团长），他骑了自行车走过，我向他行了一个行进礼。

马三号骑车掉过头来，劈头就问："梁亦立，你今年多大年龄？"

"二十四岁。"

"周岁还是虚岁？"

"周岁！"

我实在不会说谎！过去在汤班长面前是这样，现在在团首长面前还是这样。哪怕是再次遇到像刚入伍时那样倒霉的事，再次受挫折，再次受委屈，我也不愿意对组织说谎！马三号没有再说什么，掉头骑车走了。

又过了两日，李队长把我叫到了队部。

这次一进门，我感到气氛完全不对劲儿了，他站在那里一言不发，接着他的黑脸泛红了，那样子可以说是怒气冲天，接下来便大发雷霆了："哼！侯三号、张队长走的时候都说你梁亦立怎么怎么好，是个好苗子……你看看，这次回家探亲你做了些什么？简直是无组织无纪律，就像断了线的风筝，一番胡作非为！闹婚、跟人家抢老婆……在乡里群众中影响极坏！哪里还像一点军人的样子？"

我仰天而嘘，心里道："怎么会出现这样的流言？"

"怎么，不服气？你想说'退伍好了'，是不是？我告诉你，这个时候说退伍，就是逃兵，如果在打仗前夕，我送你上军事法庭！"

我还是第一次遭上司如此恼怒地训斥，心里感到十分委屈：爱上一个爱过我的人难道有错吗？军人应该谦让，可爱情也应该谦让吗？要是张队长在这儿就好了，他一定会理解我的。

"还愣着干什么？回去写检查！"

我敬了一个礼，退了出来。

这正是一个暴热暴冷的季节，热的时候让我浑身冒汗，冷的时候叫我簌簌发抖……

傍晚时分，我的检查报告还没写出来，指导员叫我过去了，我正想解释，他叹了口气，摇了摇手说："梁亦立同志啊，你回乡探亲的事情，地方有人写举报信来了……唉，不过我还是相信你是有觉悟的，我已经向上报告，派人作一次详尽的调查……"

"指导员，我……"

"不用解释了，这事首长很重视，牵涉到组织上的安排……今天我收到一封来函，你那个乡里一个调查员专门写了一份事情原委说明，说你与那个女知青确实有初恋关系，整个乡里都知道你们叫什么'肖亦立'的，并没有发生'闹婚'的事情，所以责任不在你……"

"指导员……"

"唉……"他站了起来，语气里似乎有一种难言之隐，转过身背着我说，"你，你下连队去吧！"

"我……"

"到哪里都是革命工作，去吧，连队需要你的，我相信你。"他又回过身来了。

"到那个连？"

"五连，在南山，那里正在建新营房，不用打介绍信了，明天上午直接过去吧。连长伍志豪，他说认识你的。"

我一夜无眠。

次日一早起来便在宿舍里整理行装，向同室的战友说着告别的话。华班长将一本新的日记本送到我的手里——这是战友离别时最常见的礼物了。我打开了它的扉页，只见上面写着这样的诗句："初识伙房门前，演兵场上又逢。沙场共筑友谊，临别情义更深。愿君继续努力，喜奔锦绣前程。"

我百感交集，心里说，最怕的就是这样的离别！我对华班长道："总有分离的一天，只是没想到来得这么突然、这么快。你是我最好的战友，此一去怕没有再与你见面的机会了，就像走了的麻队长，走了鲁班长、秦班长一样，他们今日身在何方，只有在回忆之中去寻访了。你多保重吧……"说到这里，我从包裹里取出一本新日记本来，伏在铺上，打开它的扉页，在上面唆唆地写了起来：

> 冰雪、风雨、酷暑，
> 清晨、白昼、夜暗，
> 英姿一抖刀光寒，
> 双双度过几载？
> ……
> 此番或将归田园，
> 握手共励好好干。
> 若问战友何时还？
> 只待祖国重召唤！

写好了，我将它送到华班长手里，道："华班长，当初一同来的四个教练班长，只剩下你一个了，你是最优秀的，相信你一定也是最争气的！"说罢掉下泪来。

正待告别，忽然司号员过来道："华排长，队长叫你去！"

啊，他也升任排长了。

第八十六章　还是四班长

第一节

呀，该腾达的正在腾达，该沉沦的正在沉沦！

我感到一种莫名的悲摧，心头猛然记起一件事，便从挎包里取出了那本《炮火下的连排进攻战术》小册子，塞到了华班长——新任排长的手里。华排长大惊道："这……你给我？"我点点头道："我已经读完了，你留着吧！"华排长噙泪走上来拥抱了我。

我背起了背包，孑然一身，离开了那方格似的化肥厂家属大院，沿着水渠走向县城——这是通往南山的必经之路。

在水渠上，蹲下来洗洗手，流水在掌指间，绵延不断而来，断然无情而去。姐妹泉呀，一转眼我与你们相处了四年，来时这条路，去也这条路。心里放不下的是战友之情、首长之情，还有梦里寻觅千百回的知青之情。哎，难怪古人说，春梦秋云，聚散多容易！

抬头望望远山原野，啊，这齐鲁大地何等宽广，物华天宝，人杰地灵，古人云"人非圣贤，孰能无过？"，又云"功名如翠柳，往事似虚舟"。前方的风景在招手，塞翁失马焉知非福？我的心情略略好起来了。

南山山麓下有一处新建的营房，五连是这个营房的建设者。进入营区，到处响着轰隆隆的爆炸声，一些军人正在爆破场地上的石障，喇叭里不停地呼喊着："正在爆破，注意安全……"随着每一次爆炸，碎石块便冲上天空，先在空中盘旋一番，然后从头顶上砸落下来，在我的脚边乱滚。

我贴着房舍的墙壁行走，边走边辨别爆炸动向，时而在屋檐下躲避，时而在冰雹般的落石中跳跃、穿行，这对我来说并非难事。穿过爆破区，前方斜坡上有七八排整齐的营房。虽然都是平屋，但新砖新瓦，玻璃明亮，在山坡上错落有致、层次分明，让人耳目一新。经哨兵指点，我来到了一幢有台阶的营房门前。

"报告!"

"进来。"

我进去后即向里面的军人行一个礼，这是习以为常的规矩了，"报告首长，步兵训练队教练班长梁亦立前来报到!"我现在只能这样称呼他，因为我不知道这位面色微黄的军官是谁。

"呵呵，梁亦立同志，来得正好，欢迎你到我们连来。我姓孟，是这里的指导员。哎，这样，把背包卸了，先歇着，待会儿有个特殊任务要交给你。"他说。

"什么任务?"听说有任务，我提起了精神，这至少有助于消除我心头的余郁。

"不急，"他转身朝里面大声道，"通信员，去把二排长叫来!"而后，他从衣架上取下了腰带，利索地将它扎在腰间，拍拍我的肩膀说："这是一个特殊任务，到四班当班长。我有急事要出去，待会儿就由二排长来给你具体交代。"

呵，这算什么特殊任务? 我一向是训练班长的，人称班长的"班长"呢!

不过……反正……哎，就如行将退伍的老兵说的歌谣吧：春天的雪，秋后的草，兔子的尾巴，长不了……

想到这里，不免惆怅万千，我的军旅生涯就要在这里结束了，号声、钢枪、军人之俊美，这些让我热血沸腾、自豪不已的东西，很快要与我绝缘了! 一旦失去，还有可能追回吗? 剩下的时间弥足珍贵，唯一可以让我永不后悔的，就是要倍加珍惜比金子还宝贵的时间，从现在起，每一天、每一个小时甚至每一分钟都要感觉到它的存在。

第二节

通信员带了一个年纪比我略大的军官进门了，那军官伸手握住我的手道："梁教练，欢迎欢迎!"我看此军官，二十五六岁年纪，个子比我略矮，皮肤黝黑，笑容满面。正要启口问他，通信员先介绍说："这就是二排长。"

"我姓宋，叫宋泰岳，早就久仰你大名了，那一年拉练的时候看过你的网状阵地打坦克呢……"二排长道，"指导员给你交代过了吗?"

“还没有，只说叫我到四班当班长。”

“是这样啊，你先坐，”宋排长道，“这四班与其他班有些不同，主要是这四班副有点情况……有点那个……闹情绪……”

“哦？”

“哎……这个这个……你是党员啊……”

“嗯。”我说。

“情况是这样，有一次连长当众批评了他，又恰逢在他要填写入党志愿书的时候，这事就被拖了下来，他就怪连长在故意整他了。”

“哦，这四班副叫什么名字？”

“叫胡才福，肥西籍的兵。”

“那我的任务是……”

“你的职务是担任四班班长，同时，兼任连队军训的‘编外参谋’。”

“哦。”我确实感到了一点责任和压力。

“再过几个月老兵就要退伍了，四班因为副班长闹思想情绪，整个班的精神面貌不佳，你的任务是带好这个班，传承好部队的光荣传统，保证退伍前不出任何问题。你这个‘参谋’虽是编外的，但是连长很赏识、很期待，希望空余的时候把你的备课心得写出来，最好写成教案……”二排长的口音里夹杂着山东方言的韵味。

“中！”我无意中说了一句山东方言，想起了张队长的一句口头禅：没有过不去的火焰山！再说，带好四班，做“编外参谋”，这也算困难吗？天生我材必有用，于是我笑道：“请转告诉连长指导员，保证完成任务！”

“中，”他也笑了，“这就带你到四班去。”

就这样，我在四班走马上任了。

哎，彻底抛开那些揪心的事吧……

时过境迁，现在我也带班了，我已经积累了许多经验和方法：有炊事班长式的，有“麻队长”式的，有教练班长式的，还有许多首长言传身教式的，但我已经学会了选择。现在，不妨就把四班的战士当作我的学员一样，他们将很快变得非常出色，我要用余下的时间来证明这一点。

宿舍里，不顺眼的问题太多了，最急眼的是大白天铺西头还躺着一个人，他就是副班长胡才福。

我一声不响，开始整理自己的内务：枪支置于枪架第一位置，被子叠成豆腐干状，被单铺得如熨烫过一般平整，牙刷朝右插入茶杯，毛巾对折挂于铺前铁丝上，面盆置于铺下离床沿一尺，布鞋并齐离床脚三寸……总之，一切都像是用尺子量好了的，有棱有角嘛！

随即，我来到四班副的铺前，刚坐到床沿，就闻到了一股青紫头气，心里想，这小子怎么会有这股味道？我忍住了，轻声问道："副班长，怎么啦？想家啦？"

"哦，班长来了？我有些不舒服……"他说。

"睡吧，"我耐着性子说，转而对旁边的一位战士道，"小李，到炊事班去，就说四班要一份病号饭！"

"不用不用，我起来了……"副班长喃喃道。

要改观这个班，一定得用些特别的办法。我找来一张报纸，放在墙角边，头朝地，脚收拢，一个收腹，双脚举了起来，来了个头倒立。

这下，班里活跃起来了，这个说："哎，班长真不简单哪！"

那个说："班长，能不能教教咱？"

这个说："班长，听说你是从直属连出来的？"

那个说："人家是专门教班长的教官，军事技术特棒的……"

我嗖地收身下来了，心不跳气不喘，立定了身子道："想不想学啊？"

一个士兵道："班长，我想学！"

另一个道："班长，听说你是团训练队来的？"

"哎呀，你要早点来就好了，我当了这么几年兵，军事技术学了点皮毛，哎呀，眼看着倒要退伍了！"

"很多事情跟退伍没有一点关系，教会了你方法，到处都可以练的！来，先把各自的内务整理整理，以我这个为标准，待会儿我要检查的！"

战士们开始忙碌起来了……

我知道以前他们也这样做了，只不过我的要求更为精细一点，而一个普通士兵与优秀士兵的差别往往就在那么"一点"上。

我一个个地给他们指点、纠正，直到我基本满意为止。

晚餐的时候，病号饭送来了，那是一碗香喷喷的手擀面，上面加两个荷包蛋，我接过来端到副班长手里……

晚点名的时候我表扬了副班长，因为他毕竟"带病"服从了我的指令，并且协助班里精细地整理了内务。我相信这个表扬会对他产生一些心理作用，眼下我还必须装作什么都不知情一样。

　　"我们每个人要从身边的小事做起，"晚点名之后的班会上我这样说，"我们身边有哪些小事呢？太多了，倒一盆脏水，扫一次地，整理一次内务，帮一次厨，帮别人洗一次床单，擦一次枪，练一次兵……这种小事做多了，人就会发出一种光来。人体本身是不会发光的，但在周围的人看来，他身上就像有一种光芒一样……"

　　我说这话的时候，自己也动情了，因为这正是"麻队长"语录的原版，现在不知怎的从我的嘴里说了出来。这时，我仿佛觉得自己变成了另外一个人，说话的不是我自己，而是"麻队长"了——他通过我的心、我的嘴表达了出来，以启示我和周围的人。我突然眼睛湿润了，可敬可爱的张队长，与雷锋同一年参军的老兵，你要是还在我的身边那该多好啊！

第八十七章　徽章的比喻

次日晚饭后，战士们去打球，我到室外散步。我来到一个单杠沙坑前，用手去触摸那铁架，感受它的存在，我生怕眼前的一切会在一夜之间突然消失。

这是在梦幻之中吗？不，一切都是实实在在的，沙坑，铁架，球场，周边的营房，青春洋溢的士兵……这些都确信无疑地在我身边，我依然是一名军人，啊，我真希望把这一切永久留住、留住……

副班长胡才福坐在单杠旁的石条上，一副没精打采的样子。尽管我不喜欢与这样的人为伍，但我是班长，爱战士是我的本分。还有，我必须了解他的思想情况，我不希望在离队之前弄出一点乱子来。

"副班长，有媳妇了吗？"我在他旁边坐了下来，我知道他们那儿的人结婚普遍比较早，比如炊事班十八岁的董广山就是。

"探亲时订了婚……"

"今年要走吗？"

"不走，还留得下来吗？"

"哦，祝贺你，可以鹊桥相会了，甜美的日子已经在向你招手……"

"你呢？也要走吗？"

"是的，唉，但我没有你走运，我的女朋友吹了……"我故意用自己的倒霉事来反衬他的幸运，以减轻他此时的抑郁。

短暂的沉默，我开始转移话题。

"副班长，你说咱们当兵这么几年，最大的收获是什么？"

"收获？你当然有啰，学到了军事技术，又入了党……"

"这些是收获，但不是最大的收获……"

"最大的收获？还有什么？"

"我最大的收获是'换了一个人'，或者说是'脱胎换骨'……"

"脱胎换骨？"

"是啊，你不知道我以前是一个怎样的人，说出来你不会相信。哎，反正都要走了，离队之后，你上你的花果山，我进我的水帘洞，谁也不再记得谁了。"

"这倒是的。"

"少年时候想学英雄，可是路走歪了，方向错了，就像我们行军一样，掉转的时候落在了最后……"

接着，我从兜里取出一枚"爱民模范盛习友"英雄纪念章，说："副班长，你看这是什么？"

"徽章？"

"你知道他的事迹吗？"

"知道。"

"他比我们早当兵六年，也是肥西出来当兵的，是你老乡……"

副班长不吭声了，他低下头在沉思了。天下事就会有这种巧合，当初我买这枚纪念章的时候，完全没有想到它在这里派上了用场。显然，我的话已经对他产生了效果。

于是我开始转换话题，把徽章反转过来，说："这样看是徽章吗？"

"还是徽章，不过是反面。"他答。

我接着道："副班长，建议你看一本艾思奇写的《辩证唯物主义和历史唯物主义》，好书啊！它告诉你事物是一分为二的，什么是现象与本质、时间和空间、矛盾的普遍性和特殊性、相对真理与绝对真理……读了它，从此你就懂得了什么叫'全面地看问题'，不会像瞎子摸象一样……这是我最喜爱的书，我要将它的思想化为我的灵魂……成为一个能掌握、运用自如的辩证唯物主义者……"

"嗯，你是知青，书读得多、懂得也多……"

"副班长，那你的收获呢？"

"收获？对我来说……啥也没有……"

"为什么这样说？"

"在老家是种田，出来当兵了还是种田；你看啊，种了两年水稻，打了一年石头，开山建营房，也算练了一年半载的兵……末了，党员也不是……"

"没入党？说说看，是啥原因，说不准我可以帮帮你。"

"都啥时候了，还指望个啥？"

"嘿，有意思。我碰到过好多老兵，因为没入党，总是怨恨这个、那个……"

是啊，入党确实不容易啊，我刚来部队就因为社会关系问题入不了党，可到了第二年，组织上还是第一个接纳我入了党。但事物发展总不是一帆风顺的，这次回家探亲，因为恋爱问题跟心上人闹戗了，部队首长知道了，说我犯了纪律……"

"你也因此挨批了？"

"批了……"我感叹地说，继而自我宽慰道，"人不知而不愠，不亦君子乎？况且这也可以看作一种考验。"

"哎，你不知道，我的入党问题全是连长捣鬼……"副班长显然没有听懂我说的含义，但他觉得我说了知心话，也就敞开了心扉，"他故意要我好看……"

"哦？"

"半年前的一天，从山上放炮收工归来，手头多了两个雷管，我想把它炸了算了，免得弄丢了麻烦，于是就在山脚下将它点了，炸了……结果连长小题大做，在全连晚点名的时候公开批评了我……把我入党的问题砸了……"

"这就是'考验'！副班长，记住，在部队里，挨批是一种考验，委屈也是一种考验……"我说。

副班长没有接话。

话说到这里，火候已经到了，恰如场上比武，点到为止。于是我说："副班长，明天是星期天，炊事班透风说中午吃饺子，听说你包饺子的水平是数一数二的，你就筹划筹划，分分工，争取抢在全连第一个下锅……"

第八十八章　山林深处

　　然而，第二天中午的饺子没有吃成，因为五连突然接到了参加演习的命令，中午部队就出发了。

　　任务来得很突然，部队一路急行军，如衔枚疾走，很快进入了一个山区。走着走着，伍连长发现前方的道路与地图不符，地图上标的是小道，而现在则变成了一条宽阔的大道，像是新开辟出来的。再往前又是小道，曲折蜿蜒，一直通向密林深处。

　　日暮时分，部队进入了一个山岚缭绕的村庄。

　　四班安排住在一位大嫂家里。大嫂把最好的一间房子让了出来，房间里铺满了厚厚的秸秆。我们刚要卸包铺床，她就把热水送来了，笑着大声嚷："哎，同志，快洗洗吧，到这里就像家里一样，要点什么东西尽管跟我说！"这大嫂不到三十，红红的脸颊，说话爽朗，她的身后跟着三个孩子，两男一女，在军人面前扭扭捏捏的。我笑着问大嫂："是您的孩子？""是啊！"她说。一个男孩过来摸我的枪，我开始逗他了："娃子，叫什么名字？长大了要不要当解放军？"

　　"要，"大嫂笑着抢过话头道，"大的七岁，叫保家，小的五岁，叫卫国，女儿三岁，叫永红。嘿嘿，不怕你们笑话，今后再生一个，不管是男是女，名字就叫江山。"

　　"哈哈，好，好，'保家卫国，永红江山'……都是你起的？"

　　"起得好不好？"大嫂脸红了。

　　"好！"班里的战士一起笑着喊了起来。

　　大伙儿正忙着乐着，忽听外面有人喊："四班长——"

　　"到！"我连忙持枪起身出来，见是伍连长。

　　"来，教官同志，有个事儿请你来参谋参谋。"说罢，伍连长拉我到屋外的一块石条上坐了下来，"刚刚接到营部命令，今晚我连与六连一起行进，要求各连自行穿插一些班以下战术训练项目……"我问道："时间长不长？"连长道：

"团里下到营部的参谋在传达任务时说了，本次演习时间不长，也不需要带干粮。"接着他又道："梁教练，你是团训练队里有名气的战术教练，对这次穿插进行班以下战术训练，有什么看法？"

我见连长不耻下问，心胸坦诚，心里很感动，想了想道："我当过两种兵，一是炊事兵，一是教练员。做一种活儿换一副骨头，换一副骨头便弄懂一个道理：做炊事兵让我懂了'马虎不得的是吃饭'，做教练员让我懂了'念念不忘的是练兵'。"

连长点了点头："继续说下去。"

我说："过去我的司务长常说'人是铁饭是钢，一顿不吃饿得慌'，兵法上也说'兵马未动，粮草先行'。此次夜行军，虽说时间不长，但野炊一顿饭的时间至少要二十五分钟，若在半路上让战士们等饭吃，岂不影响了士气？莫如出发前每个战士随身带一点干粮，无论走到哪里，指挥员心里就不慌。"

连长听了，猛地拍了一下大腿："对，皇帝不差饿兵！"

我又道："行军本是吃力的事情，有了途中的休息才能恢复体力，若利用间歇练兵可能会过多消耗战士们的体力，影响主要演习任务的完成。张队长一直说'练兵要狠，用兵要稳'，但大部队行军既是'练兵'，又是'用兵'。因此休息时应照样休息，以保存体力，行军中可采用以尖兵班的形式来练兵，尖兵班在队伍前边行进边演练战术队形，又可以轮换，这样既练了兵又不会空耗体力……"

连长听了，哪里还坐得住，站起身笑着道："教官同志，你的话句句说到了我的心里，我马上就召集开会……"

过了一会儿，宋排长来通知道："各班把水壶灌好了，等领了面饼，立即上铺睡觉！"

半夜里，山村还在沉睡之中，部队就悄悄地出发了，战士们虽然脸上睡意犹存，但行进中一个个都健步如飞。

连长派我们四班为尖兵班，在前面二百米打头阵。我把尖兵班分成三组，第一组三人为开路先锋组，第二组是以我为中心的指挥组，第三组为命令传递组，负责尖兵班与连长之间的联络，并规定了几个简单的联络信号。

在我的指挥下，尖兵班摆出"一路纵队"快速前行，一会儿又演变成"前三角""后三角"队形，交替向前搜索……副班长分在传递命令组，他来回奔跑着，向后方的连长传递"无敌情——前进、前进"的信息……

过了一会儿，急行军命令下来了，尖兵班撤回了大部队。五连的士气很足，边行进边说着风趣的话。

"喂，打盹啦？"

"学着点，咱打着盹也照样一步不落……"

"劲儿要留着点，等会还要攻山头呢！"

"哎，天亮前演习就结束了……"

"呵呵，'撒泡尿，落到梢；拉泡屎，追到死'……"

速度似乎越来越快了，不，准确地说速度依旧，只是持续的时间久了，没有一点喘息的机会，取而代之的是耳传下来的口令："跟上！""快速跟上！"

脚下的山路渐渐升高了，路变窄了，越来越崎岖。

半山腰上，部队停了下来，前面传来了"就地休息"的命令，我清点了一下班里的人数，全班连我在内九个，一个不差！哎，太累了，赶快就地歇息吧。我卸下背包和步枪，在一块山石上坐了下来。看周围，山黑幽幽的，暗空里勾勒出了峻峭的轮廓，山石突兀犹如怪兽，夜色朦胧黯淡无光，偶尔天边闪出一两颗模糊的星点。

不用发令，一个个自行打开了挎包，取出面饼，啃了起来，边吃边拿水壶喝水。一个战士道："糟了，水壶冻住了！"另一个道："来，用刺刀捅！"又有人说："新兵呆子！谁叫你灌得太满了？"

山风吹来了，让人感觉到一阵阵凉意。这里不是逗留的好地方，也不是歇息的好时机，那山风夹带了零星细雨扑面飘来，哪怕只有一丝丝、一缕缕，吹到脸上也如刀似剑。内衣湿透了还未焐干，外衣上却已结起了一层薄冰……

部队又出发了，越过山坡，走上了一条宽阔的山中大道，行进的速度又加快了。黑暗中，发现路侧有几个从前面掉队下来的士兵，一问是六连的，他们口里嚷着又饿又渴的话语……而我们的战士则一个个夸起伍连长来了。

六连掉队的越来越多了，一位副团长骑着马从后面飞奔而来，又疾速向前方奔去……

五连的情绪却高涨起来了，一个个挺起了胸膛，步伐走得唰唰地响，齐声呼喊着口号："六连加油！六连加油！加油！加油……"

六连大约有三分之二的士兵落下去了，五连在赶超他们的时候，见六连的首长们依然行进在第一方阵……

各连开始分路攻山头了。

山腰上，排长命令："占领右侧阵地，准备进攻！"四班战士们迅速散开在一片山坡上隐蔽了下来，我心里盘算着，怎样运用班进攻战术显一番身手，但这时号角吹响了——"敌情"由不得你按部就班了！

于是我站起来，高喊一声："四班，上刺刀，跟我来！"竭尽余力，率众向晨色依稀的山顶冲去……

第八十九章　未了的心愿

次日一早，伍连长召我到了连部。

"教练员同志，我们连得到了团部的通令嘉奖！"连长说完，又低声道，"一半功劳是你这个参谋的……"我笑了，没吱声，因为我并没有做什么，只是动动小脑筋、耍耍嘴皮子而已。

他凑近我的耳朵说："我已经向营部要求你留下来……哎，要不是四班有点特殊，我现在马上就调你到连部来了……"我听了还是笑笑。

"人怕出名猪怕壮啊！梁教练，任务又来了，一周后，参谋长要带连以上干部来观摩我连的班进攻战术演练！"他以征询的口气道，"又要委屈你了，连部决定由四班来担任示范班，有没有问题？"

"没问题！"这会有什么问题呢？无论单兵战术，还是班战术，都是我这个"教官"的拿手好戏。

"好！就这么定了！"伍连长大喜。

时间紧了点，不过经过前一段时间的训练，四班已经有了很大的进步，但我的目标是将四班培训成为一个军事技术出色的优秀班，就像训练队的学员班一样。

我带着四班战士又开始了摸爬滚打，或持枪行进，或高姿匍匐、低姿匍匐、侧身匍匐，或斜坡滚进、开阔地跃进、近迫作业……

三天下来，班里的战士们个个手疼膝肿，却笑语不绝。是啊，论开山、施工，我比不了你们，若论练兵，你们不得不服了——做一种生活换一副骨头嘛！

一个星期后，四班像换了面貌一样，一声令下，个个雷厉风行，动作整齐划一。

团里、营里的首长，还有各连的连干部都来了。

我设定了一个"炮火掩护下"的进攻目标，把所有单兵动作、班战术指挥串联起来，一气呵成，一路演练下去。

战士们还真争气，拿出了所有的本事，尽己所能地演练起来了……

团里来的顾参谋长认出我来了，这时他的神色有些惊疑，他一定在想，团训练队的一名教官怎么会下到五连来了？

演练中，隐隐听到了旁观者发出的啧啧赞声，我如舞台上的演员一样，只顾演自己，其他的一概熟视无睹。一会儿，听得顾参谋长高声说："……还没有最后定呢！"

毫无疑问，参谋长这话在旁敲侧击，激励我的斗志！而我呢，已经把"升官"的事情抛在一边，置之脑后，心里想的是绝不可亵渎了这身军装。

没有人知道，这是我最后一次带班演练战术，但可以告慰的是，我交给了连队一个符合各项训练技术指标的学员班。

离队的时间越来越近了，尽管心中惆怅万分，但表面上还装出了一副没事的样子。每天，一样出操，一样精心整理内务，一样练兵，一样与战士谈心、点名讲评。

又一个晚上，连里召开老兵座谈会了，退伍的倒计时已经来到。会上，连长指导员要大家为连队建设提意见，所有人都沉默着。"某某，你说说……还有某某……"指导员点了几个战士的名，他们站了起来笑了笑，又摇了摇头，坐了下去。

这时，副班长胡才福有些躁动不安……

伍连长倒了一杯茶水端着走过来了，躬身将水杯放在胡才福前面的桌上，说："四班副，过去我有什么做得不对的地方请多多原谅，还请你给我提提意见！"副班长见连长端了茶水来，脸红了起来，过了一会儿，他喃喃地说："我……我没意见了……"

一个士兵忽然站起来道："指导员，我有个问题……"

"你说吧。"

"这帽徽领章是不是一定要上交？"

"要交。"

"我……我想留一副做个纪念……"

"这个不行，有规定。"

又一个士兵站了起来，红着脸道："指导员，退伍……有没有退伍金？"

指导员还没回话，大家笑了起来。

一个士兵笑道："他还等着这钱回去讨老婆呢！"众人更是大笑起来，气氛也活跃起来了。指导员也笑了："有，退伍金按服役年份算，每年是……哎，我也记不清，总之是有文件规定的，一分钱也不会少你的。"

这时我举手了，指导员笑着说："四班长，说吧！"我站了起来，正经地说："我有一个心愿……在摘下帽徽领章之前，允许我回原来的连队去为炊事班挑一次水……"指导员笑着说："哦，这算什么请求，我同意，我来给直属连连长打个电话……"

会议结束了，回到班里，副班长胡才福乐呵呵地对我说："总算，今天连长给我道歉了，还给我倒了一杯茶！嘿嘿，本来要开他一炮的，看在他给我倒茶的分上也就算了……嘿嘿……"

第二天，宋排长笑着来到了四班，低声对我说："四班长，连长叫我告诉你：'从现在起不要参加班里的训练了，把储存在脑子里的所有教案全部给我写出来……到连部写吧！'"

"中！"我答应了，"不过我要留在班里写，还是要参加训练，教案可以在中午或晚上来写。"排长笑了笑答应了，他悄悄地说："哎，四班长，你写了教案，别忘了给我也留一份，复写纸不够向我要！"

"行，早就一式两份了！"这时的我完全可以模仿麻队长"出口成章""下笔成文"了。

就要离队了，也许这是在部队里的最后一个星期天了，我独自来到了团部附近的直属连里，在我心中她是我的母连，就像母校一样。

遗憾的是我没有见到"红对子"董广山，他已经在去年退伍回家了。

我挑着两个大空铁桶踏上了军民街，老远就听到泉水哗哗的流淌声，那声音多么熟悉、多么亲切，我竟情不自禁地小跑了起来……在泉边，我放下水桶，双手去接捧从"袖管"里冲出来的清水，啪啪啪地，水珠溅在身上、脸上、帽子上，我开心地笑了，泪水也同时流出来了，它与水珠子混为一体……

接着我用水壶盛装泉水，呼啦一秒钟，水壶就注满了。我喝了一后，再盛接装满，小心地将壶盖拧紧。心里说，我要带它回故乡去，用它来浇灌小河岗上的红薯，不，那里已经没有我的心上人了，我要将这纯净的圣水去浇灌母亲管理的菜园子……

挑完水，我徒步回营，写完了训练教材里的最后一个章节，送到宋排长手里。他激动地握住了我的手久久不放，深情地说："谢谢你，谢谢你！我真的不知说什么才好！你的部队个人总结连长看过了，优点写得太少，缺点写得太多，他连连说不行不行，一定要我给你重写一个……"

一群同乡的老兵笑着闯进我的班里来了，他们一个个都已经取下了帽徽领章，承敏颖同班同桌的廖奕然也在其中，他们一边说笑着，一边将我围了起来。我知道他们"不怀好意"，抽身要躲开。

廖奕然第一个走近了我，笑着道："教官同志，马上就可以见到村里的那个'她'了，还用得着写信吗?"这个"她"当然是指肖琼，因为他绝对不会知道肖琼已经变心。

"你与那个'她'发展得怎么样了?"我故意用话支开他，彼此心里明白，那个"她"指的是承敏颖。

他笑着说："她已经给我来信了，还寄来了一张照片……说好回去就相见，这要谢谢你牵的线啰……哎，你不要故意打岔，想溜走? 那可不行……"

廖奕然拦住了我的去路，周边的人笑着趁机围上来摁住了我，强行将我的帽徽领章摘了下来，然后塞在我的手里，我犹如一个在耍闹中受屈的孩子，泪水顿时湿润了眼睛……

这一摘，泪涌如泉，军旅生涯了缘，看英武不再，何日能重来?

这一摘，痛我心怀，一腔热血空留，知既往难谏，仰天长扼腕。

这一摘，思绪无限，问来者可追否? 凌云志安在? 莫成梦中叹!

第九十章　而今不再彷徨

第一节

我打起背包，回到了故乡，与父母姐弟团聚了，转眼间，心情由沮丧变得快乐起来。多少年来，梦里日里追求的不就是回到生活的原点吗？但是我的心仿佛仍留在部队。睡在床上，总觉得外面就是操场，拿了枪出去就可以练兵……

时间像魔术师，生活如万花筒。当一扇窗关上的时候，另一扇窗悄悄地打开了。一个月后，我被分配到了县人民银行当守护班班长。

进银行之后，我突然才发现，周围的一切都是陌生的，环境需要适应、工作需要学习、人际有待交往……一切都需要从头学起，周围的人谁都可以成为我的老师。我迫不及待地拜老师求学了，可以说是如饥似渴。

这一天，金库女主任将我唤到库房里，不用说，要执行押运钞票的任务了。女主任说："北涧营业所需要二十个'土墒头'，今天柜面太忙，抽不出人员，你们押运员送下去吧，来，清点一下吧！"

"是！"还像在部队一样，用坚定的口吻回答她。这时，成捆的现金已经整齐地堆放在一张点钞桌上，我开始清点起来，"一个'土墒头'、两个'土墒头'、三个'土墒头'……""土墒头"是一种暗语，即"万元"，"二十个土墒头"就是"二十万元"。哈，听到"土墒头"的暗语，顿时让我产生了一种难以言表的亲切感。

清点完毕，准确无误，在出库簿上签了字，然后将成捆的钞票装入一种特殊的麻袋，从袋底里横向挨紧排列，像砌砖似的叠起来，叠到顶部时，竖向正好十捆，最后卷紧袋边，用一支长针缝好口，线头用铅印钳夹住封好。

我和小陈（也是一名退伍军人）两人，腰间各佩了一支六四式手枪，到街上叫了一辆三轮车，先将两只装满钞票的麻袋拎上去，然后两人坐了上去。到东门轮船码头停了下来，码头与轮船中间搁两条木跳板，跳板只有一尺宽，上面钉着防滑钉，人走在上面晃悠悠的。我双手捏住两个麻袋角，拎起一只钱麻袋，走上去时，那跳板立刻往下弯沉了许多。小陈随后也拎一只钱麻袋上了船，然后两人分开，一人坐舱内，一人在舱顶，以便有情况时相互策应。

我坐在船舱平顶上，屁股底下是两只装满钞票的麻袋。船开了，舒心地观看着两岸的风景，岸上是田陌，远处有青山，三五个赤脚的纤夫弯腰背纤，在岸边艰难地前行……

"满眼风光多闪烁，看山恰似走来迎。仔细看山山不动，是船行。"我口诵着古词，心情特好。在这江南水乡，人心质朴，乡风清淳，根本不用担心安全问题。即使偶尔遇到个有些见识的，也只会笑笑，不多言语，知趣地主动避让。

归来时已近傍晚，虽有些倦意，但还必须值班守库——夜班实行轮班制，这天刚好轮到了我。赶紧回家吃了晚饭，立即赶到了银行。在值班室里，不必担心小偷潜入，也不用担心有人打扰，除了野猫、流萤，没有人会光顾这个是非之地，无疑这也是最寂寥的时候。

夜深人静的时候，我打开了收音机，翻开函授教材，收听江苏电台的英语广播，广播员叫文静，我喜欢听她清晰甜美的声音。除了文老师，屈指算一下还有六位老师，点钞老师韩阿姨、算盘老师丁大姐、太极拳师张师傅、文学老师邻居胡教授，以及夜自修大学课本和词典吧——我把它们戏称为"翻"老师。

四十五分钟的广播课上完了，值班室窗外月光如银，呵，多么宁静的金库月色啊！忽然联想起昔日的草庐月色、营房月色，便走出了值班房，在院子里打起拳来……

一日，行里下属一个金店开张了，我协助美工将一块宣传牌放到大门口。牌子上写着：欢迎参加"有奖储蓄"活动，凡存款三百元，可购买平价金饰品一件，金戒指、金项链、金挂件任选……

牌子一挂出，门外居然排起了长长的队伍，于是营业部主任叫我出去维护秩序。

"各位请排好队，不要拥挤……"我开始招呼银行大门外面的人群。

可是总有人往前挤，不免发生了争吵，有人献计道："编号！编号！"听说编号，更有人往前挤，这时有一人手里拿了一段粉笔，道："就用这个直接写在臂上，不然队伍就更乱了。"

我笑了笑，心想这个无奈之举，眼下倒也有些实用。于是我就用那粉笔在排队者左袖上用阿拉伯数字编起号来，"1""2""3""4"……遇到插队的，根据群众意见将他剔除出去。这样一来，排队的人群果然安静了下来。

当编完"31"号，准备在下一位左臂上写"32"字样的时候，我突然愣住了，因为她是一位似曾相识的年轻美貌的女子，奇怪的是她也直愣愣地望着我。

呀！她不是别人，居然是肖琼！

"亦立！"还是她先惊呼起来。

"肖琼！"我丢掉粉笔，将她拉到一边，惊喜地说道："怎么会是你？"

两人默默地注视着，曾经是那样的熟悉，眼下却又是那样的陌生，一时喉头似堵，说不出话来。良久，她开口道："你回来了？"我说："你回城了？"她点了点头，眼里含了泪花，充满了无尽的期盼。

我脑子里蹦出了一个疑虑："那个他呢？"却没有说出口。那个"他"，当然是指郝阿鸢了。但是显然不需要再问下去了，因为她的眼睛已经湿润了，接着泪水扑簌簌地掉下来了。

我用衣袖擦了擦她的脸颊，温情脉脉地说："别哭，别哭，一切会好的……晚上如果有空，我们一起散散步，好吗？"

她点点头，欣喜地答应了。

第二节

晚上，我与肖琼散步在林荫小道上。

人走景也走，灯在树丛里隐现，残月在星空里移动。心里的话纵有千言万语，却像茶壶里的饺子一样倒不出来。

忽然她说："我知道你回来了，也听说你在银行。为了见到你，我经常到银行门口，希望能看到你的身影，遗憾的是一次都没有看到……"

"我也是，很多次走在街上，希望能见到你的身影，但都失望了……"

"这次排队购金饰品，说心里话，不是我的本意，我只是想在银行门口多逗留一会儿……庆幸的是看见你出来维护秩序了，在里面做什么工作？"

"守护员。"

"经济警察？"

"属于这编制。"

"我还没有找到工作。那天你从村里走了之后，公社里的调查员专门找我谈了话，问我心里真实的想法。我当时大哭了起来，调查员见我情绪不稳定，就没有签署核准意见……后来我大病了一场，回到城里养病……恰逢我的父亲被特赦回来，就一直在家陪着他，之后再没有去乡下……因为我怕父亲感到孤单，而且管区里也要求我陪陪父亲……"

"你父亲回来了？"

"是的，政府还特地给他安排了工作，在管区里的一家制鞋厂。听管区里的干部说，下一届政协会议召开的时候，可能会补选父亲为政协委员……"

"啊，值得庆贺！"我突然感到一阵兴奋。

"郝阿鸾呢？他现在如何？"

"我走之后，郝阿鸾在村里也待不下去了，听说去了常州，开了一个竹器社。"

"哦……"

"在养病的日子里，我仔细读了你留下的日记、信件，每读一篇，都会泪流满面，从日记、信里，我知道了你的一颗心从来没有离开过我，你为我放弃了许多许多机会……当我读到一句'万事皆可谦让，唯独爱情例外'的时候，好像猛地被震醒了，思前想后，扪心自问，我心中追求的究竟是谁？我忽然恍然大悟，是啊，'爱情不能谦让'，于是我就到处打听你，寻找你……还读到了一首诗——《心中的草庐》：'你东厢、我西厢，相约守在身旁''你思量，我难忘，多少个雨后斜阳'……读着读着，我竟然流泪吟唱起来了……"

我不言，不想打断她。

"唱着唱着，似乎觉得歌词里意犹未尽，我就补写上一段，谱了曲，投寄到了《江南之声》，居然发表了……"

"真的？唱给我听听？"

"现在情绪这么差，怎么也唱不出来的。如果要唱，只能唱《长相依》，这歌几乎三天两头要唱一回，有时候天天唱它……"

我不响。

"你说我俩长相依，为何又把我忘记？你说我俩永不分离，为何又让我哭泣……"她动情地哼了起来。

听她哼出这支歌曲，我心中感慨万分，啊，肖姑娘，我从来没有把你忘记……这些年来，我走过了多少山山水水，无论走到哪里，一颗心无时无刻地不在思念着你，如今一切已经过去，一切可以从头再来，满目山河空念远，不如惜取眼前人！

"琼姑娘，让你受委屈了！"我忽然搂住了她，"以往每次与你相见，不是在梦中，就是在无法左右的环境里。从今以后，我要与你永远相处在普通人一般的日常生活里，不再有分别之苦，不须再从梦里寻觅……"

在我用力抱拢她的时候，由于动作突然，她被动地发出"呃"一个喉声，柔软的身体贴近了我，在我怀里轻轻地抖瑟着……

第三节

次日我上晚班，晚餐时分，肖琼穿着一身淡蓝色的衣服来了。这是我故意叫她这时候来的，因为这时只有我一人在岗位上。

她来了，我把大门关上，拉着她的手说："来。"说着拉着她走过庭院，穿过营业大厅，上了楼梯。她脚步轻快，心情愉悦，与我在楼梯上小跑起来。我们一层层爬上去，直上了楼顶。

高高的楼顶上，还有落日的余晖，四周静谧无人。望空中，大雁鸣空，成一字形飞归；看楼下，暮色中车流依稀，路人奔波于晚归途中。

在高台上，我们则仿佛已超然物外。

"你看，多美的晚景啊！"

她笑了，脸上映着落霞。我取出一枚金戒指，套在她的手指上，然后不再犹豫，当即亲吻了她，她没有违拗，顺从地由我亲吻着……

"叫我一声'阿哥'……"

"阿哥……"

这感觉太甜蜜了，多少年来，等待的不就是这一刻吗？不再需要犹豫和彷徨……

又次日，我休息，我约她一起去登山。这是春意最浓的时节，满山姹紫嫣红，桃花、山茶花、月季、蔷薇、棣棠、海棠争相斗艳，翠竹挺拔在山坡，青松密植于四周。在炮台上，我们像顽皮的孩儿一样追逐着，忘却了四周存在的一切……少顷，我与她在炮台边上坐下来，望着远方的江面，我若有所思地对她说："明天我们一起去看望你的父亲……然后再去见我的父母……""好啊，你的事情我已经对父亲说起，他等着你去呢……哎，我要告诉你一个好消息，管区主任通知我，后天去一个国营米厂面试，当质检员……""耶，真的是好事连连啊……今后我向乡下的银行送'土塙头'，你向乡下的谷农收粮食，我们依旧做着和这片土地密切关联的事情。"我兴奋而感慨地说。一阵山风轻轻吹过，我开怀地吟道："好风凭借力，送我上青云……"

"来，我给你看一样东西。"她牵着我的手走到一处人迹稀少的草坪上坐了下来，她从挎包里取出了一张放大了的照片给我看，啊，那是一张草庐前的四个知青与老水牛的合照，"那是我们一起救牛之后拍的，你和我还都赤着脚呢……"我欣喜地说，同时也想起了在水里第一次抱她的情景……

"还有一样东西。"她说着，从包里拿出一册音乐刊物《江南之声》，翻到第七页，上面登了那首《心中的草庐》，啊，歌曲的右上角写着：梁亦立作词，肖琼作曲。经肖琼补写之后，这首歌有了三个段落，"这是现代知青版的'梁肖曲'"，我笑着说，遐想无限。

她理理短发，试试歌喉，扬声唱了其中的最后一节：

> ……
> 远方的故土，
> 有一个心恋着的村庄。
> 阡陌迢迢，
> 庐，在田园的中央。
> 啊，故国的草庐，
> 缘聚之庐，爱情之庐
> 哥牵手，妹相随，
> 而今不再彷徨……

当我听到"哥牵手，妹相随，而今不再彷徨"的时候，心里激动极了，猛地又抱住了她："是的，我牵手，你相随，而今不再彷徨。"她在我怀里红着脸，甜甜地点了点头……我将她抱紧了，亲吻她，从面颊到嘴唇，轻轻地，缓缓地，充满爱意地吻着……情不自禁地抚摸她的洁白而细腻的秀颈，抚摸她因呼吸急促而起伏的酥胸，我的心飞了，她的心醉了，她是那样顺从，那样甜美……

五月的煦阳从林间透出一束束光芒，和暖的山风在身边轻轻地拂过，山花芬芳满坡飘香，江天无尘沁人心扉，鸟儿清脆婉转地鸣唱……

第九十一章　桃子熟了

　　三十八年过去了，我从银行退休了，赋闲在家，每天的主要工作是写作。

　　一日，一家杂志社在发表了我的散文《他乡月》之后，主编忽然写来了一封信，信中说："若有大作，只管寄来。"为此，我受了鼓舞，开始回忆和追寻那个遥远年代的梦里的故事。

　　又一日，我忽然在手机中收到了鲁峰发来的一张彩照，竟然是他与我两人的合照，啊，这是当年为训练化肥厂女民兵时，记者为我俩拍摄的，想不到他还保存着。鲁峰随即又给我发来了一张他的全家福照片，并附言说："战友们已获悉你担任了临江市国有银行行长，高兴异常，请速加入战友微信群。"入群之后，我了解到了更多的信息：

　　华成功，大校，山东某军分区司令员，参加过联合国维和特种部队，立二等功，退休后与妻子田蔚定居于济南；

　　黄元廷，大校，青岛警备区副师职军官，退休后定居原籍青岛；

　　秦川，参加过长江抗洪抢险救灾，两次立二等功，负伤复员后任四川广安某县级市国土局局长、人大常委会主任，已退休；

　　鲁峰，退伍后考入齐鲁师范大学，任山东聊城某县级市教育局副局长，已退休；

　　……

　　呀，分别了几十年，忽然联系上了老战友，我非常高兴，立即把我现在的境况发信息过去，并将我和妻子肖琼、儿子、媳妇、孙子的全家福照也发给了鲁峰，又将战友廖奕然拉入了微信群，这位从江南中企船厂退下来的厂长，已与承敏颖移居上海……

　　次日早上，忽然我又接到一个邀请短信：半月后参加上山下乡四十五周年的知青纪念活动。

　　这，马上勾起了对第二故乡的怀念，啊，等不及了，我要立即下去看看，在送孙子上学之后，立即掉转车头独自驾车前去。

啊，农村的变化太大了，早就听说村里的农民富起来了，百分之七十的农户有了小汽车。再看乡景，一路上到处可见小楼房，有的如同别墅一般豪华。很快就到了村子附近，原先的水渠变成了一条通汽车的水泥路，两边田野里的植物多种多样，有韭菜、葡萄、猕猴桃，还有一个个鱼塘。

心里特别想看稻田，但稻子似乎成了稀有品种。在一块面积不大的稻田边，我停下车来，用手机拍摄它的形态，用手掌抚摸它的穗头，凑身去闻吸它的清香……

再前往，到郭庄十一队的田野了，那里的情景令我惊喜不已，往昔的田地变成了一眼望不到头的桃园！

在田边，我询问一个在田埂上种蚕豆的中年人，他忽然瞪大了眼望着我："你是？啊，老行长！知青梁亦立……"我笑着说："呵呵，过时了，'过期粮票'了……"他说："乡里的人谁不知道你传奇般的经历？从知青到军人，从守护员到银行家！不管是过去还是现在，你播种在这块土地上的友谊的种子永远不会过时……"闲聊中，我得知他是郝阿鸾的侄子，田埂旁边的鱼塘是他承租经营的。他告诉我，郝阿鸾开了一个厂，当了老板，发了大财，开起了奔驰车，遗憾的是在去年患病不治去世了……还说李欣当大队会计多年，退休后已与阿翠移居苏州，与女儿女婿住在一起……当我问及旁边桃园时，他说是浙江某大学植物系的三个女大学生来租种、开发的。

感叹之余，我忽然感悟到，呀，原来知青的故事在这里并没有结束！

从传说里的稻仙子，到近代新四军留下的"芦塘火种"，再到父辈一代的乡村教师，以及现代知青洪流之后，新出现的桃园女青年……我得出了一个大胆的结论：只要这片土地存在着，"知青"的故事会永远演绎下去。

在一排乡村别墅群前，乡亲们围着我问长说短，久久不肯离去。而我似乎更在意楼群旁边的一块菜畦，因为那碧绿的菜畦地里还保留着两间平房瓦屋，啊，它是乡亲们精心保留下来的知青屋。此时，它已墙体剥落，裸露着修补上去的红砖，木板钉住了破损的窗户，顶上的瓦松在风中摇曳……我打开大门，走进这几十年前天赐奇缘的小屋，默默寻找着当年我和三个知青弟妹的踪迹……

在桃园棚里，我见到了桃园主人三姐妹，她们活泼、开朗，笑声如银铃一般。我称赞她们是知青的接班人，她们开心地笑了，告诉我桃树是一种有趣的植物，先开花、后长叶、再结果，最美的季节是春天和夏天。

看着她们如桃花般的年岁，如桃子一般娇艳的面容，我打心眼里羡慕她们，因为她们才是真爱这片土地、扎根这片土地的人——也许她们才是稻仙子的传人吧。

又一年的六月二十日，早桃熟了，恰逢梅雨纷纷，我又开车到了桃园，一个女孩子从树上摘下最好的桃子，削完皮，递到我的手里，一口咬下去，糯糯的、甜甜的，满嘴噙香……啊，肖琼最喜欢吃桃子了，何况这还是小河岗上的桃子呢……我立即向她们购买了十一箱，带回城里去，与妻子和当年的知青伙伴们分享。

啊，桃花如人面，桃颜如人颜！时光在流逝，莫等闲，不知不觉白了少年头；当年悔不秉烛游，今天须只争朝夕了！

在驾车回城路上，我自个儿吟唱起来：梅雨摘鲜桃，精心逐个挑；亲友速分享，迟恐桃颜凋……

2019 年 9 月

（完）